MIRACLE DANS LES ANDES

72 jours dans les montagnes
et ma longue marche pour rentrer

NANDO PARRADO

en collaboration avec
VINCE RAUSE

MIRACLE DANS LES ANDES

72 jours dans les montagnes
et ma longue marche pour rentrer

Traduit de l'américain
par
MARIANNE AUDOUARD

BERNARD GRASSET
PARIS

L'édition originale de cet ouvrage a été publiée par Crown Publishers, an imprint of The Crown Publishing Group, à New York, en 2006, sous le titre :

MIRACLE IN THE ANDES

72 DAYS IN THE MOUNTAINS AND MY LONG TREK HOME

ISBN 978-2-246-68981-2

A Veronique, Veronica et Cecilia.
Cela en valait la peine.
Pour vous, je serais prêt à recommencer.

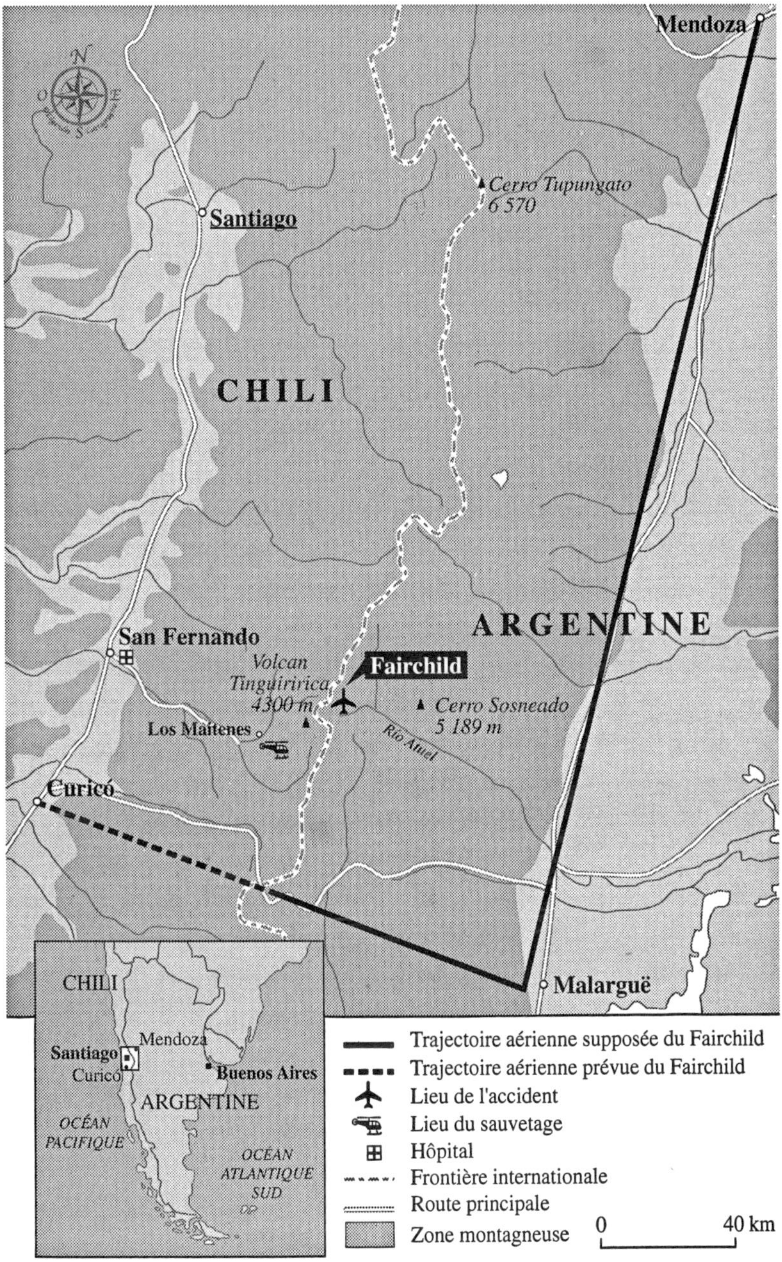
Mendoza
Cerro Tupungato
6 570
Santiago
CHILI
ARGENTINE
San Fernando
Volcan
Tinguiririca
4300 m
Fairchild
Cerro Sosneado
5 189 m
Los Maitenes
Río Atuel
Curicó
Malarguë
CHILI
Mendoza
Santiago
Curicó
Buenos Aires
ARGENTINE
OCÉAN
PACIFIQUE
OCÉAN
ATLANTIQUE
SUD
Trajectoire aérienne supposée du Fairchild
Trajectoire aérienne prévue du Fairchild
Lieu de l'accident
Lieu du sauvetage
Hôpital
Frontière internationale
Route principale
Zone montagneuse
0
40 km

Prologue

DANS LES PREMIÈRES HEURES, rien : ni crainte, ni chagrin, ni le sentiment du temps qui passe, ni même l'ombre d'une pensée ou d'un souvenir. Rien que le silence, parfaitement noir. Puis vint la lumière, une lueur grisâtre, et j'allai vers elle, tel un plongeur qui remonte lentement à la surface. La conscience me revint peu à peu, et je m'éveillai à grand-peine dans un monde clair-obscur, entre le rêve et la réalité. Autour de moi, j'entendais des voix, je soupçonnais du mouvement, mais mes pensées, comme ma vision, étaient troubles. Je ne voyais que des silhouettes sombres, des puits de lumière et d'obscurité. J'observais, confus, ces formes mal définies et m'aperçus que certaines ombres se déplaçaient. Je finis par comprendre que l'une d'entre elles était penchée au-dessus de moi. « Nando, *podés oírme?* Tu m'entends ? Ça va ? »

L'ombre se rapprocha, et finit par prendre la forme d'un visage humain. Je vis une masse de cheveux noirs, des yeux d'un brun profond. Il y avait de la tendresse dans ce regard – c'était donc quelqu'un qui me connaissait – mais derrière cette bonté, quelque chose de sauvage, de dur, comme un sentiment de détresse contrôlée. « Allez Nando ! Réveille-toi ! »

Pourquoi ai-je aussi froid? Pourquoi ma tête me fait-elle autant souffrir ? J'essayais désespérément de formuler mes pensées, mais mes lèvres refusaient de m'obéir, et ce bref effort eut raison de mes forces. Je refermai les yeux et me laissai sombrer. Bientôt, j'entendis d'autres voix, et lorsque j'ouvris les yeux, plusieurs visages flottaient au-dessus de moi. « Il est réveillé ? Il t'entend ?

— Dis quelque chose, Nando !

— Te laisse pas aller, Nando ! Nous sommes avec toi ! Réveille-toi ! »

J'essayai de nouveau de parler, mais je ne réussis à produire qu'un murmure rauque. Puis quelqu'un se pencha tout contre moi et me parla, très lentement, à l'oreille.

« *Nando, el avión se estrelló ! Caímos en las montañas.* » L'avion s'est écrasé, disait-il. Nous sommes tombés dans les montagnes.

« Tu comprends ce que je dis, Nando ? »

Je ne comprenais pas. Parce que ces mots avaient été prononcés si près de moi, je comprenais néanmoins que les nouvelles étaient importantes. Mais je n'en saisissais pas le sens, je ne voyais pas en quoi cela me concernait. La réalité me semblait lointaine, comme étouffée; j'avais l'impression d'être prisonnier d'un rêve dont j'étais incapable de m'éveiller. Je suis resté dans cet état brumeux pendant plusieurs heures, mais finalement mes sens sont revenus et j'observai ce qui se trouvait autour de moi. Dès l'instant où j'avais repris conscience, j'avais été intrigué par une rangée de lumières rondes et douces qui semblaient flotter au-dessus de ma tête. A présent je me rendais compte que ce n'était pas des lampes, mais les hublots d'un avion. Je compris que j'étais allongé par terre, dans la cabine passagers d'un avion. Je regardais en direction du cockpit, et m'aperçus que rien n'était à sa place. Le fuselage avait glissé sur le côté, de sorte que ma tête et mon dos reposaient contre la paroi inférieure du côté droit de l'appareil, mes jambes étaient étendues dans l'allée. La plupart des fauteuils de l'avion avaient disparu. Des câbles et des tuyaux pendaient du plafond endommagé, et des morceaux de matière isolante étaient misérablement accrochés aux parois. Autour de moi, le sol était parsemé de bouts de plastique, de métal et autres débris. Il faisait jour. L'air était glacial, et même dans l'état d'hébétude qui était le mien, la violence du froid me surprit. J'avais vécu toute ma vie en Uruguay, un pays chaud où même les hivers sont doux. La seule expérience que j'avais pu faire de l'hiver remontait à mes seize ans, quand j'avais passé un an dans le cadre d'un échange à Saginaw, dans le Michigan. Je n'avais pas emporté de vêtements chauds, et je me souviens parfaitement du moment où j'ai ressenti le froid caractéristique du Midwest, le vent qui traversait ma légère veste, mes pieds transformés en glaçons dans mes mocassins. Rien cependant de comparable aux cruelles rafales qui s'abattaient sur le fuselage, à des températures nettement inférieures à zéro degré. C'était un froid brut, à vous briser les os, il me semblait qu'on me versait de l'acide à même la peau. J'en ressentais la douleur dans toutes les cellules de mon corps, j'étais secoué de spasmes, chaque seconde semblait durer une éternité.

Etendu sur le sol de l'appareil, je n'avais aucun moyen de me réchauffer. Pourtant, le froid n'était pas mon seul souci. J'avais une douleur lancinante à la tête, crue et violente, il me semblait qu'une bête sauvage était enfermée à l'intérieur de mon crâne et qu'elle me griffait de toutes ses forces pour sortir. J'approchai ma main de mon crâne. Des caillots de sang séché étaient emmêlés dans mes cheveux, et trois plaies ouvertes formaient un triangle inégal à environ dix centimètres au-dessus de mon oreille droite. Sous le sang gelé, je sentais des bouts d'os et en appuyant légèrement dessus, je sentis quelque chose de mou et de spongieux. Mon estomac se souleva : je prenais conscience qu'en réalité, je venais d'enfoncer des bouts de mon crâne contre la surface de mon cerveau. Mon cœur bondissait dans ma poitrine, j'avais le souffle court. Alors que j'étais à deux doigts de céder à la panique, j'ouvris de nouveau les yeux et cette fois, je reconnus le visage de mon ami Roberto Canessa.

« Que s'est-il passé ? lui demandai-je. Où sommes-nous ? »

Roberto se pencha sur moi et fronça les sourcils en examinant mes blessures. Je fixai son regard et y vis la solidité et l'assurance pour lesquelles il était connu. Pourtant, il y avait quelque chose de nouveau dans son visage, une expression ombrageuse et troublante que je ne lui avais jamais vue. C'était le regard hanté d'un homme qui luttait de toutes ses forces pour croire l'incroyable, qui vacillait sous le coup d'une surprise déconcertante.

« Ça fait trois jours que tu es inconscient, me dit-il d'un ton parfaitement placide. Nous avions perdu tout espoir. »

Ses paroles n'avaient pas de sens. « Que m'est-il arrivé ? Pourquoi fait-il si froid ?

— Tu comprends ce que je dis, Nando ? Nous avons eu un accident, l'avion s'est écrasé dans les montagnes. Nous sommes bloqués ici. »

Je secouai la tête, confus ; je refusais d'accepter ce qu'il venait de m'apprendre. Pourtant, je ne pouvais plus ignorer ce qu'il se passait autour de moi. J'entendais des plaintes et des cris soudains de douleur, je commençais à comprendre que ces bruits provenaient d'autres personnes en souffrance. Je regardai autour de moi dans le fuselage : des blessés étaient allongés dans des hamacs et des lits de fortune, d'autres personnes étaient penchées sur eux, se parlaient à voix basse en circulant dans la cabine. Pour la première fois, je remarquai que le devant de ma chemise était recouvert d'une croûte sombre et humide. La croûte était collante et grumeleuse : ce n'était rien d'autre que mon propre sang en train de sécher.

« Nando ? répéta Roberto. Souviens-toi, nous étions dans l'avion... pour aller au Chili... »

J'acquiesçai en fermant les yeux. J'étais désormais sorti des brumes ; ma confusion ne pouvait plus me cacher la vérité ; et pendant que Roberto me nettoyait le visage, je commençais à me souvenir.

1
Avant

C'ÉTAIT UN VENDREDI, le 13 octobre. Nous en avions plaisanté – survoler les Andes un jour pareil ! – mais quand on est jeune, on fait facilement ce genre de blagues... Nous avions décollé la veille de Montevideo, ma ville natale, et nous rendions à Santiago, au Chili. C'était un vol affrété sur un Fairchild à deux turbopropulseurs, qui transportait mon équipe de rugby, le Club des Old Christians. Le but du voyage était un match amical contre l'une des meilleures équipes chiliennes. Il y avait quarante-cinq personnes à bord, y compris les quatre membres de l'équipage – pilote, copilote, mécanicien et steward. La plupart des passagers étaient mes coéquipiers mais nous étions également accompagnés d'amis, de membres de la famille et de supporters. Ma mère Eugenia et ma sœur Susy étaient du voyage, elles étaient assises de l'autre côté de l'allée, un rang devant moi.

A l'origine, le voyage était prévu sans escale jusqu'à Santiago et devait durer environ trois heures et demie. Mais avant de survoler la Cordillère, des alertes au mauvais temps dans les montagnes avaient obligé le pilote, Julio Ferradas, à atterrir à Mendoza, une ancienne ville coloniale d'Argentine. Nous avons atterri vers midi, avec l'espoir de pouvoir repartir quelques heures plus tard. Les rapports météorologiques n'étaient pas encourageants et nous allions devoir passer la nuit sur place. Personne n'était ravi à l'idée de perdre une journée de notre voyage, mais Mendoza était une ville charmante, et nous avons décidé d'en profiter au maximum. Certains des garçons sont allés se détendre dans les cafés situés le long des larges boulevards bordés d'arbres, d'autres ont choisi de visiter les quartiers historiques de la ville. Quant à moi, j'ai passé l'après-midi avec des amis, à regarder une course automobile qui avait lieu sur un circuit à l'extérieur de la ville. Le soir, nous sommes allés au cinéma, d'autres sont allés danser avec des jeunes filles argentines dont ils avaient fait la connaissance. Ma mère et Susy ont passé l'après-midi à faire les boutiques, à acheter des cadeaux pour des amis chiliens et des souvenirs pour ceux qui étaient restés à Montevideo. Ma mère était ravie d'avoir trouvé dans une petite boutique une paire de chaussures rouges pour le dernier fils de ma sœur Graciela.

Le lendemain matin, nous nous sommes levés sans précipitation, mais comme personne ne parlait du départ, nous nous sommes dispersés dans les rues de Mendoza. Finalement, nous avons été prévenus que nous devions nous retrouver à l'aéroport à 13 heures au plus tard. Arrivés là-bas, nous nous sommes aperçus que Ferradas et son copilote, Dante Lagurara, n'avaient toujours pas pris de décision. La nouvelle provoqua un tollé général parmi les jeunes gens que nous étions, frustrés et en colère, et personne n'avait réellement conscience de la difficulté que représentait cette décision pour les pilotes. Les rapports météorologiques de la matinée prévoyaient des turbulences sur le trajet, mais après avoir consulté le pilote d'un avion-cargo qui venait tout juste d'atterrir en provenance de Santiago, Ferradas était convaincu que le Fairchild pourrait braver le mauvais temps. Les passagers embarqués et les formalités de rigueur accomplies, il serait 14 heures bien sonnées. Dans l'après-midi, des courants d'air chaud s'élèvent depuis les plaines d'Argentine et rencontrent les courants d'air froid qui circulent au-dessus des montagnes, ce qui provoque des turbulences très sournoises. Nos pilotes étaient parfaitement conscients que c'était le moment de la journée le plus dangereux pour traverser les Andes. Il était impossible de prévoir comment les courants se comporteraient, et si l'avion était happé dans une turbulence, il serait ballotté en tous sens.

Pourtant, nous ne pouvions en aucun cas rester à Mendoza. Notre avion était un Fairchild F-227 loué à l'armée de l'air uruguayenne, et le droit argentin interdisait à un avion militaire de demeurer sur son territoire plus de vingt-quatre heures. Le temps qui nous était imparti touchait à sa fin; il fallait que Ferradas et Lagurara se décident rapidement : affronter les turbulences jusqu'à Santiago, ou retourner à Montevideo, mettant ainsi un terme à nos vacances ?

Pendant que les pilotes analysaient la situation, notre impatience montait. Nous avions déjà perdu une journée, et l'idée de renoncer était très frustrante. Nous étions jeunes et hardis, nous n'avions peur de rien et étions pleins de confiance; nous ne voulions pas voir nos vacances tomber à l'eau à cause de ce que nous prenions pour un manque de courage chez les pilotes. Evidemment, nous en rajoutions. Lorsque nous avons aperçu les pilotes à l'aéroport, nous les avons hués, sifflés, taquinés, nous avons remis en cause leurs compétences. Une voix s'est élevée pour crier : « Nous vous avons engagés pour nous emmener au Chili, et c'est ce que nous voulons ! » Il est impossible de savoir si notre comportement les a influencés – le fait est qu'ils avaient l'air mal à l'aise – et qu'après un dernier entretien avec Lagurara, Ferradas nous a regardés et a annoncé que le voyage continuait. Sa déclaration a été saluée par des cris de joie.

Le Fairchild a décollé de l'aéroport de Mendoza à 14 h 18, heure locale. Pendant l'ascension, l'appareil a opéré un franc virage à gauche, et bientôt nous nous dirigions vers le sud ; les Andes argentines s'élevaient sur notre droite. A travers les hublots sur le côté droit du fuselage, je regardais les montagnes qui se dressaient soudainement des plaines arides sous l'avion, tel un mirage noir, pâles et majestueuses, si vastes et gigantesques que mon cœur en battait la chamade. Elles s'enracinaient dans des blocs massifs de roche, leur base s'étendait sur des kilomètres ; leurs flancs sombres surgissaient des plaines, et chaque sommet en cachait un autre. On aurait dit une forteresse colossale. Je n'étais pas particulièrement sensible à la poésie, mais à voir comment ces montagnes étaient ancrées dans la terre, on avait le sentiment qu'il émanait d'elles un avertissement, que c'était des êtres animés, autoritaires, pourvus d'un cœur, d'un esprit, et d'une sagesse immémoriale. Pour les anciens, ces montagnes étaient sacrées, l'entrée du paradis et la résidence des dieux.

L'Uruguay est un pays plat, et comme la plupart de mes amis à bord, mes connaissances sur les Andes ou toute autre montagne se bornaient à ce que j'avais pu lire dans les livres. A l'école, nous avions appris que la Cordillère était la chaîne montagneuse la plus étendue du monde ; elle court tout le long du continent sud-américain, du Venezuela au nord jusqu'à sa pointe australe, la Terre de Feu. Je savais également que les Andes sont la deuxième chaîne du monde en termes d'altitude. Seules les montagnes de l'Himalaya sont plus élevées. J'avais entendu dire que les Andes étaient l'une des merveilles géologiques du monde, et la vue que j'en avais depuis l'avion ne faisait que confirmer de façon viscérale ce que cela signifiait. Elles s'étendaient à l'infini en direction du sud, du nord et de l'ouest, et même si nous étions à plusieurs kilomètres de la Cordillère, avec leur hauteur et leur masse, elles paraissaient infranchissables. En l'occurrence, pour nous, elles l'étaient.

Santiago se trouve exactement à l'ouest de Mendoza, mais les sommets andins qui séparent les deux villes font partie des plus élevés de la chaîne. C'est notamment à cet endroit que se trouve l'Aconcagua, le pic le plus haut de l'hémisphère Sud, et l'un des sept plus hauts du monde. Il culmine à 6 959 mètres; à titre de comparaison, le mont Everest atteint 8 850 mètres. Ses voisins sont également des géants : le mont Mercedario s'élève à 6 775 mètres, le mont Tupongato à 6 820 mètres. Autour de ces monstres, on trouve d'autres sommets qui se situent entre 4 800 et 6 100 mètres et que personne dans ces contrées sauvages n'a jamais pris la peine de baptiser.

Avec de tels sommets, le Fairchild, dont l'altitude maximale de croisière était de 7 000 mètres, ne pouvait en aucun cas traverser la Cordillère en ligne droite. Pour atteindre Santiago, les pilotes avaient établi un plan de vol qui devait nous conduire à environ 160 kilomètres au sud de Mendoza, vers le col du Planchón, assez étroit mais suffisamment bas pour permettre à l'avion de le traverser. Nous allions donc nous diriger vers le sud, le long des avant-monts orientaux de la Cordillère qui se trouvaient sur notre droite, jusqu'à atteindre le Planchón. A ce moment-là, l'avion virerait à l'ouest et survolerait les montagnes. Après la traversée, nous tournerions à droite pour remonter en direction du nord, vers Santiago. Le vol devrait durer une heure et demie, nous serions à Santiago avant la tombée de la nuit.

Pendant la première partie du voyage, les cieux étaient tranquilles, et en moins d'une heure, nous avions atteint les environs du col du Planchón. Bien entendu, je n'avais à l'époque aucune idée du nom de ce col, ou du plan de vol. Pourtant, je ne pouvais m'empêcher de remarquer qu'après avoir volé avec les montagnes au loin sur notre droite, nous avions à présent opéré un virage vers l'ouest et nous dirigions vers le cœur de la Cordillère. J'étais assis près du hublot sur le côté gauche de l'avion, et comme je regardais le paysage, il me sembla que les étendues planes et monotones se soulevaient pour former des collines accidentées dans un premier temps, avant de se transformer en véritables montagnes. Des crêtes pointues se dressaient tels des mâts funestes. Des pics menaçants surgissaient comme des fers de lance gigantesques ou des lames de hache brisées. Des vallées étroites et recouvertes de glace entrecoupaient les pentes escarpées, formant des couloirs profonds et enneigés où s'engouffrait le vent; ils se suivaient et se croisaient, on aurait dit un labyrinthe de glace et de roche.

Dans l'hémisphère Sud, l'hiver avait été chassé par l'arrivée du printemps, mais dans les Andes, les températures tombaient encore à 40 degrés Celsius en dessous de zéro, l'air y était aussi sec que dans le désert. Je savais que les avalanches, les blizzards et autres vents puissants étaient fréquents dans les montagnes, et que l'hiver précédent avait été l'un des plus rudes de l'histoire, avec des chutes de neige de plusieurs trentaines de mètres à certains endroits. Il n'y avait aucune couleur dans ces montagnes; où que je portais mon regard, je n'apercevais que des taches noires ou grises. A la vue de ce paysage si sauvage, si primitif, j'avais envie de rire de ceux qui s'imaginent que l'homme a conquis la Terre. En regardant par le hublot, je vis que le brouillard se faisait plus dense, et je sentis une main se poser sur mon épaule.

« Change de place avec moi, Nando. Je veux voir les montagnes. »

C'était mon ami Panchito, assis à côté de moi. J'acquiesçai et me levai. Pendant que j'étais debout, j'entendis une voix crier : « Réflexes, Nando ! », et je me retournai juste à temps pour attraper un ballon de rugby qui avait volé depuis l'arrière de la cabine. Je passai le ballon vers l'avant et m'enfonçai dans mon fauteuil. Autour de nous, tout le monde riait ou discutait, les gens se déplaçaient de siège en siège le long de l'allée. Quelques garçons, dont Guido Magri, mon plus vieil ami, étaient assis à l'arrière de l'avion et jouaient aux cartes avec des membres de l'équipage, notamment le steward, et quand le ballon commença à circuler dans la cabine, ce dernier se leva pour essayer de calmer le jeu. « Rangez ce ballon ! dit-il. Calmez-vous et veuillez vous asseoir. » Mais nous étions une bande de jeunes joueurs de rugby, en voyage avec nos amis, et nous n'avions évidemment aucune envie de nous calmer. Notre équipe, les Old Christians de Montevideo, était l'une des meilleures d'Uruguay et nous prenions nos matchs au sérieux. Mais au Chili, ce ne serait qu'un match amical, le voyage nous tenait lieu de vacances, et à bord de l'appareil, nous avions le sentiment que ces vacances avaient déjà commencé.

J'étais content d'être avec mes amis, et en particulier ces amis-là. Nous avions vécu beaucoup de choses ensemble – toutes ces années d'apprentissage et d'entraînement, les défaites amères, les victoires arrachées dans la douleur. Nous avions grandi ensemble, en coéquipiers, nous avions appris à nous faire confiance quand la pression était forte. Le rugby n'avait pas seulement consolidé notre amitié, il avait forgé nos caractères et nous avait permis d'établir des liens fraternels.

Dans l'équipe des Old Christians, nous étions nombreux à nous connaître depuis plus de dix ans, depuis l'époque où nous fréquentions l'école Stella Maris, dirigée par les Frères Chrétiens irlandais, ceux-là mêmes qui nous avaient initiés au rugby. Les Frères Chrétiens étaient arrivés en Uruguay au début des années 1950, à l'invitation d'un groupe de parents qui voulaient fonder une école catholique à Montevideo. Cinq frères irlandais avaient répondu à l'appel et en 1955 était né le Collège Stella Maris, une école privée pour les garçons âgés de neuf à seize ans, située dans le quartier de Carrasco, où vivaient la plupart des élèves.

Pour les Frères Chrétiens, l'objectif premier d'une éducation catholique était de forger le caractère, non l'esprit, et leurs méthodes pédagogiques mettaient avant tout l'accent sur les valeurs telles que la discipline, la piété, l'altruisme, la générosité et le respect. Afin de promouvoir ces valeurs à l'extérieur de la classe, les frères avaient découragé notre passion naturelle (après tout, nous étions sud-américains !) pour le football. Ils considéraient que c'était un sport qui encourageait l'égoïsme et nous initièrent par conséquent au rugby, plus rude et plus terrien. La passion irlandaise pour le rugby était vieille de plusieurs siècles, mais chez nous c'était tout nouveau. Au début, le sport nous avait semblé bien étrange : brutal et douloureux, des coups et des bousculades incessantes, il ne procurait pas le même sentiment de dynamisme et d'espace que le football. Quoi qu'il en soit, les Frères Chrétiens étaient fermement convaincus que les qualités requises pour la maîtrise du rugby étaient les mêmes que celles qu'il fallait pour mener une vie conforme à la doctrine catholique : l'humilité, la ténacité, l'autodiscipline, le dévouement aux autres. Déterminés à nous apprendre le rugby, ils tenaient à faire de nous de bons joueurs. Il ne nous fallut pas longtemps pour comprendre que lorsque les Frères Chrétiens avaient décidé quelque chose, il était difficile, sinon impossible, de les faire changer d'avis. Nous avons donc rangé nos ballons de foot et fait connaissance avec le ballon ovale.

Au cours des séances d'entraînement, rudes et longues, qui avaient lieu dans les champs situés derrière l'école, les Frères commencèrent par nous apprendre les bases en nous enseignant toutes les subtilités du jeu – les mêlées ouvertes et les mauls, les mêlées fermées et les touches – comment botter le ballon, le passer et plaquer un adversaire. Ils nous apprirent que les joueurs de rugby ne portaient ni casque ni protection, mais qu'ils devaient néanmoins attaquer et faire preuve d'un grand courage physique. Pourtant, au-delà de la force physique, le rugby est un sport qui requiert le sens de la stratégie, un esprit vif et une grande agilité. Et surtout, les joueurs d'une même équipe doivent développer entre eux une confiance inébranlable. Les Frères nous disaient que quand un joueur tombe ou est plaqué au sol, il « devient de l'herbe ». C'était leur façon de nous expliquer qu'un joueur au sol court le risque d'être piétiné par l'équipe adverse comme s'il était un élément du terrain. « Vous devez alors devenir son protecteur. Vous devez vous sacrifier pour le protéger. Il faut qu'il sache qu'il peut compter sur vous. » Ce fut l'un de leurs premiers enseignements.

Pour les Frères, le rugby était bien plus qu'un jeu, c'était un sport élevé au rang de discipline morale. Au cœur de cette conception du rugby se trouvait la ferme conviction qu'aucun sport n'était mieux à même d'enseigner à ceux qui le pratiquaient l'importance de l'effort, de la souffrance et du sacrifice pour la poursuite d'un objectif commun. Ils défendaient cette idée avec une passion telle que nous n'avions pas le choix : il fallait les croire sur parole. Pourtant, au fil du temps, nous nous étions familiarisés avec ce sport, et nous sommes rendu compte par nous-mêmes qu'ils avaient raison.

Pour simplifier, l'objectif du rugby est de conquérir le ballon, en général en faisant preuve à la fois de ruse, de rapidité et de force brute, et de se le passer habilement vers l'arrière d'un joueur à l'autre, en courant vers la « ligne d'essai » pour marquer. Le rugby est un sport de rapidité et d'agilité, de passes précises et de manœuvres brillamment menées, mais pour moi, l'essence du sport est dans la mêlée – brutale tout en étant contrôlée, c'est la caractéristique essentielle du rugby. Dans une mêlée, les membres d'une même équipe se serrent les uns contre les autres sur trois lignes ; les joueurs de la première ligne sont accroupis et enlacés de manière à ce que leurs épaules se touchent, les bras emmêlés de sorte qu'ils forment un filet très serré. Les deux packs se font face et les premières lignes de chaque équipe entrent en contact de façon à ce que leurs têtes soient imbriquées. Cela crée un tunnel. Au signal de l'arbitre, le ballon est introduit dans ce tunnel et chaque pack tente de repousser l'autre pour que l'un des joueurs de première ligne puisse envoyer le ballon vers l'arrière, dans les jambes de ses coéquipiers, où le demi de mêlée est prêt à l'attraper et à le passer à un arrière qui pourra ainsi commencer à attaquer.

Le jeu à l'intérieur de la mêlée est très violent – coups de genou dans les tempes, coups de coude dans les mâchoires, tibias toujours ensanglantés par les crampons des chaussures. C'est un effort violent et pénible, mais tout s'allège dès lors que le demi de mêlée libère le ballon et que l'attaque commence. La première passe revient parfois au demi d'ouverture, particulièrement agile, qui réussira à éviter les défenseurs adverses, laissant ainsi le temps aux joueurs qui se trouvent derrière lui de se placer sur le terrain. Au moment où il est sur le point de se faire plaquer, le demi d'ouverture passe le ballon au premier centre, qui évite un plaqueur mais se fait avoir par le suivant, et tandis qu'il trébuche il fait une passe à l'un des ailiers. A présent, le ballon circule rapidement d'un joueur à l'autre – du flanker à l'ailier, qui le passe au centre, qui le repasse à l'ailier, et chacun des joueurs se fraye un chemin vers la ligne d'essai en crochetant, en plongeant, en bousculant ses adversaires, avant de se faire plaquer au sol. Les porteurs du ballon se font plaquer en cours de route, des mauls se forment quand le ballon touche le sol, chaque centimètre gagné est une lutte, mais l'un de nos partenaires réussira à trouver un angle d'ouverture, une petite fenêtre qui lui permettra, dans un dernier effort, de passer au travers des derniers défenseurs et de plonger derrière la ligne pour marquer un essai. Comme par magie, les efforts laborieux de la mêlée se seront transformés en une danse fascinante. L'essai aura été marqué petit à petit, grâce à une accumulation d'efforts individuels, et peu importe de savoir qui a fini par porter le ballon de l'autre côté de la ligne, la gloire nous revient à tous.

Dans la mêlée, mon rôle était de me ranger derrière les premières lignes, ma tête imbriquée entre leurs hanches, mes épaules contre leurs cuisses, mes bras sur leur dos. Lorsque le jeu commençait, je poussais en avant de toutes mes forces pour tenter de faire avancer la mêlée. Je me souviens parfaitement de cette sensation : au début, le poids du pack adverse semble immense, impossible à faire vaciller. On continue de pousser, on s'enfonce dans le sol, on supporte l'épreuve de force, on refuse d'abandonner. Je me souviens, dans des moments d'épuisement total, d'avoir poussé jusqu'à ce que mes jambes soient parfaitement tendues, le torse bas, droit et parallèle au sol, et continué à pousser contre une force aussi implacable qu'un mur de pierre. Parfois, cet instant semblait durer éternellement, mais si nous tenions nos postes assez longtemps, si chaque joueur faisait son boulot, la résistance finissait pas céder et, comme par miracle, le mur invincible finissait par bouger. C'est cela qui est magnifique : au moment où la résistance cède, il est impossible de distinguer son effort personnel de celui de l'ensemble de l'équipe. Impossible de déterminer où s'arrête sa propre force, où commence celle des autres. D'une certaine manière, on n'existe plus en tant qu'individu. Pendant un bref instant, on s'oublie. On s'intègre à la perfection à un ensemble plus grand et plus puissant. L'effort et la volonté individuels se fondent dans la volonté commune de l'équipe, et cette volonté est concentrée sur un même objectif, l'équipe s'élance en avant et la mêlée se met à bouger.

C'est là à mes yeux l'essence du rugby. Aucun autre sport ne procure un sentiment aussi intense d'abnégation et de poursuite d'un objectif commun. Je suppose que c'est pour cette raison que dans le monde entier, les joueurs de rugby sont aussi passionnés et qu'ils éprouvent un sentiment de fraternité. Quand j'étais jeune, j'étais bien entendu incapable de formuler cela avec des mots, mais je savais, tout comme mes coéquipiers, que notre sport avait quelque chose de spécial. Sous l'autorité des Frères Chrétiens, nous avions développé une passion pour ce sport, et il avait façonné notre amitié et nos vies. Pendant huit ans, nous avons joué en donnant tout ce que nous avions aux Frères Chrétiens. Nous étions une équipe de jeunes garçons dont les noms avaient des consonances latino-américaines, et nous pratiquions un sport aux racines anglo-saxonnes sous le ciel ensoleillé d'Uruguay, et nous étions très fiers d'exhiber le trèfle vert de nos tenues. Le rugby avait fini par prendre une place si importante dans nos vies, que lorsque nous avons quitté Stella Maris à l'âge de seize ans, presque aucun d'entre nous ne se faisait à l'idée de ne plus jouer. C'est la création du Club des Old Christians qui nous sauva. C'était un club privé, fondé en 1965 par des anciens élèves de Stella Maris, pour permettre aux jeunes de continuer à jouer après avoir quitté l'école.

Lorsque les Frères Chrétiens sont arrivés en Uruguay, rares étaient les personnes qui avaient déjà assisté à un match de rugby, mais à la fin des années 1960, cette discipline était devenue à la mode, et les Old Christians avaient de nombreux adversaires. En 1965, nous avons adhéré à la Fédération Nationale de Rugby, et bientôt, nous nous sommes imposés comme l'une des meilleures équipes du pays. Nous avons même gagné les championnats nationaux en 1968 et 1970. Forts de nos succès, nous nous sommes mis à organiser des matchs en Argentine, où nous avons découvert que nous étions capables de nous défendre très honorablement contre les meilleures équipes de ce pays. En 1971, nous avons fait un voyage au Chili et obtenu de bons résultats malgré la solidité de nos adversaires. Le voyage avait été un tel succès que nous avons décidé d'y retourner l'année suivante, en 1972. Cela faisait des mois que j'attendais ce voyage, et en regardant autour de moi dans la cabine, j'étais sûr qu'il en était de même pour mes coéquipiers. Nous avions vécu beaucoup de choses ensemble. J'avais la certitude que les amitiés que j'avais nouées dans l'équipe de rugby dureraient toute la vie. J'étais heureux de voir qu'un si grand nombre de mes amis étaient là avec moi. Il y avait Coco Nicholich, notre deuxième ligne, l'un des plus grands et des plus forts de notre équipe. Enrique Platero, sérieux et solide, était pilier, l'un de ceux qui étaient en première ligne dans la mêlée. Roy Harley, un ailier, utilisait sa vélocité pour éviter les plaqueurs et les laisser pantelants derrière lui. Roberto Canessa aussi était un ailier, costaud et puissant. Arturo Noguiera était notre demi d'ouverture, un excellent passeur et le meilleur botteur de l'équipe. Il suffisait de jeter un coup d'œil à Antonio Vizintin, large d'épaules et le cou robuste, pour comprendre qu'il était un première ligne, l'un de ceux qui supportaient le poids de la mêlée. Gustavo Zerbino, dont j'admirais le courage et la détermination, était un joueur polyvalent qui occupait plusieurs postes. Et Marcelo Perez del Castillo, un autre ailier, était très rapide, très courageux, grand porteur de ballon et plaqueur redoutable. Marcelo était également capitaine de notre équipe, et nous pouvions sans hésiter mettre nos vies entre ses mains. C'était lui qui avait eu l'idée de retourner au Chili et il s'était donné sans compter pour mener le projet à bien; il avait loué l'avion, engagé les pilotes, organisé les rencontres au Chili et créé un formidable sentiment d'excitation au sein de l'équipe.

Il y en avait d'autres aussi – Alexis Hounie, Gaston Costemalle, Daniel Shaw – tous de grands joueurs, tous des amis. Mon plus vieil ami était Guido Magri. Nous nous étions rencontrés lors de mon premier jour de classe ; j'avais huit ans, Guido neuf. Nous étions devenus inséparables. Guido et moi avions grandi ensemble, jouant au foot, partageant notre passion commune pour les motos, les voitures et les courses automobiles. A quinze ans, nous avions des mobylettes que nous ne nous lassions pas de trafiquer – on enlevait les silencieux, les clignotants, les pare-chocs. Nous allions ensemble traîner à Las Delicias, un glacier très connu de notre quartier, pour draguer les filles de l'école du Sacré-Cœur en espérant les impressionner grâce à nos scooters bricolés. Guido était un ami loyal, il avait un grand sens de l'humour et ne perdait jamais une occasion de rire. C'était également un bon demi de mêlée, rapide et rusé comme un renard, il avait une excellente technique et un grand courage physique. Sous la direction des Frères Chrétiens, nous avions tous deux développé un amour passionné pour le rugby. Au fil des saisons, nous nous entraînions dur pour devenir les meilleurs, et à quinze ans, nous nous étions tous deux fait une place dans l'équipe première de l'école, le Premier Quinze de Stella Maris. Après avoir quitté notre établissement scolaire, nous avons rejoint les Old Christians et passé plusieurs saisons heureuses, menant la vie sociale mouvementée des jeunes joueurs de rugby. Guido renonça assez brusquement au chahut de cette vie-là en 1969, lorsqu'il tomba amoureux de la très jolie fille d'un diplomate chilien. Ils étaient désormais fiancés, et Guido restait calme pour lui faire plaisir, sans effort particulier. Guido fiancé, nous nous sommes vus moins souvent, et j'ai commencé à passer de plus en plus de temps avec mon autre grand ami, Panchito Abal. Il avait un an de moins que moi, et même s'il avait lui aussi fréquenté Stella Maris et fait partie de l'équipe première, nous ne nous étions rencontrés que quelques années plus tôt, quand il avait rejoint les Old Christians. Nous étions bientôt devenus amis, et depuis, nous étions unis par un lien quasiment fraternel, une franche camaraderie et une grande affection. Nous apparaissions sans doute comme un couple improbable. Panchito était notre ailier, un poste qui requiert vélocité et puissance, agilité et vivacité de réaction. S'il y a un poste « glamour » dans une équipe de rugby, c'est bien celui d'ailier, et Panchito tenait son rôle à merveille. Grand, les épaules carrées, il avait la rapidité et l'agilité d'un singe et jouait au rugby avec une grâce parfaitement naturelle; même ses manœuvres les plus brillantes semblaient naturelles. Chez lui, tout semblait aller de soi, notamment en ce qui concernait son autre grande passion : la chasse aux jolies filles. Il était blond et ressemblait à une star de cinéma, il était riche, sportif accompli et doté d'un charisme dont la plupart d'entre nous se contentent de rêver – évidemment, cela ne gâchait rien à l'affaire. A l'époque, je croyais qu'il n'existait aucune femme capable de résister à Panchito une fois qu'il s'était mis en tête de la séduire. Il n'avait aucun mal à trouver des filles; et de fait, elles semblaient suivre toutes seules le chemin qui les mènerait à lui, il les séduisait avec une aisance surréaliste. Un jour, par exemple, à la mi-temps d'un match de rugby, il me dit : « On a rendez-vous après le match. Les deux filles du premier rang. »

Je jetai un coup d'œil vers les filles : nous ne les avions jamais vues. « Mais comment as-tu fait? Tu n'as pas quitté le terrain! » Panchito avait haussé les épaules. Je me souvenais qu'au début du match, il avait couru après le ballon hors du terrain de jeu, près de l'endroit où se trouvaient les filles. Il avait dû tout juste avoir le temps de leur sourire et de leur dire quelques mots : voilà, c'était Panchito.

Dans mon cas, c'était différent. Comme Panchito, j'étais passionné de rugby, mais ce sport me demandait des efforts. Enfant, je m'étais cassé les deux jambes en tombant d'un balcon, et les cicatrices m'avaient laissé les genoux cagneux et privé de la souplesse nécessaire pour occuper les postes les plus prestigieux. Comme j'étais grand, costaud et rapide, on fit de moi un avant deuxième ligne. Les avants sont de bons soldats, ils jouent des épaules dans les mêlées ouvertes et les mauls, déploient toutes leurs forces dans les mêlées et sautent haut quand il faut attraper le ballon lors d'un alignement en touche. Les avants sont souvent les joueurs les plus grands et les plus costauds de l'équipe; j'étais l'un des plus grands, mais assez mince pour ma taille. Quand les géants se mettaient en mouvement, ce n'était que grâce à mon entraînement et à ma volonté que je parvenais à me défendre.

Rencontrer des filles me demandait également beaucoup d'énergie, et je ne me décourageais pas. J'étais tout aussi obsédé par les jolies filles que Panchito, mais même si je rêvais d'être un tombeur comme lui, je savais bien que nous ne jouions pas dans la même cour. Un peu timide, grand et dégingandé, je portais des lunettes aux verres épais et n'étais que moyennement beau. J'étais bien forcé de reconnaître que la plupart des filles ne me trouvaient rien d'extraordinaire. Ce n'est pas que je n'avais aucun succès, j'avais mon lot de rendez-vous, mais je mentirais en disant que les filles se bousculaient au portillon pour sortir avec moi. Il me fallait déployer des trésors d'ingéniosité pour attirer l'attention d'une fille, et quand j'y parvenais, les choses n'allaient pas toujours toutes seules. Un jour, j'avais réussi, après plusieurs mois de cour effrénée, à obtenir un rendez-vous d'une fille qui me plaisait tout particulièrement. Je l'avais emmenée à Las Delicias et elle m'attendait dans la voiture pendant que j'achetais des glaces. Je me dirigeais vers la voiture, un cône dans chaque main, quand j'ai trébuché et perdu l'équilibre. J'ai gesticulé en titubant vers la voiture, j'ai fait tout ce que j'ai pu pour rester debout et sauver les cônes, en vain. Je me suis souvent demandé de quoi j'avais eu l'air aux yeux de cette fille : elle voit son prétendant s'approcher d'elle de manière totalement chaotique, les yeux écarquillés, la bouche grande ouverte, il arrive à la voiture en titubant, semble plonger vers elle et se cogne le menton contre la portière. Il disparaît alors de son champ de vision (puisqu'il est étalé par terre), et tout ce qui reste, c'est deux taches de glace dégoulinant sur la vitre...

Voilà le genre de chose qui ne serait jamais arrivée à Panchito. Il faisait partie de ces gens doués, et tout le monde l'enviait pour la grâce et l'aisance avec laquelle il traversait l'existence. Mais je le connaissais bien, et je comprenais que la vie de Panchito n'était pas si facile que ça. Sous l'assurance et le charme apparents se cachait un cœur profondément mélancolique. Il était parfois irritable et distant. Souvent, il sombrait dans la morosité, ou dans des silences énervés. Il portait en lui une inquiétude et un ressentiment qui me dérangeaient. Il me harcelait souvent avec des questions imprudentes : Jusqu'où irais-tu, Nando ? Tu tricherais à un examen ? Tu serais capable de braquer une banque ? De voler une voiture ? Quand il me tenait ce genre de propos, je me contentais de rire, mais je ne pouvais ignorer la colère et l'intrépidité que reflétaient ces questions. Pourtant, je me gardais bien de le juger là-dessus, je savais que Panchito avait le cœur brisé. Ses parents avaient divorcé quand il avait quatorze ans, et c'était un traumatisme qui lui avait laissé des blessures irréversibles, beaucoup d'amertume et un besoin avide d'amour et de tendresse familiale. Il était fils unique et vivait avec son vieux père, âgé de plus de soixante-dix ans. Il ne m'avait pas fallu longtemps pour comprendre qu'en dépit de tous les dons naturels que je lui enviais, il enviait encore plus ce que moi je possédais, et dont lui devait se contenter de rêver : mes sœurs, ma grand-mère, ma mère et mon père, tous heureux et unis sous un même toit.

Pour moi, Panchito était plus un frère qu'un ami, et c'est aussi comme cela que ma famille le voyait. Dès l'instant où ils avaient fait sa connaissance, mes parents l'avaient accueilli comme un fils, et ne lui avaient laissé d'autre choix que de considérer notre maison comme la sienne. Panchito avait accepté de bon cœur, et il s'était tout naturellement intégré à notre univers. Il passait ses week-ends avec nous, partait avec nous en voyage, en vacances, et participait à toutes nos fêtes de famille. Il partageait avec mon père et moi la passion des voitures et adorait nous accompagner aux courses automobiles. Pour Susy, il était comme un deuxième grand frère. Ma mère lui vouait une affection toute particulière. Il avait l'habitude de s'asseoir sur le plan de travail de la cuisine pendant qu'elle s'affairait à nous mijoter des petits plats, et ils passaient ainsi des heures à discuter. Souvent, elle le taquinait pour sa propension légendaire à courir les jolies filles. « Tu ne penses qu'à ça, disait-elle. Quand est-ce que tu vas te décider à grandir ? » Et Panchito de lui répondre : « Quand je serai grand, je les chasserai pour de bon ! Je n'ai que dix-huit ans, madame Parrado ! Je ne fais que commencer ! »

Je percevais chez Panchito une grande force et une grande profondeur, dans la loyauté qu'il me témoignait, l'attitude très protectrice qu'il avait envers Susy, le respect silencieux qu'il montrait à mes parents, et même l'affection avec laquelle il traitait les domestiques de la maison de son père, qui l'aimaient tous comme un fils. Plus encore, je voyais en lui un homme qui ne désirait rien d'autre que les joies d'une vie de famille heureuse. Je connaissais le fond de son cœur, je me représentais sans difficulté son avenir. Il finirait par rencontrer la femme qui saurait l'apprivoiser; il deviendrait un bon mari et un père aimant. Moi aussi je me marierais, nos familles n'en feraient qu'une, nos enfants grandiraient ensemble. Bien entendu, nous ne parlions jamais de ces choses-là à notre âge, mais je crois qu'il savait que j'avais compris, et que cette certitude renforçait d'autant plus notre amitié. Mais à l'époque, nous étions jeunes, et l'avenir nous semblait très éloigné. Les ambitions, les responsabilités, cela pouvait attendre. Comme Panchito, je vivais dans l'instant. Nous avions bien le temps d'être sérieux. J'étais jeune, je voulais m'amuser. Je n'étais ni paresseux ni égocentrique. Je me considérais comme un bon fils, travailleur, digne de confiance en amitié, en somme quelqu'un d'honnête et de droit. Simplement, je n'étais pas pressé de grandir. Pour moi, la vie, c'était aujourd'hui. Je n'avais pas de principes forts, d'objectifs ou de motivations bien définis, sauf de m'amuser. Il ne me venait pas à l'idée que si je pouvais me permettre ce luxe, c'était grâce aux sacrifices de mon père, qui, très jeune, avait pris sa vie en main en se fixant consciencieusement des objectifs et qui, après des années de dur labeur et de persévérance, m'avait offert une vie faite de privilèges, de sécurité et de réjouissances, que bien entendu je tenais pour acquise.

Mon père, Seler Parrado, était né à Estación Gonzales, un avant-poste poussiéreux au milieu des riches terres de l'Uruguay, où les vastes ranchs de bovins, les estancias, produisaient le bœuf succulent qui faisait la réputation du pays. Son propre père était un pauvre colporteur qui circulait d'une estancia à l'autre dans une carriole tirée par des chevaux pour vendre des selles, des brides, des bottes et autres accessoires indispensables aux propriétaires des ranchs ou aux gauchos bourrus qui s'occupaient des troupeaux. C'était une vie difficile, sans cesse sur les routes, des lendemains incertains, un confort minimum. (Chaque fois que je me plaignais de ma vie, mon père me rappelait que lorsqu'il était enfant, ce qui tenait lieu de salle de bains était une cabane en tôle située à vingt mètres de la maison, et que la première fois qu'il avait vu un rouleau de papier-toilette, il avait onze ans, quand sa famille s'installa à Montevideo.) Cette enfance à la campagne ne laissait pas beaucoup de temps pour se reposer ou s'amuser. Tous les jours, mon père allait à l'école à pied, mais on attendait également de lui qu'il participe au travail de la famille. A six ans, il travaillait déjà plusieurs heures par jour dans la petite exploitation familiale – il s'occupait des poules et des canards, allait chercher de l'eau au puits, ramassait du bois de chauffage et participait à l'entretien du potager de sa mère. A huit ans, il assistait son père et allait avec lui d'un ranch à l'autre. Ce n'était pas une enfance insouciante, mais cela lui avait montré la valeur du travail et lui avait appris que rien ne lui serait donné, que sa vie ne serait que ce qu'il déciderait d'en faire.

Quand mon père eut onze ans, sa famille s'installa à Montevideo, et mon grand-père y ouvrit une boutique dans laquelle il vendait les mêmes produits que ceux qu'il avait jusque-là colportés. Seler devint mécanicien – depuis son plus jeune âge, il avait une passion pour les voitures et les moteurs. Quand mon grand-père décida de prendre sa retraite, mon père, âgé alors d'environ vingt-cinq ans, se retrouva à la tête du magasin. Mon grand-père, très astucieusement, avait établi sa boutique à côté de la gare centrale de Montevideo. A l'époque, le chemin de fer était le moyen de transport le plus répandu pour se rendre de la campagne à la ville, et quand les propriétaires de ranchs ou les gauchos venaient s'approvisionner dans la capitale, ils passaient forcément devant le magasin en descendant du train. Cependant, quand Seler reprit l'affaire, les choses avaient changé. Les bus avaient remplacé les trains et la gare routière se trouvait loin du magasin. De plus, la modernité avait atteint les campagnes les plus reculées du pays; les camions et les tracteurs eurent vite fait de remplacer les chevaux et les mules. Cela se traduisit bien entendu par une forte baisse de la demande de selles et de brides. On frôlait la faillite. Décidé à tenter le tout pour le tout, Seler fit une expérience : il réunit le matériel de ferme sur la moitié du magasin, et remplit l'espace ainsi libéré par de l'outillage – écrous, boulons, vis et chevilles, câbles et charnières. L'affaire se mit immédiatement à prospérer. Quelques mois plus tard, il s'était débarrassé de toutes les selles et autres accessoires liés à la vie de ranch et avait rempli les étagères d'outillage. Il vivait encore dans la pauvreté, il dormait sur des couvertures à même le sol dans une remise au-dessus du magasin, mais les ventes augmentaient de manière régulière, et il savait qu'il tenait entre ses mains la clé de son avenir.

En 1945, sa vie s'enrichit d'autant plus : Seler épousa ma mère, Eugenia. Elle était aussi ambitieuse et indépendante que lui, et dès le début, ils étaient bien plus qu'un couple marié. Ils formaient une équipe, partageant la même vision d'un avenir prometteur. Comme mon père,

Eugenia avait eu une jeunesse difficile. En 1939, à seize ans, elle avait quitté l'Ukraine avec ses parents et sa grand-mère pour échapper à la Seconde Guerre mondiale. Ses parents, qui avaient été apiculteurs en Ukraine, s'établirent dans la campagne uruguayenne. Ils vivaient très modestement de leurs ruches et du miel qu'ils en tiraient. Leur vie était dure, les opportunités restreintes, et à l'âge de vingt ans, ma mère s'installa à Montevideo dans l'espoir d'y trouver un avenir plus souriant. Quand elle épousa mon père, elle avait un poste administratif dans un grand laboratoire médical de la ville. Au début, elle travaillait au magasin pendant son temps libre. Les premières années de leur mariage furent difficiles, l'argent était rare, ils n'avaient même pas de quoi s'offrir des meubles, et ils avaient commencé à vivre ensemble dans un appartement vide. Petit à petit, ils se mirent à récolter les fruits de leur travail et à tirer des bénéfices du magasin. A la naissance de ma sœur Graciela, en 1947, ma mère démissionna du laboratoire pour travailler à plein temps avec mon père. Je suis né en 1949, ma sœur Susy trois ans plus tard. Eugenia était alors devenue un élément essentiel à la prospérité de l'entreprise familiale, son travail et son sens des affaires avaient contribué à nous donner un train de vie très confortable. Malgré l'importance qu'elle accordait à son travail, la maison et la famille étaient ce qui lui importait le plus. Un jour, quand j'avais douze ans, elle nous annonça qu'elle nous avait trouvé la maison idéale, dans le quartier de Carrasco, l'un des quartiers résidentiels les plus chic de Montevideo. Je n'oublierai jamais le bonheur qui éclairait son regard tandis qu'elle nous décrivait la maison : c'était une villa moderne de deux étages, située sur la plage, nous disait-elle. Les fenêtres étaient grandes, les pièces vastes et lumineuses, entourées de belles pelouses et d'une véranda. De la maison, on avait une vue sublime sur l'océan, et c'est ce qui expliquait le coup de foudre de ma mère. Je me souviens encore du ton émerveillé de sa voix quand elle nous a dit : « Nous pourrons regarder le coucher de soleil sur la mer ! » Ses yeux bleus brillaient de larmes. Elle avait commencé avec si peu de choses, et voilà maintenant qu'elle avait trouvé la maison de ses rêves, un endroit qui serait à elle pour la vie.

A Montevideo, une adresse à Carrasco est synonyme de prestige, et dans cette nouvelle maison, nous vivions entourés par le gratin de la société uruguayenne. Nos voisins étaient des industriels, des hommes d'affaires, des artistes et des hommes politiques, les plus en vue de la nation. C'était un quartier dans lequel les gens avaient un statut social et du pouvoir, bien loin du milieu modeste dont elle était issue, et sans doute éprouvait-elle une immense satisfaction à l'idée d'avoir réussi à nous faire une place dans ce monde-là. Elle gardait néanmoins les pieds sur terre et ne se laissait pas impressionner par le voisinage, ou par leur mode de vie. La réussite ne changeait rien à l'affaire, elle n'entendait pas renoncer aux valeurs avec lesquelles elle avait grandi, ou oublier qui elle était. L'une des premières choses qu'elle fit quand nous avons emménagé fut d'aider ma grand-mère Lina, qui vivait avec nous depuis que nous étions petits, à retourner un grand carré de pelouse verte et grasse pour y faire un immense potager. (Lina avait aussi un petit élevage de canards et de poules dans le jardin ; nul doute que les voisins ont été consternés de voir que cette vieille dame aux yeux bleus et aux cheveux blancs, qui s'habillait toujours avec la simplicité d'une paysanne européenne et qui portait toujours tous ses outils de jardinage accrochés à la taille, était à la tête d'une ferme miniature dans l'un des quartiers les plus chic et proprets de la ville!) Grâce aux soins attentifs de Lina, le potager produisit bientôt des quantités fabuleuses de haricots, petits pois, salades, poivrons, aubergines, maïs et tomates – bien plus que nous ne pouvions en avaler, mais ma mère se refusait à gâcher la récolte; Lina et elle passaient donc des journées entières dans la cuisine à faire des conserves, pour que nous puissions profiter toute l'année des produits du jardin. Ma mère avait horreur du gâchis et de la prétention, elle valorisait la frugalité et ne perdit jamais sa foi dans la valeur du travail. Les affaires de mon père lui prenaient beaucoup de temps, et elle travaillait dur pour qu'il réussisse. Elle était également très présente dans nos vies : toujours là pour nous envoyer à l'école, toujours là pour nous accueillir à la fin de la journée, elle ne manquait jamais un de mes matchs de foot ou de rugby, ni les pièces ou les spectacles de mes sœurs à l'école. C'était une femme d'une énergie débordante mais discrète, elle avait toujours pour nous des mots d'encouragement ou de sages conseils, d'immenses ressources d'ingéniosité et de bon sens, ce qui lui valait le respect de tous ceux qui la connaissaient. Une fois, dans le cadre d'un voyage organisé par le Rotary Club, ma mère avait accompagné quinze enfants de Carrasco en week-end à Buenos Aires. Quelques heures après leur arrivée, un coup d'Etat militaire éclata dans la ville, visant à renverser le gouvernement argentin. Le chaos régnait, et chez nous, le téléphone n'arrêtait pas de sonner; les parents inquiets voulaient savoir si leurs enfants étaient en sécurité. L'un après l'autre, j'entendais mon père les rassurer avec les mêmes mots, d'une voix parfaitement confiante : « Ils sont avec Xenia, il ne va rien leur arriver. » Et de fait, rien de malheureux ne leur arriva, grâce aux bons soins de ma mère. Il était près de minuit quand elle décida que Buenos Aires n'était plus un endroit sûr. Elle savait que le dernier ferry pour Montevideo partait quelques minutes plus tard ; elle entreprit donc de téléphoner à la compagnie des ferries et de convaincre les pilotes, morts de peur, de retarder leur départ jusqu'à ce qu'elle arrive avec les enfants. Elle réunit tout son petit monde, bagages compris, et les conduisit à travers les rues incertaines de la ville jusqu'au port. Ils embarquèrent sans problème et le ferry largua les amarres vers trois heures du matin, soit trois heures après le départ initialement prévu. Ma mère était une force de la nature, mais cette force trouvait sa source dans l'amour et la générosité.

A l'époque où j'allais au lycée, mes parents étaient propriétaires de trois magasins d'outillage en Uruguay, grands et prospères. Mon père importait également des marchandises du monde entier et les revendait à des magasins plus petits dans toute l'Amérique du Sud. Le pauvre garçon de la campagne avait fait bien du chemin depuis Estación Gonzales, et je crois qu'il en éprouvait une grande joie, mais au fond, je n'ai jamais douté que tout ce qu'il avait fait, c'était pour nous. Il nous avait offert une vie confortable et privilégiée, telle que son propre père n'aurait jamais pu l'imaginer, il avait pourvu à nos besoins et nous avait protégés de son mieux. Bien qu'il ne fût pas homme à exprimer ses sentiments, il nous manifestait toujours son amour de manière subtile et silencieuse, à l'image de l'homme qu'il était.

Lorsque j'étais enfant, mon père m'amenait avec lui dans le magasin, il me conduisait parmi les étagères et partageait patiemment avec moi les secrets des marchandises brillantes sur lesquelles était fondée la prospérité de notre famille. Ceci est un boulon à ailettes, Nando. On s'en sert pour fixer des choses dans un mur creux. Ceci est une rondelle – ça sert à renforcer un trou dans une bâche de manière à pouvoir y passer une corde pour l'attacher. Ça, c'est un boulon de scellement. Là, un boulon de carrosserie. Ici, ce sont des écrous à oreilles. Ici, nous avons toutes les rondelles – les rondelles-élastique, les rondelles-frein, les rondelles-éventail, les rondelles plates de toutes les tailles. Nous avons aussi des tire-fonds, des vis à tête Phillips, des vis fendues, des vis de mécanique, des vis à bois, des vis autotaraudeuses... On a des clous ordinaires, des clous de finition, des clous de toiture, des clous d'emballage, des clous à maçonnerie, des clous à deux têtes superposées, plus de clous que tu ne pourrais imaginer...

C'étaient des moments précieux pour moi. J'aimais le sérieux et la tendresse avec lesquels il me faisait part de ses connaissances. En réalité, il ne se contentait pas de jouer, il m'enseignait les choses que j'aurais besoin de savoir quand viendrait le temps de travailler avec lui. Même à l'époque, je sentais qu'il me donnait aussi une leçon plus profonde : Tu vois, Nando, à chaque tâche correspond un outil. Je ne sais pas si c'était son intention, mais c'est de cette manière qu'il me transmettait ce que ses années de galère lui avaient appris. Ne te perds pas dans les nuages. Fais attention aux moindres détails, aux fondements de la réalité. Tu ne pourras pas construire ta vie sur des souhaits ou sur des rêves. Une vie agréable ne tombe pas du ciel. On construit sa vie sur terre avec du travail et du bon sens. Les choses ont une signification. Il existe des règles et des réalités qui ne changeront pas pour satisfaire tes besoins. C'est à toi de comprendre ces règles. Si tu y parviens, si tu travailles dur et intelligemment, tout ira bien.

C'était cette sagesse qui avait façonné la vie de mon père et il me la transmettait de bien des manières différentes. Les voitures avaient pour lui une importance particulière. Passionné de sports automobiles et pilote amateur, il était très fier de ses talents de conducteur et de ses connaissances en matière de voitures. Il fit en sorte que je comprenne bien ce qui se cachait sous le capot d'une voiture, le fonctionnement de chaque pièce et les opérations d'entretien qu'il était nécessaire d'effectuer. Il m'apprenait à purger les freins, à vidanger et à entretenir le moteur. Il passait également des heures à m'apprendre à bien conduire – avec fougue, certes, mais aussi avec souplesse et sécurité, toujours avec le sens de l'équilibre et du contrôle. C'est Seler qui m'avait appris à embrayer pour changer de vitesse, pour épargner le boîtier de vitesses. Il m'avait appris à écouter et à déchiffrer le bruit du moteur, de manière à pouvoir accélérer et changer de vitesse au bon moment – pour être en harmonie avec la voiture et en tirer le maximum. Il m'avait montré comment trouver le meilleur axe pour prendre une courbe, la meilleure façon de prendre un virage à vive allure : il faut appuyer fort sur la pédale de frein avant d'entrer dans le virage, débrayer et accélérer en douceur dans le virage. C'est la technique qu'on appelle le talon-pointe, à cause de la gymnastique des pieds : tandis que le pied gauche travaille l'embrayage, le pied droit pivote sur le talon entre le frein et l'accélérateur. Ce style de conduite requiert talent et concentration, mais mon père tenait à ce que j'apprenne à le maîtriser car c'était la *bonne* manière de conduire. De fait, cela permet de maintenir l'équilibre et le répondant du véhicule, et surtout, cela donne au conducteur le contrôle nécessaire pour ne pas sortir de la route et partir dans le décor. Mon père me disait : « Si tu conduis autrement, ta voiture va flotter dans les virages. Tu conduis comme un aveugle, tu t'en remets aux forces qui travaillent contre toi, et ça veut dire que tu pars du principe qu'il n'y aura pas de surprises sur ton chemin. »

J'éprouvais un respect infini pour mon père, et ma gratitude pour la vie qu'il nous offrait l'était tout autant. Je désirais ardemment lui ressembler, mais quand je suis rentré au lycée, j'ai dû me rendre à l'évidence : nous n'étions pas le même genre d'hommes. Je n'avais ni sa clarté de vision, ni son pragmatisme tenace. Nous avions du monde une conception radicalement différente. Pour mon père, la vie était ce que l'on créait en travaillant dur et en faisant preuve d'une volonté de fer. Pour moi, l'avenir ressemblait à une histoire qui se dévoile petit à petit, avec des rebondissements et des changements de direction tels qu'on ne pouvait jamais rien prévoir. Il me semblait que la vie était quelque chose que l'on devait découvrir, tout arriverait en temps et en heure. Je n'étais pas paresseux ou complaisant, mais un peu rêveur. La plupart de mes amis savaient ce que l'avenir leur réservait – ils travailleraient dans l'entreprise familiale ou feraient le même métier que leur père. On s'attendait généralement à ce que je fasse de même. Pourtant, je n'imaginais pas passer ma vie à vendre des outils. Je voulais voyager, je rêvais d'aventures, d'excitation, de créativité. Plus que tout autre chose, je rêvais de devenir pilote de course, comme mon idole, Jackie Stewart, triple champion du monde et peut-être le plus grand pilote de tous les temps. Comme lui, je savais que la conduite était plus qu'une simple affaire de chevaux dans le moteur et de vitesse, c'était une question d'équilibre et de rythme, je voyais de la poésie dans l'harmonie qui existait entre le pilote et son véhicule. Je comprenais qu'un grand pilote n'était pas simplement un casse-cou, c'était un virtuose, doué du talent et du courage nécessaires pour pousser son engin aux limites de sa puissance, en défiant les dangers et les lois de la physique, toujours sur le fil du rasoir, entre le contrôle et la catastrophe. C'est là toute la magie de la course. Et c'est ce que je rêvais de devenir. Quand je regardais le poster de Jackie Stewart accroché au mur de ma chambre, j'avais la conviction qu'il me comprendrait, et je rêvais qu'il verrait en moi une âme sœur.

Quoi qu'il en soit, ces rêves semblaient inaccessibles. Malgré l'intensité de mes fantasmes, lorsqu'il me fallut choisir une voie universitaire, j'optai pour l'agriculture, car c'était ce que faisaient la plupart de mes amis. Lorsque mon père apprit la nouvelle, il haussa les épaules et me dit en souriant : « Nando, les familles de tes amis ont tous des ranchs. Nous, nous avons des magasins d'outillage. » Il n'eut pas beaucoup de mal à me faire changer d'avis. Je finis par me tourner vers des études qui avaient du sens ; en l'occurrence, je choisis une école de commerce, sans trop réfléchir à l'impact de mes études sur mon avenir ou à quoi elles me conduiraient. J'obtiendrais peut-être un diplôme, peut-être pas. Je prendrais la tête des établissements de mon père, ou pas. Ma vie se dévoilerait à moi en temps voulu. En attendant, je passais l'été à être Nando : je jouais au rugby, je courais les filles avec Panchito, je conduisais ma petite Renault le long de la côte à Punta del Este, j'allais à des soirées et je lézardais au soleil. Je vivais pour l'instant, en suivant le mouvement, attendant que mon avenir se présente devant moi, et toujours content de laisser les autres décider à ma place.

Pendant que le Fairchild survolait le col du Planchón, je ne pus m'empêcher de penser à mon père. Il nous avait déposés à l'aéroport de Montevideo. « Amusez-vous bien ! nous avait-il dit. Je viens vous chercher lundi. » Il avait embrassé ma mère et ma sœur, m'avait chaleureusement serré dans ses bras et était retourné à son bureau, à l'univers ordonné et sans surprise dans lequel il se plaisait. Pendant que nous prendrions du bon temps au Chili, il ferait comme d'habitude : il réglerait des problèmes, travaillerait dur et assurerait notre avenir. Par amour pour sa famille, il avait organisé dans sa tête un avenir destiné à nous procurer à tous sécurité et bonheur. Il avait tout prévu dans le moindre détail. Les Parrado seraient toujours bien lotis. Il y croyait fermement, et nous lui faisions une confiance aveugle – comment aurions-nous pu en douter ?

« Veuillez attacher vos ceintures, dit le steward. Nous allons traverser une zone de turbulences. » Nous survolions le col du Planchón. Panchito était encore assis du côté du hublot, nous naviguions dans un brouillard épais et il n'y avait pas grand-chose à voir. Je pensais aux filles que Panchito et moi avions rencontrées lors de notre premier voyage au Chili. Nous les avions accompagnées à la plage de Viña del Mar et étions rentrés si tard que nous avions failli rater notre match de rugby le lendemain. Elles avaient accepté de nous revoir cette année et proposé de venir nous chercher à l'aéroport, mais notre escale à Mendoza avait chamboulé nos plans, et j'espérais que nous réussirions à les retrouver. J'étais sur le point d'en toucher un mot à Panchito, quand l'avion plongea subitement sur le côté. Nous avons ensuite senti quatre secousses brutales quand l'avion a traversé les turbulences. Certains garçons se sont mis à crier et à chahuter, comme s'ils se trouvaient sur le grand huit. Je me suis penché en avant et ai fait un sourire rassurant à Susy et à ma mère, qui semblait inquiète. Elle avait posé son livre et serrait la main de ma sœur dans la sienne. Je voulais leur dire de ne pas s'inquiéter, mais avant que j'aie eu le temps de dire quoi que ce soit, le plancher sembla se désolidariser du corps de l'avion ; mon estomac se retourna ; d'un seul coup, nous avions perdu plus de cent mètres d'altitude.

A présent, l'appareil glissait et rebondissait dans les turbulences. Tandis que les pilotes s'efforçaient de stabiliser le Fairchild, je sentis que Panchito me donnait un coup de coude.

« Regarde là, Nando. Tu crois que c'est normal d'être aussi près des montagnes ? »

Je me suis penché pour regarder par le hublot. Nous étions dans un nuage épais, mais au travers, je pouvais voir se dresser un mur massif de roche. Le Fairchild était brutalement secoué, et l'extrémité de l'aile ne se trouvait pas à plus de dix mètres des sombres parois de la montagne. Pendant quelques secondes, j'ai regardé, sidéré, puis les moteurs de l'appareil se sont mis à rugir alors que les pilotes tentaient désespérément de regagner de l'altitude. Le fuselage s'est mis à vibrer si violemment que j'ai craint qu'il ne se casse en mille morceaux. Ma mère et ma sœur se sont retournées vers moi. Nos regards se sont rencontrés pendant un instant, avant qu'une secousse violente fasse valser l'avion. On a entendu un terrible hurlement métallique. Soudain, j'ai vu le ciel au-dessus de ma tête. Un air glacial m'a balayé le visage et j'ai remarqué, avec un calme étrange, que les nuages s'engouffraient dans la travée centrale. Je n'ai pas eu le temps de comprendre, de prier ou de ressentir de la peur. Tout a eu lieu en un clin d'œil. Ensuite j'ai été arraché de mon siège par une force incroyable et projeté vers l'avant, dans l'obscurité et le silence absolu.

2

Toutes les choses précieuses

« TIENS, NANDO. Tu as soif ? »

C'était mon coéquipier, Gustavo Zerbino, accroupi à mon chevet ; il tenait une boule de neige appuyée contre mes lèvres. La neige était froide et me brûlait la gorge quand j'avalais, mais comme j'étais totalement déshydraté, je l'ai avalée par morceaux et en ai redemandé. Plusieurs heures s'étaient écoulées depuis que j'étais sorti du coma. J'avais l'esprit plus clair, et de nombreuses questions à poser. Quand j'ai fini d'avaler la neige, j'ai fait signe à Gustavo de s'approcher : « Où est ma mère ? Où est Susy ? Elles vont bien ? »

Le visage de Gustavo ne trahissait pas la moindre émotion. « Repose-toi, me répondit-il. Tu es encore très faible. » Il s'est éloigné, et pendant quelque temps, les autres ont gardé leurs distances. Je les suppliais de me donner des nouvelles de ma famille, mais ma voix n'était qu'un murmure rauque, et il leur était facile de faire comme s'ils n'entendaient rien. J'étais allongé par terre, grelottant, et pendant que les autres s'affairaient, je tendais l'oreille pour entendre la voix de Susy, je jetais des regards autour de moi dans l'espoir d'apercevoir le visage de ma mère. Je me languissais du sourire chaleureux de ma mère, de son regard bleu, je voulais me blottir dans ses bras et l'entendre me dire que tout allait s'arranger. Eugenia était le centre émotionnel de toute la famille. Sa sagesse, sa force et son courage étaient à la base de nos vies, et je ressentais à ce moment-là un tel besoin d'être auprès d'elle que j'en éprouvais une douleur physique pire que le froid ou la douleur qui me martelait la tête.

Quand Gustavo est revenu avec une autre boule de neige, je l'ai attrapé par la manche. « Où sont-elles, Gustavo ? Je t'en prie ! »

Gustavo m'a regardé dans les yeux, et a dû y voir que j'étais prêt à entendre la réponse. « Nando, il faut que tu sois fort. Ta mère est morte. »

Quand je me remémore cet instant, je suis incapable de dire pourquoi cette nouvelle ne m'a pas anéanti. Jamais je n'avais éprouvé un besoin aussi fort de la présence de ma mère, et on m'annonçait que je ne la sentirais plus jamais près de moi. Pendant un bref instant, le chagrin et la panique ont explosé dans ma poitrine de manière si violente que j'ai cru devenir fou, puis une pensée a pris forme dans mon esprit, une voix parfaitement lucide et détachée de tout ; j'avais l'impression que quelqu'un me murmurait à l'oreille : Ne pleure pas. Les larmes sont salées, tu auras besoin de sel pour survivre.

J'étais consterné par le calme de cette pensée, choqué par le sang-froid de la voix qui prononçait ces paroles. Ne pas pleurer ma mère ? La plus grande perte de ma vie ? Je suis perdu dans les Andes, je me les gèle, ma sœur est peut-être en train de mourir, mon crâne est cassé en morceaux, et je ne devrais pas pleurer ?! La voix dit de nouveau : Ne pleure pas.

« Il y a encore autre chose, me dit Gustavo. Panchito est mort. Guido aussi. Et beaucoup d'autres. » J'ai secoué la tête faiblement, incapable de croire ce qu'il me disait. Comment cela avait-il pu arriver ? Des sanglots me serraient la gorge, mais avant que j'aie pu me laisser aller au chagrin, la voix me parla de nouveau, plus fort cette fois-ci : Ils sont partis. Ils appartiennent désormais à ton passé : ne dépense pas ton énergie pour des choses sur lesquelles tu n'as aucune prise. Regarde devant toi. Garde les idées claires. Tu survivras.

Gustavo était toujours agenouillé près de moi, j'avais envie de l'attraper, de le secouer, de l'obliger à dire que c'était un mensonge. Puis je me suis souvenu de ma sœur, et sans le moindre effort conscient, j'ai fait ce que m'ordonnait la voix : j'ai laissé mon chagrin pour ma mère et les amis sombrer dans le passé. Dans le même temps, je me suis senti submergé par un sentiment puissant d'inquiétude pour l'état de ma sœur. Pétrifié, je fixai Gustavo un moment, et parvins à réunir le courage nécessaire pour lui poser ma question.

« Gustavo ? Et Susy ?

— Elle est là-bas, me répondit-il en me montrant le fond de l'appareil. Mais elle est gravement blessée. »

A ce moment-là, tout changea pour moi. Ma propre souffrance était reléguée au second plan, et j'étais pris d'un désir violent de me rapprocher de ma sœur. J'ai bataillé pour me mettre debout, ai réussi à faire quelques pas, mais ma douleur à la tête provoquait des étourdissements et je me suis laissé retomber sur le sol. Je me suis reposé un instant et ai commencé à ramper vers Susy. Autour de moi, le sol était recouvert de décombres, preuve flagrante que la vie ordinaire avait été interrompue de manière brutale – des gobelets en plastique, des magazines ouverts, des jeux de cartes éparpillés et des livres de poche jonchaient le sol. Les fauteuils endommagés de l'appareil étaient empilés près de la cloison du cockpit, et tandis que j'avançais en rampant, je voyais de part et d'autre de l'allée les fixations métalliques qui les avaient maintenus avant le crash. J'imaginais la force colossale qu'il avait fallu pour arracher des sièges aussi solidement fixés au corps de l'avion. J'ai rampé vers Susy, mais j'étais très faible et ma progression était très lente. Bientôt, j'avais épuisé mes forces. J'ai laissé ma tête reposer par terre, et j'ai senti que des bras me soulevaient et me portaient jusqu'au fond de l'appareil. Là, allongée sur le dos, se trouvait Susy. A première vue, elle n'avait pas l'air de souffrir de blessures trop graves. Elle avait des traces de sang sur l'arcade sourcilière, mais apparemment, on lui avait lavé le visage. Ses cheveux avaient été ramenés en arrière. On s'était occupé d'elle. Elle portait le nouveau manteau qu'elle avait acheté spécialement pour le voyage, un très beau manteau en peau d'antilope, et le col de fourrure lui caressait doucement la joue dans la brise glaciale.

Mes amis m'ont aidé à m'allonger à ses côtés. Je l'ai prise dans mes bras et lui ai murmuré à l'oreille. « Je suis là, Susy. C'est Nando. » Elle s'est retournée et m'a regardé avec ses grands yeux caramel, mais son regard était incertain, et je n'étais pas sûr qu'elle me reconnaissait. Elle s'est rapprochée de moi, comme pour se blottir dans mes bras, mais a émis un petit grognement et s'est retirée. Elle souffrait d'être couchée dans cette posture et je l'ai laissée trouver une position plus confortable avant de la reprendre dans mes bras. J'ai enveloppé mes jambes et mes bras autour d'elle pour tenter de la protéger du froid. J'ai ainsi passé des heures avec elle. La plupart du temps, elle était silencieuse. Parfois, elle sanglotait ou pleurait doucement. De temps en temps, elle appelait ma mère. « Mamá, s'il te plaît, disait-elle en pleurant. J'ai tellement froid, s'il te plaît Mamá, rentrons à la maison. » A l'entendre, j'avais l'impression qu'on m'enfonçait des coups de poignard dans le cœur. Susy était le bébé de ma mère, et elles avaient toujours été liées par une tendresse particulière. Elles avaient le même caractère, toutes deux gentilles, patientes et chaleureuses; elles étaient parfaitement à l'aise l'une avec l'autre; je ne me souviens pas les avoir jamais entendues se disputer. Elles passaient de longues heures ensemble, à faire la cuisine, des promenades, ou tout simplement à discuter. Souvent, je les ai surprises assises l'une à côté de l'autre sur le canapé, leurs têtes rapprochées, en train de chuchoter et de rire à quelque secret. Je crois que ma sœur disait tout à ma mère. Elle écoutait ses conseils et sollicitait son avis sur les sujets qui la préoccupaient – l'amitié, les études, les vêtements, les ambitions et les valeurs de la vie, et bien sûr, la manière de se comporter avec les hommes.

Susy avait les traits ukrainiens de ma mère, marqués et doux à la fois, et elle adorait entendre des histoires sur les origines de notre famille en Europe de l'Est. Tous les jours après l'école, pendant que nous prenions le traditionnel *café con leche*, elle insistait pour que ma grand-mère lui raconte des anecdotes sur le petit village dans lequel elle était née : le froid et la neige en hiver, les villageois qui partageaient tout et travaillaient ensemble pour survivre. Elle était consciente de tous les sacrifices que Lina avait dû faire pour arriver en Uruguay, et je crois que grâce à ses histoires, elle se sentait plus proche de notre passé familial. Susy partageait l'amour de ma mère pour l'unité de la famille, mais elle n'était pas pour autant du genre à rester enfermée à la maison. Elle avait de nombreux amis, elle aimait la musique, elle aimait danser et aller à des fêtes, et même si elle était très attachée à la vie qu'elle avait à Montevideo, elle rêvait de voir d'autres horizons. A seize ans, elle avait passé un an en Floride dans le cadre d'un programme d'échange, dans une famille d'accueil. Elle était tombée amoureuse des Etats-Unis. « Tout est possible là-bas, me disait-elle. Tu fais un rêve, et il devient réalité ! » Elle rêvait d'aller faire ses études universitaires là-bas, et souvent, elle laissait entendre qu'elle pourrait bien y rester plus longtemps. « Qui sait ? nous disait-elle alors. J'y rencontrerai peut-être mon mari, et je deviendrai une vraie Américaine ! »

Lorsque nous étions enfants, Susy et moi adorions jouer ensemble. En grandissant, j'étais devenu son confident. Elle partageait avec moi ses secrets, ses espoirs et ses inquiétudes. Elle était toujours préoccupée par son poids – elle se trouvait trop grosse, mais ce n'était pas vrai. Elle avait les épaules et le bassin larges, mais elle était grande, musclée et bien proportionnée. Elle avait la carrure forte et musclée des gymnastes ou des nageuses. Sa beauté résidait avant tout dans son regard, couleur caramel, profond et clair, dans sa jolie peau, dans la douceur et la force qui irradiaient de son visage aimable. Elle était jeune, et n'avait pas encore de petit ami à proprement parler, je savais qu'elle s'inquiétait de ce que les garçons ne la trouvent pas séduisante. Mais moi, je ne voyais que de la beauté quand je la regardais. Comment pouvais-je lui faire comprendre qu'elle était une perle ? Ma petite sœur Susy était pour moi un trésor précieux, et ce depuis le jour de sa naissance. La première fois que je l'avais tenue dans mes bras, j'avais compris que ce serait ma mission de la protéger. Allongé sur le sol du fuselage avec elle, je me souvins d'une journée que nous avions passée à la plage quand nous étions petits. Susy était encore bébé, j'avais cinq ou six ans. Elle jouait dans le sable, face au soleil. Moi, je ne nageais pas, je ne jouais pas. Je gardais le regard fixé sur elle, je surveillais qu'elle n'aille pas dans l'eau, où le courant risquerait de l'emporter, ou qu'elle n'aille pas se promener dans les dunes où un inconnu pourrait l'enlever. Je ne la quittais pas des yeux, je dévisageais tous ceux qui l'approchaient. Je n'étais alors qu'un petit garçon, mais je me rendais bien compte que la plage était un endroit dangereux et que je devais rester vigilant pour la protéger.

Ces sentiments protecteurs n'avaient fait que s'accroître au fil des années. Je tenais à rencontrer ses amis et ses connaissances, et dès que j'ai obtenu mon permis de conduire, je suis devenu le chauffeur attitré de Susy et de sa bande. Je les amenais à des fêtes et à des soirées, je retournais les chercher après. J'aimais bien faire ça. J'éprouvais de la satisfaction à savoir qu'ils seraient en sécurité avec moi. Je les amenais aussi à un grand cinéma de notre quartier, un endroit que tous nos amis fréquentaient le week-end. Susy était avec ses amis, moi avec les miens, mais je gardais toujours un œil sur elle dans l'obscurité de la salle, pour m'assurer qu'elle allait bien et qu'elle sache que j'étais tout près si jamais elle avait besoin de moi. Certaines filles auraient sans doute détesté avoir un frère comme moi, mais je crois que Susy était contente que je l'aime au point de vouloir veiller sur elle, et en fin de compte, nous n'en étions que plus proches.

Maintenant que je la tenais dans mes bras, je me sentais terriblement impuissant. Le fait de la voir ainsi souffrir était extrêmement angoissant, mais je ne pouvais rien y faire. Toute ma vie, j'aurais été prêt à tout pour que Susy soit en sécurité, pour lui épargner des souffrances. Même maintenant, dans l'épave brisée de cet avion, j'aurais avec bonheur donné ma propre vie si cela avait pu mettre fin à ses souffrances et lui permettre de rejoindre mon père.

Mon père! Dans le chaos et la confusion, je n'avais même pas pensé à ce qu'il traversait! Il avait dû apprendre la nouvelle trois jours plus tôt, et je le connaissais assez pour savoir qu'il ne se permettrait pas le luxe d'espérer. Survivre à un crash d'avion dans les Andes? En hiver? Impossible! Je me l'imaginais très clairement, ce père fort et aimant, en train de se tourner et de se retourner dans son lit, anéanti par cette perte inimaginable. Après avoir consacré sa vie à s'occuper de nous, à travailler et à tout prévoir, à consolider sa confiance en un monde savamment ordonné et la certitude de notre bonheur, rien ne l'avait préparé à affronter une réalité aussi brutale : il n'avait pas su nous protéger. *Il n'avait pas su nous protéger.* J'avais le cœur brisé à cette pensée, et cela me faisait souffrir plus que la soif, plus que le froid, plus que la peur qui me rongeait et la douleur lancinante dans ma tête. Je l'imaginais en train de me pleurer. De me *pleurer!* Je ne supportais pas l'idée qu'il me croie mort. J'éprouvais un besoin impérieux et violent d'être près de lui, de le réconforter, de lui dire que je m'occupais de ma sœur, de lui prouver qu'il n'avait pas tout perdu.

« Je suis vivant, lui murmurais-je. Je suis vivant. »

J'avais terriblement besoin de la force et de la sagesse de mon père. S'il avait été là, sans doute aurait-il su trouver le moyen de nous ramener à la maison. A mesure que le temps passait, il se mit à faire plus froid et plus noir, et je sombrais dans le désespoir. Je me sentais aussi éloigné de mon père qu'une âme dans l'au-delà. J'avais l'impression que nous étions tombés par un trou du ciel qui nous avait conduits dans cet enfer glacé, et un retour au monde normal semblait totalement exclu. Comme tous les autres garçons, je connaissais des mythes et des légendes dans lesquels les héros atterrissent dans un monde souterrain très hostile, ou sont conduits dans une forêt enchantée dont il est impossible de s'échapper. Tentant de rentrer chez eux, ils subissent de nombreuses épreuves – ils luttent contre des dragons et des démons, livrent des duels avec des sorciers, naviguent sur des mers pernicieuses. Mais même ces héros fantastiques ont besoin d'une aide surnaturelle pour s'en sortir – les conseils d'un magicien, un tapis volant, un sortilège, une épée magique ou je ne sais quoi. Nous n'étions qu'une bande de jeunes garçons naïfs, nous n'avions jamais vraiment souffert. Rares étaient ceux d'entre nous qui avaient déjà vu la neige. Personne n'avait jamais mis les pieds à la montagne. Où allions-nous trouver un héros ? Grâce à quel enchantement réussirions-nous à rentrer chez nous ?

J'ai caché mon visage dans la chevelure de Susy pour m'empêcher de sangloter. Et puis, comme par la force d'une volonté distincte de la mienne, un vieux souvenir est remonté à la surface de mon esprit ; c'était une histoire que mon père m'avait racontée un nombre incalculable de fois. Dans sa jeunesse, il avait été l'un des plus grands rameurs d'Uruguay, et un été, il s'était rendu en Argentine pour participer à une course d'aviron qui avait lieu sur la partie du fleuve Uruguay que l'on appelle le delta du Tigre. Seler était un rameur puissant, et il avait bientôt distancé la majorité des participants, mais un rameur argentin était resté avec lui. Ils avaient bataillé tout le long de la course, chacun mobilisant toutes ses forces pour tenter de dépasser l'autre. La ligne d'arrivée se rapprochait et il était encore impossible de dire qui décrocherait la victoire. Mon père avait les poumons en feu et des crampes dans les jambes. Il n'avait qu'une envie, se laisser aller en avant, remplir ses poumons d'air et mettre un terme à ses souffrances. Il y aura d'autres courses, s'était-il dit en relâchant la pression sur ses rames. Il avait alors jeté un coup d'œil à son adversaire et avait vu que son visage n'exprimait que la plus pure agonie. « Je me suis rendu compte qu'il souffrait tout autant que moi, me racontait mon père. Alors j'ai décidé de ne pas laisser tomber. J'ai décidé de souffrir encore un peu. »

Avec un regain de volonté, Seler avait plongé ses pales dans l'eau et avait ramé avec toute la force dont il était capable. Son cœur battait à tout rompre, son estomac se soulevait et il avait l'impression qu'on lui arrachait les muscles des os. Mais il s'était forcé à continuer, et sur la ligne d'arrivée, c'était le bateau de mon père qui était arrivé le premier, de quelques centimètres à peine.

J'avais cinq ans la première fois que mon père m'avait raconté cette histoire, et j'étais totalement émerveillé par cette image de lui – sur le point d'abandonner, il avait trouvé en lui la force de continuer. Enfant, je ne me lassais jamais d'entendre cette histoire, mon père restait un héros. Bien des années plus tard, quand je le regardais, assis à son bureau, fatigué, travaillant tard, penché sur des factures ou des bons de livraison, je voyais encore devant moi le jeune homme courageux sur le fleuve d'Argentine, perclus de douleur, mais qui continuait malgré tout à lutter parce qu'il refusait d'abandonner, un homme qui savait où se trouvait la ligne d'arrivée et qui était fermement déterminé à la franchir, coûte que coûte.

Recroquevillé sur le sol de l'avion avec Susy, je pensais à la bataille que mon père avait livrée sur le fleuve. Je m'efforçais de trouver en moi la même force, mais je ne ressentais rien que du désespoir et de la peur. J'entendis la voix de mon père, son vieux conseil : Sois fort, Nando, sois malin. Fais advenir ton bonheur. Prends soin des gens que tu aimes. Mais à cet instant, ces mots ne m'inspiraient qu'un sentiment profond de perte.

Susy a râlé doucement et a tressailli dans mes bras. « Ne t'inquiète pas, lui ai-je murmuré. Ils vont nous retrouver. Ils vont nous ramener à la maison. » Je suis incapable de dire si j'y croyais ou non moi-même. Ma seule préoccupation était de réconforter ma sœur. Le soleil se couchait, et comme la lumière baissait à l'intérieur du fuselage, l'air glacial se faisait encore plus mordant. Les autres, qui avaient déjà passé deux longues nuits dans les montagnes, se sont installés en se préparant à affronter la misère qui nous attendait. Bientôt, l'obscurité dans l'avion fut totale et le froid se referma sur nous comme un étau. L'agressivité du froid me coupait le souffle. Il avait quelque chose de sournois, comme une volonté prédatrice, et il n'y avait rien que je puisse faire pour échapper à son attaque, sauf me blottir contre ma sœur. Même le temps semblait avoir gelé : j'étais couché à même le sol, malmené par des rafales glacées qui s'engouffraient dans la moindre crevasse, je grelottais sans pouvoir me contrôler pendant des heures – c'était du moins l'impression que j'avais – persuadé que le jour allait se lever d'un instant à l'autre. Puis, un garçon annonçait l'heure, et je me rendais compte que quelques minutes seulement s'étaient écoulées. J'ai souffert tout au long de la nuit, d'une respiration glacée à l'autre, d'un battement de cœur grelottant au suivant, et chaque instant était à lui seul un enfer. Quand il me semblait que je n'en pouvais plus, je me rapprochais de Susy, et c'est le fait de penser que je prenais soin d'elle qui m'a permis de rester lucide. Après le coucher du soleil, il faisait totalement noir. Je ne voyais plus le visage de Susy, je n'entendais que sa respiration difficile. Couché auprès d'elle, je me suis senti submergé par le sentiment de tendresse et d'amour que j'éprouvais pour elle, pour mes amis disparus, pour ma famille, pour ma vie et mon avenir, soudain devenus fragiles et précieux; ce sentiment était si profond et douloureux qu'il m'a privé de mes forces et pendant un court instant, j'ai cru que j'allais m'évanouir. Mais je me suis repris et me suis blotti encore davantage contre Susy, en l'entourant de mes bras aussi délicatement que possible, faisant attention à ses blessures, et me retenant pour ne pas la serrer de toutes mes forces. J'ai collé ma joue contre la sienne pour sentir sa respiration chaude contre mon visage, et j'ai passé toute la nuit à la tenir, sans jamais relâcher mon emprise, en l'embrassant comme si j'embrassais tout l'amour, toute la paix et la joie que j'avais connus et que je connaîtrais jamais, comme si en la tenant aussi fort, je pouvais empêcher toutes les choses précieuses de m'échapper.

LE LIEU DE L'ACCIDENT

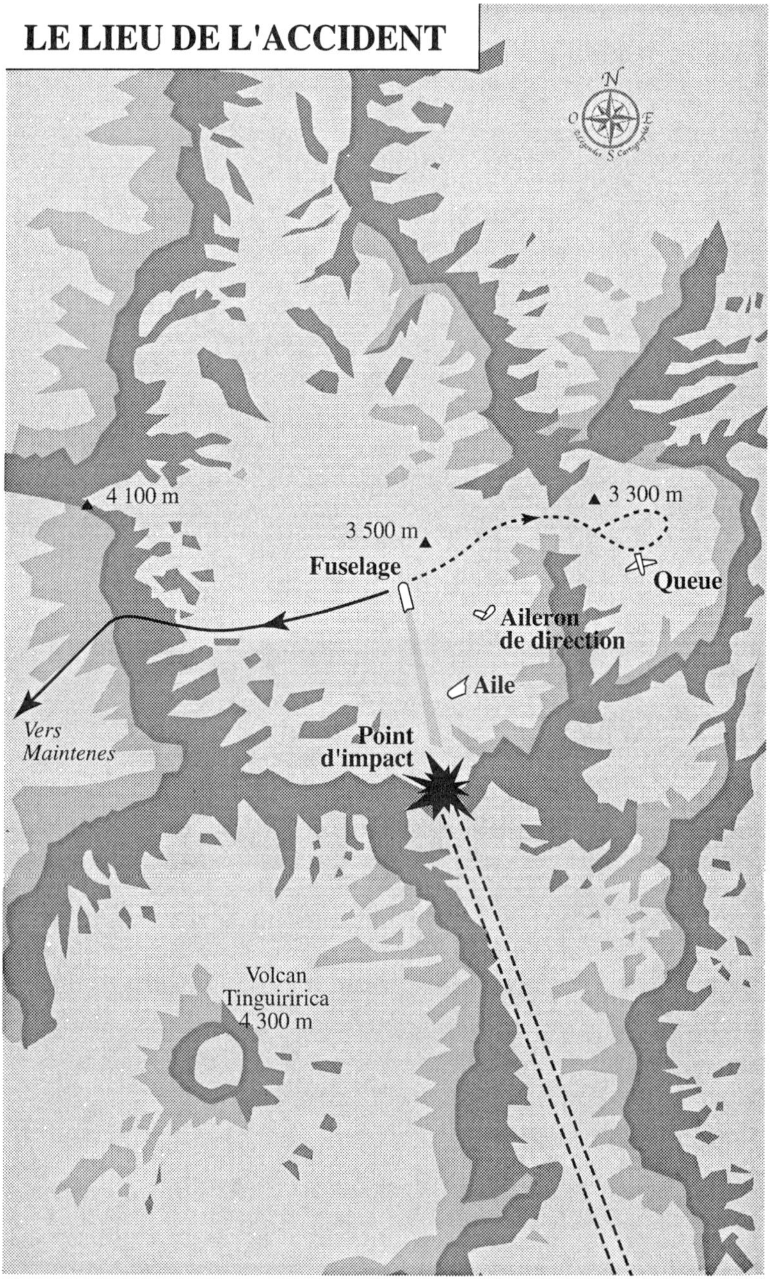

3

Une promesse

JE N'AI PAS BEAUCOUP DORMI cette première nuit. Je suis resté éveillé dans l'obscurité glaciale, il me semblait que l'aube ne viendrait jamais. Finalement, une faible lumière a commencé à poindre au travers des hublots du fuselage et les autres se sont mis à remuer. Quand je les ai vus, mon cœur s'est serré : leurs cheveux, leurs sourcils et leurs lèvres brillaient d'une lueur blanche, recouverts de gel; ils se déplaçaient comme des vieillards, raides et lents. C'est en me levant que je me suis aperçu que mes vêtements avaient gelé, ils étaient durs et raides, mes cils et mes sourcils étaient pleins de givre. Je m'efforçais de rester debout. Je souffrais encore d'une douleur lancinante à la tête, mais je ne saignais plus. Je suis sorti du fuselage en titubant pour découvrir l'univers blanc et étrange dans lequel nous étions tombés.

Le soleil matinal éclairait les versants enneigés d'une lumière blanche et crue qui me contraignait à plisser les yeux pour examiner le paysage alentour. Le fuselage endommagé du Fairchild avait glissé sur un glacier recouvert de neige, situé en contrebas d'une montagne de glace massive. Le nez froissé de l'avion pointait légèrement vers le flanc de la montagne. Le glacier s'enfonçait dans la montagne et s'étendait dans une vaste vallée qui serpentait à travers la Cordillère avant de disparaître au milieu des crêtes blanches que l'on apercevait au loin, en direction de l'est. C'était d'ailleurs la seule direction dans laquelle l'horizon s'étendait. Au nord, au sud et à l'ouest, la vue était bloquée par des murs de montagnes. Nous savions que nous nous trouvions à une altitude élevée, mais tout autour de nous se dressaient des montagnes encore plus hautes, et il me fallait pencher la tête en arrière pour en voir le sommet. Tout en haut, c'était des crêtes noires qui surgissaient de la neige, on aurait dit des pyramides rudimentaires, des dents de requins, ou encore d'immenses molaires brisées. Les arêtes formaient un demi-cercle accidenté autour du site du crash, elles nous entouraient telles les murailles d'un gigantesque amphithéâtre classique, et l'épave du Fairchild se trouvait au centre de cette scène.

Observant notre nouvel univers, je fus sidéré par le caractère étrange et irréel de l'endroit, et dans les premiers instants, je dus faire de vrais efforts pour me convaincre de sa réalité. Les montagnes étaient tellement immenses, si pures et silencieuses, si loin de tout ce que j'avais jamais pu connaître que j'étais tout simplement incapable de trouver mes marques. J'avais passé toute ma vie à Montevideo, une ville d'un million et demi d'habitants, et je n'avais jamais réfléchi au fait que les villes sont conçues et bâties plus ou moins aux dimensions humaines. Les Andes en revanche avaient surgi de l'écorce terrestre plusieurs millions d'années avant que les hommes n'apparaissent sur terre. Ici, rien n'était favorable à la vie humaine, rien ne reconnaissait même son existence. Le froid me tourmentait. L'air était trop rare pour satisfaire aux besoins de nos corps. Le soleil violent nous aveuglait, faisait gercer nos lèvres et notre peau et la neige était si profonde qu'une fois que le soleil matinal avait fait fondre la croûte de glace formée pendant la nuit, il était impossible de s'aventurer ne serait-ce qu'à quelques mètres de l'avion sans y enfoncer jusqu'à la taille. Et dans l'immensité des montagnes et des vallées, il n'y avait pas un seul organisme vivant susceptible de nous servir de nourriture – pas un oiseau, pas un insecte, pas même un brin d'herbe. Nous aurions eu de meilleures chances de survie si nous nous étions écrasés dans le Sahara ou au milieu de l'océan : au moins, dans ces endroits-là, il existe une forme de vie. Pendant les mois les plus froids, il n'y a pas la moindre trace de vie dans les régions les plus hautes des Andes. Nous étions totalement hors contexte ici, un peu comme un hippocampe qui se retrouverait dans le désert, ou une fleur sur la Lune. Une crainte se dessinait dans mon esprit, une pensée mal définie que j'étais encore incapable de formuler : Toute forme de vie est ici une anomalie, et les montagnes ne toléreront cette anomalie que pendant un certain temps.

Dès les premières heures dans les montagnes, j'ai ressenti au plus profond de ma chair le caractère immédiat du danger qui nous entourait. Pas un moment ne passait sans que je sente la mort à la fois très proche et très réelle, pas un moment où je n'étais pas pétrifié de peur, une peur très primitive. Pourtant, alors que je me trouvais à l'extérieur du Fairchild, je ne pouvais m'empêcher d'être émerveillé par l'incroyable majesté de ce qui nous entourait. C'était d'une beauté inouïe : l'immensité et la puissance des montagnes, les champs de neige balayés par le vent qui brillaient d'une blancheur immaculée, l'ahurissante beauté du ciel andin. Il n'y avait pas un seul nuage, et il irradiait d'un bleu profond et froid. Cette beauté inquiétante me laissait pantois, mais comme tout le reste, ce ciel vaste et infini me donnait le sentiment d'être minuscule, perdu, et bien trop loin de chez moi. Dans ce monde primitif, dans cette immensité écrasante, avec sa beauté dénuée de vie et son silence absolu, je me sentais déconnecté de la réalité la plus fondamentale, et cela m'inquiétait plus que tout car au fond de moi, je savais que notre survie dépendrait de notre capacité à réagir aux épreuves et aux catastrophes qui nous attendaient et que nous n'étions même pas en mesure d'imaginer... Nous étions sur le point de livrer une bataille à un adversaire inconnu et sans pitié. Les enjeux étaient terribles – gagner ou mourir – mais nous ne connaissions même pas les règles de base. Je savais pertinemment que si je voulais survivre, il faudrait que je comprenne ces règles, alors que le monde blanc et froid qui m'entourait ne me donnait aucun indice.

Les premiers jours de notre terrible épreuve, je me serais peut-être senti plus ancré dans la nouvelle réalité qui était la mienne si j'avais pu me remémorer le crash. Comme j'avais perdu connaissance au début de l'accident, je n'avais aucun souvenir de ce qu'il s'était passé jusqu'à ce que je me réveille trois jours plus tard. La plupart des autres survivants étaient restés conscients pendant toute la durée de la catastrophe, et en les écoutant me raconter le crash en détail, me parler des jours de détresse qui avaient suivi, je me rendis compte que c'était vraiment un miracle que nous soyons encore en vie.

Je me souviens de la traversée du col du Planchón; l'avion volait dans des nuages si denses que la visibilité était proche de zéro, et les pilotes n'avaient d'autre choix que de s'en remettre aux indications de leurs instruments de navigation. Des turbulences violentes ballottaient l'appareil, et à un moment donné, nous sommes tombés dans une poche d'air qui nous a fait chuter de plusieurs dizaines de mètres. Cette descente rapide nous a fait tomber au-dessous des nuages et c'est sans doute à ce moment-là que les pilotes ont vu les crêtes noires qui se dressaient devant nous. Immédiatement, ils ont poussé les moteurs du Fairchild dans une tentative désespérée de reprendre de l'altitude. Cette manœuvre a permis de redresser l'avant de l'appareil de quelques degrés – nous évitant ainsi une collision de plein fouet avec le sommet, qui, à une vitesse de 370 km/heure, aurait totalement écrasé le Fairchild. Quoi qu'il en soit, leurs efforts n'avaient pas été suffisants pour redresser l'avion complètement et le faire passer au-dessus des sommets. Le ventre du Fairchild a touché la montagne à l'endroit où les ailes rejoignent le corps, ce qui a provoqué des dommages catastrophiques. D'abord, les ailes se sont détachées. L'aile droite est tombée en tournoyant dans le fond de la vallée. L'aile gauche a cogné contre le corps de l'avion, et une pale de son hélice a éventré le fuselage avant de plonger dans les montagnes. Une seconde plus tard, le fuselage s'est fendu sur une ligne qui passait juste au-dessus de ma tête, et la queue de l'avion s'est détachée. Tous ceux qui étaient assis derrière moi ont disparu – l'officier navigateur, le steward et les trois garçons qui jouaient aux cartes. L'un d'entre eux était mon ami Guido.

Au même moment, j'ai senti que j'étais soulevé de mon siège et projeté en avant par une force indescriptible. C'était comme si un géant m'avait attrapé comme un ballon et lancé en avant de toutes ses forces. Je me souviens d'avoir heurté quelque chose, sans doute la porte qui séparait la cabine passagers du cockpit. J'ai senti la cloison vaciller, et j'ai perdu conscience. Pour moi, le crash était terminé. Quant aux autres, il leur restait à affronter la terrifiante glissade du fuselage, débarrassé de ses ailes, de ses moteurs et de sa queue, fonçant comme un missile sauvage. C'est là qu'intervient le premier miracle. L'avion ne s'est pas mis à trembler, ni à tourner sur lui-même. Quels que soient les principes aérodynamiques qui régissent ce genre de chose, ils ont permis à l'épave du Fairchild de continuer à voler droit assez longtemps pour survoler une autre crête noire. Mais elle perdait de la vitesse, et finalement, le nez de l'avion a basculé et l'appareil a commencé à tomber. Un deuxième miracle nous a sauvés. L'angle de chute du Fairchild correspondait presque exactement à l'angle de la pente de la montagne sur laquelle nous tombions. Si cet angle avait été différent, quelques degrés de plus ou de moins, l'avion aurait heurté la montagne de plein fouet et il n'en serait resté que des miettes. Mais en l'occurrence, il a atterri sur le ventre et dévalé la montagne en glissant comme sur un toboggan. Les passagers criaient et priaient à voix haute tandis que le fuselage descendait la pente à une vitesse de 320 km/heure, sur une distance de plus de 350 mètres, évitant par miracle les rochers et autres irrégularités du terrain. Cette dégringolade s'est arrêtée de manière abrupte et violente quand l'avion a rencontré un mur de neige. Les forces de la collision étaient colossales. Le nez du Fairchild était froissé comme un gobelet en papier. Dans la cabine, les sièges furent arrachés du sol et projetés en avant, contre la cloison du cockpit, avec les personnes qui y étaient assises. Plusieurs passagers furent à ce moment-là écrasés sous les rangées de sièges qui se refermèrent sur eux comme un accordéon, formant un tas à l'avant du fuselage qui montait presque jusqu'au plafond.

Coche Inciarte, l'un des supporters de l'équipe, m'a

raconté qu'il avait agrippé le siège devant lui pendant que l'avion dévalait la montagne, s'attendant à mourir l'instant suivant. Après l'impact, le fuselage avait légèrement basculé sur la gauche, avant de s'enfoncer lourdement dans la neige. Pendant plusieurs minutes, on n'avait rien entendu d'autre qu'un silence étonné, bientôt rompu par de faibles plaintes, puis par des cris de douleur. Coche s'était retrouvé allongé au milieu de la pile de sièges, sans la moindre égratignure – il avait peine à croire qu'il était en vie. Il y avait du sang partout, des bras et des jambes de corps inanimés dépassaient sous les sièges comprimés. Dans la confusion, son attention avait été attirée par sa cravate, déchirée en lambeaux par la force du vent pendant la folle course du Fairchild. Alvaro Mangino se souvenait que l'impact final l'avait poussé sous le siège devant lui. Coincé par terre, il entendait les cris et les hurlements autour de lui, et se souvenait d'avoir été particulièrement frappé par l'apparence de Roy Harley, devenu tout bleu. Il avait été aspergé par le pétrole de l'avion.

Gustavo Zerbino était assis à côté d'Alvaro. Il racontait que lors du premier impact, quand l'avion avait heurté le sommet, il avait vu le siège de Carlos Valeta s'arracher du sol et disparaître dans le ciel. Pendant la glissade du fuselage, Gustavo s'était levé et accroché au porte-bagages au-dessus de lui. Il avait fermé les yeux et s'était mis à prier. « Jésus, mon Dieu, je veux vivre ! » Il était persuadé qu'il allait mourir. Par miracle, il était encore debout quand l'avion avait rencontré le banc de neige et s'était arrêté. « C'est donc vrai, s'était-il dit, on continue à penser quand on est mort. » Puis il avait ouvert les yeux. A la vue du spectacle monstrueux qui s'offrait à lui, il avait instinctivement reculé d'un pas, et s'était retrouvé enfoncé dans la neige jusqu'au bassin. Il avait levé la tête et vu la ligne de fracture qui marquait nettement l'endroit où la queue s'était séparée du fuselage; il avait alors compris que tous ceux qui se trouvaient derrière lui avaient disparu. Le plancher du fuselage se trouvait au niveau de sa poitrine et pour remonter dans l'avion, il avait été obligé d'enjamber le corps immobile d'une femme d'âge mûr. Son visage était contusionné et couvert de sang, mais il avait reconnu ma mère. Gustavo, étudiant en première année de médecine, s'était penché pour prendre son pouls, mais elle n'était déjà plus de ce monde.

Gustavo s'était avancé dans le fuselage et dirigé vers la pile de fauteuils. Il en avait soulevé un et avait trouvé Roberto Canessa. Canessa, lui aussi étudiant en médecine, n'était pas blessé, et très vite, Gustavo et lui s'étaient mis à soulever d'autres sièges et à soigner du mieux qu'ils pouvaient les passagers blessés qu'ils libéraient.

Pendant ce temps, Marcelo Perez était en train de s'extraire des débris. Marcelo avait été blessé sur le flanc et son visage était meurtri. Mais ses blessures étaient superficielles, et notre capitaine de longue date avait immédiatement pris les choses en main. Tout d'abord, il avait donné des directives aux garçons indemnes et les avait chargés de libérer les passagers coincés sous le tas de sièges. C'était un travail laborieux. La violence du crash avait projeté les fauteuils de manière invraisemblable, ils étaient imbriqués les uns dans les autres, de sorte qu'il était difficile de les déplacer. La plupart des survivants étaient des athlètes, au meilleur de leur forme physique, mais en essayant de débloquer et séparer les sièges les uns des autres, ils eurent vite fait de s'essouffler – l'air était rare à cette altitude.

Les passagers libérés un par un, Gustavo Zerbino et

Roberto Canessa évaluaient leur état et faisaient de leur mieux pour soigner leurs blessures. Certaines étaient effroyables. Les deux jambes d'Arturo Nogueira avaient été fracturées en plusieurs endroits. Alvaro avait une jambe cassée, de même que Pancho Delgado. Un tube métallique d'environ quinze centimètres avait transpercé l'abdomen d'Enrique Platero comme la pointe d'une lance et quand Zerbino avait tiré sur le tube pour l'extraire des entrailles de son ami, plusieurs centimètres d'intestins étaient sortis. Rafael Echavarren avait une blessure à la jambe droite encore plus épouvantable. Le muscle de son mollet avait été arraché de l'os et s'était tourné de sorte qu'il pendait en une masse gluante sur son tibia. Quand Zerbino l'avait trouvé, l'os de sa jambe était totalement exposé. Zerbino avait ravalé un haut-le-cœur, attrapé le muscle délogé et l'avait remis en place avant de lui faire un bandage avec une chemise blanche. Il avait également bandé le ventre de Platero, après quoi ce dernier, silencieux et stoïque, s'était mis au travail et avait aidé à libérer les autres.

A mesure qu'on dégageait les passagers, les « docteurs » furent sidérés de voir que la plupart des survivants n'avaient que des blessures légères. Canessa et Zerbino nettoyaient et bandaient les plaies; ils envoyaient les valides, blessés au bras ou à la jambe, sur le glacier, où la neige anesthésiait la douleur. Chaque survivant indemne se mettait au travail et ils eurent bientôt libéré tous les passagers, à l'exception d'une femme d'âge moyen, la Señora Marinari. La Señora ne faisait pas partie de notre groupe; elle se rendait au mariage de sa fille au Chili et avait acheté son billet auprès de l'armée – c'était un moyen bon marché de faire le voyage. Pendant le crash, le dossier de son fauteuil s'était plié en avant, de sorte qu'elle était coincée avec la poitrine contre ses cuisses, et la partie inférieure de ses jambes était bloquée en arrière, sous son siège. D'autres fauteuils étaient tombés sur elle, elle était enterrée sous une pile de sièges si sournoisement entremêlés et si lourds que, malgré tous leurs efforts, les garçons n'étaient pas parvenus à la libérer. Elle avait les deux jambes cassées, elle hurlait à la mort, mais personne ne pouvait rien pour elle.

On ne pouvait rien non plus pour Fernando Vasquez, un supporter de l'équipe. Quand Roberto l'avait examiné juste après le crash, il avait l'air choqué, mais sans blessure grave, et Roberto avait continué sa ronde. Quand il était revenu quelques instants plus tard, Vasquez était mort. Sa jambe avait été sectionnée sous le genou par l'hélice de l'avion au moment où elle avait éventré le fuselage et tandis que Roberto s'était éloigné, il s'était vidé de son sang. Le médecin de l'équipe, le Dr Nicola, et sa femme, avaient été soulevés de leurs sièges et étaient étendus côte à côte, à l'avant de la cabine, morts. Susy était allongée à côté du corps de ma mère. Elle était consciente mais son discours était incohérent et elle était couverte de sang. Roberto lui avait nettoyé le visage et s'était aperçu que le sang provenait d'une blessure superficielle à la tête. Il avait deviné qu'elle souffrait de blessures internes autrement sérieuses. A quelques mètres de là, ils avaient trouvé Panchito, qui saignait de la tête et délirait dans un état de semi-conscience. Roberto s'était agenouillé près de lui et Panchito avait agrippé sa main, le suppliant de ne pas le laisser. Roberto avait nettoyé le sang de son visage et l'avait réconforté avant de continuer son chemin. A l'avant de l'appareil, il m'avait trouvé étendu, totalement inconscient, le visage couvert de sang et d'hématomes noirs, la tête gonflée comme un ballon de basket. Il avait pris mon pouls et avait été étonné de constater que mon cœur battait encore. Mais mes blessures avaient l'air si graves qu'il ne donnait pas cher de ma vie. Zerbino et lui avaient continué leur inspection, réservant leurs efforts pour ceux qu'ils pensaient pouvoir sauver. On entendait des plaintes qui venaient du cockpit, mais la porte qui le séparait de la cabine était irrémédiablement bloquée par l'amas de sièges. Canessa et Zerbino étaient sortis du fuselage et s'étaient frayé un chemin dans la neige jusqu'à l'avant de l'appareil. Là, ils avaient réussi à grimper dans le cockpit en passant par la soute. Ils y avaient trouvé Ferradas et Lagurara, encore attachés à leurs fauteuils. La collision finale de l'appareil contre le mur de neige avait écrasé le nez de l'avion, de sorte que le tableau de bord s'était enfoncé dans la poitrine des pilotes et les avait bloqués dans leurs sièges. Ferradas était mort, mais Lagurara était conscient, gravement blessé, et il souffrait terriblement. Canessa et Zerbino tentèrent de repousser le tableau de bord pour libérer le copilote, mais c'était impossible. « Nous avons dépassé Curicó, marmonna Lagurara pendant que les garçons essayaient de l'aider. Nous avons dépassé Curicó. » Canessa et Zerbino avaient finalement réussi à enlever le dossier de son fauteuil et à le soulager quelque peu de la pression sur sa poitrine, mais il n'y avait pas grand-chose à faire pour lui. Ils lui avaient donné de la neige pour le désaltérer puis lui avaient demandé s'ils pouvaient utiliser la radio du Fairchild. Lagurara leur avait indiqué comment placer le cadran pour effectuer une transmission, mais l'émetteur était grillé. Lagurara avait réclamé de la neige, les garçons lui en avaient donné et s'étaient préparés à partir. Comprenant que sa situation était sans espoir, le copilote avait supplié les garçons de lui apporter le revolver qui se trouvait dans son sac. Canessa et Zerbino avaient choisi de l'ignorer et étaient retournés dans la cabine passagers. Tandis qu'ils quittaient le cockpit, ils entendaient Lagurara murmurer : « Nous avons dépassé Curicó, nous avons dépassé Curicó. »

Dans le fuselage, Marcelo faisait des calculs dans sa tête. Nous nous étions écrasés à 15 h 30. Il pensait qu'il serait 16 heures avant que l'on admette officiellement la disparition de l'appareil. Le temps que les secours s'organisent, il serait 17 h 30 – 18 heures. Les hélicoptères ne nous trouveraient pas avant 19 h 30 au plus tôt, et dans la mesure où aucun pilote sain d'esprit n'accepterait de survoler les Andes en pleine nuit, Marcelo comprenait que les secours ne seraient pas envoyés avant le lendemain matin. Il faudrait passer la nuit sur place. Le jour commençait déjà à baisser et la température, déjà bien au-dessous de zéro au moment du crash, tombait avec une rapidité surprenante. Marcelo savait que nous n'étions pas préparés à passer une nuit d'hiver dans les Andes. Nous ne portions que des vêtements d'été – certains avaient une veste ou un blouson, mais pour la plupart, nous étions en manches de chemise. Nous n'avions ni manteaux chauds ni couvertures, rien pour nous protéger de ce froid impitoyable. Marcelo avait compris que si nous ne trouvions pas le moyen de transformer le fuselage en abri décent, personne ne survivrait jusqu'au matin. En outre, l'appareil était plein de décombres de toutes sortes et de sièges empilés, il n'y avait pas assez de place pour coucher les blessés, sans parler des dizaines de survivants indemnes.

Conscient qu'il fallait libérer de l'espace, Marcelo se mit au travail. Il réunit un groupe de garçons et les chargea de sortir les morts et les blessés du fuselage. Les garçons entreprirent de tirer les morts à l'air libre en utilisant des bandes de nylon qu'ils avaient trouvées dans la soute à bagages. Les blessés furent transportés de manière plus délicate, et quand ils furent étendus dans la neige, Marcelo demanda aux survivants de dégager autant d'espace que possible. Les garçons exécutaient ses ordres avec beaucoup de bonne volonté, mais la tâche était ardue et ils ne progressaient que très lentement. Ils souffraient du vent glacial et s'essoufflaient rapidement à cause de l'altitude. Quand la nuit s'était mise à tomber, ils n'avaient réussi qu'à dégager un petit espace près du trou béant à l'arrière du fuselage.

A 18 heures, Marcelo donna l'ordre de ramener les blessés à l'intérieur, puis les rescapés s'installèrent et se préparèrent à passer une longue nuit. Une fois que tout le monde fut installé, Marcelo entreprit de construire un mur de fortune pour combler le trou situé à l'arrière de l'avion, là où la queue s'était détachée. Avec l'aide de Roy Harley, il avait empilé des valises, des pièces de l'avion et des fauteuils, et avait comblé les trous avec de la neige. Ce mur était loin de nous protéger des courants d'air et la température à l'intérieur du fuselage restait glaciale, mais Marcelo espérait qu'il nous éviterait le pire.

Quand l'édifice fut terminé, les survivants s'installèrent pour la nuit. Lorsque nous avions embarqué, il y avait quarante-cinq personnes à bord du Fairchild, équipage compris. Cinq personnes étaient mortes sur le site du crash. Huit avaient disparu, mais les survivants étaient sûrs que l'un d'entre eux au moins, Carlos Valeta, était mort. Zerbino avait vu le siège de Valeta tomber de l'avion, mais aussi incroyable que cela puisse paraître, il avait survécu à la chute. Dans les premiers instants qui avaient suivi le crash, un groupe de garçons l'avait vu dévaler la montagne en titubant, à quelques centaines de mètres du Fairchild. Ils l'avaient appelé et Valeta avait semblé se diriger vers eux, mais il avait trébuché dans la neige et roulé dans la pente jusqu'à ce qu'il disparaisse de leur vue. Il restait donc trente-deux personnes vivantes sur le lieu du crash. Lagurara était encore coincé dans le cockpit. Certains blessés, ainsi que Liliana Methol, la seule femme indemne, étaient réunis dans la soute à bagages, l'endroit le plus chaud de l'appareil. Les autres étaient entassés dans un espace réduit, sur le sol parsemé de débris, qui ne dépassait pas huit mètres carrés.

Comme la nuit était tombée très rapidement, on n'avait pas eu le temps de dégager tous les cadavres, et les survivants avaient été obligés de se faire une place au milieu des morts, de pousser les corps de leurs amis pour gagner quelques centimètres. C'était une scène de pur cauchemar, mais la peur et la souffrance des survivants étaient plus grandes encore que leur sentiment d'horreur. Malgré le mur de Marcelo, le froid était insoutenable, les survivants se blottissaient les uns contre les autres, pour partager la chaleur de leurs corps. Certains demandaient à leurs voisins de leur donner des coups dans les bras et les jambes pour que le sang continue à circuler dans leurs veines.

A un moment donné, Roberto s'aperçut qu'on pouvait facilement retirer les housses qui recouvraient les fauteuils pour les utiliser comme couverture. Elles étaient en nylon et n'offraient qu'une protection bien mince contre le froid, mais Roberto était conscient du risque d'hypothermie et comprenait qu'il fallait faire au mieux pour garder toute la chaleur possible. Même si les couvertures ne changeaient rien à nos souffrances, il était possible qu'elles contribuent à conserver la chaleur corporelle suffisante pour nous permettre de survivre jusqu'au lendemain.

J'étais allongé à côté de Susy et de Panchito, au pied du mur de Marcelo. C'était la partie la plus froide de la cabine. Au-dessous de nous, les parois avaient été arrachées pendant le crash, et de l'air froid remontait. Ils nous avaient placés à cet endroit parce qu'ils pensaient que nous ne vivrions pas très longtemps, et préféraient réserver les endroits plus chauds à ceux qui avaient une chance de survivre. Susy et Panchito, qui étaient encore conscients, ont sans doute terriblement souffert cette nuit-là, mais moi, j'étais dans le coma et le supplice m'était épargné. De fait, l'air glacial m'a peut-être sauvé la vie, en réduisant le gonflement qui aurait pu détruire mon cerveau.

Au fil des heures et de la nuit, le froid s'emparait des survivants, les transperçait jusqu'à la moelle et attaquait leur moral. Chaque instant durait une éternité, et comme la lumière s'évanouissait, on aurait dit que l'obscurité des montagnes envahissait les esprits. Avec toutes les tâches qu'ils avaient courageusement effectuées dans les heures qui avaient suivi le crash, ils n'avaient pas eu le temps de s'appesantir sur leurs peurs, et grâce à leur activité physique, ils n'avaient pas trop souffert du froid. Mais à présent, ils étaient allongés dans l'obscurité glaciale sans rien pour les protéger, ni du froid, ni pire encore, du désespoir. Ceux qui avaient eu un comportement stoïque dans la journée pleuraient et hurlaient de douleur. On entendait des cris sauvages de colère et de souffrance quand un garçon changeait de position dans l'espace réduit où ils étaient entassés et heurtait la jambe blessée d'un camarade, ou quand un autre donnait involontairement un coup de pied à un copain qui essayait de s'endormir. Le temps passait très, très lentement.

A un moment, pendant la nuit, Diego Storm, un autre

étudiant en médecine, avait vu quelque chose dans mon visage qui lui avait laissé penser que j'avais des chances de vivre. Il m'avait déplacé vers un endroit moins froid de la cabine, où les autres garçons pouvaient me maintenir au chaud. Certains avaient réussi à dormir cette nuit-là, mais pour la plupart, ils s'étaient contentés d'endurer, une seconde à la fois, une respiration après l'autre, pendant que les cris de douleur et les délires des blessés résonnaient dans la nuit. D'une voix faible, Panchito suppliait qu'on l'aide et murmurait sans cesse qu'il se gelait. Susy disait des prières et appelait notre mère. La Señora Marinari hurlait et pleurait de douleur. Dans le cockpit, le copilote délirait et suppliait qu'on lui apporte son arme à feu en répétant inlassablement : « Nous avons dépassé Curicó, nous avons dépassé Curicó... »

« C'était un véritable cauchemar, Nando, me dit Coche. C'était l'Enfer de Dante. »

Les rescapés avaient survécu à cette première nuit douloureuse et chaotique. Les heures avaient paru interminables, mais finalement, le jour s'était levé. Marcelo fut debout le premier. Les autres, blottis par terre pour rester au chaud, n'avaient pas très envie de se lever, mais Marcelo les secoua. La nuit les avait profondément ébranlés, mais en commençant à s'affairer dans la cabine, à la lumière du jour, ils avaient retrouvé le moral. Ils avaient réussi l'impossible : survivre à une nuit d'hiver dans les Andes. Nul doute que les secours les trouveraient dans la journée. Tout au long de la nuit, Marcelo leur avait assuré qu'on les sauverait. A présent, ils étaient convaincus qu'ils seraient bientôt chez eux, et qu'ils avaient traversé le plus gros de l'épreuve.

Pendant que les autres se préparaient pour la journée, Canessa et Zerbino auscultaient les blessés dans l'appareil. Panchito était étendu, raide et immobile : il était mort pendant la nuit. Dans le cockpit, ils avaient trouvé le corps sans vie de Lagurara. La Señora Marinari était immobile, mais quand Canessa avait essayé de la déplacer, elle avait poussé un hurlement de douleur et il l'avait laissée tranquille. Quand il était revenu la voir une heure plus tard, elle était morte.

Les docteurs faisaient ce qu'ils pouvaient pour les blessés. Ils nettoyaient leurs plaies, changeaient les pansements, accompagnaient les garçons qui souffraient de fractures sur le glacier, où ils se soulageaient en mettant de la neige sur leurs membres brisés. Ils avaient trouvé Susy couchée sous le corps sans vie de Panchito. Elle était consciente mais elle délirait; Roberto lui avait massé les pieds, noirs d'engelures, et lui avait nettoyé le visage. Susy était encore assez lucide pour le remercier de sa gentillesse.

Pendant que les deux étudiants faisaient leur ronde, Marcelo et Roy Harley avaient détruit une partie du mur bâti la veille et les survivants entamaient leur deuxième journée dans la montagne. Toute la journée, ils avaient guetté les cieux dans l'espoir d'y apercevoir des signes de secours. En fin d'après-midi, ils avaient entendu le bruit d'un avion, mais le ciel était couvert et ils avaient compris qu'on ne les avait pas repérés. Au crépuscule, ils s'étaient rassemblés dans le fuselage, se préparant à affronter une deuxième nuit. Comme ils disposaient de plus de temps, Marcelo avait construit un mur plus efficace contre le vent. On avait sorti tous les cadavres, et il y avait davantage de place pour dormir dans le fuselage. Mais cette nuit, comme la précédente, fut longue, et les souffrances cruelles.

L'après-midi du troisième jour, j'étais finalement sorti du coma. A mesure que je reprenais mes esprits, j'étais sidéré à l'idée des horreurs que mes amis avaient déjà endurées. La pression de ce qu'ils avaient traversé les avait terriblement marqués. Leurs visages étaient pâles et tirés par le manque de sommeil. L'épuisement physique et les effets néfastes du manque d'oxygène rendaient leurs mouvements lents et incertains, de sorte que plusieurs garçons titubaient et chancelaient ; ils semblaient avoir vieilli de plusieurs dizaines d'années au cours des trente-six dernières heures. Il y avait maintenant vingt-neuf survivants, nous avions pour la plupart entre dix-neuf et vingt-trois ans, mais certains n'avaient que dix-sept ans. Le plus âgé, Javier Methol, avait trente-huit ans. Lui souffrait du mal de la montagne, il avait des nausées et était dans un état d'épuisement avancé, il tenait à peine debout. Les deux pilotes et les membres de l'équipage étaient morts, à l'exception de Carlos Roque, le mécanicien, mais il avait été sérieusement atteint par le choc du crash et délirait. Il était incapable de nous dire où nous pouvions trouver des couvertures et des fusées de signalisation. Il n'y avait personne pour nous aider, personne ne connaissait rien à la montagne, aux avions ou aux techniques de survie. Nous vivions sur le fil du rasoir, à la limite de l'hystérie, mais sans jamais céder à la panique. Des leaders apparaissaient, et nous répondions comme nous l'avaient appris les Frères Chrétiens, avec un esprit d'équipe.

C'est en grande partie grâce à Marcelo Perez que nous avons survécu à ces premiers jours critiques. Il avait pris la situation en main avec résolution et c'est ce qui avait permis de sauver plusieurs vies. Dès les premiers instants de l'épreuve, Marcelo avait réagi aux difficultés qu'il nous avait fallu affronter avec le même mélange de courage, de détermination et de capacité d'anticipation dont il savait faire preuve pour nous mener à la victoire sur les terrains de rugby. Il avait immédiatement compris que la marge d'erreur qui nous était accordée était faible et que les montagnes nous feraient payer le prix fort si nous avions le malheur de commettre des erreurs stupides. Dans un match de rugby, l'hésitation, la confusion et l'indécision peuvent vous coûter la victoire. Marcelo avait compris que dans les Andes, des comportements similaires nous coûteraient la vie. Grâce à la présence d'esprit et à la force qu'il avait manifestées dans les heures qui avaient suivi le crash, nous n'avions pas cédé à la panique. L'opération de sauvetage qu'il avait mise sur pied avait permis de sauver les vies de tous ceux qui étaient coincés sous les sièges, et sans le mur de protection qu'il avait construit le premier soir, nous serions sans doute tous morts de froid.

Le comportement de Marcelo était héroïque. La nuit, il dormait toujours dans la partie la plus froide du fuselage, et il demandait toujours aux garçons qui n'étaient pas blessés de faire de même. Il nous forçait à nous occuper, alors même que bon nombre d'entre nous se seraient contentés de rester blottis dans la cabine en attendant l'arrivée des secours. Et surtout, il nous remontait le moral en nous assurant que nos souffrances seraient bientôt terminées. Il était convaincu que les secours étaient en route, et il était particulièrement doué pour convaincre les autres que c'était vrai. Pourtant, il comprenait que pour survivre dans les Andes, ne serait-ce que quelques jours, il nous faudrait apprendre à dépasser nos limites, et il avait pris sur lui d'évaluer la situation et de faire en sorte que nous mettions toutes les chances de survie de notre côté. L'un de ses premiers gestes avait été de rassembler toutes les denrées comestibles qui se trouvaient dans les sacs de la cabine. Il n'y avait pas grand-chose – quelques barres de chocolat et autres sucreries, des noix et des biscuits salés, des fruits secs, plusieurs petits pots de confiture, trois bouteilles de vin, du whisky et quelques bouteilles de liqueur. Il était certes convaincu que les secours arriveraient très vite, mais son instinct de survie lui avait commandé de rester prudent, et dès le deuxième jour, il s'était mis à rationner la nourriture. Chaque repas consistait en tout et pour tout d'un petit carré de chocolat ou d'une cuillerée de confiture, accompagné d'une gorgée de vin qu'il nous donnait dans le bouchon d'une bouteille aérosol. Bien entendu, cela ne suffisait jamais à nous rassasier, mais c'était un rituel qui nous donnait de la force. A chaque fois que nous nous réunissions pour recevoir la maigre ration, nous affirmions, à nous-mêmes et aux autres, que nous ferions tout pour survivre.

Au cours de ces premiers jours, nous étions tous persuadés qu'un sauvetage serait notre seule chance de survie, et nous nous raccrochions à cet espoir avec une foi quasi religieuse. Nous étions obligés d'y croire, les alternatives étaient trop terribles. Marcelo faisait en sorte que nous gardions l'espoir d'être sauvés. Les jours passaient, sans le moindre signe de l'arrivée des secours, mais il ne nous permettait pas de douter du fait que nous serions tous secourus. Y croyait-il vraiment lui-même, ou était-ce une ruse pour nous empêcher de sombrer dans la détresse, je ne saurais le dire. Il professait cette foi avec une fermeté telle que je ne doutais pas une seconde de ses paroles. En revanche, à l'époque, je ne me rendais pas compte du poids qu'il portait sur ses épaules, ni à quel point il se reprochait de nous avoir entraînés dans ce maudit voyage.

L'après-midi du quatrième jour, un petit avion à turbopropulseur survola le site du crash, et plusieurs des survivants qui l'avaient vu étaient persuadés qu'il avait battu des ailes. Ils l'interprétaient comme le signe qu'il nous avait repérés, et bientôt, un sentiment de soulagement et de jubilation se répandit. Nous avons attendu, les ombres de l'après-midi s'étendaient sur les montagnes; la nuit est tombée, mais les secours n'étaient pas arrivés. Marcelo affirmait avec conviction que les pilotes de l'appareil nous enverraient bientôt de l'aide, mais les autres, fatigués de la tension de l'attente, commençaient à émettre des doutes.

« Pourquoi leur faut-il aussi longtemps pour nous trouver ? », demanda un garçon. Marcelo répondit à cette question comme à son habitude : peut-être que les hélicoptères ne sont pas capables de voler à une altitude pareille, et que les secours sont à pied, ça peut prendre du temps.

« Mais s'ils savent où nous sommes, pourquoi n'ont-ils pas survolé le site pour nous lâcher des provisions ? »

Impossible, affirmait Marcelo. Si on jetait quelque chose d'un avion, les paquets s'enfonceraient dans la neige et seraient perdus. La plupart des garçons acceptaient la logique des explications de Marcelo. Ils avaient aussi une foi profonde en la bonté de Dieu. « Dieu nous a sauvés du crash, disaient-ils. Pourquoi l'aurait-Il fait pour ensuite nous laisser mourir ici ? »

J'écoutais leurs discussions pendant les longues heures que je passais à m'occuper de Susy. J'aurais tellement aimé avoir la même confiance en Dieu. Mais Dieu avait déjà pris ma mère, Panchito, et beaucoup d'autres. Pourquoi nous aurait-Il sauvés nous, et pas les autres ? De la même manière, j'avais envie de croire que les secours étaient en route, mais je ne parvenais pas à me défaire de la conviction de plus en plus nette que nous étions livrés à nous-mêmes. Allongé auprès de Susy, je ne ressentais qu'un terrible désespoir, et un puissant sentiment d'urgence. Je savais qu'elle se mourait, et que sa seule chance était de se faire hospitaliser rapidement. Chaque instant perdu me mettait au supplice et pendant tout le temps que je passais éveillé, je tendais désespérément l'oreille dans l'espoir d'entendre les secours. Je priais sans cesse pour leur arrivée, pour que Dieu nous vienne en aide, mais en même temps, la voix lucide qui m'avait poussé à ravaler mes larmes me murmurait inlassablement : Personne ne nous trouvera ici. Nous allons tous mourir ici. Il faut établir un plan. Nous devons nous sauver nous-mêmes. Depuis les premiers instants où j'avais repris conscience, j'étais travaillé par la sourde appréhension que nous étions abandonnés à nous-mêmes, et j'étais inquiet de voir que les autres plaçaient tous leurs espoirs dans la perspective d'un sauvetage. Cependant, je m'aperçus bientôt que d'autres étaient du même avis que moi. Les « réalistes », comme je les appelais, comprenaient Canessa, Zerbino, Fito Strauch, un ancien joueur des Old Christians qui nous avait accompagnés sur l'invitation de son cousin Eduardo, et Carlitos Paez, dont le père, Carlos Paez-Villaro, était un peintre uruguayen renommé, aventurier et ami de Picasso. Depuis plusieurs jours, ils discutaient de leurs plans pour gravir la montagne qui se dressait au-dessus de nous et aller voir ce qui se trouvait derrière. De fait, nous avions des raisons de croire qu'il était possible de s'échapper. Nous avions tous en tête les mots que le copilote n'avait cessé de répéter pendant qu'il agonisait : « Nous avons dépassé Curicó, nous avons dépassé Curicó. » Dans les heures qui avaient suivi le crash, l'un des garçons avait trouvé des cartes dans le cockpit. Arturo

Nogueira, contraint de rester à l'intérieur du fuselage à cause de ses jambes cassées, avait passé des heures à étudier ces cartes très complexes, et il avait fini par trouver Curicó. La ville était située au Chili, bien au-delà des versants occidentaux des Andes. Personne ne savait lire une carte, mais il semblait évident que si nous avions effectivement dépassé Curicó, pas de doute, nous avions traversé la Cordillère dans toute sa largeur. Cela signifiait donc que le crash avait eu lieu quelque part sur les avant-monts occidentaux des Andes. L'altimètre du Fairchild nous confortait dans cette idée : il indiquait une altitude de 2 100 mètres. De fait, si nous nous étions trouvés au cœur des Andes, l'altitude aurait été beaucoup plus élevée. Nous étions très certainement sur les avant-monts, et les immenses arêtes qui s'élevaient à l'ouest étaient sûrement les derniers sommets de la Cordillère. Nous étions convaincus que derrière ces pics se trouvaient les vertes terres du Chili. Nous tomberions sur un village, ou au moins la cabane d'un berger. Quelqu'un pourrait nous aider. Nous serions sauvés. Jusqu'alors, nous avions eu le sentiment d'être les victimes d'un naufrage, perdus dans un océan, sans la moindre idée de la direction dans laquelle se trouvait le rivage. Désormais, nous avions vaguement le sentiment de contrôler, ne serait-ce qu'un peu, la situation. Nous étions sûrs d'une chose : à l'ouest, c'était le Chili. Cette phrase devint vite un cri de ralliement, et tout au long de l'épreuve, elle nous a permis de nous donner du courage.

Le matin du 17 octobre, notre cinquième jour dans la montagne, Carlitos, Roberto, Fito et Numa Turcatti, un survivant de vingt-quatre ans, ont décidé qu'il était temps de grimper. Numa ne faisait pas partie des Old Christians, il était venu sur l'invitation de ses amis, Pancho Delgado et Gaston Costemalle, mais il était robuste et sa condition physique valait bien la nôtre. Il s'était tiré du crash sans la moindre égratignure. Je ne le connaissais pas encore très bien, mais au cours des quelques jours difficiles que nous avions passés ensemble, il m'avait impressionné – comme il avait impressionné les autres – par son calme et sa force sereine. Numa ne cédait jamais à la panique, ne s'énervait jamais. Il ne se laissait jamais aller à la complaisance ou au désespoir. Il dégageait une noblesse et une générosité auxquelles tout le monde était sensible. Il s'occupait des plus faibles, réconfortait ceux qui pleuraient ou qui avaient peur. Il semblait s'inquiéter du bien-être des autres autant que du sien, et son exemple nous donnait du courage. Dès les premiers instants, j'avais senti que si nous parvenions jamais à nous sortir de ces montagnes, Numa y serait pour quelque chose. Je ne fus donc pas surpris d'apprendre qu'il s'était porté volontaire pour participer à l'expédition.

Pas plus que je ne fus surpris par la participation de Carlitos et de Roberto. Tous deux étaient sortis du crash sains et saufs et ils étaient, chacun à sa manière, devenus des personnalités prééminentes du groupe : Roberto grâce à son intelligence, ses connaissances médicales et sa nature parfois belliqueuse; Carlitos grâce à son optimisme, son courage et son sens de l'humour. Fito était un ancien joueur des Old Christians; c'était un garçon sérieux et silencieux. Pendant le crash, il avait souffert d'une légère commotion cérébrale mais était à présent rétabli, et c'était pour nous une aubaine, car Fito allait s'avérer l'un des plus sages des survivants, et celui qui avait le plus de ressources. Peu après l'accident, comme nous luttions pour avancer dans la neige molle et profonde autour de l'avion, Fito s'aperçut que si on attachait les coussins des fauteuils à nos pieds avec des ceintures de sécurité ou des fils de fer, on pouvait avancer dans la neige sans s'y enfoncer. Les quatre alpinistes porteraient ces snow-boots imaginées par Fito pour traverser les congères. Ils espéraient atteindre le sommet et voir ce qui se trouvait derrière. Sur le chemin, ils chercheraient la queue du Fairchild. Nous espérions qu'elle contenait de la nourriture et des vêtements chauds. Nous nous demandions même s'il ne s'y trouverait pas d'autres survivants. De plus, Carlos Roque, le mécanicien de l'appareil, nous avait dit que les batteries qui alimentaient la radio de l'avion étaient rangées dans la soute de la queue. Si on les trouvait, on pourrait réparer la radio et émettre un signal de détresse.

Quand ils se sont mis en route, le ciel était dégagé. Je leur ai souhaité bonne chance et suis retourné m'occuper de Susy. Quand ils sont revenus, les ombres de l'après-midi étaient déjà tombées sur le Fairchild. J'ai entendu du raffut dans le fuselage et ai levé la tête ; ils sont entrés en titubant et se sont écroulés par terre. Ils étaient physiquement épuisés, et à bout de souffle. Les autres les ont bientôt entourés pour les bombarder de questions, avides qu'ils étaient de bonnes nouvelles. Je me suis approché de Numa pour lui demander comment c'était.

Il a secoué la tête d'un air renfrogné. « C'était super dur, Nando, me dit-il en essayant de reprendre son souffle. La pente est rude, beaucoup plus abrupte qu'elle n'en a l'air d'ici.

— Il n'y a pas assez d'air, dit Canessa. On ne peut pas respirer. Et on ne peut avancer que très lentement. »

Numa a hoché la tête. « La neige est profonde, chaque pas est un supplice. Et sous la neige, il y a des crevasses. Fito a failli tomber dedans.

— Vous avez vu quelque chose à l'ouest ? leur ai-je demandé.

— On est à peine arrivés au milieu de la côte, a répondu Numa. On ne voyait rien, les montagnes bloquent la vue. Et elles sont beaucoup plus hautes qu'elles n'en ont l'air. »

Je me retournai vers Canessa. « Roberto, qu'est-ce que tu en penses ? Si nous réessayons, est-ce que tu crois que nous pouvons réussir à atteindre le sommet ?

— Je ne sais pas, mon vieux, murmura-t-il. Je ne sais pas...

— Nous ne pouvons pas gravir cette montagne, marmonna Numa. Il faut trouver une autre voie – s'il y en a une. »

Cette nuit-là, l'ambiance était morose. Les quatre garçons qui étaient partis grimper étaient les plus forts et les plus gaillards d'entre nous, et la montagne les avait vaincus sans difficulté. Pourtant, je refusais d'accepter cette défaite. Peut-être que si j'avais été dans mon état normal, j'aurais été capable de voir sur leur visage et dans les regards sombres qu'ils échangeaient la cruelle réalité que leur avait dévoilée l'expédition : nous ne pouvions pas nous échapper de cet endroit, nous étions déjà morts. Au lieu de quoi, je me disais qu'ils étaient douillets, peureux, et qu'ils avaient abandonné trop facilement. La montagne ne me semblait pas si redoutable. J'étais persuadé que si nous choisissions la bonne voie et le bon moment, si, tout simplement, nous refusions de nous laisser décourager par le froid et l'épuisement, alors nous réussirions à atteindre le sommet. Je me raccrochais à cette idée avec la même foi aveugle que les autres mettaient à prier pour l'arrivée des secours. Nous n'avions pas d'autre choix. Pour moi, les choses étaient d'une simplicité crasse : la vie n'est pas possible ici. Il faut que j'aille vers un endroit où la vie existe. Je dois me diriger vers l'ouest, vers le Chili. J'étais en proie au doute et à la confusion, je me raccrochais désespérément à la seule chose dont j'étais certain. Le Chili est à l'ouest. Le Chili est à l'ouest. Je me répétais ces mots comme un mantra. Je savais déjà qu'un jour, il faudrait que je grimpe.

Dans les premiers jours de notre épreuve, je n'ai quitté ma sœur que très rarement. Je passais tout mon temps avec elle, je massais ses pieds gelés, je lui donnais de l'eau que j'avais fait fondre, des petits bouts de chocolat que Marcelo mettait de côté. La plupart du temps, j'essayais de la réconforter et de la garder au chaud. Je n'étais jamais sûr qu'elle était consciente de ma présence; elle flottait dans un état de semi-conscience. Souvent, elle gémissait. Elle avait constamment les sourcils froncés, d'inquiétude et de confusion, et son regard était voilé de tristesse. Parfois, elle priait ou chantait une berceuse. A plusieurs reprises, elle a appelé notre mère. Je la calmais et lui parlais doucement à l'oreille. Chaque instant passé avec elle était précieux, même dans ce terrible endroit, et la douceur de sa respiration chaude contre ma joue m'était d'un grand réconfort.

Le huitième jour, en fin d'après-midi, j'étais allongé auprès de Susy, les bras autour de son corps, quand je l'ai sentie changer. L'air inquiet a disparu de son visage. Sa respiration est devenue lente et faible, et je l'ai sentie glisser de mon emprise, sans rien pouvoir y faire. Puis elle s'est arrêtée de respirer, elle ne bougeait plus. « Susy ? ai-je crié. Mon Dieu, Susy, non ! Je t'en prie ! »

Je me suis mis à genoux précipitamment, l'ai retournée sur le dos et ai commencé à lui faire du bouche à bouche. Je n'étais pas sûr de savoir m'y prendre, mais j'aurais fait n'importe quoi pour la sauver. « Allez, Susy ! S'il te plaît ! Ne me laisse pas ! » Je me suis acharné sur elle jusqu'à ce que je m'écroule, épuisé. Roberto a pris ma place, en vain. Carlitos a aussi essayé, sans succès. Les autres se sont rassemblés autour de moi en silence.

Roberto s'est approché de moi. « Je suis désolé, Nando. Elle est partie. Reste avec elle cette nuit, nous l'enterrerons demain matin. » J'ai hoché la tête et ai pris ma sœur dans mes bras. Je pouvais enfin la serrer de toutes mes forces sans craindre de lui faire mal. Elle était encore chaude, ses cheveux me caressaient le visage. Quand j'ai appuyé ma joue contre ses lèvres, je n'ai plus senti sa respiration contre ma peau. Ma Susy était partie. J'ai tenté de graver ces sensations dans ma mémoire, celle de la tenir dans mes bras, l'odeur de ses cheveux. En pensant à tout ce que je perdais, le chagrin m'a submergé et j'ai été secoué par de violents sanglots. Au moment où j'étais sur le point de me noyer dans ma tristesse, j'ai de nouveau entendu la voix froide et impersonnelle dans ma tête. Les larmes gaspillent du sel. Je suis resté éveillé auprès d'elle toute la nuit, et même si ma poitrine était soulevée par les sanglots, je ne me suis pas autorisé à pleurer.

Au matin, nous avons attaché des cordes en nylon autour du corps de Susy et l'avons tirée à l'extérieur. Je regardais les garçons la conduire vers sa tombe. C'était une manœuvre grossière, on savait par expérience que les cadavres étaient lourds, raides, et difficiles à manipuler. C'était la manière la plus efficace de les déplacer, et je l'acceptai comme quelque chose de normal.

Nous avons tiré Susy jusqu'à un endroit situé sur la gauche du fuselage, où les autres morts étaient enterrés. Les cadavres gelés étaient bien visibles, leur visage n'était dissimulé que par quelques centimètres de glace et de neige. Penché au-dessus des tombes, je distinguais nettement les formes de la robe bleue de ma mère. J'ai creusé pour Susy une tombe peu profonde à côté d'elle. J'ai allongé Susy sur le côté et ramené ses cheveux en arrière. Je l'ai ensuite lentement recouverte de neige, en laissant son visage à l'air libre jusqu'au dernier moment. Elle semblait apaisée, comme si elle dormait, emmitouflée dans une épaisse couverture de laine polaire. Je l'ai regardée une dernière fois, ma belle Susy, puis j'ai doucement jeté des poignées de neige sur ses joues, jusqu'à ce que son visage finisse par disparaître sous les cristaux étincelants.

Quand nous avons terminé, les autres ont regagné l'intérieur du fuselage. Je me suis retourné et ai regardé la pente du glacier, les sommets des montagnes qui nous bloquaient la route vers l'ouest. On distinguait encore la trace que le Fairchild avait laissée quand il avait dévalé la pente après avoir heurté la montagne. J'ai suivi des yeux la trace jusqu'en haut, à l'endroit précis où nous étions tombés du ciel et nous étions retrouvés dans cette folie, désormais notre seule réalité. Comment cela avait-il pu arriver ? Nous étions une bande de garçons en route pour un match de rugby ! J'ai soudain été frappé par un sentiment écœurant de vide. Depuis que j'avais repris conscience, j'avais consacré tout mon temps à m'occuper de ma sœur. Le fait de la réconforter m'avait procuré un sentiment de détermination et de stabilité. C'est ainsi que j'avais fait passer le temps, et ces soins m'avaient détourné de mes propres peurs et souffrances. Je me sentais à présent terriblement seul, plus rien ne venait s'interposer entre moi et cette abominable situation. Ma mère était morte. Ma sœur était morte. Mes meilleurs amis étaient tombés de l'avion en plein vol ou gisaient là, enterrés sous la neige. Nous étions blessés, affamés et frigorifiés. Il s'était passé plus d'une semaine depuis l'accident, et les secours ne nous avaient toujours pas trouvés. Je sentais la puissance brutale des montagnes qui m'entouraient, je me rendais compte qu'elles étaient totalement dépourvues de chaleur, de douceur, de miséricorde. Avec une lucidité nouvelle, je comprenais à quel point nous étions loin de chez nous et cela me désespérait. Pour la première fois, j'eus la certitude que j'allais mourir.

En réalité, j'étais déjà mort. On m'avait volé ma vie. L'avenir dont j'avais rêvé n'adviendrait jamais. La femme que j'aurais épousée ne me connaîtrait jamais, mes enfants ne verraient pas le jour. Je ne me régalerais plus jamais du regard aimant de ma grand-mère, je ne sentirais plus la chaleur des bras de ma sœur Graciela autour de moi. Et je ne retrouverais pas mon père. Dans ma tête, je le voyais de nouveau dans sa souffrance, et j'ai été pris d'un désir si fort d'être auprès de lui que j'ai failli tomber à genoux. Le sentiment de rage et d'impuissance qui m'envahissait me donnait envie de vomir, je me sentais prisonnier et totalement vaincu, pendant un instant j'ai cru que j'allais perdre la tête. Puis, une image s'est imposée à moi : j'ai vu mon père sur ce fleuve argentin, épuisé, vaincu, sur le point de renoncer, et je me suis souvenu de ces paroles de défi. « J'ai décidé de ne pas laisser tomber. J'ai décidé de souffrir encore un peu. »

C'était mon histoire préférée, et maintenant je me rendais compte que c'était encore plus que cela : c'était un signe de mon père, un don de sagesse et de force. Pendant un instant, j'ai senti sa présence à mes côtés. Un calme étrange s'est abattu sur moi. J'ai regardé les montagnes à l'ouest et j'ai imaginé un chemin qui les traversait et qui me conduisait jusqu'à la maison. Mon amour pour mon père me tirait comme une bouée de sauvetage, une corde qui m'emmenait vers ces flancs désertiques. Le regard fixé vers l'ouest, j'ai fait une promesse solennelle à mon père : je vais me battre. Je reviendrai. Je ne laisserai pas le lien qui nous unit se briser. Je te le promets, je ne mourrai pas ici ! Je ne mourrai pas ici !

4

Respire encore une fois

DANS LES HEURES qui ont suivi l'enterrement de Susy, je suis resté assis, seul, à l'intérieur du fuselage, appuyé contre la paroi vacillante du Fairchild, tenant entre mes mains mon crâne en morceaux. Mon cœur était pris d'assaut par des émotions violentes – l'incrédulité, l'indignation, le chagrin et la peur – mais un sentiment de lasse acceptation finit par me balayer, comme un soupir. A ce moment-là, j'étais trop déprimé et secoué pour m'en rendre compte, mais c'était comme si je passais par toutes les phases du deuil à une allure effrénée. Dans mon ancienne vie, ma vie ordinaire à Montevideo, mon existence aurait été totalement anéantie par la perte de ma petite sœur ; un tel événement aurait fait de moi un invalide sur le plan émotionnel pendant plusieurs mois. Mais ici, plus rien n'était ordinaire, et en moi, quelque instinct primaire avait compris qu'en ces contrées impitoyables, je ne pouvais me permettre le luxe du chagrin. De nouveau, j'ai entendu la même voix froide et ferme dans ma tête s'élever au-dessus du chaos émotionnel. Regarde devant toi. Réserve ton énergie aux choses que tu peux changer. Si tu te raccroches au passé, tu mourras. Pourtant, je ne voulais pas me défaire de mon chagrin. Cela me manquait de ne plus avoir Susy à mes côtés, de ne plus pouvoir la réconforter et m'occuper d'elle, et désormais, mon chagrin était la seule chose qui me liait encore à elle. Mais apparemment, je n'avais pas mon mot à dire. A mesure que la longue nuit passait, que je luttais contre le froid, mes émotions ont perdu de leur intensité et mes sentiments pour ma sœur se sont estompés, comme un rêve se dissout au réveil. Le lendemain matin, je ne ressentais plus qu'une impression de vide, grise et amère, et Susy – comme ma mère et Panchito avant elle – s'en est allée rejoindre mon passé, qui me semblait déjà lointain et irréel. Les montagnes m'obligeaient à changer. A mesure qu'il s'adaptait à ma nouvelle réalité, mon esprit devenait plus froid, plus simple. Je commençais à concevoir la vie telle qu'elle apparaît sans doute à un animal qui lutte pour survivre – quand les seules alternatives qui s'offrent à lui sont la réussite ou l'échec, la vie ou la mort, le risque ou la chance. Les instincts primaires prenaient le dessus et annihilaient tous les sentiments complexes, de sorte que je finis par n'être préoccupé que par deux choses, les deux principes d'organisation de ma vie : l'appréhension, qui me glaçait le sang, de ma mort prochaine, et le besoin viscéral de me trouver près de mon père.

Dans les jours qui suivirent la mort de Susy, c'est l'amour et l'attachement que j'avais pour mon père qui me permirent de rester lucide ; je me calmais en réitérant la promesse que j'avais faite sur la tombe de Susy : je lui reviendrai, pour lui montrer que j'avais survécu, pour atténuer ses souffrances. Mon cœur se gonflait de mon désir d'être avec lui, il ne se passait pas un instant sans que je l'imagine dans son désespoir. Qui le réconfortait ? Comment s'y prenait-il pour lutter contre la détresse ? Je l'imaginais, la nuit, en train de faire les cent pas dans la maison vide, de se retourner dans son lit jusqu'au petit matin. Son impuissance devait le mettre au supplice. Comme il devait se sentir trahi ! Avoir passé sa vie à protéger et à subvenir aux besoins d'une famille qu'il chérissait, pour voir cette famille enlevée de manière brutale. C'était l'homme le plus fort que je connaisse, mais je n'avais aucun moyen de savoir s'il était assez fort pour supporter une perte pareille. Est-ce qu'il parviendrait à garder l'esprit clair ? Est-ce qu'il perdrait sa volonté et l'envie de vivre ? Parfois, mon imagination me jouait des tours, et je craignais qu'il n'attente à ses jours, choisissant de mettre un terme à ses souffrances pour rejoindre ceux qu'il aimait dans la mort.

Quand je pensais à mon père, j'avais pour lui des élans d'amour si profonds et immédiats que j'en avais le souffle coupé. Je ne supportais pas l'idée qu'il souffre une seconde de plus. Dans ma détresse, j'enrageais contre les immenses crêtes qui entouraient le lieu de l'accident, qui m'empêchaient d'aller le rejoindre, qui me retenaient prisonnier dans un enfer où je ne pouvais rien faire pour adoucir sa peine. Cette frustration claustrophobique me rongeait jusqu'à ce que, tel un homme enterré vivant, je finisse par céder à la panique. Chaque instant qui passait était marqué par une peur viscérale, comme si le sol sous mes pieds avait été une bombe prête à exploser, comme si je m'étais trouvé les yeux bandés devant un bataillon prêt à me fusiller, attendant de sentir les balles s'enfoncer dans ma chair. Ce terrifiant sentiment de vulnérabilité – la certitude que ma mort était imminente – ne me quittait jamais. Il remplissait chaque minute passée dans les montagnes. Il était au fondement de chacune de mes pensées, de chacune de nos conversations. Et c'est ce sentiment qui provoqua en moi la pulsion maniaque de prendre la fuite. Je luttais contre ma peur du mieux que je pouvais, en m'efforçant de me calmer et garder l'esprit clair, mais par moments, mes instincts animaux menaçaient de prendre le pas sur ma raison, et il me fallait mobiliser toutes mes forces pour me retenir de m'élancer à l'aveuglette dans la Cordillère.

Au début, le seul moyen que j'avais trouvé de calmer mes angoisses était de m'imaginer, dans les moindres détails, le moment où les équipes de secours viendraient nous sauver. Au cours de ces premiers jours, c'était l'espoir auquel nous nous raccrochions tous. Marcelo le nourrissait par ses paroles, mais à mesure que les jours passaient et que l'absence des sauveteurs devenait difficile à expliquer, Marcelo, catholique et profondément croyant, s'appuyait de plus en plus sur la foi qui avait toujours été au fondement de sa vie. « Dieu nous aime, disait-il. Il ne nous demanderait pas de supporter de telles souffrances pour ensuite nous tourner le dos et nous laisser mourir d'une mort absurde. » Marcelo affirmait avec conviction que ce n'était pas à nous de nous demander pourquoi Dieu nous éprouvait si durement. Notre devoir – envers Dieu, envers nos familles, envers les autres – était de survivre à chaque instant, d'accepter nos peurs et nos souffrances, afin d'être en vie le jour où les sauveteurs nous trouveraient.

Les paroles de Marcelo avaient un effet puissant sur les autres. La plupart d'entre eux acceptaient ses arguments sans la moindre question. J'aurais vraiment voulu croire Marcelo, mais plus le temps passait, plus il m'était difficile de faire taire les doutes qui accaparaient mon esprit. Nous partions du principe que les autorités savaient à peu près où l'avion s'était écrasé. Nous nous disions qu'elles connaissaient sans doute le plan de vol à travers les montagnes, et les pilotes les avaient certainement tenues informées au cours du trajet. Il suffirait par conséquent de conduire les recherches le long du plan de vol, en commençant au point du dernier contact radio. Ça ne pouvait pas être si difficile que ça de repérer l'épave d'un grand avion, échoué sur un glacier !

Pourtant, me disais-je, une expédition de recherche méthodique nous aurait déjà trouvés, et comme les secours n'étaient toujours pas là, j'étais forcé d'en tirer deux conclusions cruelles : soit ils se trompaient sur l'endroit où l'appareil s'était écrasé et menaient leurs recherches dans une autre région de la Cordillère, soit ils n'avaient pas la moindre idée de l'endroit où nous pouvions nous trouver, auquel cas ils n'avaient aucun moyen efficace de concentrer leurs recherches. Je me souvenais des paysages sauvages que nous avions vus en survolant le col du Planchón, toutes ces falaises abruptes qui s'enfonçaient de plusieurs milliers de mètres sur le versant des montagnes noires et escarpées ; il n'y avait que des arêtes et des pentes, à perte de vue. Ils ne nous avaient pas trouvés parce qu'ils ne savaient pas où nous étions, et s'ils n'en avaient pas la moindre petite idée, ils ne nous trouveraient jamais.

Dans un premier temps, j'ai gardé ces funestes réflexions pour moi, parce que je me disais que je ne voulais pas saper les espérances des autres. Mais il est bien possible qu'il y ait eu une part d'égoïsme dans cette attitude. Peut-être n'avais-je pas envie de formuler mes sentiments à voix haute de peur que cela ne les rende réels. Lorsque tout espoir est perdu, l'esprit nous protège par le déni, et le déni m'évitait d'avoir à affronter ce que je savais au fond de moi. Malgré tous les doutes que je nourrissais quant à nos chances d'être secourus, je continuais à vouloir la même chose que les autres – que quelqu'un vienne me libérer de cet enfer, me ramène à la maison et me rende ma vie. Mon instinct me dictait d'abandonner ces rêves, mais peu m'importait ; je ne pouvais me résoudre à exclure la possibilité d'un miracle. Mon cœur avait décidé d'ignorer le caractère désespéré de notre situation et continuait d'espérer avec le même naturel qu'il mettait à battre. Je priais tous les soirs avec les autres, suppliais Dieu d'accélérer l'arrivée des secours. Je tendais l'oreille pour entendre le vrombissement d'un hélicoptère. J'acquiesçais quand Marcelo nous conjurait de garder la foi. Pourtant, mes doutes restaient présents, et dès que j'avais une minute de calme, mon esprit divaguait vers l'ouest, vers les sommets imposants qui nous retenaient prisonniers, et une foule de questions surgissaient dans ma tête : Et si nous sommes obligés de nous sortir d'ici tout seuls ? Est-ce que j'aurais assez de forces pour survivre à une marche dans ces montagnes sauvages ? Comment sont les pentes ? Et le froid de la nuit ? Est-ce que le terrain est stable ? Quel chemin faudra-t-il suivre ? Et si je tombe ? Et toujours : Qu'y a-t-il à l'ouest, derrière les sombres sommets ?

Je me mis à répéter mon évasion si souvent, de manière si vivante que mes rêveries avaient bientôt acquis la réalité d'un film que je me passais dans ma tête. Je me voyais en train d'escalader les pentes blanches qui conduisaient jusqu'aux sommets éloignés, je visualisais chaque prise incertaine dans la neige, je me voyais en train de vérifier la stabilité de chaque pierre avant de m'y accrocher, je réfléchissais à chaque pas que je faisais. Mon visage serait balayé par des rafales de vent glacial, j'éprouverais des difficultés à respirer à cause de l'altitude, je lutterais pour avancer dans la neige qui m'arrivait jusqu'à la taille. Dans mon imagination, chaque pas de l'ascension était un effroyable supplice, mais je ne m'arrêtais pas, je persévérais jusqu'à ce que j'atteigne enfin le sommet. Je regardais alors vers l'ouest, et là, je voyais s'étendre sous mes yeux une large vallée qui se perdait à l'horizon. A une distance raisonnable, je voyais que la neige laissait place à des champs verts et bruns – des parcelles de terrain cultivé qui tapissaient le fond de la vallée. Les champs étaient entrecoupés de lignes minces et grises, je savais que c'étaient des routes. Je redescendais alors par le versant occidental de la montagne, je marchais pendant des heures, titubant à travers champs, jusqu'à ce que j'atteigne une route, je continuais à avancer vers l'ouest. J'arrêtais un conducteur éberlué. Il était consterné à la vue de cet étranger désespéré, perdu au milieu de nulle part. Je devais lui faire comprendre, et je savais exactement quoi dire :

Vengo de un avión que cayó en las montañas...

Je viens d'un avion qui est tombé dans les montagnes...

Il comprenait, et me laissait monter dans la cabine du conducteur. Nous nous dirigions vers l'ouest, à travers les champs verts, jusqu'à la ville la plus proche. Je trouvais une cabine téléphonique, je composais le numéro de mon père, et quelques secondes plus tard, j'entendais ses sanglots étonnés. Un ou deux jours plus tard, nous étions réunis et je voyais son regard – un peu de joie transparaissait derrière toute sa tristesse. Il ne disait rien, seulement mon nom. Je le sentais retomber contre moi tandis que je l'embrassais...

C'était mon mantra, mon mythe personnel, et ce rêve est vite devenu le pilier auquel je me raccrochais, une bouée de sauvetage; je le nourrissais, le peaufinais pour le faire briller dans mon esprit avec l'éclat d'un diamant.

Plus mon rêve d'évasion se précisait, plus la promesse faite à mon père gagnait en puissance, elle était aussi forte qu'un appel de Dieu. Mon rêve me permettait de me concentrer sur l'essentiel, de transformer mes peurs en motivations. Il me donnait le sentiment d'aller dans une direction précise, vers un objectif suprême, et c'est ce qui m'a tiré du puits de désespoir dans lequel j'étais tombé depuis le crash. Je continuais encore à prier avec Marcelo et les autres, à demander à Dieu de faire un miracle, et toutes les nuits, je continuais à tendre l'oreille pour entendre le bruit d'un hélicoptère au loin. Mais rien de tout cela ne parvenait à me calmer, et quand mes peurs se manifestaient avec une violence qui menaçait de me rendre fou, je fermais les yeux, je pensais à mon père. Je réitérais ma promesse, et dans ma tête, je me mettais à grimper...

Après la mort de Susy, nous étions vingt-sept survivants. La majorité avait des bleus et des coupures, mais compte tenu de la brutalité du crash, du fait que nous avions subi trois impacts violents à une très grande vitesse, c'était un miracle que si peu d'entre nous aient été gravement blessés. Certains s'en étaient sortis avec des égratignures. Roberto et Gustavo n'avaient que des blessures légères. D'autres – Liliana, Javier, Pedro Algorta, Moncho Sabella, Daniel Shaw, Bobby François et Juan Carlos Mendendez, un ancien étudiant à Stella Maris et un ami de Pancho Delgado – ne souffraient que de coupures superficielles. Ceux dont les blessures étaient plus graves, comme Delgado et Alvaro Mangino, qui avaient eu les jambes cassées dans le crash, étaient en convalescence et pouvaient maintenant se déplacer. Antonio Vizintin, qui avait failli perdre tout son sang à cause d'une méchante coupure au bras, regagnait rapidement des forces. Fito Strauch et son cousin Eduardo avaient perdu conscience lors du dernier impact, mais s'étaient vite rétablis. En fait, seuls trois garçons étaient sérieusement touchés. Ma blessure à la tête était l'une des pires de l'accident, mais les morceaux de mon crâne étaient en train de cicatriser, de sorte qu'il ne restait que deux garçons grièvement blessés : Arturo Nogueira, qui souffrait de fractures multiples aux deux jambes, et Rafael Echevarren, dont le muscle du mollet s'était décollé de l'os. Ils souffraient tous deux de manière constante et considérable, et c'était abominable de devoir assister, impuissant, à leur supplice.

Nous faisions de notre mieux pour les soulager. Roberto leur avait confectionné des lits, des hamacs, à l'aide de piquets en aluminium et de solides bandes de nylon que nous avions récupérés sur les porte-bagages. Ainsi suspendus, Rafael et Arturo n'avaient plus à subir l'horreur des nuits, où nous dormions tous par terre, serrés les uns contre les autres et où le moindre mouvement leur causait des douleurs insoutenables. Allongés en hauteur, ils ne bénéficiaient plus de la chaleur de nos corps et étaient par conséquent plus exposés au froid, mais pour eux le froid, si cruel fût-il, était un moindre mal comparé à la douleur.

Rafael ne faisait pas non plus partie des Old Christians, mais il avait des amis dans l'équipe qui l'avaient invité à se joindre à nous. Je ne le connaissais pas avant le voyage, mais je l'avais remarqué dans l'avion. Il riait de bon cœur avec ses amis et m'avait fait l'impression d'un garçon sympathique et ouvert. Je l'avais tout de suite apprécié, et je ne l'aimais que davantage à voir le courage avec lequel il supportait ses blessures. Roberto était très attentif aux blessures de Rafael et les soignait de son mieux, mais notre pharmacie se limitait à un piètre assortiment de produits, et il ne pouvait pas faire grand-chose. Tous les jours, il changeait les pansements ensanglantés et nettoyait les plaies avec de l'eau de Cologne qu'il avait trouvée, dans l'espoir que l'alcool empêcherait les plaies de s'infecter. Mais les blessures produisaient sans arrêt du pus et la peau de sa jambe était en train de devenir toute noire. Gustavo et Roberto pensaient que c'était la gangrène, mais Rafael ne s'autorisait pas la moindre complaisance. Au contraire, il gardait son courage et son sens de l'humour, alors même que son organisme s'empoisonnait et que la chair de sa jambe pourrissait sous ses yeux. « Je suis Rafael Echevarren, criait-il tous les matins, et je ne mourrai pas ici ! » Rafael n'abandonnait pas, quelle que soit l'intensité de ses souffrances, et je me sentais un peu plus fort chaque fois que je l'entendais prononcer ces mots.

Arturo, lui, était un garçon plus silencieux, plus calme. C'était le demi d'ouverture de l'équipe première des Old Christians. Je ne le connaissais pas très bien avant le crash, mais en voyant le courage dont il faisait preuve devant ses souffrances, je m'étais rapproché de lui. Comme Rafael, Arturo aurait dû se trouver en soins intensifs, avec des spécialistes pour s'occuper de lui vingt-quatre heures sur vingt-quatre. Mais voilà, il se trouvait au cœur de la Cordillère des Andes, suspendu dans un hamac, sans antibiotiques ni antalgiques, avec juste deux étudiants en première année de médecine et une bande de jeunes garçons sans expérience pour s'occuper de lui. Pedro Algorta, l'un des supporters de l'équipe, était particulièrement lié à Arturo, et il passait des heures entières avec son ami, lui apportait à boire et à manger tout en s'efforçant de le distraire. Nous passions à tour de rôle du temps avec lui et Rafael. Je me réjouissais toujours de mes conversations avec Arturo. Au début, nous parlions surtout de rugby. Les coups de pied sont un élément important du jeu – un coup de pied bien placé peut changer le cours d'un match et Arturo avait toujours été le botteur le plus fort et le plus précis de l'équipe. Je lui rappelais certains de ses faits d'armes et lui demandais comment il avait réussi à envoyer le ballon si loin, dans une trajectoire si précise. Je crois qu'Arturo aimait bien nos discussions. Il était fier de ses talents de botteur et souvent, il essayait de m'enseigner sa technique, allongé dans son hamac. De temps à autre, il s'oubliait et essayait de me faire une démonstration avec l'une de ses jambes cassées, ce qui le faisait hurler de douleur, et nous rappelait à la réalité qui était la nôtre.

En apprenant à nous connaître, nous nous sommes mis à aborder des sujets plus profonds que le sport. Arturo était différent des autres. D'abord, c'était un socialiste convaincu, il avait des opinions tranchées sur le capitalisme et la recherche de la richesse personnelle, il faisait figure d'original dans le monde privilégié où nous avions pour la plupart grandi. Certains pensaient qu'il se donnait un genre, qu'il s'habillait de façon négligée et lisait des ouvrages de philosophie marxiste simplement pour se faire remarquer. Arturo n'était pas un garçon *cool*. Il pouvait être virulent et agressif dans ses opinions, et cela dérangeait beaucoup de garçons. Mais en apprenant peu à peu à le connaître et à le comprendre, j'ai commencé à l'admirer pour sa façon de penser. Ce n'étaient pas ses opinions politiques qui m'attiraient – à l'époque, je n'avais pas la moindre conscience politique. Ce qui me fascinait chez lui, c'était le sérieux avec lequel il vivait et la passion féroce avec laquelle il avait appris à penser par lui-même. Les choses importantes comptaient pour Arturo – les questions d'égalité, de justice, de compassion et d'équité. Il ne craignait pas de remettre en question les règles de la société conventionnelle, ou de condamner notre gouvernement ou notre système économique, qui, pensait-il, favorisait les riches au détriment des pauvres. Les opinions tranchées d'Arturo gênaient bon nombre de garçons et conduisaient souvent, la nuit, à des discussions passionnées sur l'histoire, la politique et les sujets d'actualité, mais j'étais toujours curieux d'entendre son point de vue. J'étais tout particulièrement intrigué par ses réflexions en matière de religion.

Comme la plupart des autres survivants, j'avais eu une éducation catholique et traditionnelle, et même si j'étais loin d'être un fervent pratiquant, je n'avais jamais remis en cause les enseignements fondamentaux de l'Eglise. Pourtant, mes conversations avec Arturo me forçaient à considérer plus avant mes croyances religieuses, les principes et les valeurs que j'avais toujours tenus pour acquis, sans poser la moindre question.

« Comment peux-tu être sûr que parmi tous les livres sacrés qui existent, c'est celui qu'on t'a enseigné qui contient la seule vraie parole divine? me demandait-il. Comment sais-tu que ton idée de Dieu est la seule qui soit juste? Nous sommes un pays catholique parce que les Espagnols sont venus conquérir la terre des Indiens, et ils ont remplacé les dieux des Indiens par Jésus-Christ. Si les Maures avaient conquis l'Amérique du Sud, nous adresserions nos prières à Mahomet, pas à Jésus. »

Les idées d'Arturo me dérangeaient, mais c'était captivant. Et ce qui me fascinait plus encore, c'était qu'en dépit de son scepticisme religieux, il était très spirituel; et il sentait la colère que j'éprouvais contre Dieu. Il me conseillait vivement de ne pas lui tourner le dos à cause de nos souffrances.

« A quoi cela nous sert-il d'avoir Dieu ? lui disais-je. Pourquoi est-ce qu'il a laissé mourir ma mère et ma sœur de manière aussi absurde ? S'il nous aime tant que ça, pourquoi est-ce qu'il nous laisse souffrir ici ?

— Tu es en colère contre le Dieu auquel on t'a appris à croire quand tu étais enfant, me répondait Arturo. Un Dieu qui est censé te surveiller et te protéger, qui répond à tes prières et te pardonne tes péchés. Ce Dieu-là n'est qu'une fable. Les religions s'efforcent de saisir Dieu, mais Dieu est bien au-delà des religions. Dieu échappe totalement à notre compréhension. Nous ne sommes pas en mesure de comprendre sa volonté, on ne peut pas le réduire à un livre. Il ne nous a pas abandonnés et ne nous sauvera pas. Il n'a rien à voir avec le fait que nous soyons ici. Dieu ne change pas, il est, tout simplement. Je ne prie pas Dieu pour obtenir ses faveurs, je prie pour être près de Lui, et en priant, je remplis mon cœur d'amour. Quand je prie de cette façon, je sais que Dieu est amour. Quand je ressens cet amour, je sais bien que nous n'avons pas besoin d'anges ou de paradis, parce que nous sommes déjà une partie de Dieu. »

Je secouais la tête. « J'ai tellement de doutes. Et j'ai l'impression d'avoir mérité le droit de douter.

— Fais confiance à tes doutes, me disait Arturo. Si tu as les couilles de douter de Dieu, et de remettre en cause toutes les choses qu'on t'a apprises à son sujet, alors tu trouveras peut-être Dieu pour de bon. Il est près de nous, Nando. Je le sens tout autour de nous. Ouvre les yeux, tu le verras toi aussi. »

J'observais Arturo, ce jeune socialiste plein de ferveur, allongé dans son hamac, les jambes brisées comme des bouts de bois, avec un regard éclatant de foi et d'encouragement, et j'ai eu pour lui un grand élan d'affection. Ses mots me touchaient profondément. Comment un garçon aussi jeune avait-il réussi à se connaître aussi bien ? En parlant avec lui, j'étais forcé de reconnaître que je n'avais jamais pris ma vie au sérieux. J'avais toujours tout tenu pour acquis, j'avais consacré mon énergie à courir les filles, à conduire des voitures et à aller à des soirées. Je vivais tranquillement au jour le jour. Après tout, pourquoi se précipiter ? Il serait toujours temps de me décider et de réfléchir. Il y avait toujours un lendemain...

Je me moquais tristement de moi, en pensant que si Dieu existe, et s'il voulait que je fasse attention à lui, eh bien c'était gagné. Je me suis penché en avant et ai posé mon bras et mon épaule sur la poitrine d'Arturo pour lui transmettre un peu de chaleur. J'écoutais sa respiration régulière, de temps en temps je sentais son corps se tendre de douleur et je me disais : ça, c'est un homme.

Le courage et la générosité d'autres garçons m'inspiraient également. Enrique Platero, qui avait eu l'abdomen transpercé par un tube métallique lors du dernier impact, avait trouvé la force de surmonter sa blessure comme si ce n'était qu'une petite égratignure et il était l'un de ceux qui travaillaient le plus dur, et ce alors même qu'une semaine après le crash, un bout de ses intestins sortait encore de la plaie. J'avais toujours bien aimé Enrique. Je l'admirais pour le respect qu'il témoignait à ses parents et l'affection qu'il éprouvait manifestement pour sa famille, qui assistait à tous nos matchs. Enrique jouait pilier, et même s'il n'était pas un joueur hors du commun, il faisait preuve d'une présence assurée et loyale, toujours prêt à nous aider et à donner tout ce qu'il avait pour nous amener à la victoire. Dans les montagnes, il avait le même comportement. Il faisait toujours ce qu'on lui demandait, et plus encore ; il ne se plaignait jamais, ne cédait jamais ouvertement au désespoir, et même s'il restait un peu en retrait, nous savions tous qu'il ferait son possible pour nous aider à survivre.

J'étais aussi impressionné par la force de Gustavo Nicholich, surnommé Coco. Coco était un troisième ligne aile dans l'équipe. Fort, véloce, excellent plaqueur, c'était un joueur robuste, avec un esprit chaleureux et un grand sens de l'humour. Marcelo avait chargé Coco de superviser l'équipe de nettoyage, constituée des garçons les plus jeunes du groupe – Alvaro Mangino, Coche Inciarte, Bobby François et les autres. Leur tâche était de garder le fuselage aussi propre que possible, d'aérer tous les matins les coussins sur lesquels nous dormions et de les remettre en place avant la nuit. Coco s'assurait que ces garçons prenaient leur mission au sérieux, et il savait aussi qu'en occupant les plus jeunes, il les empêchait de se laisser anéantir par leurs peurs. Tout en les dirigeant, il leur remontait le moral en racontant des blagues ou des anecdotes. Pendant les pauses, il les poussait à jouer aux charades ou à d'autres petits jeux. Quand on entendait quelqu'un rire, c'était souvent le fait de Coco. Et un éclat de rire dans les montagnes, c'était un vrai miracle. J'admirais le courage de Coco – parvenir à égayer les esprits alors que, comme nous tous, il était épuisé et effrayé.

J'étais aussi considérablement impressionné par la force et le courage de Liliana Methol. Liliana et Javier étaient extrêmement proches et affectueux l'un avec l'autre. Ils étaient tous deux de grands supporters de l'équipe, mais pour eux, ce voyage était l'occasion de s'offrir une escapade en amoureux, la chance de pouvoir profiter d'un week-end seuls tous les deux, sans leurs quatre jeunes enfants, qu'ils avaient pour l'occasion laissés chez leurs grands-parents. Juste après le crash, Javier avait été pris d'une forme sévère de mal de la montagne, de sorte qu'il avait sans arrêt des nausées et était épuisé. Son cerveau était lent et engourdi, et il ne pouvait pas faire grand-chose à part se promener sur le site du crash dans un état de torpeur. Liliana passait beaucoup de temps à s'occuper de lui, mais elle trouvait aussi le temps de servir d'infirmière à Roberto et à Gustavo, et elle leur était d'une aide très précieuse.

Après la mort de Susy, Liliana était la seule femme survivante, et dans les premiers temps, nous l'avions traitée avec galanterie, insistant pour qu'elle dorme dans la soute du Fairchild, l'endroit le moins froid de l'avion, avec les blessés graves. C'est ce qu'elle avait fait pendant quelques nuits, avant de nous annoncer qu'elle n'accepterait plus aucun traitement de faveur. Depuis ce moment-là, elle dormait dans la section principale du fuselage avec nous. Elle rassemblait les plus jeunes autour d'elle et faisait de son mieux pour les rassurer et les garder au chaud. « Couvre-toi la tête, Coche, l'entendions-nous dire dans l'obscurité. Tu tousses trop, le froid t'irrite la gorge. Bobby, tu as assez chaud ? Tu veux que je te masse les pieds ? » Elle s'inquiétait constamment pour ses enfants, mais elle trouvait encore assez de courage et d'amour pour materner tous ces garçons effrayés et loin de leur famille. Elle était devenue une seconde mère pour nous, et elle était tout ce qu'on rêve que soit une mère : forte, douce, aimante, patiente, et très courageuse.

Mais les montagnes me démontraient que le courage pouvait prendre des formes différentes, et à mes yeux, même les plus discrets d'entre nous ont fait preuve d'un immense courage, par le simple fait de survivre d'un jour sur l'autre. Tous ont contribué, par leur simple présence et par la force de leur personnalité, au profond sentiment d'appartenance à une communauté, et de participation à un objectif commun – ce qui nous a protégés de la brutalité et de la cruauté de notre environnement. Coche Inciarte par exemple, nous offrait son esprit vif et insolent, ainsi que son sourire chaleureux. Carlitos était une source d'optimisme et d'humour. Pedro Algorta, un ami proche d'Arturo, était un penseur peu conventionnel, avec des opinions tranchées et une grande intelligence ; j'aimais beaucoup discuter avec lui pendant la nuit. Alvaro Mangino, un supporter de l'équipe, éveillait en moi des instincts protecteurs. Il était aimable, s'exprimait avec beaucoup de douceur, c'était l'un des plus jeunes du groupe et je me débrouillais souvent pour me coucher près de lui. Sans Diego Storm, qui m'avait déplacé vers un endroit plus chaud de la cabine quand j'étais encore dans le coma, je serais sans doute mort frigorifié à côté de Panchito. Daniel Fernandez, un autre cousin de Fito, nous offrait la solidité de sa présence et son bon sens, contribuant ainsi à nous éviter de céder à la panique. Pancho Delgado, un étudiant en droit à l'esprit bien affûté, l'un des plus fervents supporters de Marcelo, nous aidait à garder espoir en réitérant avec éloquence que les secours étaient en route. Puis il y avait Bobby François, qui, curieusement, nous charmait par son refus très clair, presque joyeux, qui se passait d'excuses, de se battre pour survivre. Bobby semblait incapable de s'occuper de lui-même, fût-ce de la manière la plus élémentaire. Si sa couverture glissait pendant la nuit, il ne faisait même pas l'effort de se recouvrir. De sorte que nous gardions tous un œil sur Bobby et faisions de notre mieux pour l'empêcher de mourir de froid, en vérifiant qu'il ne souffrait pas d'engelures, en le forçant à se lever le matin. Tous ces garçons faisaient partie de notre famille dans les Andes, et chacun participait, à la hauteur de ses capacités, à notre lutte commune.

Je n'étais pourtant pas dupe de toutes ces manifestations de courage, discrètes ou plus flagrantes, et je savais que chacun d'entre nous vivait constamment dans l'effroi. Je voyais les survivants gérer leurs peurs à leur manière. Certains exorcisaient leurs angoisses par la colère, en s'emportant contre le destin qui nous avait conduits ici, contre les autorités qui tardaient à nous secourir. D'autres suppliaient Dieu de leur apporter des réponses et priaient pour que survienne un miracle. Nombreux étaient ceux que la peur paralysait, si parfaitement démunis devant les forces qu'il nous fallait affronter qu'ils sombraient dans le désespoir. Ceux-là ne prenaient jamais d'initiative. Ils ne travaillaient que lorsqu'ils y étaient forcés, et on ne pouvait leur confier que les tâches les plus simples. Plus les jours passaient, plus ils semblaient dépérir, plus ils étaient déprimés, moins ils avaient d'énergie, et ils finissaient par s'installer dans une apathie absolue, certains demeuraient des journées entières allongés à l'endroit même où ils avaient passé la nuit, à attendre les secours ou la mort, et peu leur importait de savoir qui viendrait les prendre en premier. Ils rêvaient de leur maison et priaient pour un miracle, mais languissant dans l'obscurité du fuselage, torturés par la peur de mourir, le regard vide et hagard, ils n'étaient déjà plus que des fantômes d'eux-mêmes.

Ceux d'entre nous qui étaient suffisamment forts pour travailler n'étaient pas toujours tendres avec ces garçons. Avec toutes les pressions que nous devions affronter, il nous était parfois difficile de ne pas les considérer comme des lâches ou des parasites. La plupart d'entre eux n'étaient même pas sérieusement blessés, et nous étions en colère de les voir incapables de mobiliser leur volonté pour participer à notre lutte pour survivre. Nous les interpellions avec violence. « Bouge ton cul ! Fais quelque chose ! Tu n'es pas encore mort ! »

Ce fossé émotionnel entre les travailleurs et les garçons perdus avait créé une ligne de fracture potentielle dans notre petite communauté, qui aurait pu conduire au conflit, à la cruauté, et même à la violence. Fort heureusement, cela n'arriva jamais. Nous ne nous sommes jamais laissés aller à la récrimination et à l'accusation. Et c'est peut-être grâce aux années que nous avions passées ensemble sur les terrains de rugby. Peut-être grâce aux enseignements des Frères Chrétiens. Quoi qu'il en soit, nous avons été capables de maîtriser notre ressentiment pour continuer à lutter, comme une équipe. Ceux qui en avaient la motivation et la capacité physique s'acquittaient des tâches à accomplir. Les plus faibles et les blessés se contentaient d'endurer. Nous tentions régulièrement de les bouger, parfois nous leur donnions des ordres, mais jamais nous ne les avons méprisés ou abandonnés à leur sort. Instinctivement, nous avions compris que dans cet endroit abominable, personne ne pouvait être jugé selon les critères qui s'appliquaient dans le monde normal. Les horreurs qu'il nous fallait supporter étaient incommensurables, et il était impossible de prévoir les réactions des uns et des autres à un moment donné. Ici, le simple fait de survivre exigeait un courage héroïque, et ces garçons démunis menaient leur propre bataille au milieu des ombres. Nous faisions donc en sorte qu'ils aient assez à manger et qu'ils restent bien couverts. Dans les heures les plus froides de la nuit, nous leur massions les pieds pour les protéger des engelures. Nous vérifiions qu'ils se couvraient correctement la nuit, nous faisions fondre de l'eau pour eux quand ils ne parvenaient pas à mobiliser assez d'optimisme pour sortir se désaltérer. Surtout, nous restions des camarades, solidaires dans la souffrance. Nous avions déjà perdu de nombreux amis. Chaque vie nous était précieuse et nous étions prêts à tout pour aider nos amis à rester en vie.

« Respire encore une fois » : c'est ce que nous disions aux plus faibles quand le froid ou leurs peurs menaçaient de les anéantir. « Vis pour une autre respiration. Tant que tu respires, tu te bats pour survivre. » Et de fait, dans les montagnes, nous vivions tous une respiration à la fois, nous luttions tous pour trouver en nous la force de vivre encore un peu, un battement de cœur après l'autre. Nous souffrions à chaque instant, de plusieurs manières différentes, mais le plus grand supplice était le froid. Nos corps ne se sont jamais habitués aux températures glaciales – aucun corps humain n'aurait pu s'y adapter. C'était encore l'hiver dans les Andes, et des vents forts soufflaient vingt-quatre heures sur vingt-quatre, nous contraignant à rester enfermés dans le fuselage. Les jours où le ciel était dégagé, le soleil des montagnes tapait fort et nous passions beaucoup de temps à l'extérieur, pour profiter au maximum de la chaleur bienfaisante. Nous avions même sorti des fauteuils du Fairchild pour les installer dans la neige, comme des chaises longues, de sorte que nous pouvions nous prélasser au soleil assez confortablement. Mais toujours trop vite, le soleil disparaissait derrière les sommets qui se dressaient à l'ouest, et en quelques instants à peine, le ciel d'un bleu clair devenait violet, des étoiles apparaissaient et les ombres des sommets s'avançaient vers nous aussi inexorablement que la marée. Sans la chaleur du soleil, les températures retombaient brusquement et nous nous retirions à l'intérieur, nous préparant à affronter l'horreur de la nuit.

En altitude, le froid est agressif et sournois. Il vous brûle et vous cogne, il envahit toutes les cellules de votre corps, et s'abat avec une violence telle qu'on a l'impression qu'il pourrait vous briser les os. Le fuselage traversé de courants d'air nous protégeait des vents qui nous auraient tués, mais l'air restait glacial. Nous avions des briquets et aurions pu sans aucun mal faire du feu, sauf qu'il n'y avait pas grand-chose à brûler. Nous avons brûlé tous les billets de banque que nous possédions – près de 7 500 dollars sont partis en fumée –, et nous avons réussi à rassembler assez de petit bois pour faire deux ou trois flambées, mais celles-ci s'éteignaient trop vite, et ce luxe de courte durée rendait le froid encore plus cruel quand les flammes s'éteignaient. Le plus souvent, la meilleure protection contre le froid consistait à nous blottir les uns contre les autres sur les coussins dont nous avions recouvert le sol de l'appareil, et de tirer à nous les misérables couvertures, dans l'espoir de réunir assez de chaleur pour survivre une nuit de plus. Je passais des heures allongé dans le noir à claquer des dents, à trembler si violemment que les muscles de mon cou et de mes épaules étaient constamment tendus. Nous faisions tous très attention à protéger nos extrémités des engelures, et je dormais toujours les mains coincées sous mes aisselles, mes pieds sous le corps de quelqu'un d'autre. Malgré cela, à cause du froid, j'avais l'impression qu'on avait laissé tomber une enclume sur mes doigts et sur mes orteils. Parfois, quand je craignais que le sang ne gèle dans mes veines, je demandais aux autres de me donner des coups dans les bras et les jambes pour stimuler la circulation. Je dormais toujours avec une couverture sur la tête pour emprisonner la chaleur que je dégageais en respirant. D'autres fois, je me couchais la tête près de celle d'un autre garçon, pour lui voler un peu de respiration, un peu de chaleur. Certaines nuits, nous discutions, mais c'était toujours difficile dans la mesure où nous tremblions très fort et claquions des dents dans l'air frigorifiant. Je m'efforçais de penser à autre chose, en priant ou en pensant à mon père, mais il était impossible d'ignorer le froid pendant plus de quelques minutes. Parfois, il n'y avait rien d'autre à faire que d'accepter la souffrance en comptant les secondes qui nous séparaient de l'aube. Dans ces moments-là, j'étais persuadé que j'étais en train de devenir fou.

Le froid était notre plus grand supplice, mais dans les premiers jours, c'était la soif qui constituait la plus grande menace. Lorsqu'il se trouve à une altitude élevée, le corps humain se déshydrate cinq fois plus vite qu'au niveau de la mer, principalement à cause du faible taux d'oxygène de l'atmosphère. Pour s'alimenter correctement en oxygène, le corps se force à respirer rapidement. C'est un comportement mécanique, et bien souvent on se retrouve essoufflé sans avoir fait le moindre mouvement. Le nombre accru d'inspirations permet d'apporter plus d'oxygène dans le sang, mais à chaque inspiration correspond une expiration, et à chaque fois, on se déshydrate un peu plus. Un être humain peut survivre sans eau pendant une semaine ou plus au niveau de la mer. Dans les Andes, ce laps de temps est beaucoup plus court, et à chaque expiration, on se rapproche de la mort.

Non pas que nous manquions d'eau – après tout, nous nous trouvions sur un glacier recouvert de neige, entourés de plusieurs tonnes d'eau gelée. Le problème que nous rencontrions était de rendre la neige liquide. Les alpinistes bien équipés portent toujours sur eux des petits réchauds à gaz pour faire fondre la neige, et ils sont tout le temps en train de boire (plusieurs litres par jour) pour maintenir un niveau d'hydratation suffisant. Nous n'avions évidemment pas de réchaud, et aucun moyen efficace de faire fondre la neige. Dans un premier temps, nous nous sommes contentés de mettre directement de la neige dans notre bouche et de la manger, mais après quelques jours seulement, nos lèvres étaient craquelées et à sang, mises à vif par le froid, de sorte que c'était un véritable supplice que de porter de la neige à la bouche. Ensuite, nous nous sommes aperçus que si nous formions des boules de neige que nous laissions fondre dans nos mains, nous pouvions avaler les gouttes d'eau à mesure que la neige fondait. Nous avions également une autre technique qui consistait à mettre de la neige dans une bouteille vide et à l'agiter jusqu'à ce que la neige fonde. De manière générale, nous buvions dans la moindre petite flaque qui se formait. Au-dessus du fuselage par exemple, la neige fondait au soleil, et un filet d'eau s'écoulait le long du pare-brise du cockpit et tombait dans une petite gouttière en aluminium située à la base du pare-brise. Les jours de beau temps, nous faisions la queue pour aspirer un peu d'eau de ce conduit, mais il n'y en avait jamais assez pour satisfaire nos besoins. De fait, aucun de nos efforts ne nous permettait d'avoir assez d'eau pour éviter la déshydratation. Nous étions en train de nous affaiblir, nous devenions de plus en plus léthargiques et lents à mesure que les toxines s'accumulaient dans notre organisme. C'était le comble de l'ironie : entourés d'un océan gelé, nous étions doucement en train de mourir de soif. Il nous fallait un moyen efficace de faire fondre la neige et assez rapidement. Grâce à l'ingéniosité de Fito, nous en avons trouvé un.

Un matin ensoleillé, alors qu'il était assis à l'extérieur, aussi assoiffé que tous les autres, il s'aperçut que le soleil faisait fondre la mince croûte qui se formait toutes les nuits sur la neige. Eurêka ! Il se mit à fouiller dans un tas de décombres que nous avions empilés à côté de l'épave de l'avion et trouva bientôt, sous la garniture d'un fauteuil massacré, une mince feuille d'aluminium. Il replia les côtés pour en faire un récipient et pinça un coin pour faire un bec. Puis il remplit sa « bassine » de neige et la disposa en plein soleil. En un rien de temps, la neige commença à fondre et de l'eau se mit à couler par le bec. Fito récupérait l'eau ainsi obtenue dans une bouteille. Quand les autres se sont aperçus de l'efficacité de son procédé, ils se sont empressés de récupérer d'autres feuilles d'aluminium (il y en avait une dans chaque fauteuil) et de les façonner de la même manière. Marcelo, très impressionné par l'invention de Fito, a immédiatement créé un groupe dont la mission était de veiller aux bassines et de s'assurer que nous n'étions jamais à court d'eau. Nous ne sommes jamais parvenus à en produire autant que ce qu'il aurait fallu, nous n'avons jamais réussi à étancher notre soif, mais grâce à l'ingéniosité de Fito, nous étions suffisamment hydratés pour rester vivants. Nous tenions le bon bout. Grâce à notre intelligence et à notre coopération, nous avions empêché le froid et la soif de nous tuer, mais il nous a bientôt fallu affronter un problème que l'intelligence et le travail d'équipe ne pouvaient résoudre. Nous avions presque épuisé nos provisions, et nous commencions à mourir de faim.

Dans les premiers jours de l'épreuve, la faim ne nous avait pas posé de gros problèmes. Le froid et le choc psychologique que nous avions subis, ajoutés aux sentiments de détresse et de peur que nous ressentions tous, contribuaient à nous couper l'appétit, et comme nous étions convaincus que les secours ne tarderaient pas, nous nous satisfaisions des maigres rations que Marcelo nous distribuait. Mais les secours n'étaient toujours pas là.

Un matin, à la fin de la première semaine dans les montagnes, je me suis retrouvé devant l'avion, à examiner une cacahuète enrobée de chocolat que je tenais au creux de ma main. Nos provisions étaient épuisées, et c'était la dernière chose comestible que je recevrais. J'étais fermement déterminé, dans la misère et la tristesse de mon désespoir, à la faire durer. Le premier jour, j'ai sucé le chocolat, puis j'ai remis la cacahuète dans ma poche. Le deuxième jour, j'ai soigneusement séparé les deux moitiés de la cacahuète, en ai remis une dans ma poche, l'autre dans ma bouche. J'ai sucé la cacahuète pendant des heures, je ne m'autorisais que de temps en temps à en grignoter un tout petit bout. J'ai fait de même le troisième jour, et quand j'ai terminé ma cacahuète, il n'y avait plus rien du tout à manger.

A haute altitude, les besoins caloriques du corps humain sont colossaux. Il aurait fallu à un alpiniste décidé à franchir l'un des sommets qui nous entouraient au moins 15 000 calories par jour pour maintenir son poids normal. Nous n'étions pas en train de grimper, mais à cette altitude, nos besoins étaient nettement plus élevés que dans des conditions normales. Depuis le crash, même avant que toutes les provisions soient épuisées, nous n'avions jamais consommé plus de quelques centaines de calories par jour. Et depuis quelques jours, notre consommation était proche de zéro. Quand nous avions embarqué à Montevideo, nous étions tous des jeunes gens robustes et vigoureux, et pour bon nombre d'entre nous, des athlètes au meilleur de leur condition physique. A présent, les visages de mes amis s'émaciaient. Leurs mouvements étaient lents et incertains, leur regard morne et abattu. Nous étions réellement affamés et n'avions aucun espoir de trouver de la nourriture. La faim qui nous tenaillait se transformait en voracité, et quand bien même nous savions que c'était peine perdue, nous continuions à chercher. Nous sommes devenus obsédés par la recherche de denrées comestibles, mais ce qui nous poussait n'avait rien en commun avec l'appétit ordinaire. Quand le cerveau détecte les prémices de la famine – autrement dit quand il se rend compte que le corps a commencé à puiser dans sa propre chair pour survivre – il déclenche une poussée d'adrénaline en guise de signal, tout aussi incontrôlable et irritante que l'instinct qui pousse un animal poursuivi à fuir son prédateur. Nos instincts animaux avaient pris le contrôle, et c'était la peur, plus que la faim, qui nous poussait à chercher de la nourriture de manière aussi frénétique. A plusieurs reprises, nous avons fouillé l'intérieur du Fairchild pour y trouver des miettes. Nous avons essayé de manger des bouts de cuir arrachés aux valises, tout en sachant pertinemment que les produits chimiques avec lesquels la peau avait été traitée nous feraient plus de mal que de bien. Nous avons éventré les coussins dans l'espoir d'y trouver de la paille, mais ils étaient garnis d'une mousse synthétique absolument immangeable. Même après que j'avais acquis la certitude que je ne pourrais rien trouver à manger, mon esprit refusait de se calmer. Je passais des heures à me creuser la tête pour trouver quelque chose de comestible. Peut-être y avait-il une plante quelque part, ou des insectes qui vivaient sous un rocher. Peut-être les pilotes avaient-ils rangé des provisions dans le cockpit. Peut-être avions-nous par erreur jeté de la nourriture en enlevant les fauteuils de la cabine. Il fallait alors que je vérifie une nouvelle fois le tas de décombres. Avions-nous bien regardé dans les poches des morts avant de les enterrer ?

J'en arrivais sans cesse à la même conclusion : à moins de vouloir manger les vêtements que nous portions, il n'y avait autour de nous que de l'aluminium, du plastique, de la glace et de la pierre. Parfois je sortais brusquement d'un long silence en hurlant : « Il n'y a rien à bouffer dans ce putain d'endroit ! » Et pourtant, il y avait à manger dans la montagne – il y avait de la viande, en grandes quantités, et facilement accessible avec ça. Pas plus loin que les cadavres étendus à l'extérieur de l'avion, sous une mince couche de gel. Cela m'étonne encore : malgré les pulsions obsessionnelles qui me poussaient à chercher de la nourriture, j'ai pendant longtemps ignoré la présence évidente des seules choses comestibles dans un rayon de plusieurs centaines de kilomètres. Je suppose qu'il y a certaines limites que l'esprit met du temps à franchir, mais quand le mien les a eu franchies, il l'a fait dans une pulsion si primitive que j'en ai été choqué. C'était en fin d'après-midi, et nous étions tous allongés dans la cabine, rassemblant notre courage pour affronter l'horreur de la nuit. Mon regard s'est arrêté sur la blessure toujours pas cicatrisée sur la jambe d'un garçon qui était couché près de moi. Le centre de la plaie était à vif, humide, et les bords étaient recouverts d'une croûte de sang séché. Je ne pouvais m'empêcher de regarder fixement cette croûte, et en reniflant dans l'air la faible odeur de sang, j'ai senti la faim me tenailler. J'ai levé les yeux et croisé le regard d'autres garçons qui, eux aussi, avaient fixement regardé la plaie. Honteux, nous avons compris que nous venions d'avoir les mêmes pensées et avons rapidement détourné les yeux. Mais pour moi, il s'était passé quelque chose que je ne pouvais pas nier : j'avais regardé de la chair humaine et, instinctivement, je l'avais reconnue comme de la nourriture. Une fois que cette porte était ouverte, je ne pouvais pas la refermer, et à compter de cet instant-là, mon esprit n'a jamais été très loin des corps gelés sous la neige. Je savais que ces corps représentaient notre seule chance de survie, mais j'étais tellement effaré par les pensées qui me traversaient l'esprit que je n'en ai parlé à personne. Finalement, incapable de rester silencieux plus longtemps, une nuit, dans l'obscurité du fuselage, j'ai décidé de me confier à Carlitos Paez, allongé près de moi.

« Carlitos, ai-je murmuré. Tu es réveillé ?

— Oui, a-t-il marmonné. Tu crois qu'on peut dormir dans ce frigo ?

— Tu as faim ?

— *Puta carajo !* Qu'est-ce que tu crois ? Ça fait des jours que je n'ai pas mangé !

— On va mourir de faim ici, ai-je dit. Je ne crois pas que les secours nous trouveront à temps.

— Ça, tu n'en sais rien, a répondu Carlitos.

— Je le sais, et tu le sais aussi. Mais je ne vais pas mourir ici. Je réussirai à rentrer chez moi.

— Tu songes encore à grimper pour te sortir d'ici ? m'a-t-il demandé. Nando ! Tu es trop faible !

— Je suis faible parce que je n'ai pas mangé.

— Et qu'est-ce que tu veux y faire ? Il n'y a rien à manger ici.

— Si, il y a à manger. Tu sais très bien ce que je veux dire. »

Carlitos a tressailli dans le noir, mais n'a rien dit.

« Je vais prendre de la viande sur le pilote, ai-je murmuré. C'est lui qui nous a entraînés ici, peut-être qu'il pourra nous aider à en sortir.

— Putain, Nando, a-t-il murmuré.

— Il y a plein de nourriture ici, mais il ne faut les voir que comme de la viande. Nos amis n'ont plus besoin de leur corps. »

Carlitos est resté silencieux un moment.

« Que Dieu nous vienne en aide! a-t-il dit, doucement. J'y ai pensé aussi... »

Au cours des jours suivants, Carlitos a fait part de notre échange à d'autres garçons. Certains ont admis, comme Carlitos, qu'ils avaient eu des pensées du même genre. Roberto, Gustavo et Fito en particulier pensaient que c'était notre seule chance de survie. Pendant quelques jours, nous en avons discuté entre nous, puis nous avons décidé de réunir tout le monde et d'aborder le sujet ouvertement. Nous nous sommes tous réunis à l'intérieur du Fairchild; le jour baissait. Roberto a pris la parole.

« Nous sommes en train de mourir de faim, a-t-il dit, simplement. Nos corps ont commencé à se nourrir d'eux-mêmes. Si nous n'avalons pas bientôt des protéines, nous mourrons. Or, la seule source de protéines ici, c'est les corps de nos amis. »

A ses paroles a succédé un silence pesant. Finalement, une voix s'est élevée. « Qu'est-ce que tu racontes? Tu veux qu'on mange les morts?

— Nous ne savons pas combien de temps nous allons devoir rester ici, a poursuivi Roberto. Si nous ne mangeons pas, nous allons mourir. C'est aussi simple que cela. Si vous tenez à revoir vos familles, c'est ce qu'il faut faire. »

Les visages des autres exprimèrent de l'étonnement, alors qu'ils comprenaient ce que Roberto disait. Puis Liliana a dit doucement :

« Je ne peux pas faire ça. Je ne pourrai jamais.

— Ce n'est pas pour toi que tu le feras, a dit Gustavo, mais tu dois le faire pour tes enfants. Tu te dois de survivre pour les retrouver.

— Mais qu'est-ce que ça va faire à nos âmes ? Est-ce que Dieu pourra nous pardonner une chose pareille ?

— Si vous ne mangez pas, vous choisissez de mourir, a répondu Roberto. Est-ce que Dieu vous le pardonnerait ? Je crois que Dieu voudrait que nous fassions tout ce qui est en notre pouvoir pour survivre. »

J'ai pris la parole. « Il faut nous convaincre que ce n'est plus que de la viande. Leurs âmes sont parties. Si les secours sont en route, il nous faut gagner du temps, sans quoi ils nous trouveront tous morts.

— Et si nous devons nous en sortir par nous-mêmes, a affirmé Fito, nous aurons besoin de forces pour ne pas mourir sur les pentes de la montagne.

— Fito a raison, ai-je dit, et si les corps de nos amis peuvent nous aider à survivre, alors ils ne seront pas morts pour rien. »

La discussion a continué jusque dans la soirée. Un bon nombre de survivants – Liliana, Javier, Numa Turcatti et Coche Inciarte, entre autres – refusaient même l'idée de se nourrir de chair humaine, mais personne n'a essayé de nous en dissuader. Dans le silence qui a fini par se faire, nous sommes arrivés à un consensus. Il fallait alors aborder les questions pratiques.

« Comment allons-nous faire ? a demandé Pancho Delgado. Qui a le courage de découper des morceaux de viande sur nos amis ? » Il faisait nuit maintenant. Je ne distinguais plus que des silhouettes, et après un long moment de silence, j'ai entendu quelqu'un parler. C'était Roberto.

« Je vais le faire. »

Gustavo s'est levé et a dit doucement : « Je vais t'aider.

— Mais qui allons-nous couper en premier ? a demandé Fito. Comment allons-nous faire pour choisir ? »

Nous avons tous regardé Roberto.

« Gustavo et moi allons nous en charger », a-t-il répondu.

Fito s'est levé. « Je viens avec vous.

— Je vous aiderai aussi », a dit Daniel Maspons, un ailier des Old Christians, et un bon ami de Coco.

Pendant un instant, personne n'a bougé. Puis nous nous sommes tous penchés en avant et avons solennellement affirmé que si l'un d'entre nous mourait ici, les autres auraient la permission de se nourrir de son corps. Après cette promesse, Roberto s'est levé et a fouillé dans le fuselage pour trouver des morceaux de verre. Il a ensuite conduit ses trois assistants vers les tombes. Je les entendais parler à voix basse, mais cela ne m'intéressait pas de les regarder. Quand ils sont revenus, ils avaient des petits morceaux de chair dans les mains. Gustavo m'en a tendu un, je l'ai pris. La chair était d'un blanc grisâtre, dure comme un morceau de bois, et très froide. Je me suis forcé à penser que ce n'était plus une partie d'un être humain ; l'âme de cette personne avait quitté son corps. Pourtant, il m'a fallu du temps pour amener la viande jusqu'à ma bouche. J'évitais le regard des autres, mais je les voyais du coin de l'œil. Certains étaient assis, comme moi, la viande entre les mains, et essayaient de rassembler leur courage pour la manger. D'autres mâchaient d'un air forcé. J'ai fini par trouver le courage de mettre la viande dans ma bouche. Elle n'avait aucun goût. J'ai mâché une ou deux fois avant de me forcer à avaler. Je ne ressentais ni honte ni culpabilité. Je faisais simplement ce qui s'imposait pour survivre. Je comprenais l'ampleur du tabou que nous venions de briser, mais la seule émotion forte que j'ai éprouvée à ce moment-là, c'était du ressentiment contre le destin qui nous avait contraints de choisir entre cette horreur-ci ou l'horreur d'une mort certaine.

Le fait de manger cette chair n'a pas calmé ma faim, mais mon esprit si, en revanche. Je savais que mon corps se servirait des protéines pour se renforcer et ralentir le processus de famine. Cette nuit-là, pour la première fois depuis le crash, j'ai entrevu une faible lueur d'espoir. Nous étions face à une cruelle réalité, et avions découvert que nous avions la force d'affronter une horreur inconcevable jusqu'alors. Notre courage nous procurait un faible sentiment de contrôle sur la situation, et nous faisait gagner un temps précieux. Nous n'avions plus d'illusions. Nous savions tous désormais que dans notre combat pour survivre, il nous faudrait affronter des choses bien plus abominables et destructrices que ce que nous aurions pu imaginer, mais je sentais aussi qu'en tant que groupe, nous venions par là même de déclarer aux montagnes que nous ne nous rendrions pas. Et pour ma part, je savais que je venais de faire, tristement, le premier petit pas qui me ramènerait vers mon père.

5
Abandonnés

TRÈS TÔT LE LENDEMAIN MATIN, notre onzième jour dans les montagnes, je me tenais debout à l'extérieur du fuselage, appuyé contre la paroi en aluminium du Fairchild. Il était environ 7 h 30 et le temps était clair ; je me réchauffais aux premiers rayons du soleil qui venait de se lever derrière les montagnes, à l'est. Marcelo et Coco Nicholich étaient avec moi, ainsi que Roy Harley, un troisième ligne aile, grand et rapide, des Old Christians. Du haut de ses dix-huit ans, Roy était l'un des plus jeunes à bord de l'avion. Il était également celui d'entre nous qui était le plus calé en électronique : il avait un jour aidé son cousin à installer une chaîne stéréo assez complexe. Après le crash, Roy avait trouvé un transistor abîmé dans les décombres de l'avion, et en bricolant, il avait réussi à le faire fonctionner. Dans la Cordillère, la réception était mauvaise, mais Roy avait fabriqué une antenne à partir de câbles électriques qu'il avait récupérés, et, en s'armant de patience, on parvenait à capter des stations chiliennes. Tous les matins, Marcelo réveillait Roy et l'entraînait sur le glacier ; il manipulait l'antenne pendant que Roy tournait les boutons. Ils espéraient entendre des nouvelles concernant l'état des recherches, mais pour l'instant, ils avaient seulement réussi à entendre des résultats de matchs de foot, des bulletins météorologiques et des déclarations de propagande politique sur des stations contrôlées par le gouvernement chilien.

Ce matin-là, comme tous les autres, la réception était très aléatoire, et même quand elle était « bonne », les grésillements étaient très forts. Roy ne voulait pas user la batterie plus que nécessaire, et après avoir fait des réglages pendant plusieurs minutes, il était sur le point d'éteindre le poste quand, à travers tous les grésillements, nous avons entendu la voix d'un speaker annoncer les dernières nouvelles. Je ne me souviens pas des termes précis, mais je n'oublierai jamais sa voix frêle, et le ton indifférent sur lequel il s'exprimait : après dix jours d'efforts infructueux, disait-il, les autorités chiliennes avaient décidé d'interrompre les recherches pour retrouver le vol charter uruguayen qui avait disparu dans les Andes le 13 octobre. Il disait que les recherches dans les Andes étaient tout simplement trop dangereuses, et après autant de jours dans les montagnes glacées, les chances pour qu'il y ait des survivants étaient nulles.

Après un instant de silence atterré, Roy a eu un cri d'incrédulité et s'est mis à sangloter.

« Quoi ? a dit Marcelo. Qu'est-ce qu'il a dit ?

— *Suspendieron la búsqueda!* s'est exclamé Roy. Ils ont interrompu les recherches ! Ils nous abandonnent ! »

Pendant quelques instants, Marcelo a fixé Roy d'un air irrité, comme si Roy avait dit une bêtise, mais quand il a fini par comprendre le sens de ses paroles, il est tombé à genoux et a poussé un hurlement d'angoisse qui a résonné dans les montagnes. Paralysé par le choc, j'ai observé les réactions de mes amis en silence, avec un détachement que quelqu'un d'extérieur aurait pu prendre pour du courage, mais en réalité, j'étais en train de me décomposer, et toutes mes angoisses, la claustrophobie que je m'étais jusqu'alors efforcé de contenir explosaient au grand jour, comme un torrent qui vient de briser un barrage. Je me sentais devenir hystérique. Je suppliais Dieu. J'appelais mon père. Plus que jamais en proie aux pulsions animales qui me poussaient à m'enfuir en courant dans les montagnes, je regardais désespérément l'horizon, comme si après dix jours dans la Cordillère, j'allais découvrir une voie que je n'aurais pas encore vue. Puis, lentement, je me suis tourné vers l'ouest pour faire face aux grands sommets qui m'empêchaient de rentrer chez moi. Avec une lucidité nouvelle, je me suis rendu compte de la terrible puissance des montagnes. Quelle absurdité d'avoir pu croire un instant qu'un garçon aussi inexpérimenté que moi pourrait partir à la conquête de ces pentes infranchissables ! La réalité se dévoilait à moi, et je réalisais que mes rêves de randonnée n'étaient qu'une chimère dont j'avais eu besoin pour garder espoir.

Submergé par un sentiment de terreur, j'ai su ce qui me restait à faire : j'allais me jeter en courant dans une crevasse et me laisser tomber dans les abîmes. J'allais me laisser écraser par les rochers ; je serais ainsi libéré de toute vie, de toute peur. Mais alors même que je me voyais sombrer dans le silence et la paix, je gardais les yeux rivés sur les sommets de l'ouest, j'essayais d'évaluer les distances et l'escarpement des pentes. La voix froide de la raison me murmurait à l'oreille : cette ligne grise de rochers est peut-être stable... Il y a peut-être un abri dans le renfoncement juste au-dessous du sommet...

C'était vraiment de la folie que de continuer à s'accrocher à ces rêves d'évasion alors que je savais pertinemment que c'était impossible, mais la voix intérieure ne me laissait pas le choix. Le seul avenir que m'offrait cet endroit était de défier les montagnes, et c'est avec un cruel sentiment de détermination, d'autant plus violent, maintenant, que j'ai accepté au fond de moi une vérité toute simple : je ne cesserais pas de me battre pour quitter cet endroit. Convaincu que l'effort me tuerait, j'étais néanmoins impatient d'entamer l'ascension.

Une voix effrayée a attiré mon attention. C'était Coco Nicholich, qui se tenait à côté de moi.

« Nando, je t'en prie, dis-moi que ce n'est pas vrai, a-t-il balbutié.

— C'est vrai, ai-je répondu. *Carajo*. On est morts.

— Ils sont en train de nous tuer. Ils nous laissent crever ici.

— Il faut que je quitte cet endroit, Coco, lui ai-je dit, en pleurant doucement. Je ne peux pas passer une minute de plus ici. »

Nicholich a fait un signe de la tête en direction du fuselage. « Les autres nous ont entendus... ! », a-t-il dit. Je me suis retourné, et j'ai vu plusieurs de nos amis qui émergeaient du fuselage.

« Quelles sont les nouvelles ? Ils nous ont trouvés ?

— Il faut leur dire », a murmuré Coco.

Nous avons tous les deux jeté un coup d'œil à Marcelo, recroquevillé dans la neige. « Je ne peux pas leur dire, a-t-il marmonné. Je ne le supporterai pas. »

Les autres s'étaient rapprochés. « Qu'est-ce qu'il se passe ? Qu'est-ce que vous avez entendu ? », a demandé l'un des garçons.

J'ai essayé de parler, mais les mots sont restés coincés dans ma gorge. Nicholich s'est avancé et a parlé d'une voix ferme, en dépit de la peur qui le tenaillait : « Rentrons à l'intérieur, je vais vous expliquer. » Nous avons tous suivi Coco dans le fuselage et nous nous sommes assis autour de lui.

« Ecoutez, les gars, a-t-il dit. Nous avons entendu les nouvelles. Ils ont arrêté de nous chercher. »

Les autres étaient estomaqués par les paroles que venait de prononcer Coco. Certains ont juré, d'autres se sont mis à pleurer, mais la plupart le dévisageaient, incapables de croire ce qu'il disait.

« Mais ne vous inquiétez pas, a-t-il continué. C'est une bonne nouvelle.

— Tu es fou? s'est exclamé un des garçons. Ça veut dire que nous sommes coincés ici pour de bon. »

Je sentais la panique envahir le groupe, mais Coco gardait son sang-froid.

« Il faut rester calmes, dit-il. A présent, nous savons ce qu'il nous reste à faire. Nous devons compter sur nous-mêmes. Il n'y a plus aucune raison d'attendre. Nous pouvons commencer à faire des plans pour nous en sortir tout seuls.

— Moi, j'ai déjà fait mes plans, ai-je dit d'un ton sec. Je quitte cet endroit maintenant! Je ne vais pas mourir ici!

— Calme-toi, Nando, a dit Gustavo.

— Putain! Non, je ne vais pas me calmer! Donnez-moi de la viande à emporter. Que quelqu'un me prête un blouson. Qui vient avec moi? J'irai seul s'il le faut. Je ne resterai pas ici une seconde de plus. »

Gustavo m'a attrapé le bras. « Tu racontes n'importe quoi.

— Non, non! Je peux le faire! dis-je sur le ton de la supplication. Je sais que je peux. Je vais grimper et sortir d'ici, trouver de l'aide... Mais je dois y aller maintenant!

— Si tu y vas maintenant, tu vas mourir, m'a répondu Gustavo.

— Je meurs si je reste ici! Cet endroit est notre tombe.

La mort a touché tout ce qui nous entoure, tu ne le vois pas ? Je sens même son haleine, bordel !

— Nando, ta gueule! Ecoute! a crié Gustavo. Tu n'as pas de vêtements d'hiver, tu n'as aucune expérience de la montagne, tu es trop faible et tu ne sais même pas où nous nous trouvons. Si tu pars maintenant, tu te suicides. Les montagnes te tueront en un jour.

— Gustavo a raison, a dit Numa. Tu n'es pas encore assez fort. Ton crâne est encore en morceaux. Tu veux jeter ta vie par la fenêtre ?

— Je dois y aller ! Ils viennent de signer notre arrêt de mort. Vous allez vous contenter de rester là, à attendre la mort ? »

Je fouillais désespérément dans l'avion à la recherche de n'importe quel objet – des gants, des couvertures, des chaussettes – qui pourrait m'être utile pendant l'aventure. Marcelo m'a alors parlé calmement.

« Quoi que tu fasses, Nando, tu dois penser au bien-être des autres. Sois intelligent. Ne gaspille pas ta vie. Nous sommes encore une équipe, et nous avons besoin de toi. »

La voix de Marcelo était stable, mais elle était désormais teintée de tristesse, d'une sorte de blessure résignée. En lui, quelque chose s'était brisé quand il avait appris que les recherches avaient été interrompues. On aurait dit qu'en l'espace de quelques instants, il avait perdu la force et la confiance qui avaient fait de lui un leader aussi admirable. Appuyé contre la paroi de la cabine, il semblait plus petit, plus gris, et j'ai compris qu'il était en train de sombrer dans le désespoir. Il m'inspirait encore un très profond respect, et je ne pouvais pas nier la sagesse de ses paroles. A contrecœur, j'ai hoché la tête et suis allé m'installer par terre avec les autres.

« Nous devons rester calmes, a dit Gustavo, mais Nando a raison. Si nous restons ici, nous mourrons, et tôt ou tard, il nous faudra gravir la montagne. Mais il faudra le faire de la manière la plus intelligente. Il faudra que nous sachions à quoi nous nous attaquons. Je propose que deux ou trois d'entre nous partent en reconnaissance aujourd'hui. Peut-être que nous pourrons voir ce qui se cache derrière ces sommets.

— C'est une bonne idée, a déclaré Fito. En chemin, nous pourrons rechercher la queue de l'avion. Peut-être qu'il y a de la nourriture et des vêtements chauds dedans. Et si Roque a raison, les batteries de la radio s'y trouvent aussi.

— Bien, a dit Gustavo. J'y vais. Si nous nous mettons rapidement en route, nous pourrons être de retour avant le coucher du soleil. Qui vient avec moi ?

— Moi, dit Numa, qui avait déjà survécu à la première tentative pour escalader les pentes des montagnes qui se trouvaient à l'ouest.

— Moi aussi, a dit Daniel Maspons, l'un des plus courageux, l'un de ceux qui participaient au découpage de la viande.

Gustavo a hoché la tête. « Essayons de mettre la main sur des vêtements chauds et allons-y. Maintenant que nous savons à quoi nous en tenir, il n'y a plus une minute à perdre. »

Gustavo a organisé la randonnée en moins d'une heure. Chacun des garçons porterait les coussins « snow-boots » inventés par Fito, ainsi qu'une paire de lunettes de soleil que le cousin de Fito, Eduardo, avait fabriquée en découpant des morceaux du pare-soleil en plastique du cockpit qu'il avait attachés avec des fils de cuivre. Les snow-boots leur éviteraient de s'enfoncer dans la neige molle, les lunettes protégeraient leurs yeux de la lumière puissante du soleil qui se reflétait plus encore sur les versants enneigés. Ils étaient par ailleurs mal équipés. Ils ne portaient que des pulls au-dessus de leur chemise en coton et leur léger pantalon d'été. Et, aux pieds, soit des mocassins, soit des baskets en toile. Ils n'avaient ni gants ni couvertures à emporter, mais le ciel était dégagé, les vents étaient faibles, et le soleil nous réchauffait assez pour rendre l'air de la montagne supportable. Si nos grimpeurs s'en tenaient à leur plan et rentraient avant la tombée de la nuit, le froid ne devrait pas constituer un danger.

« Priez pour nous », dit Gustavo tandis qu'ils se mettaient en route. Nous les avons observés pendant qu'ils se frayaient un chemin à travers le glacier et se dirigeaient vers les sommets situés à l'ouest en suivant la trace que le Fairchild avait laissée dans la neige. A mesure qu'ils s'éloignaient en gravissant la pente, ils devenaient de plus en plus petits; à la fin, ils n'étaient plus que trois points minuscules qui avançaient dans la neige immaculée. Ils semblaient aussi fragiles qu'un trio de moucherons, et j'éprouvais un respect infini pour le courage dont ils faisaient preuve. Nous avons suivi leur ascension tout au long de la journée, jusqu'à ce qu'ils disparaissent de notre champ de vision, puis jusqu'en fin d'après-midi, nous avons fait le guet, scrutant l'horizon pour y déceler une silhouette. Le jour s'est mis à tomber, nous ne les avions toujours pas aperçus. Puis la nuit est tombée, et le froid nous a contraints à rentrer à l'intérieur du fuselage. Cette nuit-là, des vents forts ont secoué l'épave du Fairchild, si forts que la neige pénétrait par la moindre petite faille. Nous étions blottis, frissonnant les uns contre les autres dans le petit espace dont nous disposions et nous pensions à nos amis, qui se trouvaient encore sur les vastes étendues exposées de la Cordillère. Nous avons mis toute notre énergie à prier pour qu'ils reviennent sains et saufs, mais nous avions du mal à garder espoir. J'essayais d'imaginer leurs souffrances, piégés à l'air libre dans leurs vêtements légers, sans rien pour les protéger des vents impitoyables. Nous savions tous à quoi la mort ressemblait maintenant, et je n'avais pas de mal à imaginer mes amis étendus dans la neige, tout raides. Je me les imaginais comme les corps que j'avais vus étendus dans les tombes près du fuselage – le même teint pâle, ciré et bleuté, le visage rigide et impassible, une fine couche de gel sur les sourcils et les lèvres, recouvrant leur visage et blanchissant leurs cheveux. Je les voyais ainsi, étendus immobiles dans l'obscurité, trois amis de plus, désormais devenus des objets gelés. Mais où étaient-ils exactement tombés ? Cette question me fascinait. Chacun avait trouvé le moment et l'endroit précis de sa mort. Quand viendrait mon tour ? Quel endroit serait celui de ma mort ? Y avait-il dans ces montagnes un endroit où je finirais par échouer et où je resterais étendu comme les autres, gelé à jamais ? Existait-il pour chacun de nous un endroit précis ? Notre destin était-il de finir étendus et éparpillés dans cet enfer innommable ? Ma mère et ma sœur sur le site du crash ; Zerbino et les autres quelque part sur les versants andins, et nous, à l'endroit où nous serions couchés quand la mort viendrait nous prendre. Qu'arriverait-il si nous apprenions qu'il était parfaitement impossible de s'échapper ? Resterions-nous alors assis à attendre la mort ? Si c'était le cas, que serait la vie des quelques derniers survivants, ou pire encore, du tout dernier ? Et si ce dernier, c'était moi ? Combien de temps réussirais-je à rester sain d'esprit, seul la nuit dans le fuselage, avec des fantômes pour unique compagnie, les rafales incessantes du vent en bruit de fond ? Je m'efforçais de bannir ces pensées de mon esprit en me joignant aux autres qui disaient une nouvelle prière pour les trois garçons. Au fond, je ne savais pas si je priais pour qu'ils reviennent sains et saufs, ou si c'était pour la paix de leur âme, la paix de nos âmes à tous, car jc savais que même si nous étions relativement bien protégés par le fuselage, ma mort se rapprochait. Ce n'est qu'une question de temps, me suis-je dit, et peut-être que ceux qui sont dehors ce soir sont les plus heureux, parce qu'ils n'ont plus à attendre.

« Peut-être qu'ils ont trouvé à s'abriter, a dit une voix.

— Il n'y a pas d'abri dans les montagnes, a répondu Roberto.

— Mais toi tu y es allé, et tu as survécu, a fait remarquer quelqu'un d'autre.

— Nous y sommes allés dans la journée, et ça ne nous a pas empêchés de souffrir, a répondu Roberto. Il doit faire quinze degrés de moins là-haut la nuit.

— Ils sont forts, a suggéré quelqu'un. Les autres ont hoché la tête et par respect, tout le monde a tenu sa langue. Puis Marcelo, qui n'avait rien dit depuis plusieurs heures, a brisé le silence.

— C'est ma faute, a-t-il dit doucement. Je vous ai tous tués.

Nous comprenions son abattement, et l'avions vu venir.

« Ne pense pas des choses comme ça, Marcelo, a dit Fito. Nous sommes tous dans la même galère. Personne ne t'en tient pour responsable.

— C'est moi qui ai loué l'avion ! a-t-il répondu sèchement. C'est moi qui ai engagé les pilotes. C'est moi qui ai organisé les matchs, moi qui vous ai convaincus de venir !

— Tu n'as pas convaincu ma mère ou ma sœur de nous

accompagner. Ça, c'est moi qui l'ai fait, et maintenant elles sont mortes. Je ne peux pas m'en sentir responsable. Ce n'est pas notre faute si un avion tombe du ciel.

— Chacun de nous a fait son propre choix, a affirmé une voix.

— Tu es un bon capitaine, Marcelo, ne te décourage pas. »

Mais Marcelo se décourageait, très vite, et j'étais troublé de le voir se torturer. A mes yeux, il avait toujours été un héros. Quand j'étais à l'école, c'était déjà un très bon joueur de Stella Maris, et j'adorais le regarder jouer. Sur le terrain, il prenait les choses en main, il était enthousiaste, et j'admirais la joie et la confiance avec lesquelles il jouait. Des années plus tard, quand je me suis retrouvé à ses côtés dans l'équipe des Old Christians, le respect que j'éprouvais pour ses qualités sportives s'en est trouvé renforcé. Ce respect que je lui vouais ne tenait pas uniquement à ses prouesses de rugbyman. Comme Arturo, Marcelo était différent de nous; il était plus mûr, avait plus de principes. C'était notamment un très pieux catholique, il respectait scrupuleusement les enseignements de l'Eglise et faisait de son mieux pour vivre une vie vertueuse. Il n'était jamais dans le contentement, au contraire, c'était l'un des garçons les plus humbles de l'équipe. Mais il savait en quoi il croyait, et c'est grâce à l'autorité et au charisme paisible avec lesquels il nous poussait à être de meilleurs coéquipiers qu'il nous encourageait aussi à devenir de meilleurs hommes. Il nous grondait sans cesse, Panchito et moi, à cause de notre obsession pour le sexe opposé : « La vie, ce n'est pas simplement courir les filles, nous disait-il avec un sourire ironique. Vous feriez bien de grandir un peu tous les deux, et de prendre la vie au sérieux. »

Marcelo avait fait le vœu de rester vierge jusqu'au mariage, et cela lui valait les taquineries de nombreux garçons. Panchito, en particulier, pensait que c'était absurde – pas de femmes jusqu'au mariage ? Autant demander à un poisson de ne pas nager ! Mais Marcelo acceptait ces plaisanteries sans broncher, et j'étais impressionné par le sérieux et le respect de lui-même qu'il affichait. Sur bien des points, il était très différent d'Arturo, ce jeune socialiste convaincu qui avait une conception de Dieu pour le moins hérétique, mais comme lui, il semblait connaître le fond de son âme. Il avait déjà mûrement réfléchi à toutes les questions importantes de la vie et savait parfaitement ce qu'il en pensait. Pour Marcelo, le monde était bien ordonné, surveillé par un Dieu sage et bienveillant qui avait fait la promesse de nous protéger. Il était de notre devoir de respecter ses commandements, de recevoir les sacrements, d'aimer Dieu et notre prochain comme Jésus-Christ nous l'avait enseigné. Telle était la sagesse sur laquelle sa vie reposait et qui avait forgé son caractère. C'était également la source de sa confiance sur le terrain, de l'assurance avec laquelle il nous dirigeait et du charisme qui faisait de lui un leader puissant. On suit volontiers un homme qui n'a pas de doutes, et nous avions toujours eu en Marcelo une confiance absolue. Comment pouvait-il se permettre de flancher maintenant, quand nous avions tellement besoin de lui ?

Peut-être, me suis-je dit, n'a-t-il jamais été aussi fort qu'il le paraissait. Mais j'ai fini par comprendre : Marcelo avait été brisé non pas parce que son esprit était faible, mais parce qu'il était trop fort. Il avait eu une foi absolue et inébranlable en l'arrivée des secours : Dieu ne nous abandonnerait pas. Les autorités ne nous laisseraient pas mourir ici.

Quand nous avons entendu que les recherches avaient été interrompues, Marcelo a dû avoir l'impression que la terre s'ouvrait sous ses pieds. Dieu nous avait tourné le dos, le monde était sens dessus dessous, et tout ce qui avait fait de Marcelo un leader exceptionnel – sa confiance, sa détermination, sa foi inébranlable en ses propres croyances et décisions – l'empêchait désormais de s'adapter au choc et de trouver un nouvel équilibre. Son assurance qui l'avait si bien servi dans le monde normal le privait maintenant de la flexibilité nécessaire pour s'adapter aux nouvelles règles étranges qui régissaient notre lutte pour la survie. Les règles de base avaient changé, et Marcelo vacillait comme un château de cartes. En le regardant sangloter dans l'obscurité, j'ai soudain compris que dans cet endroit abominable, le trop de certitudes nous tuerait. Un mode de réflexion normal pourrait nous coûter la vie. Je me suis promis à moi-même que je n'aurais jamais la prétention de comprendre les montagnes. Je ne me laisserais pas piéger par mes attentes. Je n'aurais pas la présomption de savoir ce qui pourrait se passer après. Ici, les règles étaient trop étranges et trop sauvages, je savais parfaitement que je ne serais même pas capable d'imaginer les épreuves, les revers et les difficultés qui nous attendaient peut-être. Je m'efforcerais d'apprendre à vivre dans une incertitude constante, un instant à la fois, un pas après l'autre. J'allais vivre comme si j'étais déjà mort. N'ayant rien à perdre, rien ne pourrait me surprendre, rien ne pourrait m'empêcher de me battre; mes peurs ne m'empêcheraient pas de suivre mon instinct, et rien ne me semblerait trop risqué.

Les vents avaient soufflé toute la nuit, et rares étaient ceux qui avaient dormi. Finalement, le jour s'est levé et c'était le matin. L'un après l'autre, nous avons enlevé la couche de gel qui recouvrait nos visages et nous nous sommes forcés à nous lever. Nous nous sommes retrouvés à l'extérieur du fuselage, à scruter les montagnes pour y apercevoir nos amis perdus. Le ciel était clair, le soleil avait déjà réchauffé l'atmosphère, les vents s'étaient calmés et seule une brise légère subsistait. La visibilité était assez bonne, mais les heures passaient sans que nous repérions le moindre mouvement sur les versants de la montagne. Puis, en fin de matinée, quelqu'un s'est exclamé :

« Il y a quelque chose qui bouge ! Là-bas, au-dessus de l'arête !

— Je le vois ! », a crié un autre garçon.

J'ai fixé mon regard sur les montagnes et fini par voir ce que voyaient les autres : trois points noirs sur la neige.

« Ce sont des rochers, a marmonné une voix.

— Ils n'étaient pas là avant !

— C'est ton esprit qui te joue des tours, a soupiré un autre.

— Mais regarde alors ! Ils bougent. »

En contrebas se trouvait un gros rocher noir. Je l'ai choisi comme point de repère et ai gardé les yeux fixés sur les points. D'abord, j'ai eu l'impression qu'ils étaient immobiles, mais après une minute ou deux, c'est devenu très clair : ils s'étaient rapprochés de mon rocher. C'était donc vrai !

« C'est eux ! Ils bougent !

— *Puta carajo !* Ils sont vivants ! »

Heureux et revigorés, nous nous sommes donné des tapes et des coups.

« *Vamos*, Gustavo !

— Allez, Numa ! Allez, Daniel !

— Allez, salopards ! Vous pouvez le faire ! »

Il a fallu deux heures aux trois garçons pour descendre la pente et traverser le glacier. Pendant tout ce temps, nous leur avons crié des encouragements et des félicitations, comme si nos amis revenaient du royaume des morts. Mais notre euphorie est brutalement retombée quand ils sont arrivés assez près pour que nous puissions constater l'état dans lequel ils étaient. Voûtés et abattus, trop faibles pour lever les jambes, ils avançaient en se traînant, s'appuyaient les uns sur les autres. Gustavo plissait les yeux et avançait à tâtons, comme un aveugle ; tous trois semblaient épuisés et instables, j'avais l'impression que le moindre coup de vent les ferait tomber. Mais le pire, c'était l'expression de leurs visages. Ils semblaient avoir pris vingt ans pendant la nuit, comme si la montagne avait vidé leurs corps de leur jeunesse et de leur vigueur. Dans leurs regards, quelque chose de nouveau transparaissait – un mélange désagréable de terreur et de résignation que l'on voit parfois sur le visage des vieillards. Nous nous sommes précipités à leur rencontre, les avons aidés à rentrer dans le Fairchild et les avons installés sur des coussins. Roberto les a immédiatement examinés. Leurs pieds étaient quasiment gelés, puis il a vu les larmes qui coulaient des yeux troubles de Gustavo.

« C'est le reflet sur la neige, a dit Gustavo. Le soleil était tellement fort...

— Mais tu n'as pas porté les lunettes ? a demandé Roberto.

— Elles se sont cassées. J'ai l'impression d'avoir du sable dans les yeux. Je crois que je suis aveugle. »

Roberto a mis des gouttes dans les yeux de Gustavo – il avait trouvé un collyre dans une valise et pensait que ça le soulagerait un peu – et lui a entouré la tête d'un tee-shirt pour protéger ses yeux abîmés de la lumière. Ensuite, il nous a dit de masser les pieds des trois garçons à tour de rôle. On leur a apporté de gros morceaux de viande, qu'ils ont engloutis. Après s'être un peu reposés, ils se sont mis à parler de l'ascension.

« La montagne est vraiment raide, a dit Gustavo. A certains endroits, on a l'impression d'escalader un mur. Il faut s'accrocher dans la neige et se hisser pour avancer.

— Et l'air est très rare, a ajouté Maspons. On est essoufflé et le cœur bat très vite. On fait cinq pas et on a l'impression d'avoir couru deux kilomètres.

— Pourquoi est-ce que vous n'êtes pas rentrés pour la nuit ? leur ai-je demandé.

— Nous avons marché toute la journée, et n'étions arrivés qu'à la moitié de la pente, a répondu Gustavo. Nous n'avons pas voulu revenir pour vous dire que nous avions échoué. Nous voulions voir ce qu'il y a derrière les montagnes, et revenir avec de bonnes nouvelles. Alors nous avons décidé de chercher un abri pour la nuit et de reprendre l'ascension le lendemain matin. »

Les garçons avaient trouvé un renfoncement près d'un rocher. Ils avaient construit un mur avec de grosses pierres qu'ils avaient trouvées là, et s'étaient abrités derrière le mur en espérant qu'ils seraient ainsi protégés du vent pendant la nuit. Après toutes ces nuits passées à trembler de froid dans le fuselage, ils ne pensaient pas qu'on pouvait souffrir davantage du froid. Ils avaient vite compris qu'ils se trompaient.

« Le froid là-haut est indescriptible, a dit Gustavo. Ça vous arrache la vie, c'est aussi douloureux que des flammes. Je n'aurais jamais cru survivre jusqu'au matin. »

Ils nous ont raconté qu'ils avaient terriblement souffert du froid dans leurs vêtements légers, ils s'étaient donnés des coups pour faire circuler le sang dans leurs veines et s'étaient blottis les uns contre les autres pour partager la chaleur de leurs corps. Au fil des heures, ils s'étaient convaincus que leur décision de passer la nuit dans la montagne leur coûterait la vie, mais curieusement, ils avaient tenu jusqu'à l'aube et avaient alors senti les premiers rayons du soleil réchauffer l'atmosphère. Ils n'en revenaient pas d'être encore en vie. Ils s'étaient laissé réchauffer par le soleil avant de faire demi-tour pour rentrer.

« Vous avez trouvé la queue de l'avion ? a demandé Fito.

— Nous n'avons trouvé que des morceaux de ferraille et des bagages, a répondu Gustavo. Et quelques corps. » Il nous a raconté comment ils avaient trouvé les restes de ceux qui étaient tombés de l'avion ; nombre d'entre eux étaient encore attachés à leur siège. « Nous avons pris ces objets sur les corps », a-t-il dit en nous montrant des montres, des portefeuilles, des médailles religieuses et autres effets personnels.

— Les corps sont très haut sur la montagne, a ajouté Gustavo, mais encore loin du sommet. Nous n'avions plus la force de continuer à monter et nous ne voulions pas prendre le risque de rester coincés une nuit de plus. »

Un peu plus tard, quand le calme s'était fait, je me suis approché de Gustavo.

« Qu'est-ce que vous avez vu là-haut ? ai-je demandé. Est-ce que vous avez pu voir au-delà des sommets ? Quelque chose de vert ?

Il a secoué la tête d'un air abattu. « Les sommets sont trop élevés. On ne voit pas bien loin. »

« Mais tu as dû voir quelque chose quand même. »

Il a haussé les épaules. « J'ai vu entre deux sommets, au loin.

— Quoi donc ?

— Je ne sais pas, Nando, quelque chose de jaune, de marron, je ne peux pas te dire, l'angle de vue était très mince. Mais il faut que tu saches une chose. Quand nous étions déjà assez haut sur la montagne, j'ai regardé en direction du site du crash. Le Fairchild est un petit point minuscule. On ne peut pas le distinguer d'un rocher ou d'une ombre. Il n'y a jamais eu aucune chance pour qu'un pilote puisse le voir d'un avion. Nous n'avons jamais eu aucune chance d'être sauvés. »

Après avoir appris que les recherches avaient été interrompues, même ceux d'entre nous qui avaient nourri le plus d'espoirs étaient convaincus que nous étions seuls à présent, et que pour survivre, il nous faudrait nous sauver nous-mêmes. Pourtant, l'échec de la mission de Gustavo nous avait abattus et quand, après quelques jours, nous nous sommes aperçus que Marcelo, en proie au doute et au désespoir, avait abdiqué en silence de son rôle de leader, notre abattement s'en est trouvé d'autant plus profond. Personne ne semblait pouvoir le remplacer. Gustavo, qui avait tenu un rôle prééminent grâce à son courage et à sa rapidité de réaction avait été brisé par les montagnes et ne parvenait pas à reprendre ses forces. Roberto restait un personnage fort, et nous comptions désormais sur son intelligence et son imagination, mais c'était un jeune homme extrêmement obtus, bien trop irritable et conflictuel pour nous inspirer une confiance comme celle que nous avions en Marcelo. Très vite, en l'absence d'un leader fort et charismatique, une forme plus souple et moins formelle de leadership a vu le jour. Des alliances se sont formées, fondées sur de vieilles amitiés, des similitudes de tempérament et des centres d'intérêt communs. La plus forte de ces alliances était celle de Fito et ses deux cousins, Eduardo Strauch et Daniel Fernandez. Des trois, Fito était le plus jeune et le plus en vue. C'était un garçon calme, et au début j'avais pensé qu'il était d'une timidité maladive, mais il a bientôt montré qu'il était fort et qu'il avait la tête sur les épaules. Il avait une conscience aiguë des forces auxquelles nous étions confrontés, mais je savais qu'il entendait lutter de toute son âme pour nous aider à survivre. Les trois cousins étaient très proches, et dans la mesure où Eduardo et Daniel suivaient toujours Fito, ils présentaient un front uni qui leur conférait une grande influence sur toutes les décisions que nous avions à prendre. Et c'était une bonne chose, pour nous tous. « Les cousins », comme nous les surnommions, nous procuraient un centre fort et stable qui empêchait le groupe de se désintégrer en factions et nous épargnaient par conséquent les conflits et la confusion générale que cela n'aurait pas manqué de provoquer. Ils furent également capables de convaincre la plupart des survivants que nos vies ne dépendaient désormais que de nous, et que chacun avait le devoir de faire tout son possible pour survivre. C'est sous l'influence de ces conseils, et des supplications de Javier, que Liliana s'est enfin mise à manger. Les uns après les autres, les derniers récalcitrants – Numa, Coche, et d'autres encore – ont fait de même. Pour surmonter leur répulsion, ils se disaient que tirer la vie du corps de leurs amis décédés correspondait à tirer la force spirituelle du corps du Christ quand ils recevaient la communion. J'étais soulagé qu'ils consentent enfin à se nourrir et je ne remettais pas en cause leur raisonnement, mais pour moi, manger la chair des morts n'était rien de plus qu'un choix difficile et pragmatique que j'avais dû faire pour survivre. J'étais touché par le fait que même dans la mort, mes amis me donnaient ce dont j'avais besoin pour vivre, mais je n'éprouvais aucun sentiment transcendant de connexion spirituelle avec les morts. Ces corps n'étaient plus que des objets, et nous aurions été idiots de ne pas en faire usage.

Au fil des jours, nous avions amélioré notre façon de traiter la viande. Fito et ses cousins assumaient le découpage et le rationnement, et ils avaient bientôt réussi à mettre en place un système efficace. Ils découpaient la viande en petits morceaux puis la disposaient sur des morceaux d'aluminium et la laissaient sécher au soleil, ce qui en facilitait considérablement l'ingestion. Les rares fois où nous avions du feu, ils la faisaient cuire, ce qui la rendait bien meilleure au goût. Pour moi, le fait de manger de la viande est devenu de plus en plus facile. Certains ne réussissaient pas à vaincre leur répulsion, mais nous mangions tous assez pour éviter la famine. Par respect pour moi, les autres avaient promis de ne pas toucher aux corps de ma mère et de ma sœur, mais malgré cela, en nous rationnant correctement, il y avait assez de corps pour nous permettre de tenir plusieurs semaines. Pour que les « réserves » durent plus longtemps encore, nous nous sommes mis à manger les reins, les foies et même les cœurs. Ces organes étaient particulièrement riches en nutriments. Aussi répugnant que cela puisse paraître, à ce stade-là, nous étions pour la plupart devenus insensibles à l'horreur de charcuter nos amis comme s'il s'était agi de bétail.

Pourtant, me nourrir de chair humaine n'a jamais suffi à satisfaire ma faim, pas plus que cela ne m'a rendu mes forces. Je continuais à m'affaiblir, comme les autres, et les petites quantités de nourriture que nous nous accordions ne servaient qu'à ralentir le processus de famine. Le temps nous était compté, et je savais que je serais bientôt trop faible pour entamer l'ascension. C'était là ma plus grande peur – que nous devenions trop faibles pour parvenir à nous échapper, que nous finissions par manger tous les corps sans avoir d'autre choix que de rester sur le site du crash, à nous observer les uns les autres, en attendant de voir qui serait le prochain à être mangé. Ce terrible scénario me préoccupait sérieusement, et il me fallait parfois faire preuve d'une grande discipline pour me retenir d'ignorer les désirs de mes compagnons et de me mettre en route tout seul. Cependant, l'expédition de Gustavo, à deux doigts de la catastrophe, m'avait donné une vision nouvelle de la difficulté de l'ascension. Comme nous tous, j'étais abasourdi par les dégâts que la montagne avait faits sur Gustavo, connu pour son endurance et sa vigueur sur le terrain. Pourquoi m'imaginer que je serais moi capable de vaincre la montagne alors que lui n'y était pas arrivé ? Dans des moments de faiblesse, je sombrais dans le désespoir. Regarde ces montagnes, me disais-je. C'est impossible, nous sommes coincés ici. C'est foutu. Toutes nos souffrances auront été vaines.

Chaque fois que je me laissais aller à ces sentiments de défaite et de pitié, le visage de mon père surgissait derrière mes paupières, et je me souvenais de sa peine, de la promesse que j'avais faite de revenir vers lui. Parfois, quand j'avais l'impression que je ne pourrais plus supporter une minute de plus le froid, la soif ou la terreur qui me rongeait, j'avais un désir presque impérieux de laisser tomber. « Tu peux en finir à n'importe quel moment, me disais-je. Allonge-toi dans la neige. Laisse le froid t'envahir. Repose-toi. Immobile. Arrête de te battre. » C'étaient des pensées séduisantes et réconfortantes, mais si je m'y adonnais trop longtemps, la voix intérieure venait m'interrompre. Quand tu grimperas, fais attention à ce que chaque prise soit fiable. Ne présume pas de la stabilité d'un rocher, tâte le terrain avant d'y poser le pied. Observe la neige pour y déceler des crevasses. Trouve des abris sûrs pour la nuit...

Alors je me mettais à penser à l'ascension et cela me rappelait ma promesse à mon père. Je pensais à lui et mon cœur se remplissait d'amour pour lui, et cet amour était plus fort que ma souffrance ou que ma peur. Après deux semaines passées dans les montagnes, mon amour pour lui avait acquis l'extraordinaire puissance d'une pulsion biologique. Je savais qu'un jour, il me faudrait partir à l'assaut des montagnes, même si cette ascension devait me conduire à ma mort. Mais quelle importance ? J'étais déjà mort. Pourquoi ne pas mourir dans les montagnes, chaque pas arraché de haute lutte, de sorte que quand je mourrais, je serais plus près de la maison ? J'étais prêt à affronter cette mort, et alors même qu'elle me semblait inévitable, je sentais malgré tout briller en moi une petite lueur d'espoir à l'idée que je parviendrais peut-être, contre toute attente, à vaincre ces étendues sauvages et à rentrer chez moi. J'étais terrifié à l'idée de quitter le fuselage, et pourtant, j'avais hâte de partir. Je savais que je trouverais, d'une manière ou d'une autre, le courage de m'attaquer aux montagnes. Je savais aussi que je n'aurais pas le courage de les affronter seul. Il me fallait un compagnon de voyage, quelqu'un qui me rendrait meilleur et plus fort. Je me suis donc mis à observer les autres, à évaluer leurs points forts, leur tempérament, leurs réactions sous la pression, en essayant d'imaginer lequel de ces garçons abattus, affamés et terrorisés je préférerais avoir à mes côtés.

Vingt-quatre heures plus tôt, la réponse se serait imposée d'elle-même : j'aurais voulu que Marcelo, notre capitaine, et Gustavo, dont j'avais toujours admiré la force de caractère, m'accompagnent. A présent, Marcelo était désespéré; quant à Gustavo, la montagne avait eu raison de lui et le soleil l'avait rendu aveugle. Je craignais qu'aucun d'entre eux ne se remette à temps pour partir avec moi. Je me suis donc tourné vers les autres survivants, ceux qui étaient en bonne santé, et bientôt, j'en avais repéré quelques-uns. Fito Strauch avait prouvé son courage lors de la première tentative d'ascension et avait gagné mon respect grâce au calme et à la lucidité qu'il manifestait depuis le début. Ses cousins, Eduardo et Daniel Fernandez, lui étaient d'un grand soutien et je me demandais parfois comment il tiendrait le coup, seul dans les montagnes, mais il figurait néanmoins en bonne place sur ma liste. Même chose pour Numa Turcatti. Dès les premiers jours, Numa m'avait impressionné, et au fil du temps, mon respect pour lui grandissait. La plupart d'entre nous ne le connaissaient pas avant le crash, mais il avait très vite gagné l'amitié et l'admiration des survivants. Numa avait fait sentir sa présence par des actes discrets et héroïques : il était celui qui luttait avec la plus grande intensité pour notre survie, celui qui nous inspirait de l'espoir, celui qui manifestait le plus de compassion à l'égard de ceux qui souffraient. Bien que nous le connaissions depuis peu, je crois que Numa était celui que nous aimions le plus.

Daniel Maspons, qui avait accompagné Gustavo, était un autre candidat. Il y avait aussi Coco Nicholich, qui m'impressionnait par sa générosité et son sang-froid. Antonio Vizintin, Roy Harley et Carlitos Paez étaient forts et en bonne santé. Puis il y avait Roberto, le plus intelligent, le personnage le plus difficile et le plus complexe du groupe.

Roberto avait toujours été difficile. C'était le fils d'un

cardiologue réputé de Montevideo, il était brillant, sûr de lui, égoïste et décidé à ne suivre que ses propres règles. Son esprit de contradiction lui avait toujours causé des problèmes à l'école, et sa mère était sans arrêt convoquée chez le directeur pour supporter le récit des dernières frasques de son fils. Il refusait tout simplement de faire ce qu'on lui demandait. Par exemple, Roberto avait un cheval qu'il montait tous les jours pour aller à l'école, bien que les Frères Chrétiens lui aient à plusieurs reprises interdit d'amener la bête dans l'enceinte de l'école. Roberto s'en fichait. Il attachait le cheval près des vélos, l'animal réussissait toujours à se détacher et au bout d'une heure ou deux, les Frères Chrétiens le retrouvaient en train de brouter leurs belles fleurs. Roberto montait aussi dans les rues encombrées de Carrasco, il galopait le long des trottoirs et traversait les carrefours à une telle vitesse que les fers de sa monture endommageaient le revêtement des routes. Les voitures pilaient, les piétons se dépêchaient de se mettre à l'abri pour l'éviter. Les voisins se plaignaient sans cesse ; une ou deux fois, la police était venue parler au père de Roberto, mais ce dernier continuait à faire du cheval où et quand ça lui chantait.

Dans l'espoir de canaliser sa nature indisciplinée, les Frères Chrétiens avaient encouragé Roberto à jouer au rugby, et sa force naturelle lui conférait un charisme formidable sur le terrain. Il jouait ailier gauche, le même poste que celui de Panchito à droite, mais alors que Panchito esquivait les plaquages et se frayait gracieusement un chemin vers la ligne d'essai, Roberto préférait foncer droit au but et contre nos adversaires, en leur rentrant dedans. Il ne faisait pas partie de nos meilleurs joueurs, mais ses jambes étaient très robustes et bien développées, de sorte que nous l'avions surnommé *Mús-*

culos – Muscles. Avec sa carrure imposante et sa belligérance naturelle, Roberto n'avait rien à envier à ses adversaires les plus forts ; de fait, rien ne lui plaisait davantage que de foncer tête baissée dans les plaqueurs les plus costauds et de les envoyer valser sur son chemin.

Roberto adorait le rugby, mais le sport ne parvint pas à adoucir son obstination, contrairement à ce qu'avaient espéré nos professeurs. Roberto restait fidèle à lui-même, sur le terrain comme à l'extérieur, et même au milieu d'un match serré, il refusait de faire ce qu'on lui disait. Nos entraîneurs nous préparaient soigneusement aux matchs, ils avaient des stratégies bien définies et nous faisions tout notre possible pour respecter leurs plans. Sauf Roberto, qui se réservait toujours le droit d'improviser. En général, cela se traduisait par le fait qu'il gardait le ballon alors qu'il aurait dû faire une passe, ou qu'il se jetait tête baissée dans les jambes de nos adversaires alors que nos entraîneurs lui avaient demandé de faire diversion. Quand il se faisait remonter les bretelles, son regard noir et perçant ne montrait que de la défiance et de l'impatience. Il se braquait dès lors qu'on lui donnait des ordres. Il avait toujours le sentiment de mieux faire à sa manière. Et il en allait de même dans tous les aspects de sa vie. Son caractère obtus en faisait un ami difficile, et même dans notre cadre de vie confortable, à Carrasco, il lui arrivait de se montrer arrogant et méprisant. Dans l'atmosphère tendue du fuselage, son comportement était souvent insupportable. Il ignorait régulièrement les décisions que nous avions prises en groupe et s'en prenait à quiconque osait le défier, en l'assommant d'insultes sur le ton acerbe qu'il adoptait quand il était en colère. Il manquait parfois de la considération la plus élémentaire : s'il lui fallait sortir de l'avion pendant la nuit pour uriner, il écrasait sans états d'âme les bras et les jambes qui se trouvaient sur son chemin. Il dormait où bon lui semblait, même s'il lui fallait bousculer les autres et les pousser de l'endroit qu'il avait choisi. Son mauvais caractère et son comportement parfois hostile provoquaient des tensions dont nous aurions pu nous passer et nous coûtaient de l'énergie que nous aurions dû consacrer à autre chose; plus d'une fois, son obstination forcenée faillit conduire à la bagarre.

En dépit de son tempérament difficile, j'avais un immense respect pour Roberto. C'était le plus intelligent et le plus ingénieux d'entre nous. Sans la rapidité avec laquelle il avait prodigué des soins aux blessés juste après le crash, nombre de garçons qui étaient maintenant rétablis seraient sans doute morts, et sa créativité avait permis de résoudre bien des difficultés, et de nous installer avec plus de confort et de sécurité dans les montagnes. C'était Roberto qui s'était aperçu que nous pouvions enlever les housses des sièges du Fairchild et nous en servir comme couvertures, invention qui nous avait évité de geler. La plupart des outils simples que nous utilisions, la gamme restreinte de produits pharmaceutiques avaient été sélectionnés par Roberto à partir d'objets récupérés dans les décombres du crash. Et en dépit de ses pulsions égoïstes, je savais qu'il se sentait fortement responsable de nous. Après avoir assisté aux souffrances d'Arturo et de Rafael pendant la nuit qu'ils avaient passée couchés par terre au milieu des autres (et les avoir sommés avec sa violence habituelle de cesser de se plaindre de manière aussi pathétique), Roberto avait consacré plusieurs heures le lendemain à confectionner les hamacs qui avaient quelque peu soulagé les deux garçons. Ce n'était pas la compassion à proprement parler qui le poussait à faire ce genre de choses, mais plutôt un certain sens du devoir. Il était conscient de ses talents et de ses capacités, et il lui semblait tout naturel de faire lui-même ce que les autres ne pouvaient faire.

Je savais que les qualités de Roberto seraient autant d'avantages qui compteraient dans une tentative d'évasion. Je lui faisais également confiance pour le réalisme avec lequel il envisageait notre situation – il comprenait parfaitement qu'elle était désespérée et que nous devions nous sauver tout seuls. Plus que toute autre chose, je voulais qu'il m'accompagne parce qu'il était Roberto, la personne la plus déterminée et la plus volontaire que j'aie jamais rencontrée. S'il y avait dans le groupe un seul garçon capable de s'attaquer aux Andes grâce à sa seule obstination, c'était bien lui. Ce ne serait pas le compagnon de voyage le plus facile, et j'avais peur que son tempérament ne provoque des conflits qui nous gâchent la mince chance que nous avions de rejoindre le monde civilisé. Cependant, je comprenais instinctivement que son volontarisme et son narcissisme s'accorderaient et complèteraient à merveille les pulsions sauvages qui me poussaient à fuir sans trop réfléchir. Mon obsession maniaque ferait de moi le moteur qui nous pousserait à avancer dans les montagnes ; l'esprit acariâtre de Roberto serait le frein qui m'empêcherait de perdre le contrôle de mes actions. Je n'avais aucune idée des épreuves qui nous attendaient, mais je savais que Roberto me rendrait meilleur et plus fort. Il était celui dont j'avais besoin à mes côtés, et quand le moment propice s'est présenté, que je me suis retrouvé seul avec lui, je lui ai demandé de m'accompagner dans cette expédition.

« Nous devons le faire, Roberto, toi et moi, lui ai-je dit. Nous sommes ceux qui avons les meilleures chances de réussir.

— Tu es fou, Nando », m'a-t-il répondu d'un ton sec. Puis un peu plus fort : « Regarde ces putains de montagnes ! Tu as une idée de leur hauteur ? »

J'ai regardé le sommet le plus élevé. « Peut-être deux ou trois fois le Pan de Azúcar », ai-je dit – la « montagne » la plus élevée d'Uruguay.

Roberto a eu un mouvement de dédain. « Tu es con ou quoi ! a-t-il dit en serrant les dents. Il n'y a pas de neige sur le Pan de Azúcar ! Cette montagne est au moins dix fois plus haute.

— Est-ce que nous avons le choix ? ai-je répondu. Nous devons essayer. Moi, j'ai pris ma décision. Je vais escalader cette montagne, Roberto, mais j'ai peur. Je ne peux pas le faire tout seul. J'ai besoin que tu viennes avec moi. »

Roberto a calmement secoué la tête. « Tu as vu ce qui s'est passé pour Gustavo, a-t-il dit. Et ils ne sont arrivés que jusqu'à la moitié.

— Nous ne pouvons pas rester ici. Tu le sais aussi bien que moi. Nous devons partir aussi vite que possible.

— Impossible ! s'est exclamé Roberto. Il faudra tout prévoir. Il faut le faire de la manière la plus intelligente. Nous devons réfléchir à tous les détails. Comment s'y prendre ? Quel versant escalader ? Dans quelle direction ?

— J'y pense sans arrêt, ai-je répondu. Il nous faudra de la nourriture, de l'eau, des vêtements chauds...

— Et comment ferons-nous pour ne pas mourir de froid pendant la nuit ?

— Nous nous abriterons derrière des rochers, ai-je dit. Ou peut-être qu'on pourra creuser des trous dans la neige.

— Le choix du moment est important. Il nous faudra attendre que le temps s'améliore.

— Mais il ne faut pas attendre trop longtemps, sinon nous serons trop faibles pour y arriver », ai-je rétorqué.

Roberto s'est tu pendant un moment. « Ça nous tuera, tu sais.

— Sans doute, ai-je répondu. Mais si nous restons là, nous sommes déjà morts. Je ne peux pas le faire tout seul, Roberto. Je t'en prie, viens avec moi. »

Pendant un instant, Roberto m'a observé avec son regard pénétrant, comme s'il ne m'avait jamais vu avant. Il a fait un signe de la tête en direction du fuselage. « Rentrons à l'intérieur, a-t-il fini par dire. Le vent se lève et je me gèle. »

Au cours des jours suivants, tout le monde parlait de notre projet d'ascension, et je me suis aperçu que les autres se mettaient à croire en ce plan avec la même confiance désespérée qu'ils avaient eue en l'arrivée des secours. Parce que j'avais été le premier à parler ouvertement de la nécessité de s'échapper, et parce qu'ils savaient que je ferais sans doute partie de ceux qui essaieraient, un bon nombre de survivants s'étaient mis à me considérer comme un leader. Jamais de ma vie je n'avais assumé un rôle pareil – après tout, j'étais celui qui suivait toujours le mouvement, qui laissait les autres décider à sa place. Qui plus est, je ne me sentais absolument pas l'âme d'un leader. Ne voyaient-ils pas à quel point j'étais confus et terrorisé ? Voulaient-ils vraiment d'un leader qui, au fond de lui, pensait que nous étions condamnés ? Personnellement, je n'avais pas le désir de montrer la voie à qui que ce soit ; j'avais besoin de toutes mes forces pour m'empêcher de me briser. Je craignais de leur donner de faux espoirs, mais j'ai fini par conclure que de faux espoirs valaient sans doute mieux que pas d'espoir du tout. Je gardais donc mes pensées pour moi. Et ces pensées étaient sombres pour la plupart, mais une nuit, il m'arriva quelque chose de fantastique. Il était minuit passé, le fuselage était froid et obscur, comme toujours, et j'étais allongé, inquiet, dans l'état de vague torpeur qui me tenait lieu de sommeil. Tout à coup, de manière totalement inattendue, je fus secoué par une vague de joie profonde et sublime qui faillit me soulever physiquement. Pendant un instant, le froid a disparu, c'était comme si j'avais été baigné dans une lumière chaude et dorée, et pour la première fois depuis le crash, j'étais certain que j'allais survivre. Tout excité, j'ai réveillé les autres en criant : « Les gars, écoutez-moi ! Ça va aller ! Nous serons rentrés avant Noël ! »

Cette explosion soudaine a semblé prendre les autres au dépourvu, ils ont marmonné doucement avant de se rendormir. Quelques instants plus tard, le sentiment d'euphorie m'avait quitté. Toute la nuit, j'ai essayé de le rattraper, mais il m'avait échappé. Le lendemain matin, mon cœur était de nouveau rempli de doutes et de craintes.

6

La tombe

À LA FIN DU MOIS D'OCTOBRE, nous avions choisi les membres du groupe qui quitteraient le site du crash et tenteraient d'aller trouver de l'aide. Personne n'avait le moindre doute quant à ma participation – il aurait fallu m'attacher à un rocher pour m'empêcher d'y aller. Roberto avait finalement accepté de m'accompagner. Fito et Numa se joindraient à nous. Les autres survivants avaient approuvé nos choix et commençaient à nous appeler « les expéditionnaires ». Il avait été décidé qu'on nous donnerait de plus grosses rations de nourriture pour nous permettre de prendre des forces. On nous donnerait aussi les vêtements les plus chauds et les meilleures places pour la nuit ; en outre, nous étions dispensés des tâches quotidiennes pour garder nos forces en vue de la marche.

Le fait d'avoir formé une équipe d'expéditionnaires rendait finalement nos projets d'évasion plus réels, et en conséquence, le moral des troupes remontait. Après deux semaines dans les montagnes, nous avions trouvé de nouvelles raisons d'espérer : en dépit de toutes nos souffrances, de toutes les horreurs, personne n'était mort depuis le huitième jour dans les montagnes, le jour où j'avais perdu Susy. Avec tous les corps gelés dans la neige, nous avions assez de viande pour survivre, et même si le froid nous torturait encore la nuit, nous savions qu'en restant abrités dans le fuselage, il ne pouvait pas nous tuer. Notre situation était encore critique, mais nous commencions à croire que nous avions dépassé la crise. Les choses semblaient plus stables. Nous avions trouvé des remèdes aux dangers immédiats qui nous menaçaient et allions à présent négocier le moment du départ en nous reposant, en prenant des forces en attendant que le temps s'améliore, puis nous entamerions l'ascension. Peut-être l'horreur était-elle derrière nous. Peut-être étions-nous tous, les vingt-sept rescapés, destinés à survivre. Pourquoi sinon Dieu nous aurait-Il sauvés ? Nombre d'entre nous étaient confortés par ces idées quand nous nous sommes réunis à l'intérieur du Fairchild le soir du 29 octobre et que nous nous sommes préparés pour la nuit.

Ce soir-là, le vent soufflait fort. Je me suis installé par terre, Liliana s'est couchée à côté de moi. Pendant un moment, elle a parlé doucement avec Javier, couché en face d'elle. Liliana s'inquiétait tout le temps pour ses enfants, et Javier la rassurait en lui disant que les grands-parents s'en occupaient très bien. J'étais touché par la tendresse qui les unissait. Ils partageaient une telle intimité, un fort sentiment d'appartenance. C'était comme s'ils étaient une même personne. Avant le crash, leur vie était celle que je rêvais d'avoir – un mariage solide, les joies d'un foyer et d'une famille aimante. Je me demandais s'ils retrouveraient jamais cette vie. Et moi alors ? Est-ce que ma chance d'avoir un bonheur semblable allait disparaître avec moi dans cet enfer glacé ? Je laissais mes pensées divaguer : où se trouvait à cet instant la femme que j'épouserais ? Est-ce qu'elle aussi pensait à son avenir, se demandait qui elle épouserait et où cet homme se trouvait ? Je suis là, ai-je pensé, en train de me geler les fesses au sommet du monde, en pensant à toi... Après un moment, Javier a décidé de dormir et Liliana s'est retournée vers moi.

« Comment va ta tête, Nando ? m'a-t-elle demandé. Ça te fait encore mal ?

— Juste un peu, ai-je répondu.

— Tu devrais te reposer davantage.

— Je suis content que tu aies décidé de manger, lui ai-je dit.

— Je veux revoir mes enfants, et si je ne mange pas, je vais mourir. Je le fais pour eux.

— Comment va Javier ?

— Il est encore très malade, a-t-elle dit en soupirant. Je prie souvent avec lui. Il est certain que Dieu nous donnera une chance.

— Tu le crois, toi ? ai-je demandé. Tu crois que Dieu va nous aider ? Je me sens confus, trop de doutes.

— Dieu nous a sauvés jusqu'à présent. Nous devons Lui faire confiance.

— Mais pourquoi est-ce que Dieu nous aurait sauvés et laissé les autres mourir ? Ma mère, ma sœur, Panchito, Guido ? Tu ne crois pas qu'ils voulaient que Dieu les sauve aussi ?

— Il n'y a aucun moyen de comprendre Dieu ou Sa logique, m'a-t-elle répondu.

— Alors pourquoi faudrait-il Lui faire confiance ? Et les Juifs qui sont morts dans les camps de concentration ? Tous les innocents qui meurent dans des épidémies ou des catastrophes naturelles ? Pourquoi leur tournerait-Il le dos à eux, et nous consacrerait-Il du temps à nous ? »

Liliana a poussé un soupir et j'ai senti la chaleur de sa

respiration sur mon visage. « Tu compliques trop, m'a-t-elle dit, avec une grande douceur dans la voix. Tout ce que tu peux faire, c'est aimer Dieu et les autres, et avoir confiance en la volonté de Dieu. »

Les paroles de Liliana ne m'avaient pas convaincu, mais sa chaleur et sa gentillesse m'avaient réconforté. J'essayais d'imaginer à quel point ses enfants devaient lui manquer, et j'ai dit une prière pour qu'ils soient de nouveau réunis. J'ai ensuite fermé les yeux et me suis laissé glisser dans mon état habituel de somnolence aveugle. Je me suis assoupi un instant, une demi-heure peut-être, avant d'être réveillé, effrayé et désorienté, par une force colossale qui me tombait sur la poitrine. Décidément, ça ne tournait pas rond. Quelque chose de mouillé et de glacé se pressait contre mon visage, et un poids écrasant m'était tombé dessus, qui avait vidé ma poitrine de tout oxygène. Après un moment de confusion, j'ai compris ce qui venait d'arriver : une avalanche était tombée et avait rempli le fuselage de neige. Il y a eu un instant de silence total, puis j'ai entendu un craquement lent et humide – c'était la neige qui s'affaissait sous son poids et qui m'emprisonnait, aussi solide qu'un roc. J'ai essayé de bouger, mais j'avais l'impression d'être entouré de ciment, je ne pouvais remuer un orteil. J'ai réussi à prendre quelques inspirations, mais très vite, la neige a rempli ma bouche et mes narines, j'ai commencé à suffoquer. Au début, la pression sur ma poitrine était insoutenable, mais comme ma perception se faisait plus floue, la gêne a disparu. Mes pensées sont devenues calmes et lucides. « Voilà, je suis mort, me suis-je dit. Maintenant je vais voir ce qu'il y a de l'autre côté. » Je n'ai pas éprouvé d'émotion forte. Je n'ai pas essayé de crier, ou de lutter. Je me suis contenté d'attendre, et comme j'acceptais mon impuissance, un sentiment de paix m'a enveloppé. J'attendais patiemment que la vie m'abandonne. Je n'ai pas vu d'anges, de révélation ou de long tunnel conduisant vers une lumière dorée et aimante. Non, je ne ressentais que le même silence noir dans lequel j'étais tombé quand le Fairchild avait heurté la montagne. J'étais de nouveau en train de sombrer dans ce silence. Je laissais toute résistance s'évanouir. C'était fini. Plus de peur, plus de lutte. Juste un silence infini, et du repos.

Soudain, une main a arraché la neige qui recouvrait mon visage et j'ai été propulsé dans le monde des vivants. Quelqu'un avait creusé un trou dans la neige pour m'atteindre. J'ai recraché la neige que j'avais dans la bouche et rempli mes poumons d'air froid, même s'il m'était difficile de respirer avec le poids de la neige sur ma poitrine. J'ai entendu la voix de Carlitos au-dessus de moi. « Qui est-ce ? criait-il.

— C'est moi, c'est Nando. »

Il m'a laissé. J'entendais la pagaille autour de moi, des cris et des pleurs.

« Creusez pour dégager les visages ! criait une voix. Donnez-leur de l'air !

— Coco ! Où est Coco ?

— Venez m'aider ici !

— Est-ce que quelqu'un a vu Marcelo ?

— Combien sommes-nous ? Qui manque ?

— Il faut compter ! »

Puis j'ai entendu la voix de Javier, hystérique : « Liliana ! Liliana ? Aidez-la ! Allez, Liliana ! Je vous en prie, trouvez-la vite ! »

Le chaos n'a duré que quelques minutes, puis le silence est retombé. Quelques instants plus tard, on m'a déterré et j'ai pu me relever et sortir de la neige. Pancho Delgado tenait un briquet et il éclairait l'obscurité du fuselage. J'ai vu que certains de nos amis étaient allongés, immobiles. D'autres garçons se relevaient dans la neige, comme des zombies dans leur tombe. Javier était à genoux à côté de moi, il tenait Liliana dans ses bras. A voir la manière dont ses bras et sa tête pendaient, j'ai compris qu'elle était morte. J'ai secoué la tête, incrédule; Javier s'est mis à sangloter. « Non, ai-je dit très platement. Non. » Comme si j'avais pu m'opposer à ce qui venait d'arriver. Comme si je pouvais refuser que ce soit vrai. J'ai jeté un coup d'œil aux autres, debout autour de nous. Certains pleuraient, d'autres réconfortaient Javier, d'autres encore contemplaient l'obscurité d'un air éberlué. Pendant un moment, personne n'a rien dit, puis quand le premier choc est passé, les autres m'ont raconté ce qu'ils avaient vu.

Cela avait commencé avec un roulement distant sur la montagne. Roy Harley avait entendu le bruit et s'était immédiatement levé. Quelques secondes plus tard, l'avalanche avait renversé notre semblant de mur à l'arrière du fuselage; il avait de la neige jusqu'à la taille. Roy a vu que tous ceux qui étaient couchés par terre avaient été recouverts de neige. Terrifié à l'idée que nous soyons tous morts, qu'il soit désormais le seul survivant sur la montagne, Roy s'était mis à creuser. Il avait rapidement déterré Carlitos, Fito et Roberto, qui eux aussi s'étaient mis à creuser. Ils fouillaient frénétiquement dans la neige, cherchant à découvrir nos amis enterrés, mais malgré tous leurs efforts, ils n'avaient pas été assez rapides pour nous sauver tous. Les pertes étaient considérables. Marcelo était mort. De même qu'Enrique Platero, Coco Nicholich et Daniel Maspons. Carlos Roque, le mécanicien du Fairchild, et Juan Carlos Menendez étaient morts sous le mur qui s'était écroulé. Diego Storm, qui, le premier jour de notre épreuve, m'avait sauvé la vie en me tirant dans la chaleur du fuselage pendant que j'étais encore dans le coma, avait suffoqué sous la neige. Et Liliana, qui, quelques instants plus tôt, avait eu ces paroles si gentilles et réconfortantes, était également partie. Gustavo avait aidé Javier à la déterrer, mais trop de temps s'était écoulé, et quand ils l'avaient trouvée, elle était morte.

Les mots me manquent pour décrire l'ampleur du désespoir qui s'est abattu sur nous juste après l'avalanche. La mort de nos amis nous paralysait. Nous nous étions autorisés à penser que nous avions dépassé le stade du danger, mais nous venions de nous apercevoir que nous ne serions jamais en sécurité ici. La montagne pouvait nous tuer de bien des manières différentes. La plus grande torture pour moi, c'étaient les caprices de la mort. Comment pouvais-je donner un sens à ce qui venait d'arriver ? Daniel Maspons était couché à ma droite, à quelques centimètres seulement. Liliana s'était trouvée à ma gauche. Tous deux étaient morts. Pourquoi eux et pas moi ? J'étais plus fort ? Plus intelligent ? Mieux préparé ? La réponse était claire : Daniel et Liliana voulaient vivre tout autant que moi, ils étaient tout aussi forts et luttaient comme moi pour survivre, mais leur destin avait été scellé par un geste malchanceux – ils avaient choisi l'endroit où ils dormiraient ce soir-là, et cette décision les avait tués. Je pensais à ma mère et à ma sœur en train de choisir leur place dans l'avion. Je pensais à Panchito qui m'avait demandé de changer de place juste avant le crash. Ces morts étaient totalement arbitraires ; cela me scandalisait, mais cela m'effrayait aussi, parce que si la mort manquait à ce point-là de logique, que tout n'était dû qu'au hasard, alors rien, ni le courage, ni la faculté de prévision, ni la détermination ne pourrait me protéger.

Un peu plus tard cette nuit-là, comme un pied de nez à mes peurs, la montagne nous a envoyé une deuxième avalanche qui est descendue à grand fracas. Nous l'avons entendue arriver et nous sommes préparés au pire, mais la neige est simplement passée sur la carcasse de l'appareil. Le Fairchild était déjà enterré sous la neige.

L'épave du Fairchild avait toujours été pleine de courants d'air, et nous avions toujours été serrés à l'intérieur, mais après l'avalanche, c'est vraiment devenu un enfer. La neige qui avait envahi le fuselage était si profonde que nous ne tenions pas debout, il y avait tout juste assez de place pour nous permettre de nous déplacer à quatre pattes. Dès que nous en avons eu le courage, nous avons rassemblé les morts à l'arrière de l'avion, où il y avait le plus de neige, de sorte qu'il restait aux vivants un tout petit coin près du cockpit. Nous nous sommes entassés dans cet espace – nous étions dix-neuf à présent, serrés les uns contre les autres, dans un endroit où quatre personnes auraient pu s'installer confortablement; nos jambes, nos pieds et nos coudes étaient imbriqués en une sorte de mêlée cauchemardesque. L'air était humide de neige, et le froid en était d'autant plus cruel. Nous avions tous été recouverts de neige, mais elle avait vite fondu à la chaleur de nos corps et nos vêtements étaient trempés. Pour comble, nos affaires étaient enterrées sous la neige. Nous n'avions pas de couvertures pour nous réchauffer, pas de chaussures pour protéger nos pieds du froid, pas de coussins pour nous isoler de la couche de glace sur laquelle nous reposions. Il y avait si peu de place au-dessus de nos têtes que nous étions obligés de nous tenir voûtés, le menton collé à la poitrine, et même dans cette position, la nuque touchait le plafond. Tandis que je m'efforçais de trouver une position confortable au milieu de tous ces corps, je sentais la panique m'envahir et j'ai dû me retenir pour ne pas me mettre à hurler. Combien de neige y avait-il au-dessus de nous ? Me demandais-je. Cinquante centimètres ? Trois mètres ? Six mètres ? Est-ce que nous avions été enterrés vivants ? Le Fairchild était-il devenu notre cercueil ? Je sentais la neige qui nous écrasait. Elle nous isolait du bruit du vent qui faisait rage à l'extérieur, et les bruits à l'intérieur de l'avion étaient étouffés ; c'était un silence épais et sourd, dans lequel les voix résonnaient doucement, comme si nous parlions du fond d'un puits. Je me disais qu'à présent je savais ce que c'était que d'être enfermé dans un sous-marin au milieu de l'océan. Malgré le froid, j'avais la nuque moite de transpiration. Je sentais les parois du fuselage glisser vers moi. Toutes mes angoisses claustrophobes – l'angoisse d'être piégé par les montagnes, l'angoisse de ne pas pouvoir m'échapper et d'être à jamais séparé de mon père – s'étaient réalisées d'une manière si littérale que c'en était absurde. J'étais coincé dans un tube en aluminium recouvert de tonnes de neige gelée. A deux doigts de céder à la panique, je me suis souvenu du paisible sentiment de résignation que j'avais éprouvé sous l'avalanche, et pendant un bref instant, je me suis surpris à souhaiter qu'ils aient sauvé Liliana plutôt que moi.

Les heures qui ont suivi ont été parmi les plus sombres de notre aventure. Javier pleurait amèrement la disparition de Liliana, et presque tous les survivants pleuraient la perte d'au moins un ami particulièrement proche. Roberto avait perdu son meilleur ami, Daniel Maspons. Carlitos avait perdu Coco Nicholich et Diego Storm. Nous regrettions tous Marcelo et Enrique Platero. La mort de nos amis nous avait laissé un sentiment d'impuissance et de vulnérabilité plus fort que jamais. La montagne nous avait une fois de plus démontré sa puissance, et nous ne pouvions rien y faire, à part attendre en frissonnant, misérablement entassés sur nos lits de glace. Les minutes semblaient durer des heures. Assez rapidement, plusieurs garçons se sont mis à tousser et à éternuer, et je me suis rendu compte que l'air devenait irrespirable. La neige qui s'était abattue sur nous était si dense qu'elle ne laissait pas passer le moindre filet d'air. Si nous ne réussissions pas à faire entrer de l'air, nous allions suffoquer. J'ai remarqué dans la neige la pointe en aluminium d'une barre de chargement. Sans plus réfléchir, je l'ai agrippée comme une lance et, à genoux, je me suis mis à enfoncer la pointe dans le plafond. De toutes mes forces, j'ai cogné à plusieurs reprises, jusqu'à ce que je parvienne à trouer le plafond du Fairchild. J'ai continué à pousser vers le haut, je sentais le poids de la neige qui recouvrait l'avion. Puis la résistance a cédé, et la perche s'est enfoncée. La situation n'était pas désespérée. Le Fairchild était recouvert de soixante centimètres de neige tout au plus.

Quand j'ai retiré la perche, l'air frais s'est engouffré dans le trou que j'avais fait, et nous avons tous respiré plus facilement. Nous nous sommes installés et apprêtés à dormir. Cette nuit-là a été interminable. Lorsque le jour a fini par se lever, les fenêtres du fuselage ont laissé passer une lumière opaque qui filtrait à travers la neige. Nous n'avons pas perdu de temps à essayer de nous creuser un chemin pour sortir de notre tombe en aluminium. A cause de l'inclinaison de l'appareil sur le glacier, nous savions que les fenêtres du côté droit donnaient sur le ciel. Des tonnes de neige bloquaient la sortie habituelle à l'arrière de l'appareil, nous avons décidé que ces fenêtres seraient la meilleure voie de sortie. Mais le chemin qui menait au cockpit était également bloqué par la neige. Nous avons commencé à creuser avec des morceaux de métal et des bouts de plastique en guise de pelles. Dans cet espace très réduit, seul un garçon pouvait creuser à la fois, nous nous sommes donc relayés, en changeant tous les quarts d'heure. Pendant que l'un d'entre nous creusait, les autres dégageaient la neige et l'envoyaient vers l'arrière de l'avion. Dans la faible luminosité, je ne pouvais m'empêcher de penser que mes amis, barbus, émaciés et hirsutes, ressemblaient à des prisonniers désespérés tentant de se creuser un tunnel pour sortir de la cellule d'un goulag sibérien.

Il nous a fallu des heures pour nous frayer un passage jusqu'au cockpit. Gustavo a fini par arriver jusqu'au siège des pilotes, et, debout sur le cadavre de ces derniers, il a réussi à atteindre le hublot. Il a poussé contre la vitre, espérant parvenir à la détacher de son cadre, mais la neige qui la recouvrait était trop lourde, et il manquait de forces. Roberto a également tenté sa chance, sans plus de succès. Finalement, Roy est monté sur le siège du pilote, et en cognant furieusement contre la vitre, il a réussi à la libérer. Il est sorti par l'ouverture, s'est creusé un chemin dans la neige au-dessus de lui jusqu'à ce qu'il finisse par émerger à la surface et puisse regarder autour de lui. Une tempête faisait rage dans les montagnes, les vents étaient puissants et la neige le frappait au visage. En plissant les yeux pour se protéger, il a pu constater que l'avalanche avait totalement recouvert l'avion. Avant de redescendre dans l'appareil, il a jeté un coup d'œil vers le ciel, mais on ne voyait rien d'autre que des nuages.

« Il y a un blizzard, nous a-t-il dit. Et la neige autour de l'avion est trop profonde pour qu'on puisse y marcher. Je crois qu'on s'y enfoncerait, et nous serions perdus. Nous sommes coincés ici jusqu'à la fin de la tempête, et ça ne va pas s'arranger de si tôt, on dirait. »

Piégés par l'intempérie, nous n'avions d'autre choix que de nous réfugier dans notre maudite prison, et endurer notre malheur un long moment après l'autre. Pour nous remonter le moral, nous discutions de la seule chose qui nous réconfortait – nos projets d'évasion –, et au fil des discussions, une nouvelle idée a pris forme. Les deux tentatives pour escalader les montagnes situées au-dessus de nous avaient convaincu plusieurs membres du groupe qu'il était impossible de s'évader en partant vers l'ouest. Ils portaient à présent leur attention vers la large vallée qui partait du site du crash et descendait vers le versant est de la montagne. D'après leur théorie, si nous nous trouvions effectivement près du Chili, alors les eaux de toute cette région devaient forcément s'écouler vers les plaines chiliennes avant de se déverser dans l'océan Pacifique, à l'ouest. Ce serait également le cas de la neige sur cette partie de la Cordillère. Leur argument était que les eaux s'écoulaient forcément vers l'ouest, et si nous trouvions le courant qui descendait la Cordillère, nous pourrions trouver la voie de l'évasion.

Ce plan ne m'inspirait pas vraiment confiance. D'une part, je refusais de croire que les montagnes nous libéreraient aussi facilement. D'autre part, il me semblait aberrant d'ignorer le seul fait dont nous étions sûrs – le Chili se trouvait à l'ouest – et de suivre un chemin qui nous entraînerait sans aucun doute au cœur des Andes. Mais les autres avaient décidé de fonder leurs espoirs sur ce plan, et je n'ai pas discuté. Je ne sais pas pourquoi. J'avais peut-être l'esprit embué à cause de l'altitude, de la déshydratation ou du manque de sommeil. Ou peut-être étais-je soulagé de ne pas avoir à affronter la terrible montagne. Quoi qu'il en soit, j'ai accepté leur décision sans poser la moindre question, même si j'avais l'impression que ce serait une perte de temps. La seule chose dont j'étais sûr, c'était que je devais quitter cet endroit, et qu'il fallait se mettre en route dès que possible.

« Dès que le blizzard sera retombé, il faudra partir », leur ai-je dit.

Fito n'était pas d'accord. « Il faut attendre que le temps s'améliore, a-t-il affirmé.

— J'en ai marre d'attendre, ai-je répondu. Comment peut-on savoir que le temps sera meilleur un jour dans ce putain d'endroit ? »

Pedro Algorta se souvenait d'une conversation qu'il avait eue avec un chauffeur de taxi de Santiago. « Il avait dit que l'été dans les Andes arrivait toujours sans faute le 15 novembre.

— C'est à peine plus de deux semaines, Nando, m'a dit Fito. Tu peux attendre.

— J'attendrai, ai-je répondu. Mais seulement jusqu'au 15 novembre. Si personne n'est prêt à partir à ce moment-là, alors j'irai seul. »

Les jours que nous avons passés coincés sous l'avalanche ont été les plus pénibles de toute l'épreuve. Nous ne pouvions ni dormir, ni nous réchauffer, ni faire sécher nos vêtements trempés. Coincés à l'intérieur, les machines à fabriquer de l'eau de Fito étaient totalement inutiles, et le seul moyen d'étancher notre soif était de grignoter des morceaux de la neige sale sur laquelle nous vivions. La faim constituait un problème plus compliqué. Nous n'avions pas accès aux corps qui se trouvaient dehors, et sans nourriture, nous nous étions vite affaiblis. Nous étions tous parfaitement conscients que les corps des victimes de l'avalanche étaient facilement accessibles, mais il nous a fallu du temps pour admettre l'idée de les couper. Jusqu'à présent, quand on avait coupé de la viande, c'était à l'extérieur du fuselage, et seuls ceux qui le faisaient le voyaient. Nous ne savions jamais sur quel corps la viande avait été prise. En outre, après avoir passé autant de temps dans la neige, les cadavres étaient parfaitement gelés et il nous était facile de les considérer comme des objets inanimés. Nous n'avions aucun moyen d'objectiver les corps qui se trouvaient maintenant à l'intérieur. La veille, ils avaient été chauds et vivants. Comment pourrions-nous trouver le courage d'ingérer de la chair qui devrait être prise sur ces corps dont la mort était si récente, et qui devrait être découpée sous nos yeux ? En silence, nous étions tous tombés d'accord et préférions renoncer à manger le temps que se calme la tempête. Mais le 31 octobre, notre troisième jour sous l'avalanche, nous avons compris que nous ne pourrions pas tenir plus longtemps. Quelqu'un, je ne me rappelle plus qui, Roberto ou Gustavo peut-être, a trouvé un morceau de verre, balayé la neige de l'un des corps et commencé à couper. C'était une horreur que de le regarder découper un ami, d'entendre le bruit du verre sur la peau puis dans le muscle. Quand on m'a tendu un morceau de chair, j'ai été révulsé. Les fois précédentes, la viande avait séché au soleil avant que nous ne la mangions, ce qui atténuait son goût et lui conférait une texture moins désagréable, mais le morceau de viande que Fito me tendait maintenant était mou et gras, il portait des traces de sang et des bouts de nerfs. J'ai eu des nausées violentes quand j'ai posé le morceau dans la bouche, et j'ai dû mobiliser toute ma volonté pour me forcer à avaler. Fito a dû faire preuve de persuasion auprès de nombreux garçons, il est même allé jusqu'à mettre un bout de viande de force dans la bouche de son cousin Eduardo. Mais d'autres, y compris Coche et Numa, qui même dans les meilleures conditions supportaient à grand-peine la chair humaine, ont catégoriquement refusé de se nourrir. J'étais particulièrement troublé par l'obstination de Numa. C'était l'un des expéditionnaires, il me donnait une grande force, et l'idée d'avoir à affronter les montagnes sans lui ne me plaisait guère.

« Numa, lui ai-je dit, tu dois manger. Nous allons avoir besoin de toi pour nous sortir d'ici. Tu dois garder tes forces. »

Numa a fait une grimace en secouant la tête. « J'arrivais à peine à avaler la viande avant, je n'y arriverais pas comme ça.

— Pense à ta famille. Si tu veux les revoir, tu dois manger.

— Je suis désolé, Nando, a-t-il dit en me tournant le dos, je ne peux pas. »

Je savais que le refus de Numa ne tenait pas seulement au dégoût. D'une certaine manière, il en avait assez, et son refus de manger était sa manière de se rebeller contre le cauchemar inextricable qu'étaient devenues nos vies. Je ressentais la même chose. Qui était capable de survivre à la litanie d'atrocités que nous avions dû endurer ? Qu'avions-nous fait pour mériter cela ? Quel était le sens de nos souffrances ? Nos vies avaient-elles une quelconque valeur ? Quel genre de Dieu pouvait se montrer aussi cruel ? Ces questions me tourmentaient sans arrêt, mais je comprenais néanmoins que des pensées de cette nature étaient dangereuses. Elles ne menaient nulle part, on n'en tirait rien qu'une rage impuissante qui avait vite fait de tourner à l'apathie. Et ici, l'apathie était synonyme de mort, alors je refoulais ces questions en pensant à ma famille. Je pensais à ma sœur Graciela et à son petit garçon. J'avais tellement envie d'être un oncle pour lui. J'avais encore les petits souliers rouges que ma mère lui avait achetés à Mendoza, et je me voyais en train de les passer à ses pieds, lui embrassant la tête en lui disant doucement : « *Soy tu tío, Nando.* » Je pensais à ma grand-mère Lina, qui avait les yeux bleus et clairs de ma mère, et le même sourire affectueux. Que n'aurais-je pas donné pour sentir la chaleur de ses bras autour de moi dans cet abominable endroit ! Je pensais même à mon chien, Jimmy, un boxer très joueur qui m'accompagnait partout. J'avais le cœur brisé à l'idée qu'il soit tristement couché sur mon lit, ou en train d'attendre mon retour devant la porte. Je pensais à mes amis de Montevideo. Je rêvais de retourner dans tous mes endroits fétiches. Je me souvenais de tous les petits plaisirs confortables, les bains de mer, les matchs de foot et les courses de voiture, le plaisir de dormir dans mon propre lit, et la cuisine pleine de victuailles. J'avais presque du mal à croire que j'avais un jour vécu au milieu de tous ces trésors, qu'il y avait eu une époque où ces bonheurs étaient à portée de main. Tout cela me semblait à présent loin, et irréel.

Je frissonnais dans la neige humide, tourmenté par le désespoir, contraint de mâcher des morceaux humides de viande crue pris sur le corps de mes amis, sous mes yeux et de fait, j'avais du mal à croire que rien ait jamais existé avant le crash. Dans ces moments, je m'obligeais à penser à mon père, et je me promettais encore et encore de ne jamais renoncer à me battre pour rentrer chez moi. Parfois, cela me procurait un sentiment de paix et d'espoir, mais souvent, quand je regardais notre misérable condition et les horreurs qui nous entouraient, j'avais du mal à me raccrocher à la vie heureuse dont j'avais joui avant. Pour la première fois, la promesse que j'avais faite à mon père s'était mise à sonner creux. La mort se rapprochait, son odeur était de plus en plus forte. Nos souffrances avaient maintenant quelque chose de sordide et d'excessif, mon cœur était aigri par un obscur sentiment de dépravation.

Dans les montagnes, je rêvais très peu – le fait est que je dormais rarement assez bien pour rêver –, mais une nuit, assoupi sous l'avalanche, je me suis vu allongé sur le dos, les bras étendus le long du corps. J'avais les yeux fermés et je me demandais : « Est-ce que je suis mort ? Non, je pense, j'ai l'esprit vif. » Une silhouette se penchait au-dessus de moi. « Roberto ? Gustavo ? Qui es-tu ? Qui est-ce ? »

Pas de réponse. Je voyais dans la main du personnage quelque chose de brillant, et me rendais compte qu'il tenait en réalité une lame de verre. J'essayais de me lever, mais j'étais incapable de bouger.

« Laisse-moi tranquille ! Mais qui es-tu ? Qu'est-ce que tu fais ? » La silhouette se penchait et se mettait à me couper avec le morceau de verre. Il prenait des petits bouts de mes avant-bras et les passait à d'autres silhouettes qui se tenaient derrière moi. « Arrête ! criais-je. Arrête de couper ! Je suis vivant ! » Les autres avaient porté ma chair à la bouche et commençaient à manger. « Non ! Pas encore ! Ne coupez pas ! » L'étranger continuait son travail, il s'attaquait maintenant à mon bras. Je m'apercevais qu'il ne m'entendait pas. Ensuite, je me rendais compte que je ne ressentais aucune douleur.

« Oh mon Dieu ! Je suis mort ? Non, je vous en prie, non... »

L'instant d'après, je me suis réveillé en sursaut.

« Ça va, Nando ? » C'était Gustavo, allongé à côté de moi. Mon cœur battait très fort.

« J'ai fait un cauchemar.

— Ça va, m'a-t-il dit, tu es réveillé maintenant. »

Oui, me suis-je dit, je suis réveillé maintenant, tout va bien.

Le 31 octobre, notre troisième jour sous l'avalanche, c'était l'anniversaire de Carlitos. Il avait dix-neuf ans. J'étais couché près de lui ce soir-là, et je lui ai promis que nous fêterions son anniversaire quand nous serions rentrés. « Mon anniversaire, c'est le 9 décembre, lui ai-je dit. On ira tous à l'appartement de mes parents à Punta del Este et on fêtera tous les anniversaires que nous avons ratés.

— En parlant d'anniversaire, m'a-t-il dit, c'est celui de mon père demain, et de ma sœur aussi. J'ai beaucoup pensé à eux, et maintenant je suis certain que je les reverrai. Dieu m'a sauvé du crash et de l'avalanche. Il veut sûrement que je survive et que je retrouve ma famille.

— Je ne sais plus quoi penser de Dieu maintenant, ai-je répondu.

— Mais tu ne sens pas à quel point Il est près de nous ? m'a-t-il répondu. Je sens Sa présence très fortement ici. Regarde comme les montagnes sont paisibles, et si belles. Dieu est ici, et quand je sens Sa présence, je sais que ça ira. » Comme Carlitos, j'avais perçu la beauté des montagnes, mais pour moi, c'était une beauté fatale. Nous venions gâter la perfection de cette beauté, et la montagne voulait se débarrasser de cette gêne. Je me demandais si Carlitos comprenait réellement la situation dans laquelle nous étions, mais je l'admirais néanmoins pour le courage de son optimisme.

« Tu es fort, Nando, me dit-il. Tu vas y arriver. Tu trouveras de l'aide. »

Je n'ai pas répondu, et Carlitos s'est mis à prier.

« Joyeux anniversaire, Carlitos », ai-je murmuré avant de tenter de m'endormir.

7

Vers l'est

FINALEMENT, LE BLIZZARD cessa de souffler le 1er novembre au matin. Le ciel était dégagé et le soleil brillait, quelques garçons sont sortis sur le toit de l'avion pour faire fondre de la neige. Nous avons commencé à évacuer les tonnes de neige qui remplissaient l'intérieur du Fairchild. Il nous a fallu huit jours pour nettoyer l'appareil ; nous creusions la neige, dure comme de la pierre, avec nos pauvres pelles en plastique et la jetions vers l'arrière, où d'autres la déplaçaient dans la cabine jusqu'à ce qu'elle finisse par atterrir dehors. En ma qualité d'expéditionnaire, j'étais officiellement dispensé de ce travail laborieux, mais je tenais à participer. Maintenant que la date de notre départ était fixée, je ne tenais plus en place. Il fallait que je m'occupe, de peur que l'oisiveté ne fasse flancher ma détermination ou ne me conduise à la folie.

Pendant que nous nous efforcions de rendre le fuselage vivable, mes compagnons de route, Numa, Fito et Roberto, préparaient notre expédition. Ils ont fabriqué un traîneau en attachant des bandes de nylon à la moitié d'une valise en plastique rigide, et l'ont rempli de toutes sortes d'objets susceptibles de nous être utiles : les housses des sièges en nylon qui nous serviraient de couvertures, les snow-boots inventés par Fito, une bouteille dans laquelle nous ferions fondre de la neige, entre autres choses. Roberto nous avait confectionné des sacs à dos en découpant des pantalons, il avait enfilé des bandes de nylon dans les jambes de ces derniers de sorte qu'on pouvait les passer sur le dos. Nous les avons remplis de matériel, en prenant soin de garder de la place pour y mettre la viande que Fito et ses cousins avaient découpée pour nous et conservaient dans la neige. Nous faisions tous très attention au temps, guettant le moindre signe de l'arrivée du printemps, et effectivement, au cours de la deuxième semaine de novembre, l'hiver commença à relâcher son emprise. Quand il y avait du soleil, il faisait doux, entre cinq et sept degrés. Quand le ciel était couvert, il faisait froid, et la moindre brise rendait l'atmosphère glaciale. Les nuits étaient encore glacées, et des tempêtes s'abattaient sans crier gare ; ma plus grande inquiétude était de me retrouver piégé sur les versants exposés de la montagne par un blizzard.

Au cours de la première semaine de novembre, nous avons décidé d'ajouter Antonio Vizintin à notre groupe. Antonio – Tintin, comme nous l'appelions – était l'un des plus forts d'entre nous. Il avait les épaules larges et des jambes aussi épaisses que des troncs d'arbre, il jouait pilier dans l'équipe des Old Christians, un poste qu'il occupait avec la force d'un taureau. Il en avait non seulement la force, mais aussi le tempérament. Tintin s'emportait aussi vite que Roberto, et il était tout aussi autoritaire que lui – je me demandais si le fait de partir affronter les montagnes accompagné de ces deux têtes de mule n'était pas un ticket pour la catastrophe. Cependant, Tintin n'était pas aussi compliqué que Roberto ; il n'avait pas son narcissisme hostile, ni son besoin de donner des ordres. En termes de force physique, Tintin avait supporté les semaines dans les Andes aussi bien que n'importe lequel d'entre nous, et malgré mes inquiétudes, j'étais content qu'il nous accompagne. Je me disais qu'en partant à cinq plutôt qu'à quatre, nous avions plus de chances que l'un d'entre nous au moins arrive vivant. Sitôt prise la décision d'ajouter Tintin à notre équipe, nous avons perdu Fito, frappé par une crise d'hémorroïdes, si aiguë que le sang coulait le long de ses jambes, qui le mettaient au supplice dès qu'il lui fallait faire quelques pas. Il ne pouvait évidemment pas franchir les montagnes dans cet état et nous avons donc décidé de partir à quatre, Fito resterait avec les autres.

A mesure que le jour de notre départ approchait, je sentais que le groupe retrouvait le moral et qu'il devenait plus confiant quant à la réussite de notre mission. Mais je ne partageais pas son optimisme. Au fond, je savais que le seul moyen d'échapper à cet enfer était de suivre le chemin qui conduisait vers les sommets terrifiants à l'ouest, mais je ne m'opposais toujours pas aux autres, qui avaient décidé de se diriger vers l'est. Je me disais qu'à défaut d'autre chose, la voie la plus facile vers l'est serait un bon entraînement pour l'expédition autrement plus ardue qu'il nous faudrait entreprendre. En réalité, je crois que mon raisonnement était encore plus simple. J'avais trop longtemps refoulé mes angoisses et mes pulsions de fuite. Je ne supportais plus de rester sur le site du crash. L'idée de quitter cet endroit, peu importait la direction que nous prendrions, était bien trop tentante. Si les autres tenaient vraiment à aller vers l'est, j'irais avec eux. J'aurais tout fait pour me trouver ailleurs. Je savais que cette marche ne serait rien de plus qu'un entraînement, mais j'avais peur qu'elle nous fasse perdre un temps précieux. A chaque heure qui passait nous nous affaiblissions, et certains garçons semblaient dépérir à vue d'œil. Coche Inciarte était l'un des plus faibles. Coche, grand supporter des Old Christians, faisait partie de ceux qui restaient en retrait. Il avait la réputation de chiper des cigarettes et de se débrouiller pour se trouver toujours à l'endroit le plus chaud quand venait l'heure d'aller se coucher, mais il le faisait avec beaucoup de charme, et il était impossible de lui en tenir rigueur. Coche était un garçon ouvert et aimable, il avait beaucoup d'esprit et un sourire irrésistible. Son tempérament jovial contribuait à alléger l'atmosphère même dans les moments les plus sombres, et grâce à sa bonne humeur, il parvenait à désarmer les personnalités les plus agressives du groupe. Ainsi, en dissipant les tensions et en nous faisant sourire, Coche nous aidait, à sa manière, à survivre.

Comme Numa, Coche était l'un de ceux qui avaient refusé de manger quand nous avions commencé à découper la chair de nos morts. Il avait changé d'avis au bout de quelques jours, mais l'idée d'avaler de la chair humaine le répugnait tant qu'il n'avait jamais été capable de manger en quantité suffisante pour garder ses forces. Il était devenu si maigre que c'en était choquant, et son système immunitaire était trop affaibli pour combattre les infections. Des blessures totalement bénignes sur ses jambes s'étaient infectées, et à présent, de grosses plaies suppurantes parsemaient ses jambes toutes maigres.

« Qu'est-ce que tu en dis ? me demanda-t-il en soulevant son pantalon jusqu'au genou, tout en balançant son mollet de droite à gauche. Plutôt maigre, pas vrai ? Ça te plairait une fille avec des jambes aussi maigres ? » Les méchantes plaies devaient le faire terriblement souffrir, et je savais qu'il était aussi terrorisé et épuisé que les autres, mais il restait fidèle à lui-même, et parvenait encore à me faire rire.

Coche était certes en mauvais état, mais c'était encore pire pour Roy Harley. Lui aussi avait du mal à manger la chair humaine, et lui qui était si grand et imposant avant le crash n'avait plus que la peau sur les os. Il avançait voûté, d'un pas incertain, comme si ses os avaient été un tas d'allumettes qui ne tenaient en place que grâce à sa peau pâle et abîmée. Son état psychologique s'était également détérioré. Dans l'équipe des Old Christians, c'était un joueur hardi et courageux, mais la montagne avait réduit à néant toutes ses ressources émotionnelles, et il semblait toujours à deux doigts de sombrer dans l'hystérie ; il sursautait au moindre bruit, éclatait en sanglots à la plus infime provocation. Ses traits étaient tirés et on lisait sur son visage la peur et la détresse la plus totale.

Bon nombre des plus jeunes étaient faibles, en particulier Moncho Sabella, mais Arturo et Rafael étaient de loin ceux qui allaient le plus mal. Rafael, qui pourtant traversait depuis le début des souffrances terribles, ne perdait rien de sa ténacité, et tous les matins, au réveil, il continuait à proclamer haut et fort son intention de survivre ; c'était un geste courageux, qui nous donnait à tous de la force. Arturo, lui, était devenu plus silencieux, il s'enfermait volontiers dans un état d'introspection. Un jour, assis auprès de lui, j'ai senti que sa bataille touchait à sa fin.

« Comment tu te sens, Arturo ?

— J'ai tellement froid, Nando, m'a-t-il répondu. Je n'ai plus trop mal. Je ne sens plus mes jambes. J'ai du mal à respirer. »

Sa voix était ténue, mais quand il m'a demandé de m'approcher de lui, son regard était clair. Il m'a parlé d'une voix douce et pressante. « Je sais que je me rapproche de Dieu. Parfois, je sens Sa présence toute proche. Je sens Son amour, Nando. Et il y a tellement d'amour que j'ai envie de pleurer.

— Essaye de tenir le coup, Arturo.

— Je crois que je n'en ai plus pour très longtemps, m'a-t-il dit. Je me sens poussé vers Lui. Bientôt, je connaîtrai Dieu, et j'aurai les réponses à tes questions.

— Arturo, tu veux que je t'apporte de l'eau ?

— Nando, je veux que tu te souviennes que même ici, nos vies ont du sens. Nos souffrances ne sont pas vaines. Même si nous sommes coincés ici à jamais, nous sommes encore capables d'aimer nos familles, d'aimer Dieu, de nous aimer les uns les autres tant que nous vivons. Même dans cet endroit, nos vies valent la peine d'être vécues. »

Le visage d'Arturo dégageait une sérénité intense. J'ai gardé le silence, de peur que ma voix ne flanche si j'essayais de parler.

« Tu diras à ma famille que je les aime, d'accord ? C'est la seule chose qui compte pour moi maintenant.

— Tu le leur diras toi-même. »

Mon mensonge fit sourire Arturo. « Je suis prêt, Nando, a-t-il dit. Je me suis confessé à Dieu. Mon âme est propre. Je mourrai sans péchés.

« Qu'est-ce que tu racontes ? ai-je dit en riant. Je pensais que tu ne croyais pas en un Dieu qui pardonne les péchés ! »

Pendant la première semaine de novembre, Arturo s'est considérablement affaibli et est devenu plus distant. Son meilleur ami, Pedro Algorta, restait près de lui tout le temps. Il lui apportait de l'eau, le réchauffait, priait avec lui. Une nuit, Arturo s'est mis à pleurer tout doucement. Quand Pedro lui a demandé pourquoi, Arturo a répondu, le regard très lointain : « Parce que je me sens si près de Dieu. » Le lendemain, Arturo avait beaucoup de fièvre. Pendant quarante-huit heures, il a déliré, il ne retrouvait ses esprits que par intermittence. La dernière nuit, nous l'avons sorti de son hamac pour qu'il puisse dormir à côté de Pedro, et peu avant le lever du soleil, Arturo Nogueira, l'un des hommes les plus courageux qu'il m'ait été donné de rencontrer, est mort paisiblement dans les bras de son meilleur ami.

Le 15 novembre au matin, Numa, Roberto, Tintin et moi nous trouvions devant le fuselage et observions la vallée qui descendait vers l'est, prêts à entamer notre périple. Numa se tenait à côté de moi, et bien qu'il fît de son mieux pour ne rien laisser paraître, je voyais qu'il souffrait. Depuis l'avalanche, il s'était forcé à manger malgré sa répulsion, conscient qu'il aurait besoin de toutes ses forces pour l'expédition. Pourtant, comme Coche, il lui était impossible d'avaler plus de quelques morceaux à la fois – parfois il ne parvenait même pas à avaler – et si sa volonté restait de fer, son corps était très nettement affaibli. Quelques nuits plus tôt, un des garçons avait marché sur le mollet de Numa, allongé par terre, en traversant la cabine plongée dans le noir. Un gros hématome était apparu, et quand Roberto avait vu à quel point sa jambe avait enflé, il avait conseillé à Numa de renoncer à l'expédition. Numa avait assuré Roberto qu'il n'y avait pas de quoi s'inquiéter et avait catégoriquement refusé de nous laisser partir sans lui.

« Comment tu te sens ? lui ai-je demandé après que nous avions rassemblé nos affaires et dit au revoir aux autres. Tu es sûr de pouvoir y arriver avec ta jambe ? »

Numa a haussé les épaules. « Ce n'est rien, a-t-il répondu, ça va aller. »

Quand nous nous sommes mis en route, le ciel était couvert et l'air frais, mais les vents étaient faibles. Malgré les doutes que m'inspirait la route de l'est, j'étais content de quitter enfin le site du crash. Au début, nous avons bien avancé dans la descente, mais au bout d'une heure, le ciel s'est assombri, la température a chuté brutalement et la neige s'est mise à tomber en tourbillonnant autour de nous. En l'espace de quelques secondes, une forte tempête s'est abattue sur nous. Tout à fait conscients de l'importance de chaque seconde, nous nous sommes dépêchés de remonter la pente et avons regagné le fuselage en titubant, effrayés et frigorifiés, juste au moment où la tempête se muait en un blizzard puissant. Les vents secouaient l'avion – Roberto et moi avons échangé un regard sombre. Nous comprenions, sans avoir besoin de le formuler, que si la tempête s'était déclarée une ou deux heures plus tard, elle nous aurait surpris plus loin du Fairchild et, sans possibilité d'abri, nous serions à cette heure-là morts ou agonisants.

Le blizzard, l'un des plus violents de tous ceux que nous avons subis dans les Andes, nous a obligés à rester enfermés dans le fuselage pendant deux très longues journées. Pendant ces deux jours, Roberto est devenu de plus en plus inquiet au sujet de la jambe de Numa. Il avait maintenant deux grosses plaies, presque aussi grosses que des boules de billard. Roberto incisait et drainait les plaies, et il s'est vite rendu compte que Numa n'était pas en mesure d'affronter les montagnes.

« Tes jambes sont en mauvais état, lui a dit Roberto. Tu vas devoir rester ici. »

Pour la toute première fois dans les montagnes, Numa

a perdu son sang-froid. « Ma jambe va très bien ! a-t-il crié. Je peux supporter la douleur !

— Ta jambe est infectée, lui a répondu Roberto. Si tu mangeais davantage, ton corps serait assez fort pour combattre l'infection.

— Je ne reste pas ici ! »

Roberto a fixé son regard sur Numa, et avec sa brusquerie habituelle, lui a dit : « Tu es trop faible. Tu ne ferais que nous ralentir. Nous ne pouvons pas nous permettre de t'emmener. »

Numa s'est tourné vers moi. « Nando, je t'en supplie, je peux y arriver. Ne me force pas à rester là. »

J'ai secoué la tête. « Je suis désolé, Numa. Je suis d'accord avec Roberto. Ta jambe est dans un sale état. Tu ferais mieux de rester ici. » Les autres disaient la même chose que nous, Numa était furieux et s'est refermé sur lui-même. Je savais à quel point il tenait à nous accompagner, et combien il serait difficile pour lui de nous regarder partir. Je savais qu'à sa place, je ne supporterais pas une telle déception, et j'espérais que cet échec ne le briserait pas.

Le blizzard a fini par retomber, et le matin du 17 novembre, la journée s'annonçait claire et calme. Sans grand fracas, Roberto, Tintin et moi avons rassemblé notre matériel et nous sommes de nouveau mis en route. Cette fois-ci, le soleil brillait et la brise était légère. Nous avons peu parlé. J'ai rapidement trouvé mon rythme, et pendant des kilomètres, le seul bruit au monde était celui de mes crampons sur la neige. Roberto, qui tirait la luge, avait pris de l'avance sur nous, et après environ une heure et demie de marche, je l'ai entendu crier. Il se tenait debout sur une congère, et quand nous l'y avons rejoint, nous avons vu ce qu'il nous montrait – les restes de la queue du

Fairchild se trouvaient à quelques centaines de mètres. Quelques minutes plus tard, nous avons atteint la queue de l'appareil. Des valises étaient éparpillées sur le sol et nous nous sommes empressés de les ouvrir pour accéder aux trésors qu'elles renfermaient : chaussettes, pulls, pantalons chauds. Nous nous sommes joyeusement débarrassés des frusques sales et abîmées que nous avions sur le dos pour revêtir des habits propres. A l'intérieur, nous avons trouvé d'autres valises remplies de vêtements. Nous avons également déniché une bouteille de rhum, une boîte de chocolats, quelques paquets de cigarettes et un petit appareil photo avec une pellicule à l'intérieur. La minuscule cuisine de l'appareil était située dans la queue, et nous y avons trouvé trois petites tourtes à la viande que nous avons immédiatement dévorées, ainsi qu'un sandwich moisi recouvert de film plastique, que nous avons mis de côté.

Nous étions tellement excités par ces trouvailles inespérées que nous avons failli oublier les batteries de la radio qui, d'après Roque, devaient également être là. Nous les avons rapidement trouvées, dans un renfoncement, derrière une trappe située sur la coque extérieure de la queue. Elles étaient plus grosses que ce que j'avais imaginé. Il y avait des caisses de Coca-Cola vides dans la soute de la cuisine, et nous les avons rassemblées à l'extérieur pour en faire un feu. Roberto a fait griller un peu de viande et nous avons mangé de bon appétit. Nous avons ensuite enlevé la moisissure du sandwich et l'avons également mangé. Quand la nuit est tombée, nous avons étendu les vêtements des valises sur le plancher de l'appareil et nous sommes allongés. En bricolant avec les câbles qu'il avait arrachés des cloisons, Roberto a réussi à relier les batteries de l'avion à une ampoule, et pour la première fois depuis le crash, nous avons eu de la lumière après le coucher du soleil. Nous avons lu des magazines et des bandes dessinées, et j'ai pris des photos de Roberto et de Tintin avec le petit appareil. Je me disais que si nous ne nous en sortions pas vivants, quelqu'un trouverait peut-être l'appareil, ferait développer la pellicule, et ainsi, le monde saurait que nous avions vécu, au moins pendant un temps. Pour une raison que j'ignore, c'était important pour moi.

La soute était chaude et spacieuse, et nous nous sommes vite détendus. Quel plaisir de pouvoir allonger les jambes et se mettre dans la position de son choix ! Roberto a éteint la lumière, nous avons fermé les yeux et passé la meilleure nuit depuis le crash. Le lendemain matin, nous avons été tentés de rester dans ces quartiers confortables, mais nous nous sommes souvenus des autres et des espoirs qu'ils plaçaient en nous, et un peu plus tard, nous marchions de nouveau vers l'est.

Le matin il a neigé, puis au bout de quelques heures, le ciel s'est dégagé ; le soleil cognait sur nos épaules, et nous transpirions à grosses gouttes dans nos vêtements chauds. Après toutes ces semaines de froid intense, la chaleur qui nous était brusquement tombée dessus nous a vite épuisés. A midi, nous avons été obligés de nous reposer à l'ombre d'un rocher. Nous avons mangé un peu de viande et fait fondre de l'eau. Aucun d'entre nous n'ayant la force de continuer, nous avons décidé de passer la nuit sur place.

L'après-midi, le soleil a tapé de plus en plus fort, mais au crépuscule, la température a brutalement chuté. Nous avons creusé un trou dans la neige pour nous y abriter et nous sommes emmitouflés dans nos couvertures, mais dès que le froid impitoyable de la nuit s'est abattu sur nous, nous nous sommes aperçus que ces précautions ne nous protégeaient pas le moins du monde. C'était la première nuit que je passais à l'extérieur, et il ne m'a fallu que quelques instants pour comprendre à quel point Numa, Gustavo et Maspons avaient dû souffrir au cours de la longue nuit qu'ils avaient passée dehors, sur les versants exposés de la montagne. Cette nuit-là fut aussi atroce que la leur. Le froid s'abattait sur nous avec une violence telle que je craignais que le sang ne gèle dans mes veines. Nous nous sommes blottis les uns contre les autres, en grelottant sans pouvoir nous contrôler. Nous nous sommes rendu compte qu'en faisant de nos corps un sandwich – l'un d'entre nous couché entre les deux autres –, celui qui se trouvait au milieu restait au chaud. Nous avons passé plusieurs heures de cette façon, à changer de place à tour de rôle, et même si nous n'avons pas fermé l'œil de la nuit, nous avons survécu jusqu'au lever du jour. Au matin, nous sommes sortis de notre misérable abri et nous nous sommes réchauffés aux premiers rayons du soleil, affaiblis par l'épreuve que nous venions de traverser, n'en revenant pas d'être encore vivants.

« Nous ne survivrons pas à une autre nuit comme celle-ci », a dit Roberto. Il regardait vers l'est, vers les montagnes qui nous semblaient plus grandes et plus lointaines à mesure que nous avancions.

« A quoi tu penses ? ai-je demandé.

— Je ne crois pas que cette vallée se dirige vers l'ouest, a-t-il répondu. Nous nous enfonçons dans la Cordillère.

— Tu as peut-être raison, ai-je dit. Mais les autres comptent sur nous. Peut-être que nous devrions continuer un peu. »

Roberto a eu un mouvement de dédain. « Ça ne sert à rien ! a-t-il dit d'un ton sec, et je sentais la colère monter dans sa voix. A quoi allons-nous leur servir si nous sommes morts !

— Alors qu'est-ce que tu veux faire ?

— On pourrait prendre les batteries dans la queue et les ramener au Fairchild, a-t-il répondu. On pourrait les tirer sur le traîneau. Si nous réussissons à faire fonctionner la radio, nous pourrons nous en tirer sans risquer notre peau. »

La radio ne m'inspirait pas plus d'espoir que la perspective de continuer vers l'est, mais je me suis dit qu'il fallait explorer toutes les pistes, quelles qu'elles soient. Nous avons donc rassemblé nos affaires pour retourner à la queue de l'avion. Il ne nous a fallu que quelques instants pour prendre les batteries et les disposer sur le traîneau Samsonite. Mais quand Roberto a tenté de le tirer, il s'est enfoncé dans la neige et est resté coincé.

« Merde, elles sont trop lourdes ! a-t-il dit. Nous n'arriverons jamais à les traîner jusqu'à l'avion.

— Nous ne pouvons pas les porter non plus. »

Roberto a secoué la tête. « Non, mais nous pouvons aller chercher la radio et la rapporter ici. On amènera Roy aussi. Peut-être qu'il trouvera le moyen de la brancher aux batteries. »

Cette idée ne me plaisait pas. J'étais convaincu que la radio était endommagée de manière irréversible et je craignais que Roberto, affairé à la réparer, n'en oublie ce que nous savions désormais très clairement être notre seule chance de survie : gravir les montagnes à l'ouest.

« Tu crois vraiment qu'on pourra la faire marcher ? ai-je demandé.

— Qu'est-ce que j'en sais ? a aboyé Roberto. Mais ça vaut le coup d'essayer.

— J'ai peur que ça nous fasse perdre trop de temps.

— Tu ne peux pas arrêter de discuter tout ce que je dis ? a-t-il crié.

— D'accord, ai-je répondu. Je vais t'aider. Mais si ça ne marche pas, on part. Marché conclu ? »

Roberto a hoché la tête et après nous être offert le luxe de deux nuits dans la soute à bagages, nous nous sommes mis en route dans l'après-midi du 21 novembre pour regagner le fuselage. La descente avait été facile, si facile que je ne m'étais pas rendu compte à quel point la pente était raide. A présent, après quelques minutes d'ascension, nous nous trouvions poussés jusqu'aux limites de notre énergie. A certains endroits, nous étions face à des pentes de quarante-cinq degrés, et souvent, je m'enfonçais dans la neige jusqu'à la taille. Les efforts qu'il fallait déployer pour gravir la montagne ont vite eu raison de mes forces. J'étais essoufflé, mes muscles étaient rompus de fatigue, et j'étais obligé de m'arrêter au moins trente secondes après quelques pas seulement. Nous avancions très, très lentement; il nous avait fallu moins de deux heures pour descendre du Fairchild à la queue de l'appareil, il nous faudrait au moins deux fois plus de temps pour faire le chemin en sens inverse.

Nous sommes arrivés sur le site du crash en milieu d'après-midi, et les survivants nous ont accueillis dans la morosité. Nous étions partis depuis six jours, et ils avaient espéré que nous serions maintenant près du monde civilisé. Notre retour brisait leurs espoirs, mais ce n'était pas la seule raison de leur abattement. Pendant notre absence, Rafael Echavarren était mort.

« A la fin, il délirait, me dit Carlitos. Il n'arrêtait pas d'appeler son père pour qu'il vienne le chercher. La dernière nuit, j'ai prié avec lui et ça l'a un peu calmé. Quelques heures plus tard, il s'est mis à suffoquer, puis il est mort. Gustavo et moi avons tenté de le ranimer, mais c'était trop tard. »

La mort de Rafael était un coup dur. Il était devenu un symbole de courage et de résolution, et le fait de le voir vaincu alors qu'il avait fait preuve d'une telle résistance nous confortait dans l'idée que, tôt ou tard, la montagne finirait par tous nous prendre. Nos souffrances n'avaient-elles donc aucun sens ? Untel se bat courageusement et est emporté, tel autre ne se bat pas du tout et survit quand même. Depuis l'avalanche, certains d'entre nous s'étaient raccrochés à l'idée que Dieu avait sauvé dix-neuf garçons parce que nous étions ceux qu'il avait choisis pour survivre. Après la disparition de Rafael, il était plus difficile de croire que Dieu se préoccupait de notre sort.

Ce soir-là, Roberto a expliqué aux autres pourquoi nous étions revenus. « La route vers l'est n'est pas bonne, dit-il. Si on la suit, on s'enfonce encore plus dans la Cordillère. Mais nous avons trouvé la queue de l'avion, et la plupart des bagages. Nous avons rapporté des vêtements chauds pour tout le monde. Et plein de cigarettes. La bonne nouvelle, c'est que nous avons trouvé les batteries. »

Les autres écoutaient calmement pendant que Roberto exposait son plan pour réparer la radio du Fairchild. Tous étaient d'accord pour dire que ça valait la peine d'essayer, mais leurs réactions manquaient d'enthousiasme. Il y avait dans leur regard quelque chose de nouveau, un air de résignation et d'épuisement. Certains avaient le même regard vague et lointain que j'avais vu sur des photos de survivants des camps de concentration. Quelques semaines plus tôt, tous ces garçons étaient forts et vigoureux. A présent, leur démarche était voûtée et incertaine, comme celle de vieillards affaiblis, et leurs vêtements semblaient pendre lâchement sur les angles durs que formaient leurs hanches et leurs épaules. Ils ressemblaient de plus en plus à des cadavres animés, et je savais que je n'avais pas l'air mieux. Je sentais leurs espoirs vaciller, et je ne pouvais pas les blâmer. Nous avions déjà beaucoup souffert, et les signes étaient de mauvais augure : en dépit de son courage et de sa persévérance, Rafael était mort. Notre expédition vers l'est avait échoué. Deux tentatives de franchir les montagnes à l'ouest avaient failli se solder par une catastrophe. Il semblait qu'à chaque fois que nous essayions d'ouvrir une porte, elle nous claquait au visage. Oui, tout le monde était d'accord, il fallait essayer de réparer la radio. Mais personne ne semblait trouver de raison de croire que ça marcherait.

Le lendemain matin, Roberto et moi avons commencé à démonter la radio du Fairchild. Le cockpit était plein de boutons, de pinces et d'instruments complexes, et comme nous étions totalement ignorants en la matière, il ne nous restait qu'à deviner quelles pièces faisaient partie de la radio. Finalement, nous avons conclu que la radio comprenait deux éléments, dont l'un était fixé au tableau de bord, l'autre dissimulé derrière un panneau en plastique sur la paroi de la soute à bagages. L'élément du tableau de bord auquel étaient rattachés le casque et le micro s'est facilement détaché quand nous avons dévissé quelques boulons. Le deuxième élément, fixé dans une cavité sombre et étroite du mur était beaucoup plus difficile d'accès. Avec nos doigts peu habiles, les bouts de métal et de plastique qui nous tenaient lieu d'outils, nous avons bataillé pour dévisser les boulons et les pinces qui le maintenaient fixé, mais il nous a fallu deux jours, au prix de grandes frustrations, pour réussir à le détacher du mur. Quand nous l'avons finalement posé à côté de l'autre élément, la futilité de nos efforts m'a sauté aux yeux.

« *Carajo !* me suis-je exclamé. Regarde ce bordel ! »

CI-DESSUS : Photo de l'équipe de Rugby de 1964 du Collège Stella Maris. Guido Magri est assis au premier rang, quatrième en partant de la gauche. Je me tiens debout en haut à droite. *(Inconnu)*

Pendant le voyage au Chili de 1971 des Old Christians. Je pose avec Roberto Canessa et notre coéquipier Eduardo Deal, les Andes s'élèvent derrière nous. *(Inconnu)*

L'équipe des Old Christians pendant un entraînement au Chili en 1971. Guido Magri se tient à genoux tout à fait à gauche et Panchito Abal est accroupi, le troisième en partant de la gauche. Je suis debout, le deuxième en partant de la droite, et Marcelo Perez se tient devant moi. *(Inconnu)*

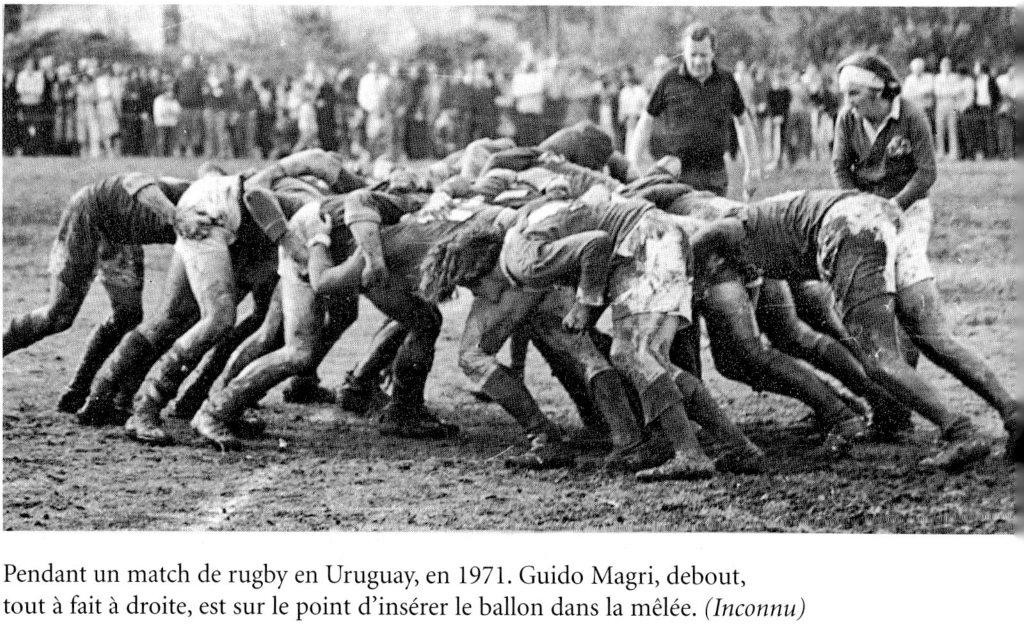

Pendant un match de rugby en Uruguay, en 1971. Guido Magri, debout, tout à fait à droite, est sur le point d'insérer le ballon dans la mêlée. *(Inconnu)*

Antonio « Tintin » Vizintin se tient prêt à me défendre tout en gardant les yeux sur le ballon, pendant un match en Uruguay en 1971. *(Inconnu)*

Uruguay, 1971, une action. Je saute pour prendre possession du ballon pendant un alignement en touche. Marcelo Perez se trouve à l'extrême droite. *(Inconnu)*

Je fixe l'appareil
après un match assez
rude en Uruguay, 1971.
(Inconnu)

Avec mes sœurs à une soirée
en 1970. Graciela à gauche,
Susy à droite. *(Inconnu)*

Ma sœur Susy, 1970.
(Inconnu)

Mes parents,
Xenia et Seler Parrado,
1970. *(Inconnu)*

A la mi-novembre, près de la queue de l'avion. Roy Harley (en haut), Roberto Canessa (à gauche) et Antonio Vizintin (devant), lors de nos malheureuses tentatives pour réparer la radio du Fairchild.

A gauche de Harley, suspendues à la paroi abîmée de la queue, les petites chaussures rouges que ma mère avait achetées à Mendoza. *(Groupe de survivants/Corbis)*

Quand le temps était dégagé, nous restions à l'extérieur pour nous réchauffer au soleil et échapper à l'humidité et l'obscurité du fuselage. La photo a été prise par un beau jour du mois de décembre. De gauche à droite : Alvaro Mangino, Carlitos Paez, Daniel Fernandez (casquette blanche), Coche Inciarte (sa main posée sur l'épaule de Daniel) et Pancho Delgado. *(Gamma)*

Une photo de moi en train de boire un verre de neige fondue à l'intérieur de la queue de l'avion. *(Groupe de survivants/Corbis)*

En décembre, les nuits étaient encore froides, mais les journées étaient douces et le soleil assez fort pour nous brûler. Ici, de gauche à droite, Eduardo Strauch, Pancho Delgado et Gustavo Zerbino posent devant la Cordillère. *(Groupe de survivants/Corbis)*

Au cours des jours précédant notre dernière tentative pour escalader les sommets de l'ouest, Pancho Delgado (assis sur le toit de l'avion) et Roberto Canessa (debout à la droite de Pancho) sont en train d'assembler les morceaux de tissu isolant pour fabriquer le sac de couchage que nous allons emporter pendant l'expédition. Au premier plan, Fito Strauch (à gauche) et Carlitos Paez (à droite) se reposent. Derrière eux, de gauche à droite, Gustavo Zerbino, Eduardo Strauch, moi-même et Javier Methol. *(Groupe de survivants/Corbis)*

Le mot que j'ai gribouillé – tout excité – à l'intention du paysan. Avant de l'enrouler autour d'une pierre, je l'ai retourné et ai écrit avec le rouge à lèvres que j'avais trouvé dans les bagages de ma mère « CUANDO VIENE ? » (« Quand allez-vous venir ? »). Voir page 269 pour la traduction complète du message. *(Bettmann/Corbis)*

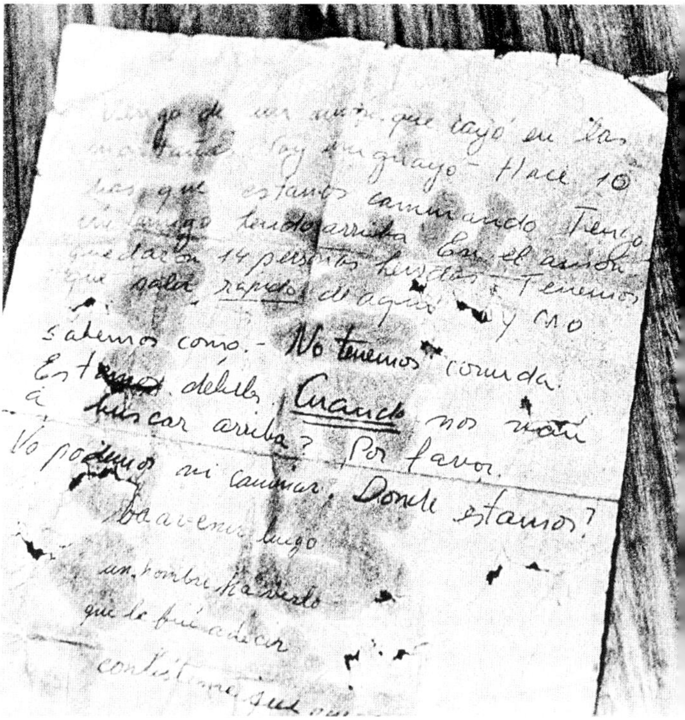

Sergio Catalan (au milieu), le paysan qui nous a trouvés dans les montagnes et qui a conduit les secours jusqu'à nous à Los Maitenes, assis avec Roberto et moi-même tandis que nous attendons l'arrivée des secours et des hélicoptères. *(EL PAIS de Uruguay, Collection Caruso)*

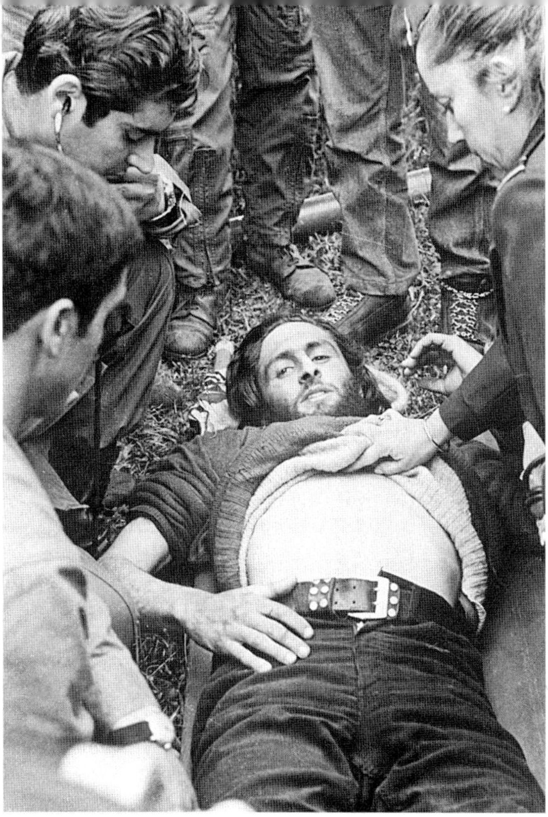

Les premiers médecins qui arrivent à Los Maitenes entourent Roberto, qui porte la ceinture qu'il avait prise sur le corps de Panchito Abal. *(EFE)*

Tandis que les médecins soignent Roberto, je me prépare à contrecœur à conduire l'équipe de secours de l'hélicoptère jusqu'au site du crash. *(Associated Press)*

Alors que les hélicoptères chiliens grondent dans les nuages au-dessus de nos têtes, des policiers à cheval nous conduisent, Roberto et moi, à travers une rivière peu profonde jusqu'à l'endroit où les appareils vont atterrir. Autour de nous, des journalistes et des photographes qui nous avaient trouvés avant l'armée de l'air chilienne. *(Avec la permission de Copesa)*

Sur un cheval, derrière un officier de la police montée, en train de regarder les hélicoptères qui apparaissent à travers les nuages.
(Empresa Periodistica La Nación)

AEREA

Après le vol terrifiant
à travers la Cordillère,
nous nous sommes
retrouvés au-dessus
du site du crash,
et j'ai vu mes amis
sauter de joie à la vue
de l'hélicoptère.
(EL PAIS de Uruguay,
Collection Caruso)

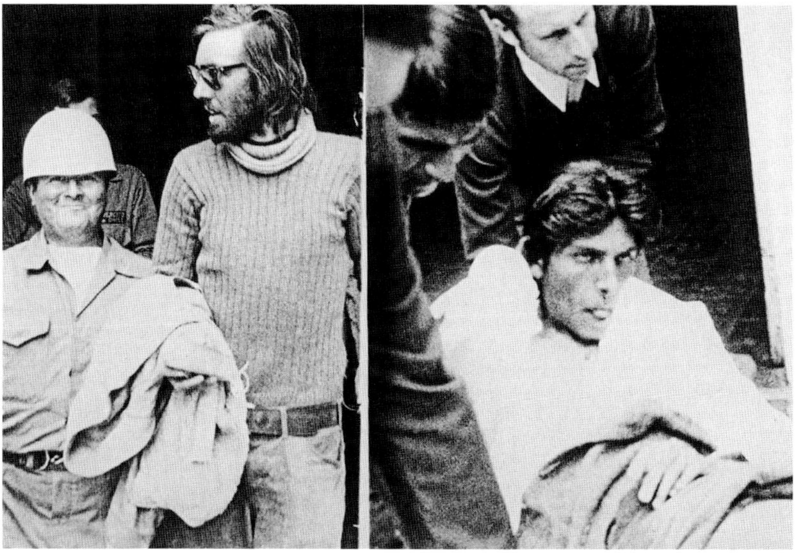

Quand les hélicoptères ont atterri dans une base militaire près de San Fernando, j'ai refusé qu'on me transporte jusqu'aux ambulances qui nous attendaient. « J'ai traversé les Andes à pied, je peux faire quelques pas de plus », me suis-je dit. D'autres, comme Alvaro Mangino, à droite, avaient épuisé toutes leurs forces dans les montagnes et avaient besoin d'aide. *(Bettmann/Corbis)*

Le jour du sauvetage, la nuit est tombée avant que tous les survivants puissent être rapatriés, de sorte que les autres ont dû passer une nuit de plus sur le site du crash. Parmi eux, Fito Strauch, Gustavo Zerbino, Roy Harley, Pancho Delgado et Moncho Sabella.
Deux membres de l'équipe de secours chilienne sont assis à gauche et à droite. *(Groupe de survivants/Corbis)*

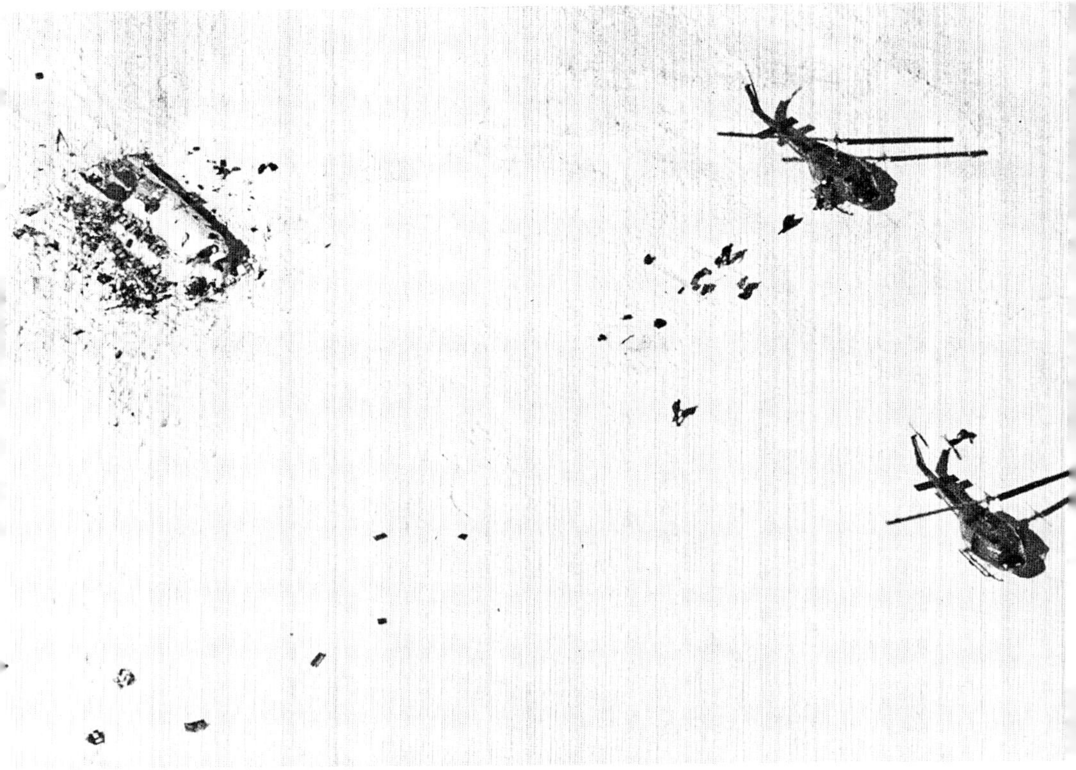

Le 23 décembre, alors que nous autres étions soignés à l'hôpital de San Fernando, les équipes de secours sont retournées sur le site du crash pour chercher les derniers survivants. Sur cette prise de vue aérienne, on les voit en train d'avancer vers les hélicoptères, laissant le fuselage derrière eux. *(Associated Press)*

Des survivants arrivent à Los Maitenes le deuxième jour du sauvetage. Au centre, Pancho Delgado, souriant, les bras tendus. A droite, Bobby François dans les bras d'un secouriste. *(Associated Press)*

Quelques instants après l'atterrissage des hélicoptères à la base militaire de San Fernando. Je suis en train d'avancer vers les ambulances, un bras autour de Carlos Paez-Villaro, le père de Carlitos Paez, qui se trouve à ma gauche en pull blanc. Roberto Canessa marche devant, à ma droite, une casquette blanche sur la tête. *(Inconnu)*

La nouvelle de notre sauvetage provoqua un tapage médiatique. Peu après leur arrivée à l'hôpital de Santiago, Pancho Delgado (à gauche, souriant, le visage tourné) et Antonio Vizintin (au premier plan au centre, vêtu d'une blouse de l'hôpital et dos à l'appareil) sont harcelés par des journalistes et des photographes. (*Empresa Periodistica La Nación*)

Quelques survivants se détendent à l'hôpital de Santiago.
De gauche à droite : Moncho Sabella, Fito Strauch, Antonio Vizintin, Bobby Francois, Pancho Delgado et Gustavo Zerbino.
(Associated Press)

Carlitos Paez
dans les bras de son père,
Carlos Paez-Villaro,
qui avait passé
des semaines à parcourir
les Andes à la recherche
de son fils *(EFE)*

Roy Harley dans les bras de sa mère lors de son arrivée à la base militaire près de San Fernando. *(Clarin Contenidos)*

Noël 1972, les survivants et leurs familles à l'Hôtel Sheraton San Cristobal de Santiago. Je lève mon verre très haut pour fêter notre retour, mais avec la disparition de ma mère et de ma soeur, c'est pour moi un moment amer. *(Associated Press)*

Le 30 décembre 1972, mon premier jour à Carrasco après l'épreuve des Andes. On m'avait rendu ma moto adorée, que mon père avait vendue à l'un de ses amis pendant mon absence, et je me suis dépêché d'aller faire un tour avec. *(Inconnu)*

Avec mon ami et coéquipier chez Autodelta, Chippy Bread (au milieu), je discute avec Jackie Stewart (à droite), la légende des courses automobiles, à l'occasion du Grand Prix de F1 d'Argentine à Buenos Aires. *(Armando Rivas)*

En 1975, pendant une course sur le circuit d'El Pinar, près de Montevideo, je regarde l'événement avec un autre pilote uruguayen, José P. Passadore. *(Inconnu)*

Changement de pilote pendant le Trophée Silverstone des véhicules de tourisme à Silverstone, en Angleterre, en 1977. Je me tiens debout, un casque sur la tête, à côté de la voiture, prêt à prendre le volant quand mon coéquipier Mario Marquez sera sorti du véhicule. Nous avons terminé seconds dans cette course longue distance. *(Jorge Mayol)*

Eté 2003, dans les Grandes Plaines. Je pose à côté de ma Titan 2000 1400cc, en route pour Sturgis, dans le Dakota du Sud, pour participer à un rallye moto pour célébrer le centième anniversaire de Harley Davidson. *(Gonzalo Mateu)*

Avec Veronique et mon père, autour de Noël, 2003.
(Avec la permission de la famille Parrado)

Avec ma femme Veronique, à Punta del Este, 2004. *(Jean-Pierre Banowicz)*

Les femmes de ma vie : ma femme Veronique (au milieu) et mes filles Cecilia (à gauche) et Veronica (à droite). *(Jean Pierre Banowicz)*

Les Parrado, 2004. En partant de la gauche : Cecilia, Veronique, Veronica et moi-même. *(Jean Pierre Banowicz)*

Ci-contre : Une réunion des survivants, le 22 décembre 2004.
Quinze survivants s'étaient réunis, ainsi que Rafael Ponce de Leon,
qui, pendant la catastrophe, s'était servi de la radio
qu'il avait installée au sous-sol de sa maison à Montevideo
pour tenir nos parents informés des recherches
et pour répandre la nouvelle de notre sauvetage.
Second rang, de gauche à droite : Antonio « Tintin » Vizintin,
Gustavo Zerbino, Roy Harley, Javier Methol,
Roberto « Bobby » François, Alfredo « Pancho » Delgado,
Eduardo Strauch, Adolfo « Fito » Strauch, moi-même
et Roberto Canessa. Premier rang : José Luis « Coche » Inciarte,
Alvaro Mangino, Carlos Paez, Ramon « Moncho » Sabella,
Ponce de Leon et Daniel Fernandez.
Pedro Algorta ne figure pas sur la photo.
(Veronique van Wassenhove)

Mars 2003. Lors de l'une de mes nombreuses visites sur la tombe
près du site du crash dans les Andes, je suis en train d'accrocher des fleurs
sur la croix en acier. *(Carlos Cardoso)*

Dans les Andes, en mars 2005. Alors que nous étions en route pour faire une surprise à Sergio Catalan pour son cinquantième anniversaire de mariage, Roberto Canessa et moi l'avons trouvé sur un chemin désert de montagne non loin de son village. Je lui ai dit : « Excusez-moi, mon brave homme, mais nous sommes de nouveau perdus. » *(Veronique van Wassenhove)*

L'épave du Fairchild après le sauvetage de tous les survivants.
La rangée de sièges sur la gauche constituait notre « aire de repos »,
nous nous faisions dorer au soleil quand le temps était clair.
A droite, près du fuselage, on voit le cadavre de l'une des victimes
de la catastrophe. *(Keystone/Gamma)*

De chaque élément s'échappaient une multitude de câbles électriques, tout emmêlés. « C'est impossible, Roberto ! Comment veux-tu assembler tous ces câbles ? » Roberto a choisi de m'ignorer et s'est mis à compter les câbles de chaque élément.

« Il y a soixante-sept câbles qui sortent de cet élément, et soixante-sept câbles qui sortent du transmetteur.

— Mais comment est-ce qu'ils s'assemblent ? C'est impossible ! Il y a trop de combinaisons possibles !

— Tu vois ces marques ? m'a-t-il répondu. Chaque câble porte une marque différente. Les marques nous indiquent comment les brancher.

— Je ne sais pas, Roberto. Tu vois le temps qu'on y passe, et on ne sait même pas si la radio fonctionne. »

Le regard de Roberto brillait de colère. « Cette radio peut nous sauver la vie ! m'a-t-il dit d'un ton sec. Nous nous devons d'essayer ça avant de partir à l'aveuglette dans les montagnes pour gâcher nos vies.

— D'accord, c'est bon ! lui ai-je dit pour le calmer. *Está bien*. Mais il faut demander à Roy d'y jeter un coup d'œil. »

J'ai appelé Roy et lui ai montré la radio. Il a froncé les sourcils en secouant la tête. « Je ne crois pas qu'on puisse la réparer.

— On va la réparer, a répondu Roberto. Tu vas la réparer.

— Mais je ne sais pas comment faire ! a crié Roy. Sa voix était ténue et haut perchée. C'est beaucoup trop compliqué. Je n'y connais rien du tout !

— Ressaisis-toi, Roy, a dit Roberto. Nous allons amener cette radio jusqu'à la queue. Tu vas venir avec nous. Nous allons faire marcher cette radio et nous en servir pour appeler à l'aide. »

Roy a écarquillé les yeux de terreur. « Je ne peux pas y

aller! a-t-il hurlé. Je suis trop faible! Regarde-moi! Je peux à peine marcher. S'il te plaît, je n'arriverai jamais jusque là-bas, je ne pourrai jamais revenir.

— Tu y arriveras, parce que tu n'as pas le choix.

— Mais la radio est foutue! a-t-il rétorqué d'un ton plaintif.

— Peut-être, mais il faut essayer. Et tu es le seul qui puisse éventuellement la faire marcher. »

Roy s'est décomposé et s'est mis à sangloter. L'idée de quitter le fuselage le terrorisait, et au cours des jours suivants, il suppliait tout le monde pour qu'on le dispense de la mission. Fito et ses cousins restaient fermes avec lui, et insistaient pour qu'il y aille. Ils l'encourageaient à penser aux autres. Ils l'ont même forcé à s'entraîner pour la mission en faisant les cent pas devant le Fairchild. Roy obéissait à contrecœur, et souvent il pleurait en marchant dans la neige.

Roy n'était pas un lâche. Je le savais déjà avant le crash, à voir comment il jouait au rugby et menait sa vie. Dans les premiers jours de l'épreuve, quand il était encore robuste, il avait été très productif. Roy s'était trouvé aux côtés de Marcelo quand ils avaient organisé les secours juste après le crash, il l'avait aidé à construire le mur qui nous avait évité de geler. Et je ne pouvais pas oublier que sans la rapidité de réaction dont il avait fait preuve juste après l'avalanche, nous serions tous morts, étouffés sous la neige. Mais il était très jeune. Je savais que ses souffrances avaient mis ses nerfs à vif, et il était clair que son corps était ravagé. Il n'avait plus que la peau sur les os, c'était l'un des plus maigres d'entre nous, et j'aurais dû éprouver pour lui autant de compassion que pour les autres. Tout le temps que nous avions passé dans les montagnes, je m'étais rarement énervé contre les autres.

Je comprenais leurs peurs, les pressions qu'ils subissaient, en particulier les plus jeunes, de sorte qu'il m'était facile de rester patient avec eux quand, parce qu'ils souffraient, ils se montraient égoïstes, paresseux ou effrayés. Roy avait souffert autant que les autres, et il méritait la même considération de ma part, mais à mesure qu'il s'affaiblissait et que son état psychologique se détériorait, j'étais de plus en plus contrarié par ses fréquentes manifestations de détresse, et sans savoir pourquoi, j'avais de plus en plus de mal à être gentil avec lui. Ainsi, quand, désespéré, il m'a supplié de ne pas le forcer à nous accompagner jusqu'à la queue, je n'ai pas daigné le regarder dans les yeux et je lui ai répondu sèchement : « Nous partons bientôt, tu as intérêt à être prêt. »

Roberto a passé plusieurs jours à examiner la radio, et pendant ce temps, l'état de Numa est devenu pour moi une source d'inquiétude majeure. Depuis que nous l'avions exclu de l'équipe des expéditionnaires, il était déprimé. Il s'était muré dans le silence, il était furieux contre lui-même et contre son corps qui l'avait trahi. Il était irritable et morose – pire, il refusait de manger quoi que ce soit. Il avait donc perdu du poids très rapidement, et ses blessures s'étaient aggravées. Il avait à présent deux grosses plaies sur la jambe, chacune plus grosse qu'une balle de golf, et sérieusement infectées. Ce qui m'inquiétait le plus, c'était son regard résigné. Numa était l'un des plus forts et des plus généreux du groupe, il s'était battu avec un immense courage pour notre survie. Mais maintenant qu'il ne pouvait plus rien pour nous, qu'il ne lui restait qu'à s'occuper de lui-même, il semblait perdre sa force et sa volonté. Un soir, assis près de lui, j'ai tenté de lui remonter le moral.

« Tu vas manger quelque chose pour me faire plaisir,

Numa ? lui ai-je demandé. Nous allons bientôt partir pour rejoindre la queue de l'avion. J'aimerais bien te voir manger avant de partir. »

Il a faiblement secoué la tête. « Je ne peux pas, c'est trop douloureux pour moi.

— C'est douloureux pour nous tous, mais tu dois le faire. Souviens-toi, ce n'est plus que de la viande maintenant.

— Je ne mangeais que pour avoir des forces en vue de l'expédition, m'a-t-il dit. Pourquoi est-ce que je me forcerais maintenant ?

— Ne laisse pas tomber. Tiens le coup. Nous allons nous sortir d'ici. »

Numa a secoué la tête. « Je suis tellement faible, Nando. Je ne tiens même plus debout. Je crois que je n'en ai plus pour très longtemps.

— Ne dis pas des choses comme ça, Numa. Tu ne vas pas mourir. »

Numa a poussé un soupir. « Ça va, Nando. J'ai passé ma vie en revue, et je sais que même si je meurs demain, j'aurai eu des années formidables. »

J'ai ri. « C'est exactement ce que disait Panchito. Et c'est comme ça qu'il vivait. Il était téméraire, sans retenue, il pensait toujours que les choses iraient comme il le voulait. Et en général, c'était le cas.

— Il était connu pour ça, non ? a répondu Numa. Il avait quel âge ?

— A peine dix-huit ans. Mais il a eu tellement de vies, tellement d'aventures, et *macho*, il a fait l'amour à tant de jolies filles...

— C'est peut-être pour ça que Dieu l'a pris, a dit Numa. Pour qu'il nous reste quelques jolies filles à nous aussi.

— Il y aura plein de filles pour toi, Numa, ai-je affirmé.

Mais d'abord, tu dois manger, et vivre. Je veux que tu vives. »

Numa a souri et hoché la tête. « Je vais essayer », m'a-t-il dit. Mais un peu plus tard, quand on lui a apporté de la viande, j'ai vu qu'il la refusait d'un geste de la main.

Nous sommes partis le lendemain matin à 8 heures et avons rapidement descendu la pente. Sur le chemin, j'ai ramassé dans la neige un sac en cuir rouge – j'ai immédiatement reconnu la trousse de toilette de ma mère. A l'intérieur, j'ai trouvé un rouge à lèvres qui me servirait à me protéger contre les gerçures, quelques bonbons et un petit nécessaire à couture. J'ai mis ces affaires dans mon sac à dos et j'ai continué à marcher. Moins de deux heures après avoir quitté le Fairchild, nous étions de nouveau dans la queue de l'appareil. Le premier jour, nous nous sommes reposés. Dès le lendemain matin, Roy et Roberto se sont attaqués à la radio. Ils travaillaient dur pour essayer de faire les bons branchements, mais ils se trompaient. Quand on pensait qu'ils avançaient, les câbles sautaient et on entendait un bruit. Roberto jurait et sermonnait Roy, lui disant de faire plus attention, et ils recommençaient.

Pendant la journée, les températures étaient plus douces et la neige fondait vite. Des bagages, qui quelques jours plus tôt, quand nous avions trouvé la queue, étaient recouverts de neige, gisaient maintenant à découvert. Pendant que Roy et Roberto trifouillaient la radio, Tintin et moi avons passé en revue leur contenu. Dans l'un des sacs, nous avons trouvé deux bouteilles de rhum. Nous en avons ouvert une et bu quelques gorgées. « On va garder l'autre, ai-je dit. On pourra la boire pendant l'expédition. » Tintin a hoché la tête. Nous savions tous deux que la radio ne marcherait jamais, mais Roy et Roberto s'acharnaient. Ils ont continué à la manipuler tout l'après-midi, et toute la matinée du lendemain. J'étais pressé de mettre un terme à l'expérience et de rentrer au fuselage pour nous préparer pour l'expédition.

« Roberto, ça va prendre encore combien de temps ? », ai-je demandé.

Il m'a lancé un regard exaspéré. « Ça prendra le temps qu'il faut.

— Nous n'avons plus grand-chose à manger, ai-je dit. Tintin et moi devrions remonter chercher de la viande.

— C'est une bonne idée. Nous allons continuer à travailler. »

Tintin et moi avons rassemblé nos affaires et, quelques instants plus tard, nous remontions la pente en direction du Fairchild. De nouveau, j'étais sidéré de voir à quel point l'ascension était difficile. Nous avons marché, laborieusement, pendant des heures, en nous arrêtant souvent pour reprendre notre souffle. Nous avons fini par atteindre le Fairchild en fin d'après-midi. Nous avons, cette fois encore, reçu un accueil sinistre, et je ne pouvais m'empêcher de remarquer que les autres semblaient encore plus faibles et apathiques que quand nous les avions quittés.

« Nous sommes venus chercher de la viande, ai-je dit. La radio prend plus de temps que prévu. »

Fito a froncé les sourcils. « Nous n'avons plus beaucoup de nourriture. Nous avons cherché les corps perdus dans l'avalanche, mais la neige est profonde et nous sommes épuisés. Nous avons même remonté la pente plusieurs fois pour récupérer les corps que Gustavo avait trouvés quand il avait grimpé.

— Ne t'inquiète pas. Tintin et moi, on va creuser, lui ai-je dit.

— Comment ça avance avec la radio ?

— Pas très bien, je ne crois pas que ça marchera.

— Nous n'avons plus beaucoup de temps, a dit Fito. Nous sommes tous faibles. Et bientôt, nous n'aurons plus rien à manger.

— Il faut aller vers l'ouest, ai-je dit. C'est peut-être impossible, mais c'est notre seule chance. Et il faut partir dès que possible.

— Et Roberto pense comme toi ?

— Je ne sais pas ce qu'il pense, ai-je répondu. Tu connais Roberto. Il ne fera que ce qu'il a envie de faire.

— S'il refuse, je viendrai avec vous. »

J'ai adressé un sourire chaleureux à Fito. « C'est courageux de ta part, mais avec les plaies que tu as dans le cul, tu ne peux pas faire dix mètres. Non, il faut juste convaincre Roberto de partir à l'ouest, et de partir vite. »

Tintin et moi avons passé deux jours sur le site du crash, à creuser la neige à la recherche d'autres corps. Quand nous avons trouvé, Fito et ses cousins ont découpé de la viande pour nous, et après quelques heures de repos, nous sommes redescendus. Nous sommes arrivés à la queue en milieu de matinée; Roy et Roberto étaient toujours penchés sur la radio. Ils pensaient avoir fait les bons branchements, mais ils n'entendaient que des grésillements. Roy, croyant que l'antenne, endommagée pendant le crash, était défectueuse, en avait fabriqué une autre avec des câbles de cuivre récupérés dans les circuits électriques de la queue. Ils l'avaient fixée à la radio du Fairchild et avaient étendu les câbles dans la neige – sans plus de succès. Roy a débranché l'antenne et l'a fixée au petit transistor qu'il avait emporté. Grâce à la grande antenne, la réception était très bonne. Roy a réussi à capter une station qui diffusait de la musique qui nous plaisait, et s'est remis au travail. Quelques instants plus tard, la musique a été interrompue par les informations et à notre grande surprise, nous avons entendu que l'armée de l'air uruguayenne avait décidé d'envoyer un Douglas C47 spécialement équipé à notre recherche.

Roy a sauté de joie en entendant cette nouvelle. Roberto s'est retourné vers moi avec un grand sourire.

« Tu as entendu, Nando ?! Ils nous cherchent !

— Ne t'emballe pas, lui ai-je dis. Souviens-toi de ce que disait Gustavo – que du haut des montagnes, le Fairchild n'est qu'un petit point de plus sur le glacier.

— Mais c'est un appareil spécialement équipé, a dit Roberto.

— Et les Andes sont immenses. Ils ne savent pas où nous sommes tombés, et même s'ils nous trouvent, ça pourrait prendre des mois.

— Il faut construire un signal pour qu'ils nous voient », a dit Roberto, choisissant d'ignorer mon scepticisme. Il nous a pressés de rassembler les valises et de les disposer en forme de croix. Quand nous avons eu terminé, j'ai demandé à Roberto où en était la radio.

« Je ne pense pas qu'on puisse la réparer, m'a-t-il dit. Nous devrions retourner là-haut.

— Et nous préparer à partir vers l'ouest, comme nous avions dit », ai-je ajouté.

Roberto a acquiescé d'un air absent et est allé rassembler ses affaires. Tintin s'est approché de moi avec un morceau de tissu isolant qu'il venait de trouver dans la queue. « Il y en a autour de tous les tuyaux ici, m'a-t-il dit. On doit pouvoir s'en servir. »

J'ai pris le tissu dans mes mains ; il était léger et solide, tout doux à l'intérieur et recouvert d'une matière soyeuse et résistante. « On peut peut-être l'utiliser pour doubler nos vêtements, ai-je dit. Je crois que ça pourrait nous tenir chaud. »

Tintin a hoché la tête et nous sommes allés voir à l'intérieur. Quelques minutes plus tard, nous avions récupéré tous les morceaux de matière isolante sur les tuyaux et les avions rangés dans nos sacs. Pendant que nous nous en occupions, nous avons entendu du raffut à l'extérieur : c'était Roy, qui piétinait furieusement la radio. « Il devrait garder son énergie, ai-je dit à Tintin. L'ascension va être rude. »

Nous nous sommes mis en route en milieu de matinée. Le temps était couvert quand nous sommes partis et le ciel était très bas, mais il faisait doux, et il n'y avait pas de vent. Roberto et Tintin étaient devant, Roy se traînait derrière moi. Comme les fois précédentes, la marche était épuisante et nous nous arrêtions souvent pour nous reposer. Je savais que Roy souffrait et je gardais un œil sur lui, ralentissant pour qu'il ne se retrouve pas trop loin derrière. Au bout d'une heure environ, j'ai fait une pause et j'ai jeté un coup d'œil sur le ciel. J'en ai eu le souffle coupé : les nuages avaient grossi et étaient maintenant d'un gris très foncé. Ils étaient si bas que j'avais l'impression que je pourrais les toucher en étendant mon bras. Puis les nuages se sont précipités sur nous, comme une vague géante et meurtrière. Avant que j'aie eu le temps de réagir, le ciel nous est tombé dessus et nous avons été pris dans un de ces blizzards éclairs, que ceux qui connaissent les Andes appellent un « vent blanc ». En quelques secondes, c'était le chaos. La température avait chuté très brutalement. Le vent me bousculait si fort que j'étais obligé de rester en mouvement pour ne pas tomber. La neige s'envolait en tourbillons autour de moi, elle me fouettait le visage et me désorientait. J'essayais de regarder au loin, mais la visibilité était proche de zéro, je ne voyais plus les autres. J'ai eu un moment de panique. « Dans quelle direction se trouve le sommet ? Où dois-je aller ? »

Puis j'ai entendu la voix de Roberto, faible et distante dans le vacarme de la tempête. « Nando ! Tu m'entends ?

— Roberto ! Je suis là ! »

J'ai regardé derrière moi ; Roy avait disparu.

« Roy ! Où es-tu ? »

Pas de réponse. A environ dix mètres, j'ai remarqué une masse grise dans la neige, et j'ai compris que Roy était tombé.

« Roy ! Allez ! Viens ! »

Il ne bougeait pas. Je me suis précipité vers lui. Il s'était recroquevillé en boule dans la neige, les genoux remontés contre la poitrine et les bras serrés autour de ses jambes.

« Bouge ton cul ! Cette tempête va nous tuer si nous nous arrêtons !

— Je peux pas, a gémi Roy. Je ne plus faire un pas.

— Lève-toi, connard ! On va mourir ici. »

Roy a levé les yeux vers moi, son visage était défiguré par la peur. « Non, je t'en prie, a-t-il dit en sanglotant, je ne peux pas. Tu n'as qu'à me laisser. »

La tempête devenait de plus en plus violente, et, penché au-dessus de Roy, j'avais l'impression que les vents allaient me soulever. Nous étions prisonniers de ce paysage totalement blanc. J'avais perdu tous mes repères, et mon seul espoir d'atteindre le fuselage était de suivre les traces laissées par Roberto et Tintin. Mais la neige recouvrait vite leurs empreintes. Je savais qu'ils ne nous attendraient pas – ils se battaient eux aussi pour leur vie – et chaque seconde de plus avec Roy nous conduisait directement à la catastrophe. J'ai regardé Roy, ses épaules étaient soulevées par les sanglots, et il était déjà à moitié recouvert de neige.

Je dois le laisser, sinon je meurs, me suis-je dit. Est-ce que je suis capable de le faire ? Est-ce que j'ai en moi ce qu'il faut pour partir et l'abandonner à sa mort ? Ce n'est pas avec des mots que j'ai répondu à ces questions, mais par des actes. Sans plus réfléchir, j'ai tourné le dos à Roy et j'ai suivi les empreintes des autres pour remonter. Comme j'avançais contre le vent, je revoyais Roy couché dans la neige. Je l'imaginais en train de regarder ma silhouette s'enfoncer dans la tempête, avant de disparaître de son champ de vision. Ce serait la dernière chose qu'il verrait. Combien de temps passerait avant qu'il perde conscience ? Combien de temps souffrirait-il ? Je me trouvais maintenant à une dizaine de mètres de lui, sans réussir à effacer de mon esprit son image : allongé dans la neige, impuissant, pathétique, vaincu. J'ai ressenti un immense mépris pour sa faiblesse et son manque de courage – c'est tout du moins ce qu'il m'a semblé à ce moment-là. Rétrospectivement, j'ai l'impression que c'était différent. Roy n'était pas une lavette. Il avait souffert plus que d'autres, et avait malgré tout eu la force de continuer, mais il était très jeune, et son corps avait été si malmené qu'il avait été poussé à bout, tant mentalement que physiquement. Nous avions tous été poussés vers nos limites, mais pour Roy, le processus avait été trop violent, trop rapide. A présent, je m'en veux de ne pas avoir su manifester davantage de patience et d'encouragements à son égard, et j'ai compris, après y avoir réfléchi pendant des années, que si je l'ai traité ainsi, c'est que je voyais en lui un reflet de mon propre état. Je sais maintenant que le gémissement déchirant de sa voix tremblante m'était insupportable parce qu'il reflétait mon propre désespoir. Quand Roy a abandonné, qu'il s'est couché par terre, j'ai compris qu'il était au terme de sa lutte. Il avait finalement trouvé l'endroit où la mort viendrait le prendre. En pensant à Roy, immobile dans la neige qui le recouvrait petit à petit, j'étais contraint de me demander si le moment où moi j'abandonnerais était proche. Où ma volonté et ma force me feraient-elles défaut ? Où et quand arrêterais-je de me battre, pour me laisser tomber, vaincu et terrifié, comme Roy, dans la neige moelleuse et confortable ? C'était là la véritable source de ma colère : Roy me montrait mon avenir, et à ce moment-là, je l'ai détesté.

Bien sûr, dans la montagne, au milieu de la tempête, je n'avais pas de temps à consacrer à de telles réflexions. J'ai agi de manière totalement instinctive, et en pensant à Roy étendu et sanglotant dans la neige, tout le mépris et le peu de respect qu'il m'avait inspirés au cours des semaines précédentes ont explosé en une furie meurtrière. Soudain, je me suis mis à jurer comme un charretier : « Merde ! *Carajo ! La reconcha de la reputisima madre ! La reputa madre que lo recontra mil y una parió !* » J'étais fou de rage, et avant même de comprendre ce que je faisais, je me suis précipité vers lui. Je lui suis tombé dessus et, à genoux sur son corps, je lui ai assené de violents coups de poing dans les côtes. Il se tordait et hurlait dans la neige, je l'insultais aussi vicieusement que je l'attaquais. « Fils de pute ! Espèce de salaud ! Lève-toi, pauvre enculé ! Lève-toi ou je te tue ! Je te le jure, salaud ! » Depuis les premiers instants dans la montagne, je m'étais efforcé de garder la tête froide et d'éviter de gaspiller mon énergie en formulant mes peurs ou ma colère. Mais là, pendant que je m'en prenais à Roy, j'ai senti que je me vidais de toutes mes peurs et de tout le venin que j'avais accumulés dans les montagnes. J'ai piétiné ses hanches et ses épaules avec mes crampons. Je l'ai jeté dans la neige, je l'ai traité de tous les noms, j'ai insulté sa mère avec une violence telle que je suis encore mal à l'aise quand j'y repense. Roy pleurait et hurlait pendant que je le maltraitais, mais il a fini par se mettre debout. Je l'ai poussé en avant si brusquement qu'il a failli retomber. Et j'ai continué à le pousser, avec la même violence, pour le forcer à gravir la pente, mètre par mètre.

Nous avons avancé dans la tempête. Roy souffrait, épuisé, et mes forces commençaient à m'abandonner. L'agressivité de la tempête était terrifiante. Je luttais pour respirer ; les vents tourbillonnants me coupaient le souffle avant de me forcer à inspirer l'instant d'après, de sorte que je crachais et suffoquais comme un noyé. Le froid me mettait au supplice, et à force d'avancer dans la neige lourde et profonde, j'étais éreinté. Bientôt, j'ai senti que mes muscles étaient à bout, et chaque pas demandait un acte de volonté monumental. Je laissais Roy avancer devant moi pour continuer à le pousser, et nous gravissions la montagne pas à pas. Mais au bout de quelques centaines de mètres, il a vacillé et est tombé ; je savais qu'il venait d'user ses toutes dernières forces. Cette fois-ci, je n'ai pas essayé de le bouger. Je l'ai attrapé et soulevé. Malgré l'épaisseur de ses vêtements, je sentais combien il était devenu maigre et faible, et cela m'a ému. « Pense à ta mère, Roy », lui ai-je dit à l'oreille pour qu'il puisse m'entendre dans la tempête. « Si tu veux la revoir, il faut souffrir pour elle maintenant. » Sa mâchoire était lâche et ses yeux remontaient sous ses paupières. Il était sur le point de s'évanouir, mais il a quand même réussi à hocher la tête faiblement : il allait se battre. Pour moi, ce moment de courage était aussi remarquable que n'importe quelle autre manifestation de bravoure et de force dont nous avions été témoins dans les Andes, et maintenant, quand je pense à Roy, je pense toujours à lui dans cet instant-là, héroïque.

Il s'est appuyé sur moi, et nous sommes montés ensemble. Il donnait tout ce qu'il avait, mais nous avons bientôt atteint l'endroit le plus escarpé de la montagne. Roy m'a regardé d'un air calme et résigné. Il savait parfaitement que l'ascension était au-dessus de ses forces. Les yeux plissés à cause de la neige qui me frappait le visage, j'ai évalué la raideur de la pente, puis j'ai agrippé Roy plus fermement autour de la taille, et avec le peu de forces qu'il me restait, je l'ai soulevé et porté sur mes épaules. Péniblement, un pas après l'autre, je l'ai porté jusqu'en haut. Le jour tombait à présent, et j'avais du mal à distinguer les traces des autres. J'ai avancé en me fiant à mon instinct, mais j'étais sans cesse tourmenté par l'idée que je m'étais peut-être éloigné et que je m'enfonçais dans les montagnes sauvages. Mais finalement, aux dernières lueurs du jour, j'ai aperçu la silhouette de l'avion à travers la neige. A présent, je tirais Roy plus que je ne le portais, mais à la vue du Fairchild, j'ai eu un regain d'énergie, et nous avons enfin atteint l'appareil. Quand je suis entré dans le fuselage en titubant, les autres ont attrapé Roy. Roberto et Tintin s'étaient effondrés, et je me suis laissé tomber comme une masse à leurs côtés. Je grelottais sans pouvoir m'arrêter, mes muscles étaient brûlants et tremblants, je ressentais la fatigue la plus intense que j'avais jamais connue. Je me suis dit que j'avais épuisé toutes mes forces, que je ne m'en remettrais pas. Jamais je ne pourrais franchir les montagnes et m'échapper d'ici. Mais j'étais trop éreinté pour m'en préoccuper. Je me suis blotti dans le tas de corps qui m'entourait pour me réchauffer au contact des autres, et pour la première fois, je me suis assoupi rapidement et j'ai dormi d'un sommeil de plomb pendant plusieurs heures.

Le lendemain matin, je me suis reposé. Les jours passés loin du Fairchild m'avaient permis de prendre de la distance, et je portais maintenant un regard nouveau sur l'atrocité de notre vie quotidienne. Des tas d'os étaient éparpillés devant le fuselage. Des membres de corps humains – un avant-bras, une jambe entière, de la hanche aux orteils – étaient amoncelés près de l'ouverture de l'avion pour qu'on puisse y avoir accès facilement. Des bouts de gras séchaient sur le toit. Et pour la première fois, j'ai vu des crânes dans le tas d'os. Quand nous avions commencé à manger de la chair humaine, nous consommions surtout des petits morceaux de viande découpés sur les grands muscles. Mais au fil du temps, comme nous avions moins de viande disponible, nous n'avions eu d'autre choix que de diversifier notre alimentation. Depuis peu, nous mangions aussi les foies, les reins et les cœurs, mais la viande se faisait si rare à présent qu'il fallait ouvrir les crânes pour prendre les cervelles. Pendant notre absence, certains survivants affamés avaient été contraints de se nourrir d'organes auxquels nous n'aurions même pas songé auparavant : des poumons, des morceaux de mains et de pieds, et même les caillots de sang qui se forment dans les artères. Pour un esprit ordinaire, cela peut sembler incompréhensible et absolument répugnant, mais l'instinct de survie est profondément ancré en l'homme, et quand la mort est si proche, un être humain s'habitue à tout. Pourtant, malgré leur faim et leurs efforts désespérés pour retrouver dans la neige les corps perdus, ils n'avaient pas manqué à la promesse qu'ils nous avaient faite, à Javier et à moi : les corps de ma mère, de ma sœur et de Liliana, facilement accessibles, étaient intacts. Ils reposaient, entiers, sous la neige. J'étais ému de voir que, même sur le point de mourir de faim, une promesse avait encore de la valeur pour mes amis. Les montagnes nous avaient causé des pertes et des angoisses considérables. Elles nous avaient volé nos meilleurs amis et nos proches, nous avaient mis face à des horreurs insupportables, et nous avaient marqués de manière si profonde qu'il nous faudrait des années pour le comprendre. Mais en dépit de toutes ces souffrances, les principes d'amitié, de loyauté, de compassion et d'honneur gardaient leur importance. Les Andes avaient tout fait pour nous briser, et nous savions tous que nos vies ne tenaient qu'à un fil. Malgré tout, nous n'avions pas laissé nos instincts primitifs de survie prendre le dessus. Nous continuions à nous battre ensemble, comme une équipe. Nos corps dépérissaient, mais notre humanité vivait. Nous n'avions pas laissé les montagnes nous voler nos âmes.

Au cours de la première semaine de décembre, nous nous sommes sérieusement lancés dans les préparatifs de l'expédition vers l'ouest. Fito et ses cousins ont découpé de la viande; Antonio, Roberto et moi avons rassemblé les vêtements et le matériel dont nous aurions besoin pour l'expédition. L'ambiance des préparatifs était étrange, une excitation empreinte de pessimisme et de mélancolie. Les tentatives précédentes d'ascension ainsi que notre expédition avortée vers l'est nous avaient clairement démontré la puissance colossale des Andes, mais elles nous avaient aussi enseigné les bases de la survie en montagne. Nous étions toujours très mal équipés pour affronter cet environnement sauvage, mais désormais, nous avions une meilleure compréhension du danger potentiel des montagnes. Nous savions notamment que nous aurions à faire face à deux difficultés majeures. La première était la contrainte extrême que l'altitude en haute montagne exerce sur le corps. De nos expériences, nous avions appris que l'air y est si rare qu'il transforme le moindre effort en véritable épreuve de résistance et de volonté dont on ressort éreinté. Nous ne pouvions rien y faire, à part nous mettre en route avant d'être trop faibles et essayer de nous économiser pendant l'ascension.

La deuxième difficulté serait de nous protéger du froid, en particulier après le coucher du soleil. En cette saison, la température dans la journée était bien au-dessus de zéro, mais les nuits étaient encore glacées, et susceptibles de nous tuer. Nous savions bien que nous ne pouvions pas nous attendre à trouver des abris sur les versants exposés de la montagne. Il nous fallait trouver un moyen de survivre aux longues nuits sans mourir de froid, et les morceaux de tissu isolant récupérés dans la queue de l'avion nous donnèrent la solution. C'étaient des morceaux de tissu rectangulaires, de la taille d'un magazine. Depuis notre retour, nous portions ces bouts de tissus entre les couches de nos vêtements, et nous nous étions aperçus que, même s'ils étaient minces et légers, ils nous protégeraient efficacement du froid de la nuit. En nous creusant la tête, nous avons eu l'idée de coudre plusieurs morceaux de ce tissu ensemble, pour en faire une grande couverture. En pliant cette couverture en deux, et en cousant les deux bords ensemble, nous pouvions confectionner un sac de couchage assez grand pour trois. La chaleur de nos corps serait retenue dans la matière isolante et nous permettrait probablement de survivre aux nuits les plus froides. Carlitos s'est porté volontaire pour effectuer ce travail. Sa mère lui avait appris à coudre quand il était petit, et armé des aiguilles et du fil que j'avais trouvés dans la trousse de toilette de ma mère, il s'est mis au travail. Il fallait s'y prendre avec beaucoup de soin, s'assurer que les points étaient assez solides et qu'ils ne craqueraient pas. Pour accélérer les choses, Carlitos apprit à coudre à d'autres garçons, et nous avons travaillé à tour de rôle. La plupart d'entre nous n'avaient pas les doigts assez habiles, et de fait, Carlitos, Coche, Gustavo et Fito étaient les tailleurs les plus efficaces et les plus rapides. Les préparatifs avançaient, Tintin et moi nous apprêtions à partir pour l'expédition, mais Roberto ne semblait pas pressé de rassembler ses affaires. J'avais peur qu'il ait changé d'avis, et un après-midi, pendant qu'il se reposait au soleil, je me suis approché de lui.

« Le sac de couchage sera bientôt terminé, lui ai-je dit. Tout le reste est prêt. Nous ferions bien de partir aussi vite que possible. »

Roberto a secoué la tête. « Ce serait idiot de partir juste au moment où ils recommencent à nous chercher.

— On avait un accord. La radio n'a pas marché, il est temps d'aller vers l'ouest.

— Oui, on va partir vers l'ouest, m'a-t-il répondu. Mais laissons-leur un peu de temps.

— Combien de temps ?

— Dix jours. C'est logique de leur laisser une chance.

— Ecoute, Roberto, personne ne sait mieux que toi que nous n'avons pas dix jours devant nous. D'ici là, la moitié d'entre nous seront peut-être morts. »

Roberto m'a lancé un regard agressif. « Alors c'est quoi ton idée géniale, Nando ? Aller te perdre dans la montagne juste au moment où une équipe de secours s'est mise à notre recherche ?

— Ce n'est pas une équipe de secours, ai-je répondu. Ils

cherchent des cadavres. Ils ne sont pas pressés de nous trouver. »

Roberto s'est renfrogné et m'a tourné le dos. « Ce n'est pas le moment, a-t-il marmonné. C'est encore trop tôt. »

Au milieu de la première semaine de décembre, le sac de couchage était terminé, notre matériel rangé, la viande découpée et mise de côté dans des chaussettes, et tout le monde savait qu'il était temps pour nous de partir – tout le monde, sauf Roberto, qui trouvait sans cesse de nouvelles raisons stupides de reculer notre départ. D'abord, il s'était plaint de ce que le sac de couchage n'était pas assez solide et avait insisté pour qu'on renforce les coutures. Ensuite, il avait déclaré qu'il ne pouvait pas partir alors que Coche, Roy et les autres avaient encore besoin de ses soins médicaux. Enfin, il avait affirmé qu'il n'était pas suffisamment reposé et qu'il lui faudrait plusieurs jours pour recouvrer ses forces. Fito et ses cousins tentaient de faire pression sur lui, mais ne provoquaient que la colère de Roberto. Il s'en prenait à quiconque insinuait qu'il traînait des pieds et avait clairement fait savoir qu'il ne partirait que lorsqu'il serait prêt.

Plus son obstination nous agaçait, plus Roberto était tendu et enclin au conflit. Il s'attaquait aux plus faibles, il se bagarrait sans même qu'on l'ait provoqué. Un jour, après une dispute insignifiante, il avait attrapé son ami Alvaro Mangino par les cheveux et l'avait envoyé contre le mur. Quelques instants plus tard, pris de remords, il s'était excusé auprès de Mangino et ils étaient tombés dans les bras l'un de l'autre, mais j'en avais assez vu. J'ai suivi Roberto et j'ai attendu que nous soyons seuls.

« Ça ne peut pas continuer, lui ai-je dit. Tu sais bien qu'il est temps de partir.

— Oui, a dit Roberto, nous partirons bientôt, mais il faut attendre que le temps s'améliore.

— J'en ai marre d'attendre, ai-je dit doucement.

— Je te l'ai dit, a-t-il répondu d'un ton sec, nous partirons quand le temps sera meilleur. »

J'essayais de garder mon calme, mais l'agressivité de Roberto me mettait en colère.

« Regarde autour de toi ! ai-je crié. Nous n'avons presque plus rien à manger ! Nos amis sont en train de mourir. Coche délire la nuit maintenant. Il ne lui reste plus beaucoup de temps. Roy, c'est pire, il n'a plus que la peau sur les os. Javier dépérit à vue d'œil, et les plus jeunes, Sabella, Mangino, Bobby, ils sont tous très faibles. Et regarde-nous ! Toi et moi nous nous affaiblissons à chaque heure qui passe ! Il faut partir avant d'être trop faibles pour tenir debout.

— C'est toi qui vas m'écouter, Nando ! a-t-il crié à son tour. Il y a deux jours, nous avons eu une tempête. Tu te souviens de ça ? Si nous avions été dehors à ce moment-là, ça nous aurait tués.

— Et une avalanche nous tuerait, ou on pourrait tomber dans une crevasse. Nous pourrions perdre pied et faire une chute de plusieurs milliers de mètres sur les rochers ! On ne peut pas éliminer les risques, Roberto, et on ne peut plus attendre ! »

Roberto a détourné le regard en balayant mes paroles d'un geste de la main. Je me suis levé.

« J'ai choisi une date, Roberto. Je partirai le 12 décembre au matin. Si tu n'es pas prêt, j'irai sans toi.

— Tu ne peux pas partir sans moi, espèce de connard.

— Tu as entendu ce que j'ai dit, ai-je affirmé en m'éloignant. Je pars le 12, avec ou sans toi. »

Le 9 décembre, c'était le jour de mes vingt-trois ans. Ce soir-là, dans le fuselage, les garçons m'ont offert l'un des cigares que nous avions trouvés dans les bagages de la queue.

« Ce n'est pas Punta del Este comme nous l'avions prévu, a plaisanté Carlitos, mais c'est un cigare de La Havane.

— C'est jeter des perles aux cochons, ai-je répondu en m'étouffant. Tout ce que je sais, c'est que la fumée me réchauffe.

— Nous avons raté nos anniversaires, a dit Carlitos, mais je sais au fond de moi que nous serons avec nos familles pour Noël. Tu vas y arriver, Nando, j'en suis sûr. »

J'étais incapable de répondre à Carlitos, et j'étais content qu'il ne puisse pas voir le doute dans mes yeux, à cause de l'obscurité. « Essaye de dormir », lui ai-je dit en lui soufflant un gros nuage de fumée dans le visage.

Le 10 décembre, Gustavo et moi avons parlé de Numa. Il nous inquiétait beaucoup. « Il m'a demandé de regarder une blessure qu'il a dans le dos, m'a dit Gustavo, et du coup, j'ai pu voir sous ses vêtements. Il n'a plus un bout de chair sur les os. Il ne tiendra pas deux jours. »

Je me suis éloigné de Gustavo et me suis agenouillé à côté de Numa.

« Comment tu te sens, Numa ? »

Il a souri faiblement. « Je crois que je n'en ai plus pour très longtemps. » Son regard me disait qu'il l'avait accepté. Il affrontait la mort avec courage, et je ne voulais pas souiller cela en lui racontant des mensonges.

« Essaye de tenir le coup, ai-je dit. Nous allons bientôt partir. Vers l'ouest, enfin !

— Le Chili se trouve à l'ouest, m'a-t-il dit avec un sourire las.

— J'y arriverai, ou je mourrai en ayant essayé.
— Tu y arriveras, tu es fort.
— Tu dois être fort aussi, Numa, pour ta famille. Tu les reverras. »

Numa s'est contenté de sourire. « C'est drôle, je crois que la plupart des gens meurent en regrettant les erreurs qu'ils ont commises au cours de leur existence, mais moi, je n'ai aucun regret. J'ai essayé de vivre une bonne vie. J'ai essayé de bien traiter les gens. J'espère que Dieu en tiendra compte.
— Ne dis pas des choses comme ça, Numa.
— Mais je suis en paix. Je ne sais pas ce qui m'attend, mais je suis prêt. »

Le matin du 11 décembre, Numa est tombé dans le coma. Il est mort dans l'après-midi. C'était l'un des meilleurs d'entre nous, un jeune homme qui ne semblait pas avoir de mauvais côtés, qui faisait toujours preuve de compassion et de générosité, quelles que soient ses propres souffrances. Cela me rendait fou de penser qu'un homme pareil soit mort à cause d'un simple coup à la jambe, un petit bleu, le genre de blessure qui, dans le monde normal, n'aurait pas mérité la moindre attention. En regardant mes amis, je me demandais si leur famille les reconnaîtrait maintenant. Ils avaient les traits tirés, le front et les joues émaciés, comme les visages tourmentés des gargouilles ou des gnomes, et la plupart n'étaient même plus assez forts pour tenir debout sans vaciller. L'espoir qu'ils avaient réussi à garder jusqu'à présent s'éteignait, je le voyais dans leurs yeux. Leurs corps n'étaient plus que des enveloppes sèches et vides. La vie les quittait, comme les couleurs quittent une feuille morte. Je pensais à tous ceux qui étaient morts, et j'imaginais que leurs fantômes se rassemblaient autour de nous, vingt-neuf silhouettes grises réunies en silence dans la neige, et Numa qui prenait sa place parmi eux. Tant de morts, tant de vies brisées. Un lourd sentiment d'épuisement m'envahissait.

Ça suffit, ai-je marmonné. Assez. Il était temps de mettre un terme à cette histoire. J'ai trouvé Roberto à l'extérieur, appuyé contre la paroi du Fairchild. « Tout est prêt, lui ai-je dit. Tintin et moi sommes prêts. Nous partirons demain matin. Tu viens avec nous ? »

Roberto a jeté un coup d'œil aux montagnes qui s'élevaient à l'ouest. A son regard, je voyais que la mort de Numa l'avait secoué autant que nous. « Oui, a-t-il dit. Je serai prêt. Il est temps de partir. »

Le soir du 11 décembre, notre soixantième jour dans les Andes, j'étais assis à l'extérieur, sur l'un des sièges que nous avions installés, et j'observais fixement les montagnes qui m'empêchaient de rentrer chez moi. Tandis que la nuit tombait, la plus grande montagne, celle qu'il me faudrait gravir, s'est assombrie et a eu l'air encore plus infranchissable. Je n'y voyais aucune hostilité, juste de l'immensité, de la puissance et une cruelle indifférence. J'avais du mal à me convaincre que le moment tant attendu et appréhendé était enfin arrivé. Les questions tournoyaient dans mon esprit. Qu'est-ce que ça fait de mourir de froid ? Est-ce que c'est une mort douloureuse ou facile ? C'est rapide ou c'est lent ? J'ai l'impression que c'est une mort très solitaire. Comment meurt-on d'épuisement ? Est-ce qu'on finit simplement par tomber en marchant ? Ce serait horrible de mourir de faim, mais je préférerais mourir de faim que tomber. Mon Dieu, je vous en prie, faites que je ne tombe pas. C'est ma plus grande peur – glisser le long d'une pente raide sur plusieurs centaines de mètres, en essayant de me raccrocher dans la neige tout en sachant que je glisse vers une falaise et que la chute sera longue, sans espoir, et que je finirais par m'écraser sur des rochers, des milliers de mètres plus bas. Qu'est-ce que ça ferait de tomber d'aussi haut ? Est-ce que mon esprit se fermerait pour m'épargner l'horreur, ou est-ce qu'au contraire, je resterais lucide jusqu'au dernier instant ? Mon Dieu, je vous en prie, épargnez-moi une mort pareille.

Soudain, une image a envahi mon esprit. Je me voyais d'en haut, silhouette immobile recroquevillée dans la neige. La vie quittait lentement mon corps. J'avais trouvé mes limites, le lieu et le moment de ma mort. A quoi ressemblerait cet instant ? Quelle serait la dernière chose que je verrais ? La neige ? Le ciel ? L'ombre d'un rocher ? Le visage d'un ami ? Est-ce que je serais seul ? Mes yeux seraient-ils ouverts ou fermés à l'instant où mon âme quitterait mon corps ? Est-ce que j'accepterais paisiblement la mort, comme au moment de l'avalanche, ou est-ce qu'au contraire, je gémirais et m'agripperais pour obtenir quelques minutes supplémentaires de vie ? La mort me semblait si réelle, si proche, et en sentant sa présence, je me suis mis à trembler, et j'ai compris que je n'avais pas le courage d'affronter ce qu'il y avait devant moi. Je ne peux pas le faire. Je ne veux pas mourir. Je me suis décidé à dire aux autres que j'avais changé d'avis. J'allais rester. Peut-être que Roberto avait raison, que l'équipe de secours nous trouverait bientôt...

Je me suis repris. Nous n'aurions bientôt plus rien à manger. Combien de temps passerait avant que nous n'ayons plus rien et que commence la terrible attente – celle de la mort de l'un d'entre nous ? Qui serait le premier à partir ? Combien de temps attendrions-nous avant de le découper ? Et que serait la vie du dernier survivant ? J'ai de nouveau regardé la montagne, et j'ai su alors que rien de ce qu'elle pourrait me faire ne serait pire que ce qui m'attendait ici. Je me suis adressé à elle, en espérant trouver sur ses versants un peu de miséricorde. « Raconte-moi tes secrets, ai-je murmuré. Montre-moi comment grimper. » La montagne, évidemment, est restée silencieuse. J'ai fixé les cimes qui s'élevaient vers le ciel en essayant, avec mon regard de novice, de repérer le meilleur chemin jusqu'au sommet. Mais la nuit tombait, et les pentes ont bientôt disparu dans l'obscurité. Je suis rentré dans l'avion et me suis couché, pour la dernière fois, avec mes amis pour essayer de dormir.

8

Le contraire de la mort

JE N'AI PRATIQUEMENT PAS DORMI cette nuit-là, j'ai seulement réussi à m'assoupir quelques instants, et quand les premières lueurs du jour ont commencé à éclairer les hublots du Fairchild, j'étais déjà réveillé depuis plusieurs heures. Certains garçons étaient debout, mais aucun d'entre eux ne m'a adressé la parole quand je me suis levé et préparé à partir. J'avais revêtu mes vêtements de montagne la veille au soir. Je portais un polo en coton et un pantalon en laine. C'était un pantalon de femme que j'avais trouvé dans une valise – celle de Liliana sans doute –, mais après deux mois dans les Andes, je n'avais eu aucun mal à l'enfiler sur mes hanches toutes maigres. Par-dessus, je portais trois jeans et trois sweat-shirts. J'avais aussi enfilé quatre paires de chaussettes que je recouvris de sacs plastique pour qu'elles restent sèches dans la neige. J'ai chaussé mes crampons abîmés et les ai soigneusement attachés, puis j'ai mis un bonnet en laine, recouvert de la capuche du manteau en antilope de Susy. Tous mes gestes ce matin-là étaient cérémonieux et empreints de gravité. Mes pensées étaient très claires, mais la réalité me semblait étouffée et irréelle ; j'avais le sentiment de me voir à distance. Les autres sont restés en retrait, sans doute parce qu'ils ne savaient pas très bien quoi dire. Je les avais déjà quittés auparavant, quand nous étions partis vers l'est, mais j'avais su avant même de partir que ce ne serait qu'un exercice. Ce matin-là, mon départ avait une finalité, et les autres le sentaient aussi. Après de si nombreuses semaines de camaraderie intense et de lutte commune, il y avait soudain comme une distance entre nous. J'avais déjà commencé à les quitter. J'ai attrapé la tige en aluminium qui allait me servir de bâton de marche et le sac à dos qui se trouvait dans le compartiment à bagages au-dessus de moi. Il contenait mes rations de viande et tout ce qui pourrait m'être utile – des bouts de tissu dont je pourrais entourer mes mains pour les garder au chaud, un rouge à lèvres pour protéger mes lèvres déjà craquelées du vent et du soleil. J'avais fait mon sac avant d'aller me coucher. Je voulais partir aussi vite et aussi simplement que possible; si je retardais le moment, je risquais de perdre mon sang-froid et mon courage. Roberto a fini de s'habiller. Nous avons échangé un signe de la tête, j'ai enfilé la montre de Panchito et l'ai suivi à l'extérieur. Le fond de l'air était froid, mais la température était bien au-dessus de zéro. C'était un temps idéal : la brise était légère, et le ciel d'un bleu étincelant.

« Dépêchons-nous, ai-je dit, je veux profiter de ce temps. »

Fito et son cousin nous ont apporté de la viande pour le petit déjeuner. Nous avons mangé en vitesse, sans échanger plus de quelques mots. Puis nous nous sommes levés pour prendre congé des autres. Carlitos s'est avancé et nous nous sommes embrassés. Il souriait joyeusement, sa voix vibrait d'encouragements. « Vous allez y arriver! Dieu vous protégera. » J'ai vu dans son regard un fol espoir. Il était tout maigre, très faible, ses yeux noirs étaient enfoncés dans son crâne, la peau de son visage tirée sur les os. J'avais le cœur brisé de penser que j'étais son espoir, que l'ascension désespérée que nous allions entamer était sa seule chance de survie. J'avais envie de m'agripper à lui, de laisser mes larmes couler, de hurler – mais putain, qu'est-ce que je fais, Carlitos ? J'ai tellement peur ! Je ne veux pas mourir ! Mais je savais que si je laissais libre cours à mes sentiments, ce qui me restait de courage s'évaporerait. Alors je lui ai tendu l'un des minuscules petits souliers rouges que ma mère avait achetés à Mendoza pour mon neveu. Ces chaussures étaient magiques pour moi, parce que ma mère les avait choisies avec tant d'amour pour son petit-fils et les avait tendrement regardées dans l'avion. « Garde ça, lui ai-je dit, je garde l'autre. Quand je reviendrai te chercher, nous aurons de nouveau la paire. »

Les autres nous ont dit au revoir en nous prenant dans leurs bras, avec un regard encourageant. Leurs visages exprimaient tant d'espoir et de peur que j'avais du mal à les regarder dans les yeux. Après tout, j'étais celui qui avait organisé l'expédition. J'étais celui qui, plus que tout autre, avait affirmé qu'il était possible d'atteindre le Chili à pied. Je savais que les autres pensaient que j'étais confiant et optimiste, et peut-être que cela leur donnait de l'espoir. Mais ce qu'ils prenaient pour de l'optimisme n'en était pas. C'était de la panique. C'était de la terreur. La pulsion qui me poussait à partir vers l'ouest était de même nature que celle qui pousse un homme à se jeter du haut d'un bâtiment en feu. Je m'étais toujours demandé ce qu'on pensait dans un moment pareil, perché sur le toit, essayant d'échapper aux flammes, attendant la fraction de seconde où telle mort est préférable à telle autre. Comment fait-on le choix ? Par quelle logique décide-t-on que le moment est venu de s'avancer dans le vide ? Ce matin-là, je tenais la réponse. J'ai adressé un sourire à Carlitos et tourné la tête avant qu'il ne puisse déceler l'angoisse dans mes yeux. Mon regard s'est arrêté sur le monticule de neige où ma mère et ma sœur étaient enterrées. Depuis leur mort, je ne m'étais pas autorisé la moindre pensée sentimentale pour elles. A présent, je revivais le moment où j'avais déposé Susy dans sa tombe et l'avais recouverte de neige. Deux mois s'étaient écoulés, mais je voyais encore nettement son visage sous les cristaux qui retombaient sur son front et ses joues. Si je meurs, me suis-je dit, mon père ne saura jamais que je l'ai rassurée et réchauffée, ni à quel point elle semblait paisible dans sa tombe blanche.

« Nando, tu es prêt ? »

Roberto attendait. La montagne était derrière lui, ses blanches étendues étincelaient sous le soleil. Je me suis répété que ces impressionnants sommets étaient le seul obstacle à franchir pour rejoindre mon père, et que le temps était enfin venu d'entamer la longue marche qui me ramènerait chez moi, mais ces pensées ne m'ont pas inspiré de courage. J'étais en train de céder à la panique. Toutes les peurs qui m'avaient tourmenté depuis le moment où j'étais sorti du coma semblaient converger et je tremblais comme un condamné qui monte sur l'échafaud. Si j'avais été seul, j'aurais peut-être pleuré comme un bébé, et de fait, la seule chose que j'avais en tête, c'était la supplication d'un enfant apeuré : je ne veux pas y aller ! Pendant deux mois, j'avais gardé le moral en pensant à l'évasion, mais maintenant, au moment de partir, je ne voulais plus quitter mes amis. Je voulais me réunir avec eux dans le fuselage, parler avec eux de nos familles et de nos foyers, me laisser rassurer par leurs prières et la chaleur de leurs corps. Le site du crash était un endroit sordide – baigné d'urine, de l'odeur de la mort, jonché d'ossements et de bouts de cartilages –, mais tout à coup, l'endroit me semblait sûr, chaleureux et réconfortant. Je voulais rester là. C'était la seule chose dont j'avais envie.

« Nando ! m'a dit Roberto. Il faut y aller. »

Après un dernier regard sur les tombes, je me suis tourné vers Carlitos.

« Si vous manquez de nourriture, je veux que vous utilisiez Susy et ma mère. »

Carlitos est resté sans voix un moment, puis il a hoché la tête en me disant doucement : « Seulement en dernier recours. »

Roberto m'appelait. « Nando ?

— Je suis prêt. »

Nous leur avons fait un dernier signe de la main et nous sommes mis en route.

Nous n'avions pas grand-chose à dire, nous avons avancé en suivant la douce pente du glacier qui menait vers le contrefort de la montagne. Nous pensions savoir ce qui nous attendait, et combien la montagne pouvait être dangereuse. Nous avions appris que même une tempête mineure pouvait nous tuer si elle nous attrapait au milieu de ces vastes étendues. Nous avions compris que les immenses congères de neige le long des crêtes étaient instables, et que la moindre avalanche nous balayerait comme des miettes. Nous savions que sous la croûte de neige glacée pouvaient se dissimuler des crevasses, et que des pierres de la taille d'une télévision se détachaient souvent de la montagne et dévalaient les pentes. Mais nous ne connaissions rien aux techniques et aux stratégies de haute montagne, et ce que nous ignorions pouvait suffire à nous tuer.

Nous ne savions pas, par exemple, que l'altimètre du Fairchild était cassé; le site du crash n'était pas à 2 100 mètres comme nous le pensions, mais à 3 600 mètres. Nous ne savions pas non plus que la montagne dont nous avions entrepris l'ascension était l'une des plus hautes des Andes, culminant à près de 5 200 mètres, avec des pentes si escarpées qu'elles auraient posé des problèmes à des alpinistes chevronnés. Eux-mêmes ne se seraient pas approchés de cette montagne sans s'être au préalable munis de tout un équipement spécial : pitons en acier, vis à glace, cordages de sécurité et autres outils indispensables pour éviter les chutes. Ils se seraient munis de piolets, de tentes imperméables et de bottes robustes et étanches équipées de crampons, autrement dit de clous métalliques qui permettent de gravir les pentes glacées les plus escarpées (pas grand-chose à voir avec nos crampons de rugby...). Ils auraient évidemment été au meilleur de leur condition physique et auraient entamé l'ascension au moment le plus propice; leur expédition aurait été soigneusement planifiée, ils auraient choisi la voie la plus sûre pour atteindre le sommet. Nous trois marchions en habits de ville, et n'avions pour tout équipement que les simples outils fabriqués à partir des pièces récupérées dans l'avion. Nos corps étaient ravagés par des mois d'épuisement, de faim et de vulnérabilité; nous n'étions guère préparés à une mission pareille. L'Uruguay est un pays chaud et plat. Aucun d'entre nous n'avait jamais vu de vraies montagnes. Avant le crash, Roberto et Tintin n'avaient même jamais vu de neige. Si nous avions eu un tant soit peu de connaissances en matière d'alpinisme, nous aurions su que nous étions condamnés. Fort heureusement, nous étions ignorants, et cette ignorance était notre seule chance.

Tout d'abord, il nous a fallu choisir un chemin qui nous conduirait au sommet. Des montagnards expérimentés auraient sans aucun doute repéré la crête qui reliait le sommet au glacier, à moins de 1 500 mètres de notre avion. Si nous avions été plus malins, nous aurions rejoint cette crête et suivi le chemin étroit qui s'y trouvait, ce qui nous aurait permis d'avoir de meilleurs appuis, des pentes moins raides, et ainsi nous aurions atteint le sommet de la montagne plus rapidement et facilement. En l'occurrence, nous n'avons jamais remarqué cette crête. Depuis plusieurs jours, j'avais repéré l'endroit exact où le soleil se couchait derrière les crêtes, et comme je supposais que le chemin le plus court était le meilleur, nous nous sommes servis de ce point pour déterminer à vol d'oiseau un chemin vers l'ouest. C'était là une erreur grossière que seuls des amateurs pouvaient commettre et qui allait nous obliger à gravir les pentes les plus escarpées et les plus dangereuses pour arriver au sommet.

Nos débuts cependant ont été prometteurs. La neige sur le flanc inférieur de la montagne était ferme et régulière et les crampons de mes chaussures de rugby accrochaient bien la surface glacée. Mû par une décharge d'adrénaline, j'avançais rapidement et j'avais vite pris une trentaine de mètres sur les autres. Mais bientôt, j'ai dû ralentir. La pente était beaucoup plus escarpée, et à chaque pas, j'avais l'impression qu'elle devenait de plus en plus raide. A cause de la rareté de l'air, l'effort me laissait le souffle court, et tous les quelques mètres, j'étais obligé de m'arrêter pour me reposer, les mains appuyées sur mes genoux.

Bientôt, le soleil brillait assez fort pour nous réchauffer, mais il réchauffait également la neige, et la surface qui avait jusque-là été ferme sous mes pieds se mettait à céder sous mon poids. Maintenant, mon pied traversait la croûte de plus en plus fine, et je m'enfonçais jusqu'aux genoux dans la neige molle et profonde. Chaque pas me demandait un effort intense; j'étais obligé de lever les genoux à la poitrine pour secouer la neige. Je balançais ensuite mon pied en avant, mettais tout le poids de mon corps sur cette jambe-là et traversais de nouveau la glace. Et le manque d'oxygène me forçait sans cesse à m'arrêter, épuisé. Quand je me suis retourné, j'ai vu que les autres luttaient autant que moi. J'ai jeté un coup d'œil au soleil et me suis rendu compte que nous avions trop attendu ce matin-là avant de nous mettre en route. Il nous avait semblé logique et plus sage d'attendre qu'il fasse jour pour entamer l'ascension. Les spécialistes, eux, savent bien que le moment idéal pour grimper sont les heures qui précèdent le lever du jour, quand la neige n'a pas encore été réchauffée par le soleil. La montagne nous faisait payer notre manque d'expérience, et je me demandais quels pièges nous attendaient encore, et à combien d'entre eux nous serions capables de survivre.

La couche de glace avait fini par fondre complètement. Désormais, nous étions obligés de grimper enfoncés dans la neige jusqu'à la taille.

« Essayons les coussins ! », ai-je crié. Les autres ont hoché la tête, et quelques instants plus tard, nous avions sorti de nos sacs les snow-boots de Fito pour les attacher à nos pieds. Dans un premier temps, ils ont bien rempli leur rôle et nous évitaient de nous enfoncer dans la neige. Mais la taille et l'épaisseur des coussins nous obligeaient à fléchir les jambes et à balancer nos pieds en arc de cercle pour éviter que les coussins ne se touchent. Et pour ne rien arranger, la garniture et les housses se sont rapidement gorgées d'eau. Compte tenu de mon état d'épuisement, j'avais l'impression de gravir la montagne avec les pieds lestés de plomb. Je perdais courage. Nous étions déjà éreintés, et la véritable ascension n'avait même pas commencé.

L'escarpement de la montagne devenait de plus en plus prononcé, et bientôt nous avons atteint des pentes trop raides et exposées pour que la neige tienne. Soulagés, nous avons retiré les coussins de nos pieds, les avons rattachés à nos sacs, et nous avons continué. En milieu de matinée, nous avions atteint une altitude impressionnante. Autour de nous, tout n'était que ciel bleu et soleil, la neige et les rochers semblaient avoir disparu. Nous étions littéralement montés au ciel. L'extraordinaire altitude, l'immensité de l'horizon et des vastes pentes me laissaient un sentiment d'incrédulité rêveuse. Derrière moi, la montagne retombait de manière si abrupte que quand je me suis retourné pour voir Tintin et Roberto, je n'ai vu que leur tête et leurs épaules se détacher sur six cents mètres de ciel vide. L'angle de la pente était aussi raide que celui d'une échelle posée contre un mur, mais notre échelle semblait conduire jusqu'à la lune. L'altitude me faisait tourner la tête et j'avais des picotements le long de la colonne vertébrale. Quand je me retournais pour regarder derrière moi, j'avais l'impression de faire une pirouette au bord d'un gratte-ciel.

Sur de telles pentes, quand on a l'impression que la montagne voudrait vous renverser et qu'il est difficile d'avoir de bonnes prises, les spécialistes utilisent des cordages de sécurité fixés à des crochets en acier que l'on plante dans la pierre ou dans la glace, et leurs crampons à glace leur permettent de rester ancrés au sol en toute sécurité. Nous n'avions rien de tout cela, juste ce qui nous restait de force dans nos bras, nos jambes, nos doigts et nos orteils gelés, pour nous empêcher de nous envoler dans le vide bleu autour de nous. J'étais terrifié, évidemment, mais je ne pouvais nier la beauté sauvage de cet environnement – le ciel d'un bleu impeccable, les montagnes gelées, et la neige immaculée et épaisse qui brillait à perte de vue. Tout était vaste, parfait, silencieux et paisible. Pourtant, quelque chose d'inquiétant se cachait derrière cette beauté, quelque chose d'ancien, hostile et profond. J'ai regardé en direction du site du crash. De cette hauteur, ce n'était plus qu'une tache minable sur la neige blanche. Je voyais bien combien tout cela était absurde, grossier, et fondamentalement anormal. Notre présence ici était une erreur – la violence et le vacarme de notre arrivée, l'abjection de nos souffrances, le bruit et la pagaille de notre effroyable lutte pour survivre. Rien de tout cela n'avait sa place. C'était une violation de la sérénité parfaite qui régnait en ce lieu depuis des millions d'années. Je l'avais pressenti la première fois que j'avais observé le paysage : nous avions dérangé un équilibre ancestral, et cet équilibre devait être rétabli. Je le sentais tout autour de moi, dans le silence, dans le froid. Une certaine force souhaitait le retour de ce silence parfait, quelque chose dans la montagne voulait que nous cessions de nous agiter.

En fin de matinée, nous nous trouvions à environ six cents mètres d'altitude au-dessus du Fairchild, probablement à 4 300 mètres au-dessus du niveau de la mer. J'avançais maintenant un centimètre après l'autre, une migraine commençait à me serrer la tête comme un étau.

J'avais les doigts gourds, mes membres me faisaient mal. Le moindre effort – lever la tête, me retourner pour parler à Roberto – m'essoufflait comme si je venais de courir mille mètres, mais même en inhalant le plus profondément possible, je ne parvenais pas à remplir mes poumons. J'avais l'impression de respirer à travers un morceau de tissu.

Je ne m'en serais pas douté à l'époque, mais je souffrais en réalité des effets de l'altitude. Les contraintes physiologiques liées à la rareté de l'oxygène constituent l'un des dangers majeurs de la haute montagne. Le mal de la montagne, qui survient généralement au-dessus de 2 400 mètres, se manifeste par plusieurs symptômes : maux de tête, fatigue intense et étourdissements. Au-delà de 3 600 mètres, cet état peut conduire à la formation d'œdèmes cérébraux et pulmonaires, susceptibles de causer des lésions cérébrales irréversibles et une mort rapide. En haute altitude, on échappe difficilement aux effets du mal de la montagne, et cet état s'aggrave si l'ascension est rapide. Les spécialistes recommandent aux alpinistes de ne pas s'élever de plus de trois cents mètres par jour ; ainsi le corps peut s'adapter à la raréfaction de l'oxygène. Nous en avions déjà fait le double en une seule matinée, et ne faisions qu'aggraver les choses en continuant alors que nos corps avaient un besoin impérieux de repos.

Mon corps privé d'oxygène luttait pour tenir le coup. Mon rythme cardiaque s'était accéléré, le sang dans mes veines était devenu plus épais. Ma respiration avait atteint les limites de l'hyperventilation, et avec l'humidité que je perdais en expirant, je me déshydratais rapidement. Pour se procurer les énormes quantités d'eau nécessaires à l'hydratation du corps en haute montagne, les alpinistes chevronnés utilisent des réchauds à gaz portatifs qui leur permettent de faire fondre la neige, et ils en boivent des litres par jour. Notre seule source d'hydratation était la neige que nous avalions par poignées ou que nous faisions fondre dans une bouteille de verre. Cela ne nous avançait pas à grand-chose. Nous étions déshydratés et tenaillés par une soif intense.

Après cinq ou six heures de marche, nous avions gravi environ 750 mètres, mais malgré nos efforts, le sommet semblait toujours aussi éloigné. J'étais démoralisé en voyant la distance colossale qui nous séparait du sommet, parce que je me rendais compte que chaque pas – un supplice – ne m'en rapprochait que de quelques mètres. Avec une acuité violente, j'ai compris que nous nous étions donné une mission inhumaine. J'étais terrorisé, et submergé par un sentiment de futilité ; j'étais tenté de me laisser tomber par terre et de rester là. J'ai alors entendu la voix calme dans ma tête, la voix qui m'était venue en aide dans tous les moments de crise. « Tu te laisses engloutir par les distances, disait-elle, découpe la montagne pour qu'elle soit à ta taille. » J'ai compris ce qu'il me restait à faire. Sur la pente, devant moi, se trouvait un grand rocher. J'ai décidé d'oublier le sommet et de ne plus penser qu'à ce rocher. Je me suis péniblement traîné vers lui, mais lui aussi semblait s'éloigner à mesure que j'avançais. Je savais que c'était l'échelle de la montagne qui me jouait des tours. Sans rien sur ces vastes étendues pour servir de point de comparaison – pas de maison, pas de gens, pas d'arbres – un rocher qui semblait faire trois mètres de large et se trouver à une centaine de mètres pouvait en réalité être dix fois plus grand et distant de plus d'un kilomètre. J'ai néanmoins continué mon ascension vers le rocher, sans relâche, et quand j'ai fini par l'atteindre, j'ai choisi un autre point de repère et me suis remis en route.

Pendant des heures, j'ai avancé de cette manière, toute mon attention concentrée sur mon point de repère – un rocher, une pierre, une irrégularité dans le paysage enneigé –, et au bout d'un moment, ce point de repère devenait pour moi la seule chose au monde qui importait. Les seuls bruits étaient ceux de ma respiration et du craquement régulier de mes crampons dans la neige. Je me suis mis à avancer comme un automate et suis bientôt entré dans un état de transe. Mon père me manquait certes encore, je souffrais d'épuisement, j'avais peur que notre mission soit condamnée, mais à présent, ces pensées semblaient muettes et secondaires, comme le son d'une radio allumée dans une pièce voisine. Avancer, pousser, avancer, pousser. Plus rien n'avait d'importance. Parfois, je me promettais de me reposer quand j'aurais atteint mon point de repère, mais je ne le faisais pas. Le temps s'écoulait, les distances se réduisaient, la neige semblait glisser sous mes pieds. Je me faisais l'impression d'être une locomotive en train de gravir très laborieusement la montagne. J'étais comme l'incarnation de la démence au ralenti. J'ai gardé ce rythme jusqu'à me retrouver si loin devant Roberto et Tintin qu'ils ont été obligés de crier pour que je m'arrête. Je les ai attendus près d'un affleurement rocheux qui nous procurait un abri. Nous avons mangé de la viande et fait fondre un peu de neige. Aucun d'entre nous n'avait grand-chose à dire. Nous savions tous à quel point nous étions dans une situation inquiétante.

« Tu crois encore qu'on y arrivera avant ce soir ? », m'a demandé Roberto, le regard fixé sur le sommet.

J'ai haussé les épaules. « On devrait chercher un endroit où camper. »

J'ai tourné les yeux en direction du Fairchild. Je voyais encore les silhouettes minuscules de nos amis, assis sur les sièges installés devant l'avion. Je me demandais à quoi les choses ressemblaient de leur point de vue. Est-ce qu'ils se rendaient compte de l'intensité de nos efforts ? Est-ce qu'ils commençaient à perdre espoir ? Et si, à un moment donné, nous nous arrêtions de bouger, combien de temps attendraient-ils que nous recommencions à avancer ? Et que feraient-ils si nous restions immobiles ? Ces pensées me traversaient l'esprit, mais ce n'étaient que des observations. Je n'étais plus dans le même monde que ceux d'en bas. Mon univers s'était rétréci, et les sentiments de compassion et de responsabilité que j'avais éprouvés pour les autres survivants avaient été écartés par ma propre terreur et ma lutte désespérée pour survivre. Je savais qu'il en était de même pour Roberto et Tintin; je restais convaincu que nous nous battrions côte à côte aussi longtemps que possible, mais je comprenais aussi que chacun d'entre nous était déjà seul avec sa peur et sa détresse. La montagne venait de m'apprendre une dure réalité : la camaraderie est une chose bien noble, mais au bout du compte, la mort est un adversaire que chacun affronte seul.

J'ai regardé Tintin et Roberto qui se reposaient, l'air maussade, sur le bord du rocher. « Qu'est-ce qu'on a fait pour mériter ça ? » a marmonné Roberto. J'ai levé les yeux vers la montagne, à la recherche d'un bloc de pierre susceptible de nous procurer un abri pour la nuit. Je ne voyais rien qu'un tapis de neige, escarpé et infini.

Tandis que nous avancions vers le sommet, le terrain est devenu encore plus accidenté : à présent, des rochers sortaient de la neige, certains immenses et impossibles à escalader. Des crêtes et des falaises massives nous cachaient la vue en amont, et j'étais obligé de me fier à mon instinct pour choisir mon chemin. Souvent, je me trompais, je me retrouvais bloqué sous un bloc de pierres infranchissable ou au pied d'un mur vertical. En général, je pouvais revenir sur mes pas ou bifurquer pour trouver une autre voie. Parfois, je n'avais d'autre choix que de continuer. A un moment, en début d'après-midi, je me suis retrouvé face à une pente extrêmement raide et recouverte de neige. Tout en haut, il y avait une étroite plateforme rocheuse. A moins de gravir la pente en diagonale pour l'atteindre, il nous faudrait faire demi-tour. Cela nous prendrait des heures, et la nuit allait bientôt tomber : c'était hors de question. J'ai jeté un regard à Roberto et à Tintin. Ils m'observaient pour voir ce que j'allais faire. J'ai examiné la pente. Elle était lisse et régulière, je ne pouvais m'accrocher à rien. Mais la neige avait l'air suffisamment stable pour supporter mon poids, il faudrait que j'enfonce mes pieds dans la neige et que je reste penché en avant – ce ne serait qu'une question d'équilibre.

Je me suis mis à escalader le mur, je creusais des niches dans la neige avec le bout de mes chaussures et je gardais le torse collé à la paroi pour ne pas basculer en arrière. Le terrain était stable, et en faisant très attention, j'ai réussi à atteindre les rochers et à me hisser sur la plate-forme. J'ai fait signe à mes deux compagnons. « Marchez dans mes traces, ai-je crié, faites attention, c'est très raide. »

Je me suis retourné et j'ai commencé à avancer. Quelques instants plus tard, je me suis retourné et j'ai vu que Roberto avait escaladé le mur. C'était maintenant au tour de Tintin. J'ai continué à avancer, et j'avais fait une vingtaine de mètres quand un cri de terreur a résonné dans la montagne.

« Je suis coincé ! Je n'y arrive pas !! » Je me suis retourné : Tintin était immobile, paralysé au milieu de la pente.

« Allez, Tintin ! lui ai-je crié. Tu peux le faire ! »

Il a secoué la tête. « Je ne peux pas bouger.

— C'est le sac à dos ! a dit Roberto. Il est trop lourd. »

Roberto avait raison. Le poids du sac de Tintin, qu'il portait très haut sur le dos, le tirait en arrière. Il luttait de toutes ses forces pour mettre le poids de son corps en avant, mais il ne pouvait s'agripper à rien, et l'expression de son visage disait clairement qu'il ne tiendrait plus très longtemps. J'imaginais la chute vertigineuse qu'il risquait de faire. Il tomberait d'abord dans le vide, puis il toucherait la pente, ou un rocher, et dévalerait le long de la montagne comme une poupée de chiffon jusqu'à ce qu'un rocher arrête la course de son corps brisé.

« Tintin ! Accroche-toi ! », ai-je crié. Roberto s'est allongé sur le bord de la plate-forme et a tendu le bras vers lui. Il ne manquait que quelques centimètres. « Enlève le sac ! Donne-le-moi ! » Avec d'infinies précautions, Tintin a enlevé son sac, s'efforçant de garder son équilibre tandis qu'il enlevait les courroies de ses épaules et tendait le sac à Roberto. Libéré du poids, Tintin a réussi à retrouver son équilibre et à escalader la pente. Arrivé sur la plate-forme, il s'est écroulé dans la neige. « Je ne peux pas aller plus loin, a-t-il dit. Je suis trop fatigué. Je n'arrive plus à soulever les jambes. »

Sa voix trahissait l'épuisement et la peur, mais il fallait continuer et trouver un endroit abrité pour passer la nuit. Je me suis remis en route, et les autres n'ont eu d'autre choix que de me suivre. Tout en avançant, je regardais dans toutes les directions, mais la montagne était rocheuse et escarpée, il n'y avait nulle part où établir un camp en toute sécurité. C'était maintenant la fin de l'après-midi. Le soleil était passé derrière les sommets à l'ouest, et les ombres s'étalaient sur les versants de la montagne. Les températures avaient commencé à chuter. J'ai vu que sur le site du crash, nos amis s'étaient retirés à l'intérieur du fuselage pour échapper au froid. La panique m'envahissait, et je cherchais désespérément un endroit plat et sûr où nous pourrions passer la nuit.

Au crépuscule, je me suis mis à escalader un grand rocher d'où j'aurais une meilleure vue. J'ai mis mon pied droit dans une petite faille, et de la main gauche, je me suis agrippé à un bloc de pierres qui sortait de la neige. Le bloc avait l'air solide, mais quand je me suis appuyé dessus pour me hisser, une pierre de la taille d'un boulet de canon s'est détachée. « Attention ! Attention derrière ! » ai-je hurlé. Je me suis retourné, Roberto était derrière moi. Il n'avait pas eu le temps de réagir. Les yeux écarquillés, il attendait que la pierre vienne le toucher ; elle est passée à quelques centimètres de sa tête. Après un instant de silence hébété, Roberto a fixé son regard sur moi. « Fils de pute ! Fils de pute ! criait-il. Tu veux me tuer ? Fais attention ! Regarde un peu ce que tu fais, bordel ! » Il s'est tu et penché en avant, ses épaules étaient secouées, j'ai compris qu'il pleurait. En entendant ses sanglots, j'ai été pris par un sentiment de détresse si violent que j'en avais le goût dans la bouche. Puis j'ai été envahi d'une rage soudaine et sans objet précis. « Putain ! Fait chier ! marmonnais-je. J'en ai marre ! Marre ! » Je voulais que ce soit fini. Je voulais me reposer. M'effondrer dans la neige. Rester allongé, immobile et silencieux. Je ne me souviens pas d'avoir eu d'autres pensées, je ne sais pas ce qui a pu me pousser à continuer, mais quand Roberto s'est calmé, nous avons recommencé à grimper à la lumière tombante.

Nous avons fini par trouver une petite cavité, derrière un gros bloc de pierres. Le soleil avait réchauffé les rochers toute la journée, et la chaleur qui s'en dégageait avait fait fondre la neige et creusé ce renfoncement. Le trou était exigu et le fond fortement incliné vers la pente, mais nous y serions sans doute à l'abri du froid et du vent. Nous avons disposé les coussins au fond de la cavité pour nous isoler du froid, puis étendu le sac de couchage sur les coussins. Notre vie dépendait de ce sac de couchage et de sa capacité à conserver la chaleur humaine, mais il était fragile, cousu avec du fil de cuivre récupéré sur des câbles, et nous devions faire très attention. Nous avons retiré nos chaussures pour éviter de le faire craquer.

« Tu as pissé ? m'a demandé Roberto quand je me suis faufilé à l'intérieur. On ne peut pas passer la nuit à rentrer et à sortir du sac. »

J'étais rassuré de voir que Roberto redevenait aussi grognon que d'habitude.

« Oui j'ai pissé, ai-je répondu. Toi, tu as pissé ? Je ne veux pas que tu fasses dans le sac. »

Roberto, offusqué, m'a lancé : « Si quelqu'un pisse dans ce sac, ce sera toi. Et fais gaffe avec tes grands pieds. »

Installés tous les trois dans le sac de couchage, nous avons essayé de trouver une position confortable, mais le sol était très dur, et l'inclinaison si raide que nous étions quasiment en position verticale, le dos collé à la montagne, les pieds appuyés contre le bord de la cavité. Seule la petite barrière de neige nous empêchait de glisser. Nous étions épuisés, mais j'avais trop peur et trop froid pour me détendre.

« Roberto ? ai-je dit. Tu es étudiant en médecine. Comment est-ce qu'on meurt d'épuisement ? Ça fait mal ? Ou est-ce qu'on s'en va doucement ? »

Ma question a dû l'agacer. « Ça change quoi comment on meurt ? a-t-il répondu. Tu es mort, et c'est tout ce qui compte. »

Nous n'avons rien dit pendant assez longtemps. Le ciel était parfaitement noir à présent, orné de millions d'étoiles brillantes, incroyablement claires et d'une lueur aussi éclatante que le feu. A cette altitude, il me semblait que je n'avais qu'à tendre le bras pour les toucher. A un autre moment, dans d'autres circonstances, j'aurais été émerveillé par la beauté du spectacle. Mais ici et maintenant, ce n'était à mes yeux qu'une manifestation violente de puissance. Le monde me montrait à quel point j'étais minuscule, faible et insignifiant. Et que ma vie était temporaire. J'écoutais ma respiration, me rappelant à moi-même que tant que je respirais, je restais vivant. Je me suis fait la promesse de ne pas penser à l'avenir. J'allais vivre chaque instant, chaque respiration, jusqu'à ce que j'aie épuisé toute la vie que j'avais en moi.

La température est tombée si bas cette nuit-là que notre bouteille s'est brisée. Blottis les uns contre les autres dans le sac de couchage, nous avons réussi à ne pas geler, mais nous avons terriblement souffert. Le lendemain matin, nous avons mis nos chaussures gelées au soleil et nous sommes reposés dans le sac en attendant qu'elles se réchauffent. Puis, après avoir mangé et rassemblé nos affaires, nous nous sommes mis en route. Le soleil brillait, c'était encore une journée idéale.

Nous avions désormais dépassé les 4 500 mètres, et tous les cent mètres environ, la pente devenait de plus en plus raide. Les flancs exposés de la montagne étaient infranchissables, mais nous avons poursuivi notre ascension en empruntant les arêtes rocheuses des couloirs sinueux – des ravins qui tombaient à pic et qui faisaient des entailles dans la montagne. Les alpinistes aguerris savent que les couloirs sont des zones mortelles – leur forme en font le point de chute idéal des pierres qui se détachent de la montagne –, mais la neige bien tassée à l'intérieur nous offrait un chemin stable et les grands murs rocheux qui les bordaient nous permettaient de nous accrocher fermement. Par moments, l'arête d'un couloir nous conduisait à une impasse. Je traversais alors le centre enneigé du couloir pour atteindre l'autre arête. Comme nous avancions, je me suis rendu compte que le vide funeste derrière moi m'inquiétait de plus en plus. Peut-être était-ce à cause de l'étourdissante altitude, peut-être à cause de l'épuisement ou encore un tour que me jouait mon cerveau en manque d'oxygène, mais je sentais que le vide dans mon dos n'était pas un simple danger passif. Au contraire, le vide avait maintenant une présence et une intention – une très mauvaise intention – et je savais que si je ne lui résistais pas de toutes mes forces, il m'attirerait vers lui et me jetterait vers le bas. La mort me tapait sur l'épaule, et cette certitude rendait mes mouvements lents et hésitants. Je réfléchissais à deux fois avant de faire un geste, je ne faisais plus confiance à mon sens de l'équilibre. Avec une lucidité douloureuse, j'ai compris qu'ici, je n'aurais pas de deuxième chance, que je n'avais pas de marge d'erreur. Une mauvaise prise, un moment d'inattention, une mauvaise évaluation du terrain, et je ferais une chute mortelle. L'attrait du vide était constant. Il voulait m'avaler, et la seule chose qui pouvait me protéger était le niveau d'excellence de ma performance. Ma vie était réduite à un simple jeu – si tu grimpes correctement, tu vivras, si tu te trompes, tu meurs. Mon champ de conscience s'était réduit au point qu'il n'y avait plus de place que pour un examen attentif et minutieux de la pierre que je voulais attraper ou du rocher sur lequel je comptais m'appuyer.

Jamais auparavant je n'avais eu une telle sensation de présence concentrée. Jamais mon esprit n'avait été à ce point voué à la réalisation pure et simple d'un objectif. Le pied gauche ici. Oui, la pierre tiendra. De la main gauche, attrape la faille dans ce bloc de pierres. Résistant ? OK. Hisse-toi. Maintenant, le pied droit sur ce rocher. C'est bon ? Ton équilibre ! Attention à la glace. Je m'oubliais dans l'intensité de ma concentration, j'oubliais mes peurs et ma fatigue, et pendant quelques instants, j'ai eu l'impression que tout ce que j'avais été avait disparu, que je n'étais plus à présent qu'une volonté absolue d'ascension. C'était un moment de pur bonheur animal. Jamais je ne m'étais senti plus déterminé, plus vivant. Pendant ces quelques moments, ma souffrance a cessé d'exister, ma vie n'était plus qu'un flot harmonieux et pur. Ce sentiment n'a pas duré – l'épuisement et la peur ont repris le dessus, et l'ascension est de nouveau devenue une épreuve. Nous étions très haut maintenant, et à cause de l'altitude, mes mouvements étaient lourds, mon esprit lent. Les pentes étaient pratiquement verticales et très difficiles à escalader, mais si elles étaient si abruptes, me disais-je, c'était sûrement que nous approchions du sommet. Pour me redonner du courage, je pensais à la vue que j'aurais du sommet, comme je me l'étais imaginée bien des fois auparavant – les collines quadrillées de vert et de marron par les cultures agricoles, les routes qui conduisaient à la civilisation, et quelque part, une hutte ou une ferme...

Je suis incapable de dire comment nous avons fait pour continuer. Je frissonnais de froid et de fatigue sans pouvoir m'arrêter. Mon corps était au bord de l'anéantissement. Seules les pensées les plus simples prenaient forme dans ma tête. Puis, au-dessus de moi, à l'horizon, j'ai vu la silhouette d'une arête, clairement découpée sur le ciel bleu; il n'y avait plus de montagne derrière. Le sommet! « On a réussi! » ai-je crié, et avec un regain d'énergie, j'ai escaladé l'arête. Mais quand je me suis hissé sur le bord de l'arête, j'ai aperçu une plate-forme large de plusieurs mètres, et au-dessus de la plate-forme, la montagne s'élevait de nouveau. Je m'étais fait avoir par l'inclinaison de la pente. C'était encore un piège de la montagne, un faux sommet. Et ce n'était pas le dernier. Nous avons passé l'après-midi à gravir un faux sommet après l'autre, jusqu'à ce que nous trouvions un endroit abrité, bien avant la tombée de la nuit, où nous avons décidé d'établir notre camp.

Roberto était renfrogné ce soir-là. « Nous allons mourir si nous continuons à grimper, a-t-il déclaré. La montagne est trop haute.

— Qu'est-ce qu'on peut faire à part grimper? ai-je demandé.

— Faire demi-tour. »

J'étais atterré. « Faire demi-tour et attendre de mourir? » lui ai-je demandé.

Il a secoué la tête. « Tu vois là-bas? La ligne sombre sur la montagne? Je pense que c'est une route. » Roberto me montrait une arête montagneuse de l'autre côté d'une large vallée, à plusieurs kilomètres de là.

« Je ne sais pas, ai-je répondu. On dirait une irrégularité dans la roche.

— Nando, tu ne vois rien, m'a-t-il dit sèchement. Je te dis que c'est une route!

— A quoi tu penses?

— Je pense qu'on devrait faire demi-tour et suivre cette route. Elle mène sûrement quelque part. »

C'était vraiment la dernière chose que j'avais envie d'entendre. Depuis que nous avions quitté le fuselage, j'avais été tourmenté en secret par des doutes et des incertitudes. Faisions-nous ce qu'il fallait ? Et si les secours arrivaient pendant que nous étions perdus au milieu de la montagne ? Et si les plaines du Chili ne se trouvaient pas juste de l'autre côté du sommet ? J'avais l'impression que le plan de Roberto n'était qu'une saute d'humeur, mais il m'obligeait à envisager les autres possibilités, et à ce moment-là, je n'en avais pas le courage.

« Cette montagne est à quinze kilomètres, au moins, ai-je dit. Si nous allons jusque-là, que nous arrivons à grimper jusqu'à la ligne noire pour nous apercevoir que ce n'est qu'une couche d'argile, nous n'aurons jamais la force de revenir.

— C'est une route, Nando, j'en suis sûr.

— Peut-être que c'est une route, peut-être que non, ai-je répondu. La seule chose dont on soit sûrs, c'est que le Chili se trouve à l'ouest. »

Roberto a eu un mouvement de dédain. « Ça fait des mois que tu dis ça, mais on va se briser les os avant d'y arriver. »

La discussion a duré des heures, et quand nous nous sommes couchés, je savais que le problème n'était pas résolu. Le lendemain matin, le ciel était de nouveau dégagé.

« Nous avons eu de la chance avec le temps, a dit Roberto, encore allongé dans le sac de couchage.

— Qu'est-ce que tu as décidé ? lui ai-je demandé. Tu fais demi-tour ?

— Je n'en suis pas sûr, il faut que je réfléchisse.

— Je vais monter, ai-je dit. Peut-être qu'on arrivera bientôt au sommet. »

Roberto a hoché la tête. « Laisse tes affaires ici, j'attends que tu reviennes. »

J'ai hoché la tête. La pensée de devoir continuer sans Roberto me terrifiait, mais je n'avais aucune intention de faire demi-tour. J'ai attendu que Tintin se prépare, puis je me suis tourné vers la pente et j'ai commencé à grimper. Après plusieurs heures d'efforts laborieux, nous nous sommes retrouvés coincés au pied d'une falaise qui se dressait plusieurs dizaines de mètres au-dessus de nous. Elle tombait quasiment à la verticale et était recouverte de neige très dure.

« Comment est-ce qu'on fait ? », a demandé Tintin.

J'ai observé la falaise. J'avais l'esprit engourdi, mais j'ai tout de même fini par me souvenir de la tige en aluminium que je m'étais accrochée dans le dos.

« Il nous faut un escalier. » J'ai détaché la tige, et à l'aide de la pointe, je me suis mis à creuser des marches rudimentaires dans la neige. En nous servant des marches comme des barreaux d'une échelle, nous avons continué à grimper. C'était éreintant, mais j'ai avancé avec la persistance aveugle d'une bête de ferme, et nous avons escaladé le mur, une marche après l'autre. Tintin me suivait, je savais qu'il avait peur, mais il ne se plaignait pas. Dans tous les cas, je n'avais qu'une conscience très vague de sa présence. Toute mon attention était concentrée sur mes gestes : creuser, grimper, creuser, grimper. Par moments, j'avais l'impression d'escalader un sommet gelé, et j'avais du mal à garder l'équilibre tout en creusant, mais le vide derrière moi ne m'inquiétait plus. Je le respectais, et je m'étais habitué à sa présence. Comme je l'ai déjà dit, l'être humain s'habitue à tout.

L'ascension de la montagne, pas à pas, était atrocement pénible, et le temps passait lentement. En fin de matinée, j'ai vu le ciel bleu au-dessus d'une arête; après tous les faux sommets que nous avions gravis, j'avais appris à ne pas m'emballer, mais cette fois, quand j'ai atteint l'arête, j'ai vu que la montagne faisait place à un terrain plat, que je me trouvais sur un promontoire de roche et de neige. Lentement, je me suis rendu compte qu'il n'y avait plus de montagne au-dessus de moi. J'avais enfin atteint le sommet.

Je ne me souviens pas si j'ai éprouvé de la joie ou le sentiment d'avoir accompli quelque chose à ce moment-là. Si c'est le cas, il s'est évaporé à la minute où j'ai regardé autour de moi. Du sommet, j'embrassais du regard toute la création. Je voyais l'horizon qui entourait le monde comme le bord d'une tasse gigantesque, et dans toutes les directions, aussi loin que je pouvais voir, la tasse était remplie de sommets enneigés, tous aussi abrupts que celui que je venais de franchir. J'ai immédiatement compris que le pilote du Fairchild s'était grossièrement trompé. Nous n'avions pas dépassé Curicó. Nous n'étions pas près du tout des limites occidentales des Andes. Notre avion s'était écrasé quelque part au cœur de la Cordillère.

Je ne sais pas combien de temps je suis resté debout à regarder. Une minute, peut-être deux. Je suis resté immobile jusqu'à ce que je ressente une pression, une brûlure dans les poumons : j'avais oublié de respirer. Mes jambes ne me portaient plus et je me suis écroulé par terre. J'ai maudit Dieu, je me suis énervé contre les montagnes. La vérité s'étalait sous mes yeux : en dépit de tous mes efforts, tous mes espoirs, toutes les promesses que je m'étais faites à moi-même et à mon père, c'était comme ça que ça finirait. Nous allions tous mourir dans les montagnes. Nous nous enfoncerions dans la neige, son silence immémorial nous envelopperait et nos proches ne sauraient jamais à quel point nous nous étions battus pour tenter de les rejoindre.

Tout ce que j'avais rêvé, imaginé, tout ce que j'attendais de la vie s'est alors évaporé dans l'air si rare des Andes. J'avais toujours cru que la vie était ce qui était important, naturel, et que la mort était tout simplement la fin de la vie. A présent, dans ce lieu inanimé, je me rendais compte avec une terrible lucidité que la mort était la constante, la mort était le fondement de tout, l'existence n'était rien d'autre qu'un rêve bref et fragile. J'étais déjà mort, j'étais né mort, et ce que je prenais pour la vie n'était rien d'autre qu'un jeu auquel la mort me laissait participer avant de me reprendre. Au cœur de mon désespoir, j'ai été pris d'un besoin intense de sentir près de moi la douceur de ma mère et de ma sœur, les bras forts et chauds de mon père. L'amour que j'éprouvais pour lui m'a rempli le cœur, et je me suis aperçu qu'en dépit de ma situation désespérée, son souvenir me comblait de bonheur. Je n'en revenais pas : les montagnes, malgré l'étendue de leur puissance, n'étaient pas plus fortes que mon attachement à mon père. Elles ne pouvaient pas détruire ma capacité à aimer. J'ai eu un moment de calme et de clarté, et dans cette lucidité nouvelle, j'ai découvert un secret simple et stupéfiant : la mort a un contraire, mais ce contraire n'est pas la vie. Ce n'est pas non plus le courage, la foi, ou la volonté. Le contraire de la mort, c'est l'amour. Comment avais-je pu passer à côté de cela ? Comment pouvait-on passer à côté ? L'amour est la seule arme dont nous disposions. Seul l'amour peut faire de la vie un miracle et donner du sens à la souffrance et à la peur. Le temps d'un bref instant magique, toutes mes peurs se sont envolées, et j'ai su que je ne laisserais pas la mort me contrôler. Je traverserais les maudites étendues qui me séparaient de chez moi, le cœur rempli d'amour et d'espoir. Je marcherais jusqu'à ce que j'aie épuisé toute la vie en moi, et ainsi, quand je tomberais, je mourrais plus près de mon père. Ces pensées m'ont donné de la force, et plein d'un nouvel espoir, j'ai scruté l'horizon à la recherche d'un chemin à travers les montagnes. J'ai bientôt entendu Tintin qui m'appelait d'en bas.

« Tu vois quelque chose de vert, Nando ? Tu vois du vert ?

— Tout ira bien, ai-je crié. Dis à Roberto de venir voir par lui-même. »

En attendant que Roberto me rejoigne, j'ai sorti le rouge à lèvres, dont je me suis servi pour écrire les mots « Mt Seler » sur un sac en plastique, et je l'ai coincé sous une pierre. Cette montagne est mon ennemi, me suis-je dit, et maintenant, je la donne à mon père. Quoi qu'il arrive, j'aurais au moins cette revanche.

Il a fallu trois heures à Roberto pour monter les marches. Il a regardé autour de lui pendant quelques instants en secouant la tête. « Eh bien, nous sommes cuits, a-t-il dit, simplement.

— Il doit y avoir un moyen de traverser les montagnes, ai-je dit. Tu vois en bas, au loin, les deux petits pics sans neige dessus ? Peut-être que les Andes s'arrêtent là-bas. Nous devrions aller par là. »

Roberto a secoué la tête. « Ça doit faire trente-cinq kilomètres. Et qui sait quelle distance il reste après ? Dans notre état, est-ce qu'on en est capables ?

— Regarde là-bas. Il y a une vallée en bas de la montagne, tu la vois ? »

Roberto a hoché la tête. La vallée s'étendait à travers

les montagnes sur plusieurs kilomètres, en direction des deux petits pics. Près de la plus petite des montagnes, elle se divisait et formait une fourche. On la perdait de vue quand elle passait derrière les grosses montagnes, mais j'étais convaincu que la vallée nous conduirait vers le bon chemin.

« L'une des deux branches doit conduire aux petites montagnes, ai-je dit. Le Chili est là-bas, c'est juste plus loin que ce qu'on pensait. »

Roberto a froncé les sourcils. « C'est trop loin. Nous n'y arriverons jamais. Nous n'avons pas assez à manger.

— On pourrait renvoyer Tintin, ai-je suggéré. Avec sa viande et ce qui reste de la nôtre, on peut facilement tenir vingt jours. »

Roberto s'est retourné et a regardé vers l'est. Je savais qu'il pensait à la route. J'ai regardé vers l'ouest et mon cœur s'est serré à l'idée de faire tout seul cette longue marche dans le désert.

En fin d'après-midi, nous étions de retour au campement. Pendant que nous mangions, Roberto s'est adressé à Tintin.

« Demain, nous allons te renvoyer, a-t-il dit. La marche sera plus longue que prévu, et nous allons avoir besoin de ta nourriture. De toute façon, on avancera mieux à deux qu'à trois. » Tintin a hoché la tête; il était d'accord.

Le lendemain matin, Roberto m'a dit qu'il avait décidé de rester avec moi. Nous avons embrassé Tintin et l'avons renvoyé dans les montagnes.

« Souviens-toi, lui ai-je dit au moment de partir, nous nous dirigerons toujours vers l'ouest. Si les secours arrivent, envoyez-les à notre recherche. »

Toute la journée, nous nous sommes reposés en prévision de la longue marche qui nous attendait. En fin d'après-midi, nous avons mangé de la viande et nous sommes couchés dans le sac. Ce soir-là, comme le soleil glissait derrière la crête rocheuse au-dessus de nous, les Andes luisaient sous le coucher de soleil le plus prodigieux que j'aie jamais vu. Les montagnes brillaient d'une lumière d'or et le ciel était illuminé de traînées rouges et mauves. Je me suis dit que Roberto et moi étions sans doute les premiers êtres humains témoins de ce spectacle majestueux. J'éprouvais malgré moi un sentiment de privilège et de gratitude, comme c'est souvent le cas lorsqu'on assiste à une merveille de la nature, mais cela n'a duré qu'un court instant.

Après ce que j'avais appris dans les montagnes, je comprenais que cette beauté ne m'était pas destinée. Cela faisait des millions d'années que les Andes présentaient ce spectacle, bien avant l'apparition des hommes sur la terre, et cela continuerait après que nous ayons tous disparu. Que je vive ou que je meure, cela ne ferait aucune différence. Le soleil se coucherait, la neige tomberait...

« Roberto, ai-je dit, tu imagines comme ce serait beau si nous n'étions pas des hommes morts ? » Sa main a enveloppé la mienne. Il était la seule personne capable de comprendre l'ampleur de ce que nous venions d'accomplir et de ce qui nous restait à faire. Je savais qu'il était aussi effrayé que moi, mais notre proximité me donnait de la force. Nous étions désormais liés comme des frères, et cela nous rendait meilleurs.

Le lendemain matin, nous avons gravi les marches qui conduisaient au sommet. Roberto se tenait debout à côté de moi. Je lisais la peur dans son regard, mais aussi du courage, et je lui ai aussitôt pardonné toutes ces semaines d'arrogance et d'obstination forcenée. « Nous marchons peut-être vers la mort, ai-je dit, mais je préfère marcher à sa rencontre plutôt que d'attendre qu'elle vienne me chercher. »

Roberto a hoché la tête. « Toi et moi, on est amis, Nando. Nous avons traversé beaucoup de choses. Maintenant, allons mourir ensemble. »

Nous avons avancé jusqu'à la pointe ouest du sommet, nous sommes passés de l'autre côté de l'arête, puis nous avons commencé à descendre.

9

« *Je vois un homme...* »

LA PARTIE LA PLUS ÉLEVÉE du versant ouest de la montagne tombait à pic et était recouverte de neige. La vue depuis le sommet – une vue qu'aucun homme n'avait jamais contemplée avant nous – avait de quoi vous glacer le sang. L'escarpement des pentes et l'altitude extrême – nous nous apprêtions à *redescendre* vers les nuages – eurent raison de mon courage, et j'ai dû me forcer à avancer. Dès l'instant où nous sommes passés de l'autre côté du sommet, j'ai compris que la descente serait encore plus terrifiante que l'ascension. Quand on gravit une montagne, c'est une lutte, une attaque, et chaque pas en avant est une victoire sur la pesanteur. La descente en revanche, c'est un peu comme si on se rendait. On ne lutte plus contre la gravité, on tente de passer un pacte avec elle, et tandis qu'on descend doucement, un pas après l'autre sur le terrain sournois, on sait bien qu'à la moindre occasion, elle vous arrachera à la montagne pour vous jeter dans le vide bleu du ciel.

« *Carajo!* Je suis un homme mort, ai-je marmonné. Qu'est-ce qu'on fait ici ? » J'ai dû faire un gros effort pour rassembler mon courage, mais j'ai fini par y arriver et j'ai commencé à descendre, avec précaution, les pentes abruptes du sommet de la montagne. Elles étaient trop raides pour retenir la neige, et le vent avait balayé la montagne si fort qu'il n'y avait que de la roche ; nous sommes descendus un centimètre après l'autre, en nous agrippant aux pierres qui dépassaient, en coinçant nos pieds dans les petites failles sur le chemin. Tantôt nous descendions en crabe, le dos collé à la montagne, tantôt le dos au ciel. Chaque pas était une menace – une pierre qui semblait bien accrochée à la montagne se détachait sous nos pieds, et il nous fallait trouver un autre appui de toute urgence. Nous étions dénués d'expérience, incapables de déterminer la route la plus sûre pour descendre. Nous ne pensions qu'à survivre pas après pas, et de temps à autre, notre progression hasardeuse nous conduisait à une falaise infranchissable ou à une plate-forme saillant comme un balcon qui nous offrait une vue plongeante et terrifiante sur le bas de la montagne. Aucun de nous deux n'avait la moindre expérience en matière d'escalade, mais nous avons néanmoins réussi à nous frayer un chemin à travers les obstacles ; parfois nous descendions dans des crevasses étroites, parfois nous n'avions d'autre choix que de sauter d'un rocher à un autre, avec plusieurs milliers de mètres de vide au-dessous de nous.

Pendant plus de trois heures, nous avons ainsi descendu, sans réussir à faire plus de cinquante mètres, mais finalement, les rochers ont cédé la place à de vastes étendues enneigées. C'était beaucoup moins effrayant de se traîner dans la neige profonde – nous nous y enfoncions jusqu'à la taille – mais c'était épuisant, et nous nous faisions sans arrêt avoir par les pentes douces et rebondies. Sans cesse nous nous heurtions à un mur de glace ou à un rocher caché, ou encore à une falaise terriblement abrupte. Chaque impasse nous obligeait à revenir sur nos pas. Après quelques centaines de mètres, le terrain a changé de manière radicale. Comme cette partie du versant ouest était tous les jours exposée au soleil de la fin d'après-midi, beaucoup de neige avait fondu, de sorte que la surface rocheuse était bien exposée. Ce type de terrain sec était plus facile à traverser, mais il était recouvert de cailloux et d'une couche d'argile de plusieurs centimètres. Ces décombres rendaient la surface instable, et plus d'une fois, j'ai lâché prise et j'ai dû me raccrocher à des pierres ou des plaques de glace pour ne pas dévaler la montagne. Quand c'était possible, nous nous laissions glisser sur le dos ou descendions le long d'immenses couloirs argileux. Vers midi, après cinq heures d'efforts, nous avons atteint un endroit où les flancs de la montagne étaient à l'ombre d'un pic situé à l'ouest. La neige était de nouveau profonde, et en regardant cette surface blanche et lisse, j'ai eu une idée. Sans réfléchir davantage, j'ai pris l'un des coussins de l'avion, je l'ai posé sur la neige et je me suis assis dessus. J'ai agrippé la perche en aluminium des deux mains, replié mes jambes et me suis penché en avant. Au bout de quelques secondes, j'ai compris que je venais de commettre une énorme bêtise. La neige était dure et glissante, et en quelques mètres à peine, j'avais atteint une vitesse prodigieuse. Je faisais de la moto en Uruguay, j'avais une bonne notion de la vitesse, et je suis convaincu d'avoir dévalé cette pente à près de 95 km/heure. A un moment, j'ai tenté de ralentir et j'ai planté la perche et mes talons dans la neige, mais cela n'a eu aucun effet, à part celui de projeter mon corps en avant. Je savais que si je tombais du coussin et que je dévalais la montagne, il y avait de grandes chances pour que je me brise les os. J'ai donc renoncé à essayer de ralentir et me suis contenté de tenir le coup. Je survolais les rochers, je sautais par-dessus les bosses, sans aucun moyen de m'arrêter ou de me diriger. Finalement, j'ai vu se dresser devant moi un mur de neige, vers lequel je fonçais tout droit. S'il y a un rocher caché sous la neige, je suis mort, ai-je pensé. Quelques secondes plus tard, j'ai heurté l'immense congère de plein fouet et à toute vitesse, et bien que la force de la collision m'ait assommé, la neige avait amorti le choc – j'étais vivant. Je me suis dégagé de la congère et j'ai entendu la voix aiguë de Roberto au-dessus de moi. Je ne distinguais pas les mots, mais je savais que mon imprudence l'avait mis dans tous ses états.

J'ai agité les bras pour lui montrer que j'allais bien et me suis reposé pendant qu'il descendait prudemment vers moi. Nous avons continué ensemble, et en fin d'après-midi, nous avions parcouru les deux tiers de la montagne. Sur le site du crash, l'ombre des montagnes raccourcissait les journées. Mais ici, sur le versant ouest, il faisait jour jusqu'au soir, et je tenais à profiter de chaque instant.

« Viens, on continue jusqu'au coucher du soleil », ai-je dit à Roberto.

Il a secoué la tête. « J'ai besoin de me reposer. »

Je voyais qu'il était éreinté. Je l'étais aussi, mais l'angoisse et le désespoir qui me poussaient étaient plus forts que la fatigue. Pendant deux longs mois, j'avais dû freiner mes impulsions et me retenir de prendre la fuite. A présent, je laissais libre cours à cette obsession. Nous avions conquis la montagne qui nous retenait prisonniers sur le site du crash, une vaste vallée s'étendait devant nous, qui conduisait chez nous. Comment aurions-nous pu nous arrêter pour nous reposer ?

« Encore une heure, ai-je dit.

— Nous devons nous arrêter, a dit Roberto d'un ton

sec. Il faut qu'on soit raisonnables, sans quoi nous allons nous épuiser. »

Les yeux de Roberto étaient vitreux de fatigue, mais il y avait aussi de la détermination dans son regard, et je savais qu'il était inutile de discuter. Nous avons étendu le sac de couchage sur un rocher sec et plat, et nous nous sommes installés pour la nuit.

Je ne sais pas si c'est parce que nous nous trouvions plus bas, ou parce que la pierre sur laquelle nous étions couchés avait emmagasiné beaucoup de chaleur, mais la nuit ne fut pas trop inconfortable. Le lendemain, le 15 décembre, quatrième jour de notre expédition, j'ai réveillé Roberto au lever du jour et nous sommes repartis. Nous avons atteint le bas de la montagne vers midi, à l'entrée de la vallée qui, espérions-nous, allait nous conduire à la civilisation. Des morceaux de glace coulaient devant nous, telle une rivière cherchant son chemin à travers les grandes montagnes qui s'élevaient de part et d'autre. De loin, le glacier enneigé semblait aussi lisse qu'un miroir, mais ce n'était qu'une illusion. De près, on voyait que la surface du glacier était brisée en millions de plaques irrégulières. Le terrain était difficile, nous trébuchions à chaque pas, c'était comme marcher sur les décombres d'un chantier. De gros paquets de neige roulaient et cédaient sous notre poids. Nous nous tordions les chevilles, nous glissions et nous coincions les pieds dans des crevasses. La progression était difficile et douloureuse, il fallait faire très attention au moindre pas – nous savions tous deux que dans ce paysage sauvage, une cheville brisée équivaudrait à une sentence de mort. Je me demandais ce que je ferais si l'un d'entre nous était blessé. Est-ce que j'abandonnerais Roberto ? Est-ce que lui me laisserait ?

Nous avons avancé en titubant sur le glacier toute la journée, mais nous n'avions plus la notion du temps. Nous luttions tous les deux, mais je gardais une cadence rapide et prenais sans cesse de l'avance sur Roberto. « Ralentis, Nando! », me criait-il. Je le poussais à aller plus vite et j'étais fâché de perdre du temps chaque fois que je devais l'attendre. Pourtant, je savais qu'il avait raison. Roberto était à bout de forces, et moi aussi. J'avais des crampes très douloureuses aux jambes, chaque pas était un supplice et ma respiration était à la fois trop rapide et trop faible. Je savais que nous marchions vers notre mort, mais j'étais incapable de m'arrêter. Le temps nous était compté, et plus je faiblissais, plus je ressentais un besoin compulsif d'avancer. Mes douleurs et mon corps n'avaient plus d'importance; ce n'était plus qu'un moyen de transport. J'étais prêt à tomber en poussière s'il le fallait pour rentrer chez moi.

Les températures clémentes nous permettaient de marcher après le coucher du soleil, et parfois je réussissais à persuader Roberto de continuer tard dans la nuit. Même dans notre état lamentable, nous étions émerveillés devant la beauté sauvage des Andes après la tombée du jour. Les cieux étaient d'un bleu indigo profond et brillaient de mille étoiles. La lune adoucissait les sommets accidentés qui nous entouraient et conférait à la neige une lueur irréelle. Une fois, alors que nous descendions dans la vallée, j'ai vu devant nous des dizaines de silhouettes. On aurait dit des moines en soutane réunis en prière au clair de lune. Arrivés à leur hauteur, nous nous sommes aperçus que c'étaient des piliers de neige – des pénitents, comme les appellent les géologues – que les vents avaient façonnés au pied des pentes. Il y en avait plusieurs dizaines, dressés en silence les uns à côté des autres, et nous avons dû nous frayer un chemin parmi eux, comme parmi les arbres d'une forêt de glace. Parfois, je regardais mon ombre glisser à côté de moi sur la neige, c'était la preuve que j'étais vivant, que j'étais bien là. Souvent, pourtant, j'avais l'impression d'être un fantôme sur ces étendues blanches, un spectre piégé entre le monde des vivants et celui des morts, mû par la volonté, la mémoire, et le désir indestructible de rentrer chez moi.

Le matin du 18 décembre, le septième jour de notre expédition, la méchante couverture de neige a fait place à de vastes champs entachés de glace grisâtre et de décombres épars et accidentés. Plus rien ne comptait – mon épuisement, ma douleur, le calvaire de nos amis de l'autre côté de la montagne, pas même l'absurdité de nos efforts. Tout cela était oublié. J'en arrivais même à oublier Roberto, jusqu'à ce que je l'entende m'appeler, et alors je me retournais pour constater qu'une fois de plus il était loin derrière. Je me trouvais dans un état d'autohypnose sans doute provoqué par les effets conjugués de ma respiration régulière, du bruit répétitif de mes crampons sur la neige, et de la litanie des *Je vous salue Marie* que je psalmodiais. Dans cet état de transe, les distances s'estompaient et les heures passaient sans que je m'en rende compte. Rares étaient les pensées qui venaient briser ce sortilège, et quand c'était le cas, elles étaient toujours très simples. Attention à cette pierre... Avons-nous assez à manger ? Qu'est-ce qu'on fait là ? Mais regarde ces montagnes ! On est foutus !

A un moment donné pendant cette partie de la marche, j'ai remarqué que ma semelle droite était en train de se détacher. Si ma chaussure me lâchait sur ce terrain irrégulier, j'étais perdu, mais j'ai eu une réaction très détachée.

Dans ma tête, je me voyais continuer à avancer péniblement sur les pierres et les plaques de glace, jusqu'à ce que mes pieds nus soient trop ensanglantés pour continuer. Alors, j'imaginais que je me mettrais à quatre pattes et mes mains et mes genoux finiraient en lambeaux. Enfin, je tomberais à plat ventre et je ramperais sur les coudes jusqu'à ce que je me vide de toute mon énergie. Et à ce moment-là, je mourrais. J'étais dans un tel état d'esprit que ces images ne provoquaient en moi aucune détresse. Je les trouvais même plutôt rassurantes. Si la chaussure lâchait, j'avais un plan ; j'aurais des recours. Il y aurait encore une certaine distance entre la mort et moi.

Pendant des kilomètres, j'ai avancé ainsi, dans l'irréel. Distant. Détaché. Parfois cependant, la puissance et la beauté des montagnes me tiraient de ma morne introspection. C'était toujours très soudain : je percevais tout à coup l'ancienneté et l'expérience des montagnes, je me rendais compte qu'elles étaient restées dressées, silencieuses et indifférentes tandis que se succédaient les civilisations. En comparaison des Andes, impossible de voir dans la vie humaine autre chose qu'un infime instant dans le temps, et si les montagnes avaient un esprit, sans doute nos vies passaient-elles trop vite pour se faire remarquer d'elles. Pourtant – cela me frappa – même les montagnes n'étaient pas éternelles. Si la Terre vit assez longtemps, tous ces sommets seront un jour réduits en poussière. Quel sens donner alors à une simple vie humaine ? Pourquoi nous battons-nous ? Pourquoi endurons-nous les souffrances et la douleur ? Qu'est-ce qui nous pousse à lutter avec l'énergie du désespoir pour survivre, alors que nous pourrions tout simplement baisser les bras, sombrer dans le silence et l'obscurité, connaître la paix ?

Je n'avais pas de réponse à ces questions, mais quand

elles devenaient trop envahissantes, ou quand il me semblait que j'avais atteint mes limites, je me souvenais de la promesse que j'avais faite à mon père. Je décidais alors, comme lui sur le fleuve en Argentine, de souffrir encore un peu. Je faisais un pas supplémentaire, puis un autre, et je me disais que je me rapprochais chaque fois de mon père, que chaque pas effectué était un pas volé à la mort.

Dans l'après-midi du 18 décembre, j'ai soudain entendu un bruit au loin – un bruit de fond, vague et sourd, puis de plus en plus fort. J'ai vite reconnu le grondement de l'eau qui coule. Nous trébuchions encore sur le terrain accidenté, parsemé de décombres et de neige, mais j'ai accéléré, terrifié à l'idée que ce bruit provienne d'un torrent infranchissable qui nous couperait la route et scellerait ainsi notre destin. J'ai descendu une légère pente et me suis laissé glisser sur un petit rocher gelé. Une gigantesque montagne s'élevait devant moi. La vallée menait directement au pied de la montagne et s'arrêtait là, mais deux vallées plus petites partaient du même endroit et conduisaient de part et d'autre de la montagne.

C'était la fourche que nous avions vue du sommet. Nous sommes sur la bonne voie, me suis-je dit, pourvu que nous ayons la force d'arriver jusque chez nous !

J'ai tourné à gauche et contourné le petit rocher rond et gelé pour me diriger vers le mystérieux grondement. Je me suis alors retrouvé au pied d'un mur de glace d'à peu près cinq mètres de haut. Un gros jet d'eau, alimenté par des tonnes de neige, sortait en rugissant du mur, à travers une crevasse située à environ un mètre cinquante du sol. L'eau tombait à mes pieds et s'écoulait rapidement sur la glace et les cailloux vers la vallée. Le terrain semblait peu escarpé, mais il l'était suffisamment pour permettre à l'eau de prendre son élan ; quelques centaines de mètres plus bas, la neige tout juste fondue qui partait du mur de glace se transformait en un courant puissant et large.

« C'est la source d'un fleuve, ai-je dit à Roberto quand il m'a rejoint. Elle va nous indiquer le chemin. »

Nous avons suivi le cours d'eau, persuadés qu'il nous conduirait vers les plaines, puis vers quelque bastion civilisé. J'ai marché sur de la neige, des pierres, des morceaux gris de glace, puis soudain, la neige s'est interrompue sur une ligne aussi nette que le bord d'un tapis. Enfin, nous avancions sur un sol sec. Notre progression n'en était pas plus facile pour autant, car le lit du cours d'eau était jonché d'énormes blocs de pierre, souvent plus gros que nous et il nous fallait soit nous frayer un chemin entre les rochers, soit les escalader en sautant d'une pierre à l'autre. Il nous a fallu plusieurs heures pour traverser, mais le terrain a fini par s'aplanir, et nous avons de nouveau pu avancer sur un sol plus clément, bien qu'encombré de pierres et de cailloux. A côté de nous, la rivière devenait plus large et plus rapide au fil des kilomètres, nous avons fini par ne plus rien entendre d'autre que son grondement. Je marchais toujours dans un état de transe, je me contentais de rester vivant, péniblement, d'un pas à l'autre, et la seule réalité de mon univers et de mon existence était réduite au petit espace de terrain irrégulier sur lequel je posais un pied devant l'autre.

Nous avons marché jusqu'au coucher du soleil, et quand nous nous sommes arrêtés, Roberto m'a montré une pierre qu'il avait ramassée sur le chemin. « Je la garde en souvenir pour Laura, » m'a-t-il dit. Laura Surraco était sa fiancée.

« Elle doit être inquiète pour toi, ai-je dit.

— C'est une fille extraordinaire. Elle me manque énormément.

— Je t'envie, Roberto, ai-je dit. Je n'ai jamais eu de vraie petite amie. Je n'ai jamais été amoureux.

— C'est vrai ? a-t-il dit en riant. Et toutes ces filles que tu courais avec Panchito ? Jamais une qui a fait fondre ton cœur ?

— Je crois que je ne leur en ai jamais laissé l'occasion. J'ai réfléchi. Quelque part dans le monde, il y a la fille que j'épouserai. Elle est là, elle vit sa vie. Peut-être que de temps en temps elle se pose des questions sur son futur mari, où il est, ce qu'il fait. Elle ne s'imagine sans doute pas qu'il est dans les montagnes, en train d'essayer de traverser les Andes pour la rejoindre ! Si nous n'y arrivons pas, je ne la rencontrerai jamais, elle ne me connaîtra jamais. Elle épousera quelqu'un d'autre et ne saura jamais que j'ai existé.

— Ne t'inquiète pas, m'a dit Roberto, nous allons rentrer chez nous et tu trouveras quelqu'un. Tu rendras une fille heureuse. »

La gentillesse de Roberto m'a fait sourire, mais ses paroles ne me rassuraient pas. Je savais que dans le monde normal, la femme que j'aurais dû épouser vivait tranquillement et qu'elle avançait vers le moment de notre rencontre, annonçant mon avenir. A présent, je savais que je ne serais pas au rendez-vous. Elle ne me connaîtrait jamais, nos enfants ne verraient pas le jour. Nous ne construirions jamais de foyer, nous ne vieillirions pas ensemble. Les montagnes m'avaient volé cette vie-là : telle était la réalité et j'avais commencé à l'accepter. Et pourtant, je désirais encore ardemment tout ce que je savais hors de ma portée – l'amour d'une femme, une famille à moi, les retrouvailles avec ma grand-mère et ma sœur aînée, et toujours, les bras de mon père. Cette épreuve avait rendu mon esprit plus simple et m'avait considérablement rapproché de l'essence même de mon être : je voyais à présent que ce désir, l'amour et l'affection que je ressentais pour l'idée même de ma vie étaient plus profondément ancrés en moi que le désespoir, la peur, la douleur ou la faim. Cette partie de moi semblait continuer à vivre en dépit du bon sens. Je me demandais combien de temps elle vivrait encore. Finirait-elle par s'éteindre, quand mon corps défaillirait ? Ou est-ce qu'elle persisterait jusqu'à mon dernier instant de conscience ? Désirerais-je encore la vie que je ne pourrais jamais avoir au moment de mourir ?

Le 19 décembre fut encore une belle journée, la huitième de suite. Nous avions marché plusieurs heures le matin. En attendant que Roberto me rattrape, j'étais en train d'examiner la semelle de mes crampons. Celle du pied droit était tellement décousue qu'elle bâillait quand je marchais. Je regardais les pierres pointues qui parsemaient la vallée. Je me demande, ai-je pensé, si c'est ma chaussure qui craquera en premier, ou moi. Nous avions laissé de nombreux dangers derrière nous ; nous ne courrions plus le risque de mourir de froid ou dans une chute. Ce n'était plus qu'une question d'endurance, de chance et de temps. Nous marchions vers notre mort, espérant trouver de l'aide avant d'avoir épuisé toute la vitalité qui nous restait.

Plus tard dans la matinée, nous avons vu des arbres un peu plus bas, assez loin quand même, et Roberto pensait avoir vu autre chose aussi.

« Là-bas, m'a-t-il dit, les yeux plissés vers l'horizon. Je crois que ce sont des vaches. »

Ma myopie m'empêchait de voir quoi que ce soit à cette distance, mais j'avais peur que Roberto, épuisé, ne soit victime d'hallucinations.

« C'est peut-être des daims, ai-je répondu. Continuons. »

Quelques heures plus tard, Roberto s'est penché pour ramasser un objet. C'était une boîte de conserve rouillée.

« Des gens sont passés par là », a-t-il dit.

Je refusais de me laisser aller à trop d'espoir. « Ça fait peut-être des années qu'elle est là. Ou alors elle est tombée d'un avion. »

Roberto a eu l'air agacé et a jeté la boîte. « Espèce de con ! Les hublots des avions ne s'ouvrent pas. »

Un peu plus tard, nous avons trouvé un fer à cheval, puis de la bouse, d'après Roberto, de la bouse de vache.

« Tu veux m'expliquer comment de la bouse de vache a pu tomber d'un avion ?

— Marche, ai-je répondu. Quand on croisera un fermier, je m'exciterai. »

En chemin, nous avons trouvé d'autres signes de civilisation : des bouses de vache et du crottin de cheval, des troncs d'arbres qui avaient manifestement été abattus à la hache. Finalement, nous avons vu, quelques centaines de mètres plus loin, le petit troupeau de vaches que Roberto avait aperçu dans la matinée.

« Je te l'avais bien dit, m'a lancé Roberto. Il doit y avoir une ferme ou quelque chose pas trop loin.

— Mais peut-être qu'on les a laissées ici pour paître ? C'est en altitude, et le coin est tellement désert. J'ai du mal à croire que quelqu'un puisse vivre ici.

— Tu as la preuve sous les yeux. Nous sommes sauvés. Demain, nous trouverons le propriétaire de ces vaches. »

Quand nous avons campé ce soir-là, Roberto avait retrouvé le moral, mais je savais qu'il ne tiendrait plus très longtemps dans les montagnes.

« J'ai très mal aux jambes, m'a-t-il dit, et je me sens

vraiment très faible. Parfois, il me faut toutes mes forces pour lever le pied et le poser devant moi.

— Repose-toi, lui ai-je dit. Peut-être que demain nous trouverons de l'aide. »

Le lendemain matin, le 20 décembre, neuvième jour de notre expédition, nous sommes partis de bonne heure, et nous avons suivi un chemin agréable qui bordait le cours d'eau, tassé par le passage des troupeaux de vaches ou autre bétail, et c'était la première fois depuis le début que nous avancions sur un terrain régulier. Roberto s'attendait à tomber sur la hutte de quelque paysan d'un moment à l'autre, mais les heures passaient et nous ne voyions plus aucun signe de vie. Roberto fatiguait vite, et j'ai dû l'attendre plus souvent pendant qu'il se reposait. Mais nous avancions vite. En fin de matinée, nous avons atteint un endroit où un bloc de pierres aussi imposant qu'un immeuble de deux étages était tombé dans le cours d'eau. Il nous coupait totalement la route.

« Il faut escalader », ai-je dit.

Roberto a examiné le rocher et a repéré une tranchée surélevée, juste au-dessus des remous de la rivière.

« Je vais passer par là, m'a-t-il dit.

— C'est trop dangereux. Si tu glisses, tu te retrouves dans l'eau. Il faut passer par-dessus.

— Je suis trop faible pour escalader, a-t-il dit. Je vais essayer par là. »

Il s'est hissé sur le rebord du rocher et a commencé à faire le tour ; je l'ai vite perdu de vue et me suis mis à grimper. Arrivé de l'autre côté, aucun signe de Roberto. Pourtant, le chemin qu'il avait pris était plus court que le mien. J'ai attendu, d'abord impatient, puis de plus en plus inquiet. Quand il a fini par apparaître, il titubait, plié en deux, les mains sur le ventre. Il était pâle comme un linge, ses yeux étaient plissés de douleur.

« Qu'est-ce qu'il y a ?

— Mon ventre est en train d'exploser, a-t-il gémi, c'est la diarrhée. Sévère. Ça m'a pris sur le rebord.

— Tu peux marcher ? La voie a l'air dégagée. »

Roberto a secoué la tête. « Je ne peux pas, ça fait trop mal. »

Il s'est misérablement écroulé par terre. Je craignais que sa maladie lui prenne ses dernières forces, et je ne voulais pas le laisser là.

« Viens, ai-je dit, juste un petit peu plus loin...

— Non, je t'en prie, laisse-moi me reposer. »

J'ai regardé à l'horizon : un vaste plateau apparaissait au loin. Si nous parvenions à l'atteindre, nous aurions un point de vue idéal pour repérer une cabane ou une ferme.

« Je te porte ton sac, ai-je dit, mais il faut continuer. Allons jusqu'en haut du plateau, ensuite on se reposera. »

Sans laisser à Roberto le temps de répondre, j'ai pris son sac et me suis mis en route; je ne lui laissais pas d'autre choix que de me suivre. Il était penché en avant, il boitait, il était manifestement très gêné et souffrait à chaque pas.

« N'abandonne pas, Muscles », ai-je murmuré, mais je savais qu'il ne laisserait pas tomber. Il n'avançait plus que grâce à son obstination et sa volonté de fer. En l'observant, j'ai compris que j'avais eu raison de le choisir comme compagnon de route.

Nous avons atteint le plateau en fin d'après-midi et nous sommes appuyés l'un sur l'autre pour monter le chemin escarpé qui menait au sommet. De là, nous avions une vue imprenable sur un champ d'herbe bien grasse. Il y avait des arbres et des fleurs sauvages et, sur notre gauche, les murs de pierre assez bas du corral de quelque fermier de montagne. Nous nous trouvions maintenant bien au-dessus des gorges et le terrain retombait à pic vers le lit de la rivière. Une autre pente s'élevait de l'autre côté du cours d'eau, qui faisait à cet endroit au moins trente mètres de large et coulait avec la force d'un torrent.

Roberto pouvait à peine marcher, je l'ai aidé à traverser le champ et à s'installer sous des arbres, où nous avons décidé d'établir notre camp.

« Toi, tu te reposes, ai-je dit. Je vais explorer un peu. Peut-être qu'il y a une ferme dans les parages. »

Roberto a hoché la tête. Il était très faible, et quand il s'est laissé tomber lourdement sur le sol, j'ai compris que je n'irais pas plus loin avec lui. Je refusais de penser à ce qui arriverait si j'étais obligé de le laisser.

Le jour tombait. J'ai suivi le chemin sinueux le long des gorges du fleuve. J'ai vu des vaches qui broutaient l'herbe grasse des collines, ce qui m'a redonné espoir, mais plus loin, je me suis trouvé face à ce que je redoutais. Un autre cours d'eau, large et rapide, rejoignait celui que nous avions suivi. Nous étions bloqués au confluent de ces deux cours d'eau, et il paraissait impossible de traverser l'un ou l'autre. A moins d'un miracle, nous étions arrivés au bout de notre route.

A mon retour, j'ai parlé à Roberto de la rivière et du bétail que j'avais vus. Nous avions tous les deux très faim. Le peu de viande qui nous restait était en train de pourrir à cause de la chaleur, et pendant un moment, nous avons songé à essayer de tuer une des bêtes, mais Roberto a fait remarquer que cela n'encouragerait certainement pas le propriétaire des vaches à nous venir en aide. De toute façon, il était peu probable que nous ayons la force d'attraper et de maîtriser un animal de cette taille, et nous avons vite abandonné cette idée. La nuit tombait et le fond de l'air rafraîchissait.

« Je vais aller chercher du bois », ai-je dit. Je n'avais fait que quelques mètres dans le champ quand j'ai entendu Roberto crier.

« Nando ! Je vois un homme !

— Quoi ? Qu'est-ce que tu dis ?

— Là ! Regarde ! Un homme à cheval ! »

Roberto me montrait la colline de l'autre côté de la rivière. J'ai plissé les yeux dans l'obscurité.

« Je ne vois rien.

— Vas-y ! Cours ! a crié Roberto. Descends vers le fleuve ! »

Je me suis élancé à l'aveuglette en direction du cours d'eau, Roberto me dirigeait en criant. « A droite, non, à droite j'ai dit ! Non, trop loin ! A gauche ! »

J'ai dévalé la pente en zigzag, suivant les instructions de Roberto, mais je ne voyais pas la moindre trace d'un homme à cheval. Je me suis retourné, Roberto descendait en titubant.

« Je te jure que j'ai vu quelque chose, a-t-il dit.

— Il fait sombre là-bas, ai-je répondu. C'était peut-être l'ombre d'une pierre. »

J'ai attrapé Roberto par le bras et l'ai aidé à remonter. C'est alors que nous avons entendu, au-dessus du grondement de l'eau, le son, reconnaissable entre tous, d'une voix d'homme. Nous avons fait volte-face, et cette fois, je l'ai vu moi aussi, un homme assis sur un cheval. Il nous parlait en criant, mais le vacarme de la rivière nous empêchait de distinguer les mots. Puis il a fait demi-tour sur sa bête et a disparu dans l'obscurité.

« Tu l'as entendu ? m'a demandé Roberto, criant lui aussi. Qu'est-ce qu'il a dit ?

— J'ai juste entendu un mot. Il a dit *mañana*.

— Demain. Nous sommes sauvés », a dit Roberto.

Je l'ai aidé à remonter jusqu'au campement, j'ai fait un feu et nous nous sommes couchés. Pour la première fois depuis le crash, j'avais un véritable espoir. J'allais vivre, j'allais revoir mon père, j'en étais sûr. Je me suis alors inquiété pour ceux que nous avions laissés derrière nous. Obsédé par ma propre survie, j'avais à peine pensé à eux depuis que nous les avions quittés, neuf jours plus tôt.

« Je m'inquiète pour les garçons, ai-je dit à Roberto. Roy et Coche étaient déjà si faibles. J'espère qu'il est encore temps.

— Ne t'inquiète pas, a dit Roberto. Quand l'homme reviendra demain, nous lui ferons comprendre qu'il n'y a pas une minute à perdre. »

Le lendemain, le 21 décembre, dixième jour de notre expédition, Roberto et moi nous sommes réveillés avant le lever du soleil et j'ai jeté un coup d'œil de l'autre côté de la rivière. Trois hommes étaient assis autour d'un feu. Je suis descendu en courant jusqu'au bord des gorges puis sur la rive. En face, l'un des hommes – il portait les vêtements de travail des paysans de la montagne – a fait de même. J'ai essayé de crier, mais le vacarme de la rivière couvrait ma voix. J'ai montré le ciel du doigt. J'ai mimé un avion qui tombe. Le paysan me regardait fixement. Je me suis mis à courir sur la berge, les bras écartés comme les ailes d'un avion. L'homme m'a tourné le dos et a crié quelque chose à ses amis. Pendant un instant, j'ai paniqué à l'idée qu'ils ne me prennent pour un fou et ne m'abandonnent sur place. Mais il a sorti un bout de papier de sa poche, écrit quelque chose dessus avant de l'attacher à une pierre avec un bout de corde. Il a glissé le crayon sous la corde et me l'a lancé. J'ai déplié la feuille et lu le message suivant :

Il y a un homme qui viendra plus tard, je lui ai dit d'y aller. Dis-moi ce que tu veux.

J'ai pris le crayon et j'ai commencé à écrire de l'autre côté. Je savais que j'avais intérêt à choisir mes mots pour lui faire comprendre l'urgence de notre situation. Mes mains tremblaient, mais quand le crayon a touché la feuille, j'ai su ce qu'il fallait que je dise :

Vengo de un avión que cayó en las montañas...

> Je viens d'un avion qui est tombé dans les montagnes. Je suis uruguayen. Ça fait dix jours que nous marchons. J'ai un ami là-haut qui est blessé. Dans l'avion, il y a encore quatorze personnes accidentées. Nous devons sortir d'ici rapidement et nous ne savons pas comment. Nous n'avons rien à manger. Nous sommes faibles. Quand allez-vous venir nous chercher ? Je vous en prie. Nous pouvons à peine marcher. Où sommes-nous ?

Je voulais perdre le moins de temps possible et je n'ai pas pris la peine de signer. J'ai replié le papier autour de la pierre comme l'avait fait le paysan et j'ai pris mon élan pour la lancer de l'autre côté. En évaluant la distance, je me suis rendu compte à quel point j'étais faible. Je n'étais pas sûr d'avoir la force de lancer la pierre aussi loin. Et si c'était trop court, que la pierre retombait dans l'eau ? Le paysan perdrait-il patience ? M'abandonnerait-il ? Est-ce qu'il prendrait le temps de me jeter plus de papier ? J'ai mobilisé toutes mes forces, et j'ai lancé la pierre avec toute la puissance dont j'étais capable. Elle a rebondi au bord de l'eau et roulé sur la berge. Quand le paysan a lu mon message, il a hoché la tête et m'a fait un signe de la main pour me dire : Reste là. Je comprends. Avant de partir, il m'a lancé du pain. Je l'ai apporté à Roberto et nous l'avons dévoré, puis nous avons attendu de l'aide.

Vers 9 heures du matin, un homme est arrivé à dos d'âne, sur notre rive. Il s'est présenté, il s'appelait Armando Serda. Il a sorti du fromage de sa poche et nous l'a tendu, puis nous a demandé d'attendre pendant qu'il allait s'occuper de son troupeau dans les hauts pâturages. Quelques heures plus tard, il est revenu. Quand il s'est aperçu que Roberto ne pouvait pas marcher, il l'a aidé à s'installer sur la mule et nous a conduits jusqu'à un endroit de la rivière où le courant était moins fort, de sorte qu'on pouvait la traverser. Après environ trente minutes de marche en pleine forêt, nous sommes arrivés à une clairière. Il y avait deux cabanes rudimentaires près des berges. « Où sommes-nous ? lui ai-je demandé en chemin.

— Los Maitenes », a répondu Armando. C'est le nom de la région montagneuse de la province du Colchagua, au Chili, près de la rivière Azufre. « Nous utilisons ces cabanes quand nos troupeaux sont dans les pâturages d'altitude.

— Nous avons des amis qui sont restés dans la montagne, ai-je dit. Ils sont en train de mourir. Il faut les aider le plus vite possible.

— Sergio est allé chercher de l'aide », a répondu Armando. Sergio Catalán, m'a-t-il expliqué, était l'homme à cheval qui le premier nous avait vus, la veille.

— Et c'est loin ? ai-je demandé.

— Le poste de police le plus proche se trouve à Puente Negro. A dix heures à cheval environ. »

Un autre paysan est sorti de la plus grande cabane, et Armando nous l'a présenté, il s'appelait Enrique Gonzales. Il nous a conduits près d'un feu de bois devant la grande cabane, et nous nous sommes assis sur des bûches. Enrique nous a apporté du fromage et du lait. Armando s'est mis à faire la cuisine dans une grosse casserole, et quelques instants plus tard, il nous servait un vrai repas chaud – des haricots, des macaronis, du pain. Nous avons mangé tout ce qu'il nous apportait, et il riait chaque fois qu'il nous resservait. Une fois que nous avons été rassasiés, ils nous ont conduits dans la deuxième cabane, où deux lits nous attendaient. Il n'y avait pas de matelas, juste des couvertures polaires étalées sur des lattes, mais Roberto et moi avons abondamment remercié Armando, et quelques minutes plus tard, nous dormions tous deux d'un sommeil profond.

Nous nous sommes réveillés en début de soirée. Armando et Enrique nous avaient préparé un autre repas – encore du fromage, du lait, un ragoût de viande et de haricots, plus des tartines de confiture de lait et du café chaud.

« Nous allons vous vider votre garde-manger », ai-je dit en plaisantant, mais les deux paysans se sont contentés de rire et nous ont encouragés à manger. Après le repas, nous sommes restés assis autour du feu. Armando et Enrique étaient fascinés par notre histoire, mais nous avons vite été interrompus par l'arrivée de deux policiers chiliens qui s'approchaient en courant de la cabane, suivis de près par une patrouille de dix autres policiers à cheval. Sergio Catalán les accompagnait. Quand il est descendu de sa monture, Roberto et moi nous sommes précipités vers lui et l'avons embrassé. « Il n'y a pas de quoi me remercier », a-t-il dit doucement. Il nous a pris dans ses bras, et a murmuré : « Dieu merci, Dieu merci. »

Quand le capitaine de la police montée s'est présenté, je lui ai expliqué que quatorze autres survivants attendaient sur le site du crash. Il m'a demandé leurs noms, mais j'ai refusé de les lui donner. « Certains d'entre eux étaient à l'agonie quand nous les avons quittés. Je crains qu'ils ne soient morts. Si vous donnez leurs noms, leurs parents auront de faux espoirs, et ils perdraient leurs fils une deuxième fois. » Le capitaine comprenait. « Où se trouve l'avion ? » nous a-t-il demandé. J'ai regardé Roberto. De toute évidence, le capitaine ne comprenait pas à quel point le sauvetage serait difficile, mais quand nous lui avons décrit le chemin que nous avions parcouru et la situation approximative du Fairchild, il a vite compris que sa patrouille ne pourrait pas se rendre à cheval sur le site du crash.

« Je vais renvoyer des hommes à Puente Negro, a-t-il dit, et leur dire d'appeler Santiago pour qu'on nous envoie un hélicoptère.

— Combien de temps est-ce que ça prendra ? ai-je demandé.

— Ils pourraient être ici demain, si le temps est clair. »

Je m'inquiétais de plus en plus pour les survivants, mais nous n'avions pas le choix, il fallait attendre.

Nous avons discuté un moment avec Enrique, Armando et quelques policiers. Je suis ensuite allé me coucher. J'ai passé une nuit agitée dans la cabane ; j'attendais impatiemment le matin, et quand je me suis levé, j'ai constaté, effondré, qu'un brouillard épais s'était abattu sur Los Maitenes.

« Tu crois qu'ils vont pouvoir atterrir ici ? ai-je demandé à Roberto.

— Peut-être que ça va bientôt se lever », a-t-il répondu.

Enrique et Armando nous attendaient avec le petit déjeuner. Sergio et quelques policiers nous ont rejoints, mais pendant que nous mangions, nous avons entendu un bruit de foule. Quelques secondes plus tard, choqués, nous avons vu une horde de journalistes qui remontaient le chemin boueux en courant. Ils se sont rués sur nous.

« C'est eux, les survivants ? criaient-ils. Roberto ? Fernando ? » On nous prenait en photo, on nous mettait des micros sous le nez, les journalistes griffonnaient dans leurs carnets en nous bombardant de questions.

« Combien de temps avez-vous marché ? »

« Qui est vivant à part vous ? »

« Comment avez-vous survécu au froid ? Qu'avez-vous mangé ? »

J'ai regardé Roberto, sidéré. « Comment nous ont-ils trouvés ? Et comment ont-ils fait pour être là avant les hélicoptères ? »

Nous étions entourés de journalistes de la presse et de la télévision du monde entier. Leur arrivée nous avait surpris et nous étions déstabilisés par l'intensité de leurs questions. Nous avons néanmoins fait de notre mieux pour répondre, mais nous avons gardé pour nous les faits les plus sensibles. Le capitaine a laissé les interviews continuer encore un peu puis il nous a pris à part.

« Le brouillard est encore épais. Je ne crois pas que les hélicoptères arriveront aujourd'hui. Je vais vous envoyer à Puente Negro pour y attendre l'équipe de secours. Ce sera peut-être plus facile d'atterrir là-bas. »

Nous avons acquiescé, et quelques instants plus tard, Roberto et moi étions à cheval derrière deux policiers, la presse à nos trousses. Soudain, la horde bruyante s'est arrêtée et a levé les yeux vers le ciel couvert. Il y a eu du vacarme au-dessus de nos têtes – un grondement de moteurs mêlé au bruit du vent. Le brouillard était si dense qu'il nous était impossible de voir les hélicoptères, mais, toujours à cheval, nous nous sommes dirigés vers le bruit, quelque trois cents mètres plus loin, vers un champ à proximité des cabanes où trois hélicoptères de l'armée chilienne venaient de se poser.

Nous sommes descendus de cheval et les médecins et des membres de l'équipage ont sauté des hélicoptères. Roberto avait besoin de leurs soins, mais j'ai refusé de me laisser examiner. Je suis allé chercher deux des pilotes, Carlos Garcia et Jorge Massa, et j'ai tenté de leur faire comprendre qu'il était important de partir tout de suite.

Le commandant Garcia a secoué la tête. « Il n'y a aucune chance pour que nous puissions voler dans ce brouillard, m'a-t-il dit. Il faut attendre que ça se lève. En attendant, que pouvez-vous me dire de la position de l'avion ? »

De nouveau, j'ai décrit le chemin que nous avions parcouru dans les Andes. Garcia m'a dévisagé d'un air dubitatif avant de sortir un plan de l'hélicoptère et de le déplier dans l'herbe. « Vous pensez pouvoir me montrer ? » Il a posé son doigt sur la carte et m'a indiqué où nous étions. J'ai observé la carte un moment, et une fois que j'ai trouvé mes repères, j'ai sans problème pu retracer la route que Roberto et moi avions suivie.

« Ici, ai-je dit en indiquant l'endroit où la vallée s'arrêtait, au pied du sommet que j'avais baptisé le mont Seler. Ils sont de l'autre côté de cette montagne. »

Massa et Garcia ont échangé un regard sceptique.

« C'est en Argentine, a dit Garcia. Les Hautes Andes. C'est à plus de 110 kilomètres d'ici.

— Il faut se dépêcher, ai-je dit. Nos amis sont en train de mourir. »

Massa a froncé les sourcils et a dit à Garcia : « Il doit se tromper. Ils n'ont pas pu traverser les Andes à pied, c'est impossible.

— Vous êtes sûr de bien lire la carte ?

— J'en suis certain, ai-je répondu. Nous avons descendu cette montagne, le long de la vallée. Là, c'est l'endroit où la vallée se divise en deux, nous avons suivi cette fourche, et nous sommes arrivés ici ! L'avion se trouve sur un glacier situé au-dessus d'une vaste vallée qui conduit vers l'est. »

Garcia a hoché la tête et replié la carte. Je n'étais toujours pas sûr qu'ils me croient.

« Quand est-ce que vous allez partir à leur recherche ?

— Dès que le brouillard se lève », a-t-il répondu, puis il s'est éloigné avec Massa en discutant. Je savais qu'ils parlaient du récit que je leur avais fait et qu'ils se demandaient ce qu'il fallait en penser.

Trois heures plus tard, le brouillard ne s'était toujours pas levé, mais il était un peu moins dense et les pilotes pensaient pouvoir voler en toute sécurité. Pendant que les équipes se préparaient pour le décollage, Garcia s'est approché de moi. « On va y aller maintenant. Mais l'endroit que vous nous avez montré sur la carte se trouve dans une région isolée, et à très haute altitude. Il sera difficile d'y arriver, et sans repères, nous ne trouverons jamais vos amis. Es-ce que vous pensez pouvoir venir avec nous et nous guider jusqu'à l'avion ? »

Je ne me souviens plus ce que je lui ai répondu, si je lui ai même répondu, mais quelques instants plus tard, j'ai senti que des bras m'entouraient et me soulevaient dans l'hélicoptère, qu'on m'attachait à un strapontin à l'arrière de l'appareil. Quelqu'un m'a posé un casque sur les oreilles et a arrangé le petit micro près de ma bouche. Trois membres de l'équipe de sauvetage des Andes étaient montés à mes côtés. Le copilote était assis devant moi, le commandant Garcia a pris les commandes. Pendant que Garcia mettait les moteurs en route, j'ai regardé par la fenêtre et croisé le regard de Roberto, la seule personne qui pouvait comprendre à quel point j'étais terrorisé à l'idée de voler dans les Andes. Il n'a pas bougé, nous avons juste échangé des regards. Puis l'hélicoptère a décollé et j'ai senti mon estomac se retourner quand nous avons brusquement viré pour prendre la direction de l'est, vers les montagnes. D'abord, je n'ai entendu que des grésillements et du jargon technique dans mon casque tandis que le pilote et le mécanicien décidaient de la route à suivre, puis Garcia s'est adressé à moi.

« OK, Nando, montre-nous le chemin. »

Je les ai guidés dans la vallée que nous avons suivie jusqu'à la frontière chilienne, avant de nous enfoncer dans les Andes argentines. Un deuxième hélicoptère, piloté par le commandant Massa, nous suivait de près. Il y avait des turbulences et l'hélicoptère était secoué comme un radeau dans des rapides, mais le vol était court – en moins de vingt minutes, nous nous trouvions à l'extrémité est de la vallée, les flancs du gigantesque mont Seler se dressaient devant nous comme les murs d'une forteresse géante.

« Nom de Dieu ! », ai-je entendu.

Garcia a laissé l'appareil faire du surplace pendant qu'il observait le sommet enneigé et les pentes noires qui s'enfonçaient dans la vallée, plusieurs milliers de mètres plus bas.

« Sainte mère, vous n'êtes pas descendus par là ?

— Si, c'est notre route, ai-je répondu.

— Tu es sûr ? Certain ?

— J'en suis certain, ils sont de l'autre côté. »

Garcia a regardé son copilote. « Avec autant de personnes à bord, on est lourds, a dit le copilote. Je ne sais pas si nous aurons assez de puissance pour passer le sommet. »

Garcia m'a de nouveau demandé : « Nando, tu es absolument sûr que c'est la bonne route ? »

J'ai aboyé dans le micro : « Oui !! »

Garcia a hoché la tête. « Accrochez-vous. » Comme les pilotes poussaient les moteurs, j'ai senti l'hélicoptère s'élancer. Nous avons foncé vers le flanc de la montagne, puis doucement, l'appareil s'est mis à prendre de l'altitude. Plus nous approchions du sommet, plus nous étions secoués par les forts courants ascendants. Garcia luttait pour garder le contrôle de son engin, violemment ballotté de part et d'autre. Les moteurs hurlaient, le pare-brise tremblait et j'étais tellement secoué que j'en avais la vision troublée. J'avais l'impression que tous les boulons, tous les écrous de l'appareil allaient exploser et j'étais convaincu que l'hélicoptère n'allait pas tarder à se briser en mille morceaux. J'avais été témoin de ce genre de chaos mécanique une fois, juste avant que le Fairchild s'écrase contre la crête, et le fait d'y être à nouveau confronté provoquait en moi une panique intense. Garcia et le copilote aboyaient des ordres si rapidement que j'étais incapable de dire qui parlait.

« L'air est trop rare ! On n'a pas assez de portance !

— Allez, force !

— Cent pour cent, cent dix pour cent...

— Reste stable ! Reste stable ! »

J'ai jeté un coup d'œil à l'équipe de secours, espérant qu'ils me fassent un signe pour me dire que tout était en ordre, mais ils avaient les traits tirés et le visage livide. Garcia a continué à pousser les moteurs pour gagner de l'altitude, et il a finalement réussi à faire passer l'hélicoptère de l'autre côté du sommet. Mais à peine l'avions-nous dépassé que les forts courants d'air au-dessus de l'arête nous ont violemment repoussés, et Garcia n'avait d'autre choix que de laisser retomber l'appareil en décrivant de larges cercles pour éviter qu'il ne s'écrase contre les flancs de la montagne. Pendant la chute, je me suis mis à hurler; j'ai continué à crier tandis que nous faisions demi-tour pour attaquer le sommet une nouvelle fois. Sans succès; les vents nous ont rejetés avec la même violence. C'était terrifiant.

« Nous ne pouvons pas passer au-dessus de cette montagne, a annoncé Garcia. Il va falloir la contourner. C'est à présent une mission qui peut nous coûter la vie, et je ne continuerai que si tout le monde à bord est d'accord. C'est à vous tous de décider. On continue ou on fait demi-tour ? »

J'ai échangé des regards avec les autres, puis nous nous sommes tous tournés vers le capitaine en hochant la tête.

« OK, a-t-il dit, mais accrochez-vous, ça va être dur. »

Mon estomac s'est de nouveau retourné quand l'hélicoptère a viré à droite et survolé des pics moins élevés situés au sud du mont Seler. C'était la seule voie qui s'offrait à nous, mais nous nous étions éloignés de la route que Roberto et moi avions suivie, et j'ai bientôt perdu mes repères.

« Quelle direction ? a demandé Garcia.

— Je ne suis pas sûr... je suis chamboulé... »

Je scrutais frénétiquement l'horizon, à la recherche d'un point de repère, terrifié à l'idée que mes amis étaient peut-être définitivement perdus. Où que je regarde, je ne voyais qu'une répétition infinie des mêmes choses, un océan de neige et de roche... Puis, quelque chose dans la silhouette accidentée d'une des arêtes a attiré mon regard.

« Attendez ! me suis-je exclamé. Je connais cette montagne ! Je sais où nous sommes ! Il faut descendre ! »

Quand nous avons perdu de l'altitude, je me suis aperçu que Garcia avait contourné le sommet en passant au-dessus des montagnes qui entouraient le site du crash, au sud. Nous nous trouvions juste au-dessus de la vallée que nous avions empruntée lors de notre tentative pour nous sauver par l'est, et nous nous dirigions vers l'ouest sur le versant est du mont Seler.

« Ils doivent être là-haut, ai-je dit en pointant le doigt vers l'est.

— Je ne vois rien, a dit le pilote.

— Continuez ! Ils sont sur le glacier.

— Le vent est mauvais, a dit le copilote. Je ne sais pas si nous pourrons atterrir ici. »

Je scrutais le sol, et soudain, je l'ai repéré, un petit point dans la neige. « Je vois l'avion ! Là, sur la gauche ! »

Garcia regardait la montagne. « Où... ? Je ne vois rien. Attends, c'est bon, je l'ai vu. Taisez-vous, tout le monde, la ferme ! »

Quelques minutes plus tard, nous décrivions des cercles au-dessus de l'appareil, et mon cœur battait à tout rompre tandis que Garcia luttait contre les turbulences au-dessus du glacier. Mes craintes se sont évanouies au moment où j'ai vu de minuscules silhouettes sortir du fuselage. Même à cette hauteur, je parvenais à en reconnaître certains. J'ai reconnu Gustavo à sa casquette de pilote, Daniel, Pedro, Fito, Javier... D'autres couraient en gesticulant. J'ai essayé de les compter, mais les soubresauts de l'hélicoptère rendaient la tâche impossible. Je ne voyais ni Roy, ni Coche, ceux pour qui j'étais le plus inquiet.

J'ai entendu la voix de Garcia dans mon casque ; il s'adressait à l'équipe de secours.

« La pente est trop raide pour permettre un atterrissage. Je vais descendre aussi bas que possible et vous devrez sauter. »

Il a concentré toute son attention sur l'opération délicate consistant à rapprocher l'appareil du sol en toute sécurité, malgré les tourbillons.

« Merde ! Les turbulences sont mauvaises. Reste stable.

— Attention à la pente, on est trop près !

— Reste stable !

— Lâche maintenant ! »

Il a tourné l'appareil de manière à ce qu'un des côtés soit parallèle à la pente et l'a fait descendre jusqu'à ce qu'un des skis touche la neige.

« *Go !* »

Les sauveteurs ont ouvert la porte coulissante, jeté leur équipement dans la neige et sauté sous l'hélice. J'ai regardé à l'extérieur et j'ai vu Daniel s'élancer vers nous. Il s'est baissé pour éviter l'hélice et a tenté de plonger dans l'hélicoptère, mais il avait mal jaugé les distances et s'est cogné contre l'un des skis.

« *Carajo !* a-t-il crié. Je crois que je me suis cassé une côte.

— Ne va pas te tuer maintenant ! », ai-je crié en me penchant en avant pour le tirer à l'intérieur. Alvaro Mangino est monté après lui.

« C'est tout ce que nous pouvons prendre, a crié Garcia. Nous viendrons chercher les autres demain. Fermez la porte maintenant ! »

J'ai obéi aux ordres du capitaine et quelques instants plus tard, nous survolions le Fairchild. L'autre hélicoptère s'est rapproché de la pente et d'autres sauveteurs ont sauté dans la neige. J'ai vu Carlitos, Pedro et Eduardo monter dans l'appareil. Puis j'ai vu la silhouette amaigrie de Coche se diriger vers l'hélicoptère.

« Coche est vivant ! ai-je dit à Daniel. Et Roy ?

— Vivant, m'a-t-il répondu, mais à peine. »

Le vol de retour à Los Maitenes fut tout aussi éprouvant que l'aller, mais moins de vingt minutes plus tard, nous atterrissions dans le champ près des cabanes. Alvaro et Daniel ont immédiatement été pris en charge par les médecins. Quelques instants plus tard, le deuxième hélicoptère a atterri une vingtaine de mètres plus loin, et j'attendais qu'on ouvre les portes. Coche s'est joyeusement précipité dans mes bras, puis ça a été au tour d'Eduardo et de Carlitos. Emerveillés de revoir des fleurs et de la verdure, ils sont tombés à genoux dans l'herbe. Carlitos m'a pris dans ses bras et m'a fait rouler par terre. « Mon salaud ! criait-il. Tu as réussi ! Tu as réussi ! » Il a mis la main dans sa poche et en a sorti la petite chaussure rouge que je lui avais donnée le jour de mon départ. Il rayonnait, ses yeux brillaient de bonheur et son visage n'était qu'à quelques centimètres du mien.

« Je suis content de te voir, Carlitos, ai-je dit, mais je t'en prie, tu ne vas quand même pas m'embrasser ! »

Quand les célébrations ont été terminées, on nous a apporté de la soupe bien chaude, du fromage et du chocolat. Pendant que les médecins examinaient les six nouveaux venus, je suis allé trouver le commandant Garcia pour lui demander quand les autres survivants pourraient quitter la montagne. Il m'a expliqué qu'il serait trop dangereux d'y aller de nuit, il faudrait attendre jusqu'au lendemain matin. Il m'a cependant assuré que les médecins et les sauveteurs restés là-haut feraient en sorte que les garçons soient en sécurité.

Après notre repas, nous avons pris place à bord des

hélicoptères et on nous a emmenés à une base militaire près de la ville de San Fernando. Des équipes de médecins et d'infirmières nous attendaient pour nous mettre dans des ambulances, qui sont parties en convoi, escortées par des policiers à moto, et au bout de dix minutes environ, nous sommes arrivés à l'hôpital Saint-Jean-de-Dieu de San Fernando. Le personnel de l'hôpital nous attendait dans le parking avec des civières. Certains garçons en avaient besoin, mais j'ai dit aux infirmières que je tenais à marcher. J'avais traversé les Andes à pied, je n'avais certainement pas l'intention de me laisser porter les derniers mètres. On m'a installé dans une petite chambre propre, on m'a ôté les couches d'habits sales que je portais. Ils ont jeté mes guenilles dans un coin et je les ai regardées, entassées par terre – les pulls, les jeans et le pantalon qui étaient devenus ma deuxième peau. J'étais content d'en être débarrassé, de les reléguer à mon passé. On m'a conduit à une salle de bains et j'ai eu droit à une douche chaude. Je sentais des mains me laver les cheveux, un gant tout doux me frottait pour enlever la crasse dont j'étais recouvert. Après la douche, on m'a séché dans des serviettes moelleuses. C'est alors que je me suis vu dans le miroir en pied de la salle de bains. J'ai été sidéré. Avant le crash, j'étais un athlète bien entraîné, mais à présent, il n'y avait plus la moindre trace de muscles sur mon corps. Les os de mon bassin, des côtes et des épaules se voyaient à travers la peau; mes bras et mes jambes étaient si maigres que mes genoux et mes coudes ressortaient comme les nœuds d'une corde. Les infirmières m'ont éloigné du miroir et j'ai enfilé un peignoir de l'hôpital. Elles m'ont amené près d'un lit assez étroit et se sont mises à m'ausculter, mais je leur ai demandé de me laisser seul un instant. Quand elles sont parties, j'ai profité du silence, du confort, de la propreté et du calme de ma jolie petite chambre. Je me suis allongé sur le matelas moelleux, j'ai senti la douceur des draps propres en coton contre ma peau. Lentement, j'ai pris conscience de ce qui arrivait : j'étais sauvé, j'allais rentrer chez moi. J'ai pris une profonde inspiration, et doucement, j'ai expiré. Respire encore une fois – c'est ce que nous avions l'habitude de dire dans les montagnes pour nous donner du courage dans les moments de détresse. Chaque respiration ressemblait alors à un acte de défi. Au cours des soixante-douze jours que j'ai passés dans les Andes, il n'y avait pas eu une seule respiration que je n'avais pas prise dans la terreur. Maintenant – enfin ! – je jouissais du luxe de respirer normalement. Coup sur coup, je remplissais mes poumons puis je laissais l'air sortir en expirant longuement, sans hâte, et à chaque souffle, je murmurais, émerveillé :

Je suis vivant. Je suis vivant. Je suis vivant.

Soudain, mes pensées ont été interrompues par des cris devant ma porte et des bruits de bousculade dans le couloir. « Calmez-vous ! aboyait une voix d'homme très ferme. Personne n'est autorisé à entrer. »

Une voix de femme lui a répondu. « Mon frère est à l'intérieur ! criait-elle. Il faut que je le voie, je vous en prie ! »

Je suis sorti dans le couloir juste à temps pour voir ma sœur Graciela se frayer un chemin à travers un groupe d'infirmières et de personnel hospitalier. J'ai crié son nom, et elle s'est mise à pleurer en me voyant. Quelques secondes plus tard, elle était dans mes bras et mon cœur débordait d'amour. Elle était accompagnée de son mari Juan, les yeux pleins de larmes, et pendant un moment, nous nous sommes embrassés tous les trois en silence. Puis j'ai levé la tête, et là, au bout du couloir, immobile dans la lumière fluorescente, j'ai vu la silhouette mince et voûtée de mon père. Je me suis avancé vers lui et je l'ai embrassé, puis je l'ai soulevé dans mes bras jusqu'à ce que ses pieds quittent le sol. « Tu vois, Papa, lui ai-je murmuré en le reposant, je suis encore assez fort pour te porter. » Il s'est blotti contre moi, il me touchait comme pour se convaincre de ma réalité. Je l'ai tenu dans mes bras un long moment, je sentais son corps trembler doucement, il pleurait. Nous n'avons rien dit. Puis, sa tête encore collée contre ma poitrine, il a murmuré : « Mami ? Susy ? »

Je lui ai répondu par un silence, et il a vacillé dans mes bras en comprenant. Un petit moment plus tard, ma sœur est venue nous chercher et nous a reconduits dans ma chambre. Ils se sont réunis autour de mon lit et je leur ai raconté ma vie dans les montagnes. J'ai décrit le crash, le froid, la peur, la longue marche avec Roberto. J'ai raconté comment ma mère était morte, comment je m'étais occupé de Susy. Mon père a tressailli en entendant le nom de ma sœur, et je lui ai épargné les détails de ses souffrances – il était suffisant de lui dire qu'elle n'avait jamais été seule et qu'elle était morte dans mes bras. Graciela pleurait doucement en m'écoutant parler. Elle ne me quittait pas des yeux. Mon père était tranquillement assis à côté de mon lit, il écoutait, il hochait la tête et arborait un sourire qui me fendait le cœur. Quand j'ai eu terminé, il y a eu un long moment de silence jusqu'à ce que mon père trouve la force de parler.

« Comment avez-vous survécu, Nando ? Toutes ces semaines sans nourriture… »

Je lui ai dit que nous avions mangé la chair de ceux qui n'avaient pas survécu. L'expression de son visage n'a pas bougé.

« Vous avez fait ce que vous deviez faire, a-t-il dit, la voix brisée par l'émotion. Je suis heureux que tu sois rentré. »

J'avais tellement de choses à lui dire – que j'avais pensé à lui tout le temps, que son amour avait été la lumière qui m'avait permis de rentrer sain et sauf. Mais j'aurais tout le temps de le faire plus tard. Pour l'instant, je voulais savourer nos retrouvailles, même si elles avaient un goût amer. Au début, j'ai eu du mal à me convaincre que ce moment, l'instant dont j'avais tellement rêvé, était réel. Mon esprit était lent, et j'étais étrangement amputé de mes émotions. Je ne ressentais aucun sentiment d'exaltation ou de triomphe, je baignais simplement dans une chaude lueur de calme et de sérénité. Au bout d'un moment, nous avons entendu des bruits dans le couloir, la joie des familles des autres survivants qui retrouvaient leurs fils. Ma sœur s'est levée et a fermé la porte, et dans l'intimité de ma chambre, j'ai partagé avec ceux qui restaient de ma famille le miracle d'être ensemble, réunis.

LA DERNIÈRE EXPÉDITION

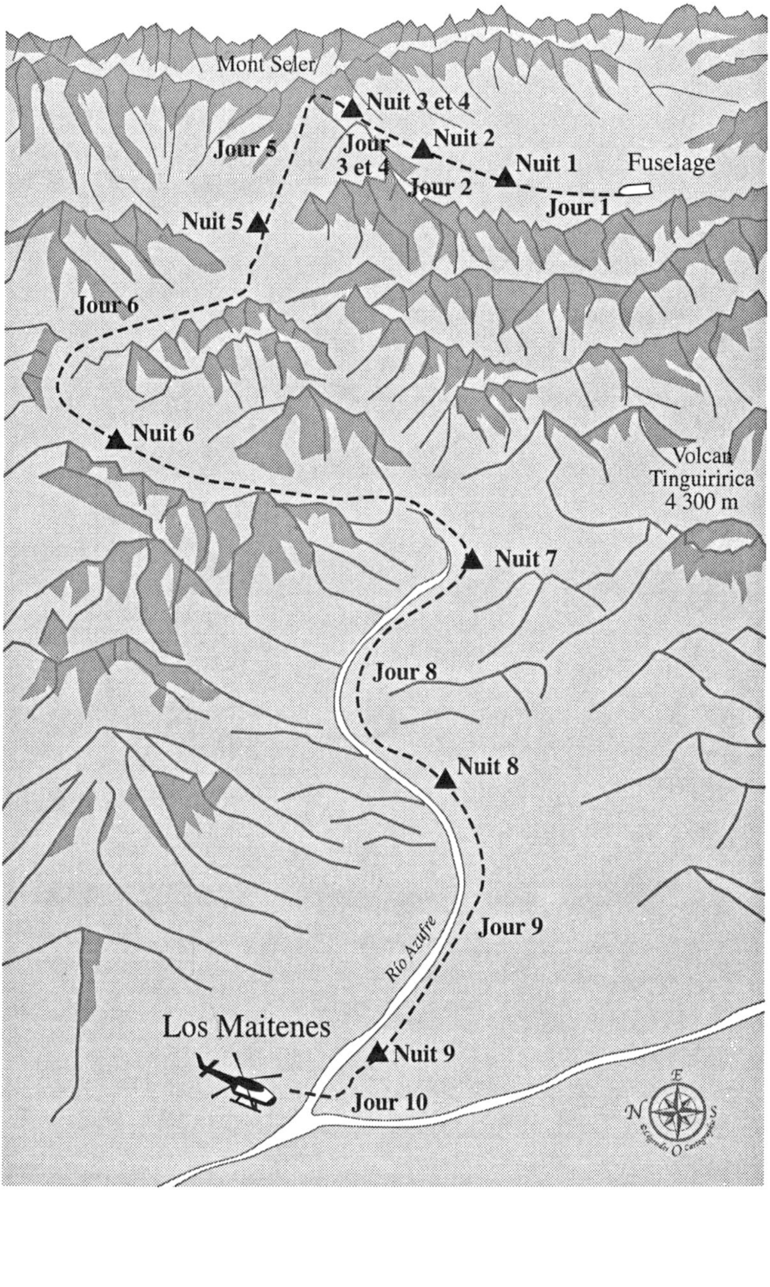

10

Après

LE LENDEMAIN, le 23 décembre, les huit survivants qui étaient restés sur la montagne ont été ramenés à Santiago et examinés à l'hôpital Posta Centrale. Les médecins ont décidé de garder Roy et Javier en observation – ils étaient particulièrement inquiets de l'état de Roy, ses analyses de sang montraient des irrégularités susceptibles de constituer un danger pour son cœur. Mais les autres ont été libérés et conduits à l'hôtel Sheraton San Cristobal, où leur famille les a rejoints. Les huit d'entre nous qui étions à l'hôpital Saint-Jean-de-Dieu avons également été conduits à Santiago dans l'après-midi. Alvaro et Coche, les plus faibles, ont été hospitalisés pendant qu'on nous accompagnait au Sheraton pour retrouver nos amis. Là, comme partout dans la ville, l'atmosphère était à la célébration, et il régnait un sentiment d'émerveillement religieux. Les journaux appelaient notre retour « le miracle de Noël », et nombreux étaient ceux qui nous tenaient pour des figures quasi mythiques : de jeunes garçons sauvés par l'intervention directe de Dieu, preuves vivantes de Son amour. Notre survie faisait la Une des journaux du monde entier et l'intérêt du public pour notre aventure était prodigieux. Le hall de l'hôtel et les rues adjacentes étaient bondés, vingt-quatre heures sur vingt-quatre, de journalistes qui attendaient la première occasion de se jeter sur nous. Nous ne pouvions pas aller prendre un café ou discuter tranquillement avec nos proches sans qu'une horde de journalistes se précipite pour nous coller des micros sous le nez et nous agresser avec les flashes de leurs appareils photo.

La veille de Noël, une fête a été organisée dans l'une des salles de l'hôtel. Dans l'ambiance joyeuse, les survivants et leur famille remerciaient Dieu de nous avoir sauvés de la mort. « Je t'avais dit que nous serions rentrés pour Noël », m'a dit Carlitos avec le même sourire confiant qu'il avait eu dans les montagnes. « Je t'avais bien dit que Dieu ne nous abandonnerait pas. »

J'étais content pour lui et pour les autres, mais en les regardant partager leur joie avec leurs proches, je me suis rendu compte qu'à l'exception de Javier, tous mes amis survivants allaient retrouver la vie qu'ils avaient eue avant. Certes, nombre d'entre eux avaient perdu des amis dans la catastrophe, et tous avaient vécu un cauchemar indicible, mais maintenant, pour eux, c'était fini. Leur famille était intacte. Ils retrouvaient les bras de leurs parents, frères et sœurs, petites amies. Leur monde était le même, les choses reprendraient leur cours, leur vie n'aurait pas été interrompue par le crash. Mais mon monde à moi avait été détruit, et cette fête soulignait d'autant plus ce que j'avais perdu. Je ne passerais plus jamais Noël avec ma mère ou avec Susy. Cette épreuve avait brisé mon père, et je me demandais s'il redeviendrait jamais l'homme que j'avais connu. Je me suis efforcé de participer aux réjouissances ce soir-là, mais je me sentais très seul et je comprenais que le triomphe des autres était pour moi le début d'un avenir nouveau et incertain.

Au bout de trois jours à Santiago, le cirque autour de l'hôtel est devenu insupportable, et mon père nous a conduits dans une maison à Viña del Mar, au bord de la mer. Nous avons passé trois jours calmes là-bas, à nous reposer, faire des balades en voiture, bronzer au soleil. Sur la plage, j'avais l'impression d'être une curiosité. Ma photo avait été publiée dans tous les journaux, et avec mes cheveux longs et mes os saillants sous la peau, il était facile de voir que j'étais un survivant. Je ne pouvais pas faire un pas sans être abordé par des étrangers, de sorte que j'ai fini par rester près de la maison et j'ai passé de longues heures à discuter avec mon père. Il ne me posait pas beaucoup de questions, je sentais qu'il n'était pas encore prêt à entendre tous les détails, mais il partageait volontiers le récit de ce qu'il avait vécu pendant ces deux longs mois. Il m'a raconté que le 13 octobre, à 15 h 30, l'heure exacte à laquelle l'avion était tombé du ciel, il était sur le chemin de la banque près de ses bureaux à Montevideo quand soudain, quelque chose l'avait arrêté.

« La porte de la banque était à quelques pas, me dit-il, mais je ne pouvais pas aller plus loin. C'était tellement bizarre. Je me suis complètement désintéressé de la banque. Mon estomac s'est noué. Je n'avais qu'une envie, c'était de rentrer à la maison. » De toute sa vie, mon père n'avait manqué son travail que quelques très rares fois, mais ce jour-là, il avait oublié son bureau et était directement rentré chez nous, à Carrasco. Il s'était servi une tasse de *maté* * et avait allumé la télévision, où un flash spécial rapportait qu'un avion charter uruguayen avait disparu dans les Andes. Comme il ne savait rien de notre escale

* Boisson traditionnelle en Uruguay et en Argentine notamment, qui est une infusion d'une plante, le *yerba mate*, de la famille du houx [NdT].

imprévue à Mendoza, il s'était rassuré en se disant que nous étions arrivés à Santiago la veille. Pourtant, il ne parvenait pas à se débarrasser d'un sentiment de terreur. Une heure plus tard environ, on avait frappé à la porte.

« C'était le colonel Jaume », m'a dit mon père. Jaume était l'un de ses amis, officier dans l'armée de l'air uruguayenne. « Il m'a dit : J'ai une voiture qui attend dehors, je veux que tu viennes avec moi. Je crains d'avoir de mauvaises nouvelles... » Le colonel avait emmené mon père chez lui, et lui avait confirmé la terrible nouvelle : l'avion qui s'était perdu était bien le nôtre. Le lendemain, mon père se rendait à Santiago, pour rencontrer les autorités chiliennes qui devaient lui expliquer ce qu'elles savaient à propos du crash. Il avait survolé les Andes, et en regardant les montagnes, il avait frissonné en pensant que sa femme et ses enfants s'étaient écrasés dans cet environnement si hostile. « A ce moment-là, j'ai perdu tout espoir. Je savais que je ne vous reverrais jamais. »

Les semaines suivantes avaient été aussi terribles pour lui que ce que je m'étais imaginé. Il ne pouvait ni manger ni dormir. Les prières ne lui étaient d'aucun réconfort, pas plus que la compagnie des autres. Les parents de nombreuses victimes du crash avaient trouvé des moyens pour garder espoir. Un groupe de pères, dirigé par celui de Carlitos, Carlos Paez-Villaro, avait même organisé ses propres recherches en louant des avions et des hélicoptères pour survoler la région des Andes où les autorités chiliennes pensaient que le Fairchild s'était écrasé. Mon père avait contribué financièrement aux recherches, mais il était convaincu que c'était une perte de temps. « Quand un avion tombe dans les Andes, il est perdu à jamais, m'a-t-il dit. Je savais que nous pourrions nous estimer heureux si les montagnes nous rendaient ne serait-ce qu'un fragment de l'appareil. »

En l'absence de tout espoir, l'état psychologique de mon père s'était rapidement détérioré. Il était devenu apathique. Il passait des heures assis tout seul, en silence, ou partait se promener sur la plage avec mon chien Jimmy pour seule compagnie. « Ta mère était ma force, me dit-il. J'avais tellement besoin d'elle à ce moment-là, mais elle était partie, et sans elle, j'étais perdu. » Plus les jours passaient, plus il se repliait sur lui-même, et plus d'une fois, son chagrin faillit lui faire perdre la raison. « Un jour, j'étais en train de déjeuner avec Lina. La maison était calme, il y avait trop de chaises vides autour de la table. J'ai posé ma fourchette et je lui ai dit : Mamá, je ne peux pas rester là. Je suis sorti et me suis mis à marcher. »

Pendant des heures, il avait arpenté les rues de la ville, tout l'après-midi et jusque tard dans la nuit. Il avait l'esprit vide, juste un vague sentiment de la nécessité de continuer à avancer. Peut-être qu'en avançant, il parviendrait à mettre de la distance entre lui et sa douleur. Finalement, il s'était retrouvé sur la vaste pelouse de la Plaza Matriz, le centre historique de Montevideo. Devant lui s'élevaient les tours sombres de la cathédrale Metropolitana, construite par les colons espagnols en 1740. Mon père n'était pas pratiquant, mais quelque chose l'avait attiré à l'intérieur de l'église, un désir de paix, de réconfort. Il s'était agenouillé et avait essayé de prier, mais il ne ressentait rien. Regardant alors sa montre, il avait constaté avec stupeur qu'il avait marché pendant plus de dix heures. Il craignait d'être en train de devenir fou. Il était sorti de l'église, et était rentré à la maison dans le noir.

« Je me suis dit : il faut que je change tout. » Alors,

comme s'il pouvait échapper à la souffrance en rompant les liens qui l'unissaient physiquement au passé, mon père s'est mis à déconstruire sa vie. Il avait vendu sa chère Mercedes, ainsi que la Rover adorée de ma mère. Il avait mis en vente l'appartement de Punta del Este et s'apprêtait à vendre la maison de Carrasco. Il avait même tenté de vendre les entreprises pour lesquelles il avait travaillé toute sa vie, mais Graciela et Juan avaient eu vent de ses intentions et l'avaient convaincu de renoncer à ses projets avant que le mal ne soit fait. « Je ne savais pas ce que je faisais. Parfois, j'arrivais à réfléchir, à d'autres moments, j'étais complètement fou. Plus rien n'avait d'importance. Je ne trouvais plus de sens à rien après la disparition de l'avion. »

Quand mon père avait appris que Roberto et moi avions été retrouvés, il avait d'abord refusé de le croire. Le 23 décembre au matin, il avait pris place dans un charter pour Santiago. Les noms des autres survivants n'avaient pas été publiés, et en survolant une nouvelle fois les Andes, il s'était laissé aller à espérer. « S'il y a des survivants, avait-il dit à ma sœur, c'est parce que ta mère les a sauvés. » Quelques heures plus tard, il était dans mes bras et je lui apprenais qu'il s'était trompé; ma mère et ma sœur n'avaient pas survécu.

« Papa, lui ai-je dit un jour à Viña del Mar. Je suis désolé de ne pas avoir pu sauver Mami et Susy. » Il a souri tristement et m'a pris le bras. « Quand j'étais sûr que vous étiez morts, je savais que je ne me remettrais jamais de cette perte. C'était comme si ma maison avait brûlé et que j'avais tout perdu, pour toujours. Et maintenant, de t'avoir retrouvé, c'est comme si j'étais tombé sur quelque chose de précieux dans les cendres. J'ai l'impression d'être ressuscité. Ma vie peut reprendre. Dorénavant, je vais m'efforcer de ne pas être triste pour ce qu'on m'a enlevé, mais d'être heureux de ce qu'on m'a rendu. » Il m'a conseillé de faire de même. « Le soleil se lèvera demain, et le jour d'après, et le suivant. Ne laisse pas cette épreuve être la chose la plus importante qui te soit jamais arrivée. Regarde devant toi. Tu auras un avenir. Tu auras une vie. »

Le 30 décembre, nous avons quitté Viña del Mar pour Montevideo. J'étais terrorisé à l'idée de survoler à nouveau les Andes, mais grâce aux sédatifs que m'avait prescrits un médecin chilien, j'ai réussi à monter dans l'avion. Quand nous sommes arrivés à Carrasco, une foule d'amis et de voisins s'étaient réunis dans la rue pour m'accueillir. Je les ai salués tout en montant les marches jusqu'à la porte d'entrée. Lina, ma grand-mère, m'attendait. Je suis tombé dans ses bras, et elle m'a serré si fort, avec une affection à la fois si douce et si triste, que j'ai compris qu'à travers moi, elle embrassait aussi Susy et ma mère. Nous sommes entrés dans la maison. Devant moi, dans le couloir, se trouvait mon chien Jimmy. Il dormait profondément, et en nous entendant entrer, il avait ouvert les yeux sans pour autant soulever sa grosse tête de ses pattes. Il m'a lancé un drôle de regard, puis il a dressé ses longues oreilles et penché la tête d'un air incrédule. Il m'a observé un long moment et soudain, il a aboyé joyeusement et s'est jeté sur moi en dérapant sur le carrelage. Je l'ai pris dans mes bras et l'ai laissé me lécher le visage. Tout le monde a ri, et moi, j'étais ravi de cet accueil.

Ces premiers instants dans la maison me semblaient irréels. J'étais à la fois heureux et étonné d'être de nouveau chez moi, mais les pièces résonnaient de l'absence de ma mère et de ma sœur. Je suis allé dans ma chambre. Graciela s'était installée chez mon père juste après le crash, et son fils de deux ans dormait dans ma chambre.

Toutes mes affaires avaient disparu. Dans ses efforts désespérés pour s'affranchir de son passé, mon père s'était débarrassé de tout ce qui m'appartenait – mes vêtements, mes livres, mes affaires de sport et mes magazines de course automobile, même du poster de Jackie Stewart qui était accroché au mur depuis plusieurs années. Dans le salon, il avait disposé des photos de moi, de ma mère et de Susy sur la cheminée, en une sorte de commémoration funèbre. J'ai regardé par la fenêtre. Des voitures circulaient dans la rue. Les fenêtres s'éclairaient dans les maisons avoisinantes, les gens continuaient à vivre. Voilà à quoi ressemblerait la vie si j'étais mort, me suis-je dit. Je n'ai pas vraiment laissé de vide. Le monde a continué à tourner sans moi.

J'ai passé les premières semaines dans une sorte de rêve. Tant de choses avaient changé, et je ne parvenais pas à retrouver le chemin de ma vie. Guido et Panchito n'étaient plus là, et j'étais souvent seul. Je jouais avec Jimmy et passais des heures à faire de la moto. Mon père avait vendu la mienne pendant mon absence, mais l'ami qui la lui avait achetée lui avait rendue dès l'instant où il avait appris que j'étais vivant. Parfois, je me promenais dans les rues, mais partout où j'allais, on me reconnaissait, de sorte que je préférais rester à la maison. Quand je sortais, il y avait toujours des choses qui me rappelaient ce qui m'était arrivé. Un jour, à La Mascota, une pizzeria du quartier que je fréquentais depuis mon enfance, le propriétaire et le serveur avaient fait toute une histoire, déclarant que ma présence était un honneur, et ils avaient refusé de prendre mon argent. Je sais bien que leur intention était bonne, mais je n'ai pas pu y remettre les pieds pendant longtemps. Dans la rue, les gens m'approchaient pour me serrer la main, comme si j'étais un héros qui avait contribué au prestige de l'Uruguay grâce à mes exploits. De fait, notre survie était devenue affaire de fierté nationale. On fêtait notre épreuve comme une aventure glorieuse. Les gens s'étaient mis à comparer notre histoire à la victoire héroïque de l'équipe de foot d'Uruguay lors de la Coupe du monde de 1950. Certains avaient été jusqu'à me dire qu'ils m'enviaient mon expérience dans les Andes et qu'ils auraient voulu y être avec moi. Je ne savais pas comment leur expliquer qu'il n'y avait rien de glorieux dans ces montagnes – rien que de la laideur, de la peur et de la détresse, et l'obscénité de voir tous ces innocents mourir.

J'étais également perturbé par l'aspect sensationnaliste d'une grande partie de la presse concernant ce que nous avions mangé pour survivre. Peu après notre sauvetage, des personnalités cléricales avaient déclaré qu'aux yeux de l'Eglise, nous n'avions commis aucun péché en mangeant la chair des morts. Comme Roberto l'avait affirmé dans les Andes, ils avaient dit haut et fort que le péché aurait été de se laisser mourir. En outre – ce qui pour moi comptait davantage – bon nombre de parents des garçons morts nous avaient publiquement exprimé leur soutien, en annonçant qu'ils comprenaient et acceptaient ce que nous avions fait. Je leur suis à jamais reconnaissant pour le courage et la générosité dont ils ont fait preuve en nous soutenant. En dépit de ces déclarations, la presse se concentrait sur notre régime alimentaire, de manière totalement impudique et cruelle. Certains journaux publiaient des titres accrocheurs et des photos sordides en première page, prises après notre départ et qui montraient des tas d'ossements à côté de l'avion ou des membres éparpillés dans la neige. Au même moment, des rumeurs ont commencé à circuler, dont une théorie selon laquelle l'avalanche n'avait jamais eu lieu, et que nous avions en réalité tué les victimes de cette catastrophe pour les manger.

Graciela et Juan m'ont été d'un soutien inestimable à cette époque, mais ma mère et ma sœur me manquaient terriblement. Mon père souffrait avec moi, et dans sa tristesse, il était aussi perdu que moi. J'ai bientôt appris qu'à force de solitude, il avait cherché du réconfort auprès d'une autre femme, et qu'il continuait à la fréquenter. Je ne lui en voulais pas. Je savais que mon père avait énormément besoin d'affection, et que la mort de ma mère l'avait privé d'un sentiment de plénitude et d'équilibre dont il ne pouvait se passer. Pourtant, j'avais du mal à les voir ensemble si peu de temps après la catastrophe; ce n'était qu'un signe de plus de ce que ma vie d'avant avait à jamais disparu. Ainsi, à l'approche de l'été, j'ai décidé de fuir Montevideo et tous les souvenirs qui s'y trouvaient pour rester plus de temps tout seul, dans l'appartement de mon père à Punta del Este. Nous y avions passé de nombreux étés en famille, depuis l'époque où Susy et moi, alors enfants, jouions ensemble sur la plage. Tout était différent à présent, évidemment. Tout le monde me reconnaissait, et où que j'aille, j'étais entouré de badauds, de gens qui me voulaient du bien et d'étrangers qui voulaient mon autographe. Au début, je suis resté cloîtré dans l'appartement, mais au fil des jours, je dois avouer que je me suis mis à apprécier l'attention dont je faisais l'objet – en particulier quand je me suis rendu compte qu'un grand nombre de jolies jeunes femmes semblaient bien décidées à faire ma connaissance. J'avais toujours envié la facilité avec laquelle Panchito attirait les plus belles filles de la plage, et à présent, c'était moi qui les attirais. Est-ce que je les intéressais parce que j'étais moi, ou à cause de ce que j'avais fait ? Ou était-ce simplement un effet de ma récente célébrité ? Je m'en fichais. Pour la première fois de ma vie, les filles me trouvaient fascinant, irrésistible même – et j'en profitais un maximum. Pendant plusieurs semaines, j'ai passé mon temps à faire la fête avec des jolies filles, parfois avec plusieurs à la fois, tout en restant à l'affût de nouvelles conquêtes. Je suis devenu l'un des libertins les plus en vue de Punta del Este, ma photo apparaissait souvent dans les pages « people » des magazines – Nando à une soirée chic, en train de trinquer, la vie facile du play-boy à plein temps, toujours une ou deux beautés accrochées à mon bras.

Ma notoriété n'avait pas échappé aux autres survivants, et mon comportement ne leur plaisait pas. Pour eux, notre épreuve avait été une expérience radicale qui leur avait montré l'étendue de la dignité de l'homme et les avait conduits à faire le choix d'une vie éthique et très morale. A leurs yeux, j'oubliais les leçons que j'avais apprises. Cet été-là, on m'a demandé de faire partie du jury d'un concours de beauté organisé sur la plage, une proposition que j'ai acceptée avec plaisir. On l'a annoncé dans le journal local, qui publiait par la même occasion une photo de moi souriant, entouré d'une demi-douzaine de belles filles en maillot de bain. C'en était trop pour les autres, et par respect pour eux, je me suis retiré du concours. Pourtant, il me semblait que mes amis se prenaient un peu trop au sérieux. Après tout, compte tenu de ce que nous avions traversé, il me semblait que le monde nous devait bien un peu de divertissement. Je me disais que je profitais de la vie, que je rattrapais le temps perdu dans les montagnes. Je me leurrais probablement. Je crois maintenant qu'au plus profond de moi, il y avait comme une paralysie, un vide que j'essayais de combler par des nuits et des nuits de fête. Je refoulais encore la douleur, enfouie en moi depuis les premiers jours de la catastrophe. J'essayais tout simplement de trouver un moyen sûr de ressentir les choses.

Un soir, dans une boîte de Punta del Este, le « 05 », j'étais tranquillement en train de discuter avec ma conquête du jour en sirotant un Coca quand la réalité s'est abattue sur moi avec la violence d'un coup de massue. J'avais passé d'innombrables soirées dans cette boîte avec Panchito, et je me suis aperçu que je m'attendais à le voir débarquer d'une minute à l'autre. Depuis notre sauvetage, j'avais beaucoup pensé à lui, mais ce soir-là, j'ai ressenti son absence de manière viscérale, j'en éprouvais une douleur physique. C'est à ce moment-là que j'ai compris, avec une certitude brutale, qu'il était parti. Dès lors, toutes mes autres pertes sont remontées à la surface, et pour la première fois depuis le crash, je me suis mis à pleurer. La tête baissée, je sanglotais si fort, incapable de me contrôler. La fille qui m'accompagnait m'a gentiment ramené chez moi, et je suis resté assis plusieurs heures sur le balcon de l'appartement, à contempler l'océan, seul avec mes pensées. Pendant que je ressassais tout ce qu'on m'avait enlevé, ma tristesse a fait place à l'indignation. Pourquoi était-ce arrivé ? Pourquoi fallait-il que je souffre ainsi alors que d'autres vivaient tranquillement leur vie, dans le bonheur ? Je suis resté là, à m'emporter contre Dieu ou mon destin, à me torturer en pensant aux autres possibilités : si seulement les pilotes avaient repéré l'arête plus tôt. Si seulement Panchito s'était assis ailleurs. Si seulement je n'avais pas proposé à ma mère et ma sœur de m'accompagner. Je pensais aux garçons qui avaient annulé au dernier moment, à ceux qui avaient raté l'avion et pris un autre vol. Pourquoi n'avais-je pas été épargné, comme eux ? Pourquoi fallait-il que ce soit ma vie à moi qui soit détruite ?

Les heures passaient, et je m'enfonçais dans ces réflexions amères et violentes, j'avais l'impression que je ne pardonnerais jamais à la vie de m'avoir trahi, de m'avoir volé un avenir heureux. Puis, peu avant l'aube, comme la fatigue atténuait ma colère, je me suis souvenu de ce que mon père m'avait dit à Viña del Mar : Tu auras un avenir. Tu auras une vie.

En réfléchissant à ses paroles, j'ai compris que je me trompais. Je considérais la catastrophe comme une terrible erreur, comme une déviation imprévue du cours de la vie heureuse qui m'attendait. Mais à présent, je commençais à comprendre que l'épreuve que j'avais subie dans les Andes n'était pas une interruption de mon destin, ou une perversion de ce que ma vie aurait dû être. C'était tout simplement ma vie, et le futur qui m'attendait était le seul disponible. Si je choisissais de l'ignorer, de vivre dans l'amertume et la colère, cela m'empêcherait de vivre une vraie vie. Avant le crash, j'avais tenu beaucoup de choses pour acquises, mais les montagnes m'avaient montré que la vie, quelle que soit la forme qu'elle prenne, est un miracle. Or maintenant, par miracle, je me voyais accorder une deuxième chance. Ce n'était certes pas la vie que j'avais souhaitée, ou escomptée, mais je comprenais que je devais dorénavant la vivre dans toute sa richesse et avec tout l'espoir dont j'étais capable. Je me suis alors promis d'essayer. J'allais vivre avec passion et curiosité. Je resterais ouvert à tous les possibles. Je jouirais de chaque instant et je m'efforcerais, jour après jour, d'être plus humain, plus vivant. Si je me contentais de moins, ce serait une insulte à ceux qui n'avaient pas survécu, je ne le comprenais que trop bien.

J'ai pris ces engagements sans m'attendre le moins du monde à être heureux. Je sentais simplement qu'il était de mon devoir de profiter au maximum de la chance qui m'était donnée. Je me suis donc ouvert à la vie, et, pour mon plus grand bonheur, ma nouvelle existence a commencé.

En janvier 1973, des amis m'ont proposé de les accompagner au Grand Prix de Formule 1 d'Argentine, à Buenos Aires. A l'époque, je n'étais pas très tenté par les voyages, mais les mois passés dans les Andes n'avaient pas atténué ma passion pour le sport automobile, et comme c'était l'occasion de voir les plus grands pilotes du monde, j'ai accepté l'invitation. A peine étions-nous arrivés sur le circuit que la presse s'est aperçue de ma présence, et bientôt, je me suis retrouvé entouré de photographes. Je les ai laissés prendre quelques photos avant de m'éloigner. Un peu plus tard, j'ai entendu une annonce dans les haut-parleurs du circuit.

« Nando Parrado est prié de bien vouloir se rendre au stand de l'écurie Tyrell. »

« C'est sans doute un journal qui veut une interview, ai-je dit à mes amis. Mais c'est le stand de l'écurie Tyrell. Allons-y. On verra les voitures de près. »

A notre arrivée, le stand était en pleine ébullition. Une vingtaine de mécaniciens en bleu de travail étaient penchés sur deux fantastiques voitures de course. Je me suis présenté, et l'un des mécaniciens m'a pris par le bras et m'a emmené, au fond du stand, derrière les voitures, où était garé un grand camping-car. Le mécanicien a ouvert la porte, m'a fait signe d'entrer et il est reparti vaquer à ses occupations. J'ai monté quelques marches et je suis entré dans le camping-car. Sur ma gauche, un homme mince et brun était assis sur un canapé, en train d'enfiler une combinaison ignifugée d'un gris éclatant. Il a levé la tête, et j'ai fait un pas en arrière, le souffle coupé.

« Jackie Stewart !

— Oui, c'est moi, a-t-il dit avec l'accent écossais que j'avais entendu à la télévision des centaines de fois. Vous êtes Nando Parrado ? »

J'ai hoché la tête, estomaqué.

« J'ai entendu dire que vous étiez là et je leur ai demandé d'aller vous chercher. »

Depuis qu'il avait entendu l'histoire de la catastrophe dans les Andes, il voulait me rencontrer. Il était très impressionné par ce que j'avais accompli et espérait que j'accepterais de parler un peu avec lui.

« Oui, ai-je balbutié. Je serais ravi de... »

Il a souri et m'a regardé attentivement.

« Vous aimez les courses ? »

J'ai pris une grande inspiration. Par où commencer ? « J'adore ça, ai-je fini par dire. Je suis passionné de courses depuis mon enfance. Vous êtes mon pilote préféré. J'ai lu vos livres, je connais toutes vos courses. J'avais un poster de vous accroché dans ma chambre... » Je ne sais pas combien de temps j'ai continué sur ce registre. Je voulais qu'il comprenne que je n'étais pas un simple admirateur béat. Je voulais qu'il sache que j'avais étudié ses techniques et que je respectais sa maîtrise du sport – la virtuosité avec laquelle il poussait ses bolides jusqu'aux limites extrêmes des lois physiques sans jamais aller trop loin, l'équilibre qu'il réussissait à trouver entre l'agressivité et la grâce, la prise de risque et le contrôle. Je voulais lui montrer que je comprenais la course automobile dans son essence, que je savais parfaitement que conduire des bolides est plus affaire de poésie que de machisme.

Jackie m'a gentiment souri en terminant de s'habiller. « Il faut que j'aille me qualifier maintenant, a-t-il dit, mais reste dans les parages, on discutera quand je reviendrai. »

Moins d'une heure plus tard, il était de retour. Il m'a montré sa voiture et m'a même laissé m'asseoir derrière le volant, puis il m'a proposé d'assister à la réunion d'avant-course de son équipe. Fasciné, j'ai écouté Jackie discuter avec ses ingénieurs et ses mécaniciens des ajustements de dernière minute sur le moteur et le système de suspension de la voiture. Après la réunion, Jackie et moi avons discuté pendant des heures. Il m'a posé des questions sur les Andes, je l'ai interrogé sur les courses et les voitures. Je n'étais plus aussi ému d'être en sa présence. Malgré son charisme et sa réputation, c'était un homme vrai et généreux, et au fil de la conversation, comme nous apprenions à nous connaître, je me suis rendu compte, émerveillé, que l'idole de mon enfance était en train de devenir mon ami.

Deux ou trois mois plus tard, Jackie m'a invité à aller passer quelques jours chez lui en Suisse. J'ai fait la connaissance de sa famille et notre amitié s'est renforcée. Nous passions des heures à parler courses et voitures, je m'efforçais de retenir tout ce qu'il disait. J'ai fini par lui avouer que depuis mon enfance, je rêvais d'être pilote. Jackie a pris mon intérêt au sérieux et m'a encouragé. En 1974, sur ses recommandations, je me suis inscrit à l'école de pilotage de Jim Russel, à Snetterton, au Royaume-Uni. A l'époque, c'était la meilleure école du monde, et ceux qui en sortaient – Emerson Fitipaldi, entre autres – participaient aux plus grandes courses. A l'école de Russel, je m'entraînais sur des formules Ford, des voitures impressionnantes, celles dont j'avais rêvé enfant, et j'ai réussi à me prouver à moi-même que je possédais les qualités nécessaires pour devenir un grand pilote. A la fin de ma formation, je suis rentré en Amérique du Sud, et j'ai passé les deux années suivantes à conduire des motos et des voitures sur les circuits d'Uruguay, d'Argentine et du

Chili. Mes résultats étaient très satisfaisants, mais je rêvais de conduire sur les grands circuits européens. Je n'eus pas à patienter très longtemps. En 1973, au Grand Prix de Buenos Aires, là où j'avais rencontré Jackie Stewart, j'avais été présenté à Bernie Ecclestone, l'agent britannique désormais considéré comme l'un des pères fondateurs de la formule 1 moderne. A l'époque, Bernie était déjà l'un des personnages les plus influents du monde des courses automobiles, et il était propriétaire de la grande équipe Brabham. Comme Jackie, il avait compris ma passion et dès lors, une amitié sincère s'est développée entre nous. Depuis, nous étions restés en contact, et il avait suivi ma brève carrière. Début 1977, Bernie m'a appris que l'équipe prestigieuse d'Alfa Romeo, Autodelta, recherchait des pilotes. Il m'a proposé de me présenter, et quelques semaines plus tard, j'ai fait le voyage jusqu'en Italie, pour me rendre au siège d'Alfa Romeo, en compagnie de trois autres pilotes sud-américains – Juan Zempa, Mario Marquez et Eugene « Chippy » Bread. Nos entretiens avec les responsables d'Autodelta se sont bien passés et dès le mois de mai 1977, Juan, Mario, Chippy et moi commencions à piloter en équipe lors des courses longue distance du Championnat européen de voitures de tourisme. J'avais réussi à la provoquer, la vie dont j'avais rêvé, et je conduisais de belles voitures contre les meilleurs pilotes, sur les plus grands circuits du monde. Nous obtenions de bons résultats : deuxièmes à Silverstone en Angleterre, ainsi qu'à Zandvoort aux Pays-Bas, et une première victoire sur le circuit très rapide de Pergusa, dans le Sud de l'Italie. A chaque course, je gagnais en assurance. Ma conduite était plus harmonieuse, plus équilibrée, plus précise et plus rapide. Je ne cessais de repousser mes limites et je découvrais que même dans les compétitions où j'étais confronté aux meilleurs, j'étais capable de me défendre. Et petit à petit, je réalisais mon rêve d'adolescent : je parvenais à trouver de la poésie dans la puissance et la précision d'une belle voiture.

Cette année-là fut incroyable, pleine d'excitation, de défis, de rencontres passionnantes et de voyages plutôt glamour. Quand nous sommes arrivés en Belgique pour participer à une course sur le circuit de Zolder au mois de septembre, je n'avais aucune raison de penser que le rêve allait s'arrêter. Dans les jours qui ont précédé la course, alors que nous préparions nos voitures, j'ai débarqué dans une zone VIP sponsorisée par Philip Morris, à la recherche d'un Coca. Là, j'ai été frappé par une grande fille blonde, vêtue d'une veste rouge et d'un pantalon blanc. Elle me tournait le dos, mais quelque chose dans son allure m'a arrêté. Elle s'est retournée et m'a souri.

« Nando ?

— Veronique ? Qu'est-ce que tu fais là ? »

Veronique van Wassenhove était née en Uruguay de parents belges. C'était une fille impressionnante, grande et élancée, aux cheveux longs et aux grands yeux verts. Nous nous étions rencontrés trois ans plus tôt, en 1974, à Montevideo, quand elle sortait avec le jeune frère de Gustavo Zerbino, Rafael. Ce dernier avait eu un léger accident de voiture juste avant une grosse soirée, et il m'avait téléphoné pour me demander de passer prendre son amie. Je devais y aller avec Roberto et sa petite amie Laura ; nous étions donc passés prendre Veronique. Rafael était censé nous rejoindre, mais il n'est pas venu, et j'avais passé la soirée avec Veronique. Elle n'avait que seize ans à l'époque, mais elle était gracieuse et dégageait une grande maturité. Je l'avais tout de suite bien aimée. Nous nous étions amusés, nous avions beaucoup parlé et dansé, et elle n'avait cessé de m'impressionner. Mais elle était beaucoup trop jeune pour moi, et surtout, c'était la copine de mon ami. C'était resté pour moi un moment agréable, mais rien de plus. Au fil des années, je l'avais croisée plusieurs fois sur la plage, dans des boîtes de nuit ou à des fêtes. Un après-midi, mes amis et moi avions assisté au concours de beauté de Miss Punta del Este, un événement prestigieux qui réunissait les plus jolies filles d'Amérique du Sud. Nous regardions toutes ces beautés défiler en robe de soirée. Au bout d'un moment, une grande blonde vêtue d'une robe bleue moulante est montée sur le podium. Elle bougeait différemment des autres. Sa démarche était moins étudiée, elle avait une grâce naturelle, des yeux rieurs, et alors que les autres s'efforçaient de présenter une image glamour et reluisante, cette fille se contentait de sourire, simplement et sans effort, elle semblait vraiment s'amuser. C'était Veronique, évidemment. Elle avait décidé de participer au concours à la dernière minute, poussée par des amis qui pensaient que cela pourrait l'aider à lancer sa carrière de mannequin. J'avais ri quand elle était passée devant le jury. Les autres participantes avaient manifestement consacré beaucoup de temps à peaufiner leur tenue et leur apparence et portaient toutes des chaussures très élégantes. Veronique, elle, a traversé la scène pieds nus sous sa longue robe. J'étais complètement sous le charme, tout comme les membres du jury qui, à la fin de la soirée, lui ont décerné la couronne.

Et maintenant, elle était en Belgique, un peu plus âgée, séparée de Rafael, et encore plus ravissante que dans mon souvenir. Elle m'a dit qu'elle habitait avec sa mère à Bruxelles, et qu'elle travaillait provisoirement dans les relations publiques sur le circuit, qu'elle avait l'intention d'aller en Angleterre pour étudier l'anglais, mais j'étais trop perturbé pour entendre ce qu'elle disait. J'avais le souffle court, et j'étais incapable de la quitter des yeux. Je m'étais toujours demandé comment se passerait ma rencontre avec ma future femme. Comment saurais-je que c'était elle ? Est-ce que j'entendrais la foudre tomber ? Est-ce que je verrais des feux d'artifice ? A présent, je savais. Ce n'était rien de ce que j'avais imaginé, rien qu'une voix ferme et calme qui murmurait : Veronique, bien sûr...

Cela n'a pris qu'une seconde. Dans ses yeux, j'ai vu mon avenir. Et je crois qu'elle a vu le sien dans les miens. Nous avons discuté quelques instants, puis elle m'a invité à déjeuner le lundi suivant chez sa mère. Le lendemain, j'ai terminé la course deuxième, ce qui tenait du miracle, car il pleuvait des trombes d'eau et il faut une concentration absolue pour conduire sous la pluie. Mais sur le circuit, tandis que je prenais les virages, que j'accélérais dans les lignes droites, je ne pensais pas à l'équilibre, à la poussée ou à la meilleure façon de négocier les courbes. Je ne pensais qu'au lundi suivant, quand je reverrais Veronique. Ce jour enfin arrivé, je me suis retrouvé à déjeuner avec Veronique et sa mère, dans leur appartement situé avenue Louise à Bruxelles. La mère de Veronique était une femme impressionnante de l'aristocratie, elle m'a salué chaleureusement, mais j'imagine qu'elle s'inquiétait quelque peu de voir un pilote de course de vingt-sept ans faire la cour à sa fille de dix-neuf. J'ai essayé de me montrer sous mon meilleur jour, mais j'étais déjà éperdument amoureux et il me fallait faire de gros efforts pour quitter Veronique des yeux et me souvenir que nous n'étions pas seuls dans la pièce. Après le déjeuner, nous sommes allés à Bruges, cette ville médiévale si romantique, avec ses canaux et ses cathédrales. Plus nous avancions, plus le lien qui nous unissait se renforçait. En fin d'après-midi, quand il a fallu la ramener chez elle, je l'ai suppliée de me rendre visite à Milan.

« Tu es fou ! s'est-elle exclamée en riant. Ma mère me tuerait si j'osais le lui demander !

— Viens me voir en Espagne alors, ai-je insisté. Je conduis à Jarama la semaine prochaine.

— Nando, je ne peux pas, a-t-elle dit. Mais nous nous verrons bientôt. »

Le lendemain, je suis rentré à Milan. Elle me manquait terriblement. Mais le mercredi, j'ai eu la surprise de recevoir un appel de Veronique : elle arrivait. Sa décision n'avait rien d'un coup de tête. Elle avait calmement réfléchi, et elle avait fait son choix de manière très consciente. Nous n'avions passé qu'une journée ensemble en Belgique, mais il n'y avait pas de doute possible. Un sentiment très fort nous unissait. Elle choisissait à présent son avenir et voulait savoir si j'étais prêt à faire de même.

Le jeudi soir, je suis allé l'attendre à la gare de Milan. Elle est descendue du train avec un sac à dos et un manteau léger. Elle était très belle, et j'étais plus que jamais amoureux d'elle. Elle m'a accompagné à Jarama, puis nous sommes allés passer deux semaines de vacances au Maroc. Il fallait que je prenne une décision importante. Je m'étais prouvé que j'avais les qualités pour devenir un pilote de premier ordre, mais pour réaliser ce rêve, je devrais me consacrer encore davantage au sport automobile. La conduite deviendrait le centre de ma vie, et je savais que ce n'était pas le genre d'existence qui intéresserait Veronique. Est-ce que j'étais capable de renoncer à mes rêves, ceux que je nourrissais depuis l'enfance, au moment où ils étaient sur le point de se réaliser ? Je savais que si nous nous installions ensemble, ce serait en Uruguay. Est-ce que j'avais le courage d'échanger ma vie passionnante contre des journées de travail dans les magasins de mon père, à faire les comptes, à établir des bons de commande, à distribuer des cargaisons de vis et d'écrous ? En fin de compte, la question ne se posait pas. Grâce à ce que j'avais appris dans les montagnes, je ne pouvais faire que le bon choix ; je construirais mon avenir avec la femme que j'aimais.

Au printemps 1976, ma carrière de pilote n'était plus qu'un souvenir et Veronique et moi étions retournés à Montevideo. En 1979, nous nous sommes mariés. Nous avons emménagé dans une petite maison de Carrasco et commencé à bâtir une vie commune. Veronique était mannequin, et je me suis aperçu que j'aimais travailler dans l'outillage. Graciela et Juan étaient dans le métier depuis des années, et ensemble, sur les conseils de mon père, nous avons développé l'affaire. C'est à présent la plus grande chaîne de magasins d'outillage de tout le pays.

Au fil des ans, d'autres occasions se sont présentées. En 1984, on m'a proposé de produire et de réaliser une émission sur le sport automobile pour la télévision publique. Je ne m'étais jamais trouvé devant une caméra, mais c'était pour moi l'opportunité de retrouver le monde des courses automobiles et j'ai sauté sur l'occasion. A la télévision, je me suis découvert une deuxième passion, qui est rapidement devenue une deuxième carrière. Aujourd'hui, Véronique et moi produisons et présentons cinq émissions pour la télévision uruguayenne, sur les voyages, la nature, la mode et l'actualité. Nous participons à toutes les étapes de la production, l'écriture, le montage et la direction artistique ; nous choisissons même la musique. Ce travail me permet de satisfaire mes besoins de création, et notre réussite dans ce domaine nous a permis de fonder une société de télévision par câble. Nous avons travaillé dur et souvent connu le succès. Mais la plus grande joie de notre vie – et de loin – a été la naissance de nos deux filles.

Veronica est née en 1981. Jusqu'à sa naissance, je ne pensais pas que je serais capable d'aimer quelqu'un autant que ma femme, mais dès l'instant où j'ai regardé le petit visage de mon bébé, j'ai été foudroyé par la force de l'amour que j'éprouvais pour elle. Quelques minutes plus tard, elle était déjà l'un des trésors de ma vie, et je savais que je n'hésiterais pas à mourir pour elle. Dès le début, j'ai savouré tous les instants de la paternité. J'adorais changer ses couches, la nourrir, lui donner le bain, la coucher. Parfois, je la tenais dans mes bras, émerveillé par la douceur et la perfection de son petit corps. Dans ces moments, je me rendais compte que si je n'avais pas réussi à sortir des Andes, ce merveilleux petit être n'existerait pas. J'éprouvais un sentiment profond et bouleversant de gratitude pour la richesse et les bonheurs de ma vie; j'avais reçu tant d'amour et de joie, je comprenais que chaque pas effectué dans ces maudites contrées m'avait conduit vers le petit miracle si précieux que je tenais dans mes bras.

Deux ans et demi plus tard, notre fille Cecilia est née, trois mois et demi avant le terme. Elle ne pesait que 1 200 grammes et a passé les deux premiers mois de sa vie en unité de soins intensifs. La nuit, les docteurs nous ont souvent conseillé de nous préparer au pire, de rentrer chez nous pour prier, et chacune de ces nuits était pour moi une épreuve aussi terrible que celle des Andes. Mais Veronique passait des heures à l'hôpital auprès de notre fille, elle lui parlait d'une voix douce, et la ramenait ainsi à la vie de sorte que petit à petit, Cecilia s'est mise à grandir. A présent, nos deux enfants sont de belles jeunes filles d'une vingtaine d'années, pleines de vie et d'esprit, prêtes à affronter le monde toutes seules.

Tandis que mes filles sont au début de leur vie, mon père entre dans sa quatre-vingt-huitième année, toujours sain de corps et d'esprit. Je suis incapable de trouver les mots pour décrire la complicité qu'il y a entre nous. Au cours de toutes ces années, il est devenu plus qu'un père pour moi, il est aussi mon ami le plus proche et le plus intime. Nous sommes liés par nos deuils et nos souffrances, mais aussi par un immense respect mutuel et, bien entendu, par un amour inconditionnel. Je ne sais pas si mon père a compris à quel point il avait été important pour moi quand j'étais perdu. Je n'oublierai jamais ce qu'il m'a dit peu après mon retour des Andes. « J'avais tout prévu pour toi, Nando. Pour Mami, pour Susy, pour Graciela. Je m'étais occupé de tout. J'avais écrit l'histoire de vos vies comme on écrit un livre. Mais je n'avais pas prévu ce qui est arrivé. Je n'avais pas écrit ce chapitre. »

J'avais compris que c'était une manière de s'excuser. Malgré tous ses efforts pour nous garantir sécurité et bonheur, il n'avait pas pu nous protéger, et au fond de son cœur, il avait le sentiment de nous avoir laissé tomber. Je tenais à écrire ce livre pour lui dire qu'il se trompait. Il ne m'a jamais laissé tomber. Au contraire, il m'a sauvé la vie. Il m'a sauvé la vie en me racontant des histoires quand j'étais petit, et ces histoires m'ont aidé à trouver de la force dans les montagnes. Il m'a sauvé la vie en travaillant dur, en n'abandonnant jamais, en m'apprenant par son exemple que tout est possible si l'on accepte de souffrir. Surtout, il m'a sauvé par son amour. Il n'a jamais été quelqu'un d'ouvertement affectueux, mais enfant, je n'ai jamais douté de sa tendresse. C'était un amour qui se passait de paroles, un amour solide, profond et durable. Quand j'étais dans les montagnes, échoué près des rivages de la mort, c'était la bouée de sauvetage qui me rattachait au monde des vivants. Tant que je pouvais m'y raccrocher, je n'étais pas perdu, j'étais relié à mon foyer et mon avenir, et au bout du compte, c'est une corde d'amour qui m'a conduit hors de danger. Quand mon père nous a crus morts, il a sombré dans la détresse, et dans sa souffrance, il a abandonné tout espoir. Mais je n'avais pas besoin qu'il espère. Il m'a sauvé en étant, tout simplement, le père que j'aime.

Lorsque nous sommes revenus des Andes, nos parents et professeurs, craignant que nous ayons tous été traumatisés, nous ont demandé d'aller voir un psychothérapeute. Collectivement, nous avons refusé. Nous savions que nous pouvions tous compter sur le soutien des autres, et pour moi, cela a toujours été suffisant. Pourtant, même maintenant, les gens sont curieux et s'interrogent sur les effets psychologiques d'une telle expérience; on me demande souvent comment j'ai géré le choc, si je fais des cauchemars, si j'ai des visions d'horreur, si j'ai dû combattre le sentiment de culpabilité du survivant. Les gens sont toujours surpris et dubitatifs, j'imagine, quand je leur réponds que je n'ai rien connu de tel. Depuis la catastrophe, j'ai une vie heureuse. Je n'éprouve ni culpabilité, ni rancœur. Je me réjouis du lendemain, et je m'attends toujours à ce que le futur soit agréable.

« Mais comment est-ce possible? me demande-t-on souvent. Comment pouvez-vous être en paix en dépit de ce que vous avez traversé? » Je réponds que je ne suis pas en paix malgré mon expérience, mais *à cause* d'elle. Les Andes m'ont pris beaucoup, mais elles m'ont également donné à comprendre une chose toute simple, qui m'a libéré, et qui a éclairé ma vie : La mort est réelle, et elle est très proche.

Dans les Andes, je la sentais toujours à mes côtés, mais quand je me suis retrouvé debout sur le sommet de la montagne, où je ne voyais rien d'autre que des sommets à perte de vue, à ce moment-là, tous les doutes ont été balayés, et la certitude de ma propre mort est devenue une réalité viscérale. Elle m'a coupé le souffle, mais en même temps, j'étais plus vivant que jamais, et face à ce désespoir absolu, j'ai ressenti un élan de joie. La réalité de la mort était évidente, si puissante que pendant un instant, elle a anéanti tout ce qu'il y avait de temporaire et d'illusoire. La mort avait montré son visage, sombre, avide, invincible, et pendant une fraction de seconde, il m'a semblé que derrière l'illusion fragile de la vie, il n'y avait rien d'autre que le néant. Mais je me suis également rendu compte qu'il y avait dans le monde autre chose que la mort, quelque chose de tout aussi merveilleux, durable et profond : l'amour, l'amour que je portais dans mon cœur, et pendant un instant extraordinaire, alors que je sentais cet amour me combler – l'amour pour mon père, pour mon avenir, pour le simple fait d'être vivant – la mort a perdu tout pouvoir. Dès lors, j'ai cessé de la fuir. Chacun de mes pas me rapprochait de l'amour, et c'est ce qui m'a sauvé la vie. La vie m'a gratifié d'une belle réussite matérielle. J'aime les belles voitures, le bon vin et la grande cuisine. J'adore voyager. J'ai une magnifique maison à Montevideo, et une autre sur la côte. Je crois qu'il faut profiter de la vie, mais mes expériences m'ont appris que sans l'affection de ma famille et de mes amis, cette réussite matérielle sonnerait creux. Je sais aussi que je serais tout aussi heureux si on m'enlevait toutes ces marques de richesse, pourvu que je reste proche des êtres que j'aime.

Je suppose que la plupart des gens aimeraient se dire la même chose, mais je suis convaincu que si je n'avais pas souffert, si je n'avais pas été contraint de regarder la mort dans les yeux, je ne serais pas capable de profiter aussi pleinement des plaisirs simples et précieux de la vie. Il y a tellement d'instants parfaits dans une journée, et je ne veux pas en rater un seul – le sourire de mes filles, le baiser de ma femme, la fête que me fait mon nouveau chiot quand je rentre, la compagnie d'un vieil ami, la sensation du sable de la plage sous mes pieds, le soleil chaud de l'Uruguay sur mon visage. Dans ces moments-là, j'ai l'impression que le temps s'arrête. Je savoure ces instants et les laisse devenir une petite éternité, et c'est ainsi que je défie l'ombre de la mort qui plane au-dessus de chacun de nous, que je réaffirme ma gratitude et mon amour pour tout ce qui m'est donné, que je me remplis de plus en plus profondément de vie.

Depuis la catastrophe, je pense souvent à mon ami Arturo Nogueira et aux conversations que nous avions dans les montagnes au sujet de Dieu. Nombre de mes amis survivants affirment qu'ils sentaient Sa présence dans les Andes. Ils croient que dans Sa miséricorde, il nous a permis de survivre, en réponse à nos prières et ils sont persuadés que c'est Sa main qui nous a reconduits chez nous. J'ai un profond respect pour leur foi, mais très honnêtement, malgré l'intensité de mes prières, je n'ai jamais senti la présence de Dieu. Ou tout du moins, pas telle que l'imaginent la plupart des gens. J'ai senti quelque chose de plus grand que moi, quelque chose dans les montagnes, dans les glaciers et dans le ciel brillant qui, dans de rares moments, me rassurait, me donnait le sentiment que le monde était ordonné, aimant et bon. Si c'était Dieu, alors ce n'était pas Dieu en tant qu'être, esprit ou autre présence omnipotente et surhumaine. Ce n'était pas un Dieu qui choisissait de nous sauver ou de nous tourner le dos, d'intervenir pour changer notre situation d'une manière ou d'une autre. C'était juste un silence, une entité, d'une simplicité fabuleuse. J'y avais accès par le biais de mon amour, et j'ai souvent pensé que lorsque nous ressentons ce que nous appelons l'amour, c'est en réalité notre lien avec cette présence imposante que nous ressentons. Je la sens encore quand je vide mon esprit et que je me concentre. Je n'ai pas la prétention de comprendre ce qu'elle est, ou ce qu'elle attend de moi. Je ne veux pas comprendre ces choses-là. Un Dieu que l'on pourrait comprendre, qui nous parlerait à travers l'un ou l'autre des livres saints, qui dirigerait nos vies en fonction d'un plan divin, comme si nous n'étions rien d'autre que des marionnettes, ne m'intéresse pas. Comment pourrais-je accepter un Dieu qui maintiendrait une religion au-dessus de toutes les autres, qui répondrait à telle prière et ignorerait telle autre, qui ramènerait seize jeunes hommes chez eux et en laisserait vingt-neuf autres morts sur la montagne ?

A une époque, je voulais comprendre ce Dieu-là, mais j'ai fini par m'apercevoir que je désirais seulement la certitude rassurante que mon Dieu était le Dieu véritable, qu'il finirait par me récompenser de ma fidélité. A présent, je comprends que la certitude – à propos de Dieu ou d'autre chose – est impossible. Je n'éprouve plus le besoin de savoir. Lors des inoubliables conversations que j'ai eues avec Arturo avant sa mort, il m'avait dit que la meilleure façon de trouver la foi était d'avoir le courage de douter. Tous les jours, je me souviens de ses paroles, je doute, j'espère, et ainsi, à ma façon, je tente de me rapprocher de la vérité. Je continue à réciter les prières de mon enfance, les *Notre Père*, les *Je vous salue Marie*, mais je ne crois pas qu'un père sage et céleste soit assis à l'autre bout du fil et m'écoute patiemment. Non, j'imagine plutôt l'amour, un océan d'amour, la source même de tout amour, et j'imagine que je me fonds en lui. Je m'ouvre à l'amour, je m'efforce de diriger ce flot vers mes proches, en espérant ainsi les protéger et les lier à moi pour l'éternité, en nous reliant à ce qu'il y a dans le monde éternel. C'est là une chose très intime, et je n'essaye pas de l'analyser. Ce que je ressens me plaît beaucoup. Quand je prie de cette manière, j'ai le sentiment d'être relié à quelque chose de bon, d'entier et de puissant. Depuis mon expérience dans les montagnes, je sais mieux qui je suis et ce qu'être humain signifie. A présent, je suis convaincu qu'il y a quelque chose de divin dans l'univers, et je ne le trouverai que par le biais de l'amour que je porte à ma famille et à mes amis, en m'émerveillant d'être en vie. Je n'ai pas besoin d'une autre forme de sagesse ou de philosophie : mon devoir est de remplir le temps dont je dispose sur cette terre avec autant de vitalité que possible, de m'efforcer de devenir de plus en plus humain au fil des jours, et de comprendre que nous ne sommes humains que lorsque nous aimons. Je me suis efforcé d'aimer mes amis avec loyauté et générosité. J'aime mes enfants de tout mon être. Et j'aime ma femme d'un amour qui a rempli ma vie de sens et de joie. J'ai beaucoup perdu et j'ai été comblé d'immenses consolations, mais peu importe à présent ce que la vie me prendra ou me donnera, une certitude éclairera toujours ma vie : j'ai aimé passionnément, sans retenue, de tout mon cœur et de toute mon âme, et j'ai reçu de l'amour en retour. Cela me suffit.

Deux ans après le miracle des Andes, mon père et moi sommes retournés sur le site du crash, près du Mont

Sosneado. Peu de temps auparavant, une route, uniquement praticable en été, avait été découverte, qui menait des plaines d'Argentine jusqu'au glacier où reposait le Fairchild. C'est un voyage éprouvant de trois jours qui commence par huit heures de 4X4 sur le terrain accidenté des contreforts des Andes, suivi de deux jours et demi à cheval. Nous avions un véhicule puissant, et nous avons ensuite monté des chevaux andins spécialement entraînés qui nous ont conduits sur des chemins étroits et escarpés qui s'étendaient, sinueux, dans les montagnes au-dessus de falaises rocheuses et abruptes. Nous avons atteint la base du glacier vers midi et avons continué à pied. La tombe elle-même, construite juste après notre sauvetage par des membres de l'armée de l'air du Chili et d'Uruguay, est située sur un promontoire rocheux qui dépasse de la neige. Susy et ma mère reposent sous ces pierres, avec les restes de ceux qui sont morts ici, tous hors de portée du glacier, quelques centaines de mètres plus loin. C'est une tombe toute simple, un tas de pierres surmonté d'une petite croix en acier. Mon père avait apporté des fleurs et une boîte en métal dans laquelle il avait mis le nounours avec lequel Susy avait toujours dormi. Il a posé ces offrandes sur la tombe, et nous sommes restés là, dans le silence des montagnes. Je me souvenais parfaitement de ce silence, une absence constante et absolue de bruit. Par temps calme, on n'entend rien d'autre que sa propre respiration, ses propres pensées. Mon père était pâle, les larmes coulaient sur son visage, mais je ne ressentais, moi, ni douleur ni tristesse, simplement la tranquillité de l'endroit. Il n'y avait plus de peur, de souffrance ou de lutte. Les morts étaient en paix. La quiétude pure et parfaite des montagnes régnait de nouveau en cette belle journée de printemps.

Mon père s'est tourné vers moi en souriant tristement. Il a regardé les glaciers, les arêtes sombres au-dessus de nous, le vaste ciel sauvage des Andes, et j'ai compris qu'il essayait de s'imaginer l'endroit pendant les mois glacés du début du printemps. Il a jeté un coup d'œil aux restes du fuselage. Est-ce qu'il y a vu des jeunes gens blottis à l'intérieur ? Des visages effrayés dans le noir et le froid, écoutant le grondement du vent et celui des avalanches, au loin, sans autre soutien que celui qu'ils pouvaient s'apporter les uns les autres ? Est-ce qu'il essayait de m'imaginer dans cet endroit cruel, terrifié, si loin de chez moi, ne désirant qu'une chose : être près de lui ? Il ne me l'a pas dit. Il m'a souri tendrement, m'a pris par le bras et il a murmuré : « Nando, maintenant je comprends... »

Nous nous sommes recueillis sur la tombe pendant une heure environ, puis nous avons commencé à redescendre vers les chevaux. Pas un instant nous n'avons songé à déplacer les corps de nos proches pour les enterrer dans un cimetière du monde civilisé. Sur le chemin du retour, la magnificence des Andes retentissait autour de nous – silencieuses, massives, parfaites – et nous n'aurions pu imaginer pour nos proches une tombe plus majestueuse.

Épilogue

TOUS LES ANS, au cours des trente et quelques dernières années, les survivants de la catastrophe des Andes se réunissent avec leurs familles le 22 décembre, pour commémorer le jour où nous avons été sauvés. Nous fêtons ce jour comme notre anniversaire commun, car le 22 décembre 1972, chacun de nous a ressuscité. Mais c'est plus que la vie qui nous a été redonnée ce jour-là. Nous sommes revenus des Andes avec une nouvelle façon de penser, un nouveau regard sur le pouvoir de l'esprit et sur le miracle qu'est – pour nous, pour quiconque – la vie, c'est-à-dire être réellement vivant et conscient, et jouir de chaque instant avec présence et gratitude, voilà le cadeau des Andes. Un étranger ne se rendrait peut-être pas compte de la chaleur toute particulière avec laquelle mes amis embrassent leur femme, ou la tendresse avec laquelle ils choient leurs enfants, mais personnellement j'y fais attention car, comme eux, je sais que ce sont là des merveilles de la vie. Les journaux avaient appelé notre survie « Le Miracle des Andes ». A mes yeux, le véritable miracle réside dans le fait qu'en vivant à l'ombre de la mort pendant aussi longtemps, nous avons appris de la façon la plus nette et la plus radicale qui soit ce qu'être vivant signifie. C'est cette expérience qui nous lie les uns aux autres, et même si, comme tout le monde, nous avons des conflits ou des discussions, même si la vie a fait que certains d'entre nous se sont éloignés de Montevideo, nous ne laisserons jamais ces liens se briser.

Aujourd'hui encore, plus de trente ans après la catastrophe, je considère tous les survivants comme mes frères. Pourtant, personne n'a jamais été pour moi un meilleur frère que Roberto Canessa, mon compagnon de marche à travers les montagnes. Au bout de quelques jours, comme nous nous affaiblissions et que l'espoir s'amenuisait à chaque pas, Roberto m'avait montré la ceinture qu'il portait. C'était celle de Panchito. « Je porte la ceinture que j'ai prise sur le corps de ton meilleur ami, m'avait-il dit, mais maintenant c'est moi qui suis ton meilleur ami. »

A ce moment-là, aucun de nous deux ne pensait que nous avions un avenir, mais nous nous trompions, et je suis fier de dire que Roberto est resté mon meilleur ami. Avec les années, il est devenu encore plus ingénieux, plus sûr de lui et, oui, encore plus têtu. Ces qualités, qui avaient fait de lui un être impossible et pourtant capital dans les montagnes, ont contribué à en faire l'un des cardiologues pédiatriques les plus respectés d'Uruguay et il a la réputation d'un homme dont les connaissances et les talents ne sont surpassés que par sa détermination féroce à aider ses jeunes patients. La plupart des enfants que soigne Roberto sont gravement malades, et quand on le connaît, on n'est guère surpris d'entendre qu'il est prêt à tout pour les guérir. Un jour, par exemple, un de ses bons amis, chef du service de cardiologie d'un hôpital new-yorkais, dit à Roberto que l'hôpital dans lequel il exerçait avait un appareil d'imagerie médicale Doppler dont ils n'avaient plus besoin. Il l'offrit à Roberto, en précisant cependant qu'il devrait se débrouiller pour le rapporter en Uruguay. Roberto savait qu'un appareil de ce type serait très utile à ses patients, et que son hôpital de Montevideo ne pouvait pas s'offrir ce genre de matériel. En quelques instants, il avait pris sa décision et moins de vingt-quatre heures plus tard, il était à New York. Il n'avait rien prévu pour transporter le Doppler, et personne pour l'aider. Il a posé l'encombrant appareil – de la taille d'un frigo – sur un diable emprunté au service d'entretien de l'hôpital et pris l'ascenseur pour sortir. Dehors sur le trottoir, il faisait des signes aux camions qui passaient. Pendant un bon bout de temps, il s'est agité ainsi devant la circulation; personne ne s'arrêtait. Finalement, il a réussi à attirer l'attention du chauffeur d'une camionnette qui a accepté, contre un dédommagement, d'emmener Roberto et son appareil à l'aéroport.

Quand Roberto est arrivé à Montevideo, d'autres réjouissances l'attendaient. Des douaniers pinailleurs refusaient de laisser entrer la machine dans le pays. Roberto, évidemment, n'était absolument pas disposé à essuyer un refus. Il est monté dans un taxi et s'est rendu directement au bureau du président de l'Uruguay où il a sollicité un rendez-vous avec le chef d'Etat. Fait incroyable, le rendez-vous lui a été accordé, et le président a réglé le problème : les douaniers de l'aéroport ont été sommés d'ôter les scellés et de laisser entrer le Doppler dans le pays. Roberto l'a transporté dans son hôpital et l'a immédiatement mis en service. Moins de quarante-huit heures s'étaient écoulées...

Roberto a eu une vie riche et paisible. Trois ans après notre retour des Andes, il a épousé Laura Surraco, la jeune fille qui lui avait tellement manqué dans les montagnes. Il a de la chance de l'avoir trouvée, car elle est sans doute la seule femme du pays à pouvoir lui tenir tête et à canaliser son énergie débordante. Ils ont deux fils et une fille. Je suis le parrain de son fils Hilario, aujourd'hui l'un des meilleurs joueurs de l'équipe des Old Christians. Roberto, qui est toujours resté actif dans les affaires de l'équipe, est président du Club, poste auquel il tient beaucoup, d'une part parce qu'il est très attaché à l'équipe, d'autre part parce qu'il est convaincu que personne mieux que lui ne saurait la diriger. Bien entendu, Roberto a ce même sentiment pour tout, et il considère qu'il devrait toujours avoir son mot à dire sur les questions importantes, y compris les sujets les plus délicats de l'Etat uruguayen. En 1999, il était si mécontent du gouvernement qu'il a fondé son propre parti politique et s'est porté candidat aux présidentielles. Sa campagne ne lui a valu qu'un petit pourcentage des votes, mais comme d'habitude, il a réussi à se faire entendre. Je le taquine toujours sans pitié au sujet de son ego surdimensionné, cependant pour rien au monde je ne voudrais qu'il soit différent.

Gustavo Zerbino est lui aussi un de mes grands amis, et nous sommes devenus très proches au fil du temps. C'est un homme très direct, un homme de principes, et quand il prend la parole, tout le monde l'écoute. Gustavo est un ami extrêmement loyal. Dans les Andes, il s'est toujours montré courageux, intelligent et tenace, et s'il n'avait pas été anéanti en essayant d'escalader la montagne, il aurait sans doute été l'un de nos sauveteurs les plus fiables. Même avant la catastrophe, il avait toujours été un allié fidèle et protecteur, quelqu'un qui n'aurait jamais laissé tomber un coéquipier ou un ami. Je n'oublierai jamais la manière dont il était venu à mon secours lors d'un match particulièrement difficile, au cours duquel un joueur de l'équipe adverse, arrivant par-derrière, m'avait sournoisement donné un coup illégal sur la nuque. Le coup m'avait sonné et je ne l'avais pas vu venir, mais Gustavo si. « C'était le 12, m'avait-il dit alors que la tête me tournait encore. Ne t'inquiète pas, je m'en occupe. » Quelques instants plus tard, un maul s'était formé et les joueurs des deux équipes s'étaient rentrés dedans pour prendre possession du ballon. Soudain, j'ai vu le 12 sortir du maul en titubant, avant de s'écrouler comme un arbre qu'on abat. Gustavo a enjambé le 12 et s'est approché de moi. Il m'a fait un signe entendu et s'est contenté de me dire : « Voilà. »

Gustavo était un jeune homme idéaliste et plein de compassion, il travaillait souvent avec les jésuites dans les quartiers pauvres de Montevideo. Aujourd'hui, il se soucie toujours autant du bien-être des autres, ce qui fait de lui un homme fort et généreux. Il est à la tête d'une grande société de produits chimiques et participe à de nombreuses associations communautaires; il est président de l'association uruguayenne de produits chimiques et vice-président du Club de Rugby des Old Christians. Il est divorcé et a quatre fils de son premier mariage. Comme nous vivons très près l'un de l'autre, je les vois souvent, lui et ses fils.

Carlitos Paez, un autre de mes meilleurs amis, est toujours aussi irrévérent et affectueux, aussi aimable que dans les Andes. J'adore sa créativité, son humour scandaleux et il a toujours témoigné beaucoup d'affection à mes filles, dont il est très proche et qui depuis leur plus tendre enfance sont attirées par son magnétisme. Carlitos a traversé bien des épreuves. Son mariage n'a duré que deux ans, et il est resté célibataire depuis. Il y a une quinzaine d'années, il a sombré dans l'alcool et la drogue; nous savions tous qu'il fallait agir. Un jour, Gustavo et moi avons débarqué chez lui. Nous lui avons dit que nous étions venus pour l'amener dans un centre de désintoxication, et qu'il y resterait jusqu'à sa guérison complète. Carlitos, choqué par notre intervention, a d'abord refusé de nous suivre, mais nous lui avons dit que la décision ne lui appartenait plus. Nous avions pris toutes les dispositions et il n'avait pas le choix. Fort heureusement, Carlitos s'est complètement rétabli et n'a plus jamais touché une goutte d'alcool. Il consacre désormais une partie de son temps à conseiller des personnes qui s'efforcent de combattre des dépendances. Carlitos occupe un poste important dans une société de relations publiques à Montevideo. Il a une passion pour le golf, et s'est récemment acheté une maison située aux abords d'un parcours. Cela dit, sa plus grande passion demeure sa petite-fille Justine, l'enfant de sa fille Gochi. Toute sa vie est organisée autour du bébé, et je suis heureux de voir la joie qu'elle lui apporte. Un jour, Carlitos m'a écrit la chose suivante : « Nous continuons à tracer notre route avec la certitude que la vie vaut d'être vécue, que rien n'est impossible s'il y a de l'affection et de la solidarité, si nous sommes entourés de gens capables de donner un coup de main à ceux qui en ont besoin. » Carlitos a appris à trouver le bonheur et j'apprécie toujours beaucoup sa compagnie.

Alvaro Mangino était l'un des plus jeunes dans la catastrophe, et c'est peut-être pour cela que j'ai toujours éprouvé à son égard un sentiment protecteur pendant que nous étions dans les Andes. C'est aujourd'hui un homme serein, plein de bon sens. Il a mis notre épreuve derrière lui, il en a tiré des enseignements, et il a continué à vivre sa vie. Marié à Margarita depuis de nombreuses années, ils ont élevé quatre enfants. Il a longtemps vécu au Brésil avant de se réinstaller à Montevideo, où il travaille pour une société de chauffage et de climatisation; il est également membre du bureau des Old Christians. C'est un ami loyal et digne de confiance, et je suis heureux qu'il soit revenu près de nous.

Alvaro est très proche d'un autre de mes amis, Coche Inciarte, sans doute le plus calme, le plus gentil et le plus attentionné des survivants. Coche est d'une nature douce et paisible; jamais je ne l'ai entendu hausser le ton. Il s'exprime avec éloquence et finesse; et même s'il aime plaisanter et taquiner son entourage, il a une compréhension profonde et très sensible de ce que nous avons traversé, et ne cherche jamais à dissimuler l'affection qu'il nous porte. Coche a épousé son amour d'enfance, Soledad, qui pensait l'avoir perdu dans les Andes. Les retrouvailles furent un miracle pour eux, et Coche, auprès d'elle et de leurs trois enfants, en a toujours eu conscience. Pendant de nombreuses années, Coche dirigeait une exploitation agricole et était devenu l'un des plus grands producteurs de produits laitiers en Uruguay. Il a récemment vendu sa propriété pour prendre sa retraite et pouvoir se consacrer à sa famille et à sa grande passion – la peinture. Et de fait, Coche est un artiste de talent. J'ai accroché l'une de ses toiles dans mon bureau, et je pense à lui chaque fois que je la vois. Son œuvre reflète la profondeur, la gentillesse et la dignité qui font de lui un si merveilleux ami.

Eduardo Strauch, l'un des membres du trio de leaders que nous appelions « les cousins », était un personnage important dans les Andes. Il gardait la tête froide et l'esprit lucide, ce qui donnait à notre lutte quotidienne une certaine stabilité et un sens. Aujourd'hui, il est resté le même; calme et retenu, c'est un homme qui parle peu mais qui mérite d'être écouté. Eduardo et sa femme Laura ont cinq enfants. C'est un architecte réputé de Montevideo, il a construit de nombreux et beaux édifices, dont ma première maison.

Le cousin d'Eduardo, Daniel Fernandez, est toujours aussi drôle et charismatique, qualités qui, à l'époque, contribuaient à détendre l'atmosphère et à nous soulager de nos peurs quand nous étions dans le fuselage. Daniel est un merveilleux conteur, et quand il se met à raconter une histoire, il n'a pas son pareil pour captiver l'imagination de son public. Quand Daniel et Roberto discutent politique, cela provoque toujours des étincelles. Ils sont tous deux très obstinés et prennent plaisir à se provoquer. Leurs discussions n'aboutissent jamais, sont parfois virulentes mais toujours teintées d'humour, et c'est un véritable spectacle. Daniel dirige avec succès une société d'informatique et de nouvelles technologies basée à Montevideo. Il est marié à Amalia, et ils ont trois beaux enfants.

J'ai toujours eu beaucoup d'admiration pour Pedro Algorta, le grand ami d'Arturo Nogueira, pour son intelligence, son esprit vif et indépendant. Je ne le vois malheureusement pas aussi souvent que j'aimerais, car il vit en Argentine où il dirige une grande société qui produit de la bière et autres boissons. Récemment, il a fait l'acquisition d'un ranch en Uruguay, et j'espère que cela me permettra de le voir plus souvent. Lui et sa femme, Noel, ont deux filles et un fils, qui travaillent ou font des études à l'étranger.

Dans les Andes, à part Alvaro, aucun survivant n'était plus calme ou plus serein que Bobby François. Je suis sûr qu'il était aussi effrayé que n'importe lequel d'entre nous, mais il semblait décidé à affronter son destin sans dramatiser le moins du monde. Il semblait dire : « Si nous devons mourir, nous mourrons. A quoi bon gaspiller de l'énergie à y penser? » Il a mené sa vie en adoptant la même attitude, et il a bien fait. Bobby est un ranchero, et c'est là un mode de vie qui lui sied à merveille, parfaitement rythmé, lent et simple. Il passe ses journées à cheval, seul avec ses troupeaux, dans les grandes plaines sous les vastes cieux de l'Uruguay. Sa femme Graciana et lui ont cinq enfants. Ils passent la moitié de l'année dans leur ranch et l'autre moitié à Carrasco; Bobby est très proche de Coche et de Roy Harley.

Javier Methol, le seul autre survivant avec moi à avoir perdu un membre de sa famille dans l'accident, a lutté pour surmonter la mort de Liliana, mais il a puisé sa force dans sa foi catholique et dans l'amour pour leurs quatre enfants. Après avoir pleuré sa mort pendant de nombreuses années, Javier a rencontré sa deuxième épouse, Anna Maria, avec qui il a eu quatre autres enfants! Il a longtemps été directeur d'une grande société de tabac – fondée par la famille de Panchito – et il est désormais à la retraite.

De tous les survivants, Javier est le plus croyant, convaincu que c'est la main de Dieu qui nous a permis de sortir des montagnes. Un jour il m'a écrit : « Dieu nous a ressuscités dans les montagnes, et Il nous a faits frères. Quand nous pensions que tu étais mort, Il t'a ramené à la vie pour qu'ensuite, avec Roberto, vous deveniez ses messagers et vous mettiez en route pour nous sauver. Je suis profondément convaincu qu'à certains moments, Il vous a tous deux portés dans Ses bras... » Javier et moi avons des idées très différentes sur Dieu et sur le rôle qu'Il a joué dans notre survie. Je respecte néanmoins l'humilité et la sincérité de sa foi, ainsi que la manière dont il a su reconstruire sa vie après la terrible disparition de Liliana. Calme et d'humeur égale, il est un élément stabilisateur de notre groupe, et j'ai toujours un sentiment de paix quand je suis en sa compagnie.

Antonio Vizintin, qui avait courageusement escaladé la montagne avec Roberto et moi, a dû faire face à de nombreuses difficultés au cours de sa vie. Son premier mariage s'est soldé par un divorce, et sa deuxième femme est morte dans des circonstances tragiques. Il s'est maintenant marié une troisième fois, et nous prions tous pour que l'avenir lui apporte du bonheur. Tintin a deux enfants, un fils et une fille de son deuxième mariage. C'est un bon père, et il a fait carrière dans l'importation de produits chimiques et autres matières nécessaires à l'industrie du plastique. Il vit toujours à Carrasco, mais il est assez solitaire, et ces dernières années, nous ne l'avons pas vu aussi souvent que nous l'aurions souhaité. Quoi qu'il en soit, il sera toujours l'un d'entre nous, et nous serions ravis de le voir plus souvent, même s'il autorise son fils à jouer dans le Club de Rugby des Old Boys, ennemi juré des Old Christians.

Roy Harley est l'un des survivants auquel je pense le plus souvent. Depuis plus de trente ans, le portrait de Roy présenté dans les comptes rendus de la catastrophe, notamment dans le magnifique ouvrage de Piers Paul Read, *Les Survivants*, me dérange. J'ai également été troublé par la manière dont je l'ai moi-même traité dans les montagnes. Certes, Roy était très fragile dans les Andes, mais il est vrai aussi qu'il était le plus jeune du groupe et qu'il était plus près de la mort que d'autres. Le fait que ses émotions aient été à fleur de peau ne signifie par pour autant qu'il était plus faible ou plus effrayé que nous autres. Personne sans doute n'était plus effrayé que moi, et en écrivant ce livre, je me suis rendu compte que c'étaient mes propres peurs qui alimentaient ma colère et ma frustration envers Roy. *Les Survivants* était en grande partie fondé sur des entretiens exhaustifs avec chacun des survivants, et je regrette que nous ayons, au cours de ces conversations, présenté une image simpliste de la lutte personnelle de Roy. A notre décharge, cependant, à l'époque nous étions jeunes, et tout semblait plus simple. Dans le présent récit, je me suis efforcé de rétablir la vérité : à mes yeux, Roy Harley n'était ni lâche ni faible. Il était, et sera toujours, l'un d'entre nous, un survivant, un ami fiable, un membre important de notre groupe. Au fil des ans, il a montré à maintes reprises qu'il était un homme fort et intègre, et je sais que je peux compter sur lui. Il est aujourd'hui ingénieur et travaille pour une usine de peinture. Il vit à Montevideo avec sa femme Cecilia – la sœur de Laura, la femme de Roberto –, leurs deux jolies filles et leur fils, qui joue dans l'équipe des Old Christians. Roy, fervent adepte de l'exercice physique, n'a pratiquement pas vieilli, et nous lui envions tous son ventre plat et ses muscles fermes, parce que contrairement à lui, nos muscles se sont ramollis et nous avons pris du ventre...

Alfredo « Pancho » Delgado est un autre survivant dont l'image doit être revue. Dans *Les Survivants*, Pancho apparaît comme quelqu'un de malhonnête et de manipulateur, qui complotait derrière notre dos pour son confort personnel, souvent aux dépens des autres. Certes, Pancho a fait tout cela, mais en réalité, nous l'avons tous fait. Par moments, chacun de nous a agi de manière égoïste en essayant de mettre la main sur de plus grosses rations de nourriture ou de cigarettes, ou en essayant d'échapper au travail, ou en nous appropriant les vêtements les plus chauds ou les couchages les plus confortables. Il n'y avait pas de saint parmi nous. Nous n'avons pas survécu parce que nous étions parfaits, mais parce qu'en fin de compte, l'intérêt que nous nous portions les uns aux autres était largement supérieur à notre intérêt personnel. Pourquoi Pancho est-il apparu de cette manière ? C'est un mystère que je ne m'explique pas. Il avait une éloquence naturelle et beaucoup d'esprit, peut-être lui en voulions-nous pour sa facilité à négocier la transgression. Quoi qu'il en soit, il est injuste que Pancho ait été pointé du doigt de cette façon, et qu'il doive vivre avec une réputation imméritée. La vérité, c'est que Pancho était et reste l'un d'entre nous, et comme tous les autres, il pourra toujours compter sur mon amitié, ma confiance et mon respect. Pancho vit près de chez moi à Carrasco, et c'est un avocat de renom. Il est marié à son amour d'enfance, Susana, et ensemble, ils ont deux fils et deux filles. Son fils aîné, Alfredo, est capitaine de l'équipe première des Old Christians.

Ramón « Moncho » Sabella ne s'est jamais marié : c'est le célibataire endurci de notre groupe. Malgré nos efforts incessants pour lui présenter des femmes, il reste seul et heureux de l'être ; il affirme qu'il s'amuse beaucoup trop pour accepter de se caser. Quand il ne fait pas la fête sur la plage de Punta del Este ou dans les boîtes de Montevideo, il travaille dans l'immobilier et s'est par ailleurs associé à un autre survivant, Fito Strauch, pour créer une entreprise d'ostréiculture. Moncho est un bon ami, et son œil est infaillible pour repérer les jolies filles, de sorte qu'on s'amuse toujours beaucoup en sa compagnie.

Fito Strauch était l'un des personnages les plus importants dans la montagne, et personne, surtout pas moi, n'a oublié à quel point il a contribué à notre survie. Tout comme Javier, Fito est convaincu que c'est l'intervention directe de Dieu qui nous a sauvés, et que nous devons par conséquent être ses messagers. Parfois, j'ai l'impression que Fito n'approuve pas la manière dont j'ai choisi de vivre, et qu'il considère que j'ai minimisé, voire renié, le rôle de Dieu dans notre sauvetage, que je ne me suis pas montré fidèle aux leçons spirituelles de notre épreuve. Je lui réponds que je ne sais pas bien comment diffuser la parole de Dieu, pour la simple raison que je ne suis pas sûr de la teneur de ce message. Fito dirait sans doute que la leçon des Andes est que Dieu nous aime. Mais n'aimait-Il pas ma mère, ma sœur, et les vingt-neuf autres qui sont morts ?

Fito et moi ne serons sans doute jamais d'accord sur ce point, mais cela n'enlève rien au respect et à l'amitié que j'éprouve pour lui, et quand nous nous voyons, nous nous embrassons toujours comme des frères. Fito vit à la campagne, il est propriétaire d'un ranch. Lui et sa femme Paula ont quatre enfants.

D'un point de vue strictement technique, Sergio Catalán, le paysan chilien qui nous a repérés, Roberto et moi, dans les montagnes, n'est pas un survivant, mais c'est grâce à la rapidité et à l'intelligence de sa réaction que nous avons pu être sauvés. Il fait partie intégrante de notre grande famille et nous sommes restés en contact avec lui au cours de toutes ces années : nous lui rendons visite dans son village au Chili ou il vient à Montevideo. Il est resté le même homme, humble, gentil, et d'une immense dignité, lui qui avait passé dix heures à cheval pour ramener les secours à Los Maitenes. Il mène une vie simple, passe plusieurs semaines de suite dans les pâturages d'altitude avec son chien pour seul compagnon, à s'occuper de ses moutons et de ses vaches. Sergio et sa femme ont élevé neuf enfants, et je suis très impressionné par le fait qu'en dépit de ses moyens limités de berger des montagnes, il a réussi à envoyer la plupart d'entre eux à l'université et à s'assurer qu'ils fassent de bons mariages et trouvent un travail convenable.

En mars 2005, la femme de Sergio, Virginia, m'a téléphoné pour nous inviter à leur cinquantième anniversaire de mariage. Elle voulait faire la surprise à Sergio, m'a-t-elle dit. Elle ne lui dirait rien de notre visite. Nous avons accepté, et la veille des festivités, Roberto, Gustavo et moi, accompagnés de nos familles respectives, roulions sur le chemin escarpé qui conduit au village de Sergio. Les contreforts accidentés et déserts des Andes s'élevaient autour de nous, et soudain, nous avons vu la silhouette d'un homme à cheval. Il portait le costume traditionnel des bergers chiliens – une veste courte, des bottes pointues et un chapeau à large bord.

« C'est Sergio ! »

Nous nous sommes garés. Roberto, Gustavo et moi sommes descendus des voitures et nous sommes dirigés vers le cavalier. Au début, il a eu l'air aussi désemparé que lors de notre première rencontre, mais quand il nous a reconnus, Roberto et moi, ses yeux se sont écarquillés et remplis de larmes. Avant qu'il n'ait pu dire un mot, je me suis avancé. « Excusez-moi, mon brave homme, mais nous sommes de nouveau perdus. Pouvez-vous nous aider encore une fois ? »

Quand je suis avec mes compagnons survivants, nous exprimons en silence tout ce qu'il y a à dire du temps que nous avons passé dans les montagnes, et pendant de nombreuses années, le fait de savoir que mes amis et ma famille comprenaient ce que j'avais traversé me suffisait amplement. Je n'éprouvais aucun besoin de partager mon histoire personnelle avec des gens extérieurs à ce cercle, et même si j'accordais parfois des interviews à des magazines ou des journaux, si je participais à des documentaires qui commémoraient l'événement, j'hésitais toujours à partager cette expérience personnelle avec des étrangers. Je pensais que tout ce que le public avait besoin de savoir avait été couvert à la perfection dans *Les Survivants*. Certes, l'ouvrage s'attache surtout aux faits objectifs de notre épreuve, et n'apporte au lecteur aucun élément pour comprendre ma lutte intérieure ou les émotions puissantes qui m'ont poussé à survivre. Mais je n'avais pas envie de révéler les choses de manière plus profonde. Donnons aux lecteurs le drame, les atrocités et l'aventure, je garde pour moi les souvenirs les plus intimes et les plus douloureux.

Au fil des années, j'ai été contacté plus d'une fois par des agents et des éditeurs qui me demandaient de raconter notre histoire de mon point de vue personnel. J'ai toujours refusé. Ces gens me prenaient pour un héros, et je savais qu'ils voulaient faire de la catastrophe une histoire de triomphe et de persévérance, une source d'inspiration. Mais ils étaient à côté de la plaque. Je n'étais pas un héros. J'avais tout le temps eu peur, j'avais été faible, désorienté, et désespéré. Et quand je pensais à la catastrophe – l'obscénité de nos souffrances, l'infâme gâchis de toutes ces vies innocentes perdues – je n'éprouvais pas le moindre sentiment de gloire ou de triomphe. Notre histoire a sans doute inspiré des millions de personnes à travers le monde, qui l'ont vue comme une illustration de la force de l'esprit, mais pour moi, le temps passé dans les Andes est synonyme d'une douleur incommensurable, d'horreur et de pertes irréparables. Il n'y a rien à célébrer dans cette catastrophe. C'est une expérience qu'il nous a fallu surmonter, et c'est précisément ce que je me suis efforcé de faire en m'entourant des richesses de l'amitié et de la vie de famille, pour enterrer les parties brisées de mon existence sous le bonheur et l'amour.

J'étais satisfait de cet état de fait. Je ne veux pas dire que je reniais mon passé – les souvenirs que j'ai des Andes me touchent encore tous les jours. Je voulais seulement empêcher la tristesse et la souffrance de régir ma vie. Je suivais en cela le conseil que mon père m'avait donné juste après notre sauvetage. Regarde devant toi, Nando. Ne laisse pas cette épreuve être la chose la plus importante qui te soit jamais arrivée. Je ne voulais pas vivre comme un survivant. Je ne voulais pas laisser ce désastre me définir. J'ai tiré de notre épreuve les leçons que j'ai pu. J'ai profité des amitiés qui en ont découlé, et j'ai toujours rendu hommage à ceux qui étaient morts. Mais j'étais incapable d'y voir une expérience glorieuse ou romantique, et je n'avais certainement pas envie d'aller fouiller dans ces sombres souvenirs avec l'honnêteté inflexible qu'il m'aurait fallu pour en tirer un livre.

Alors pourquoi, après trente et quelques années, ai-je accepté d'écrire le récit que vous tenez à présent entre vos mains ? Pour comprendre, il faut remonter à 1991, à un coup de téléphone d'un dénommé Juan Cintron. Il organisait une conférence pour de jeunes entrepreneurs à Mexico, et semblait avoir décidé que mon histoire constituerait le discours de motivation idéal. Il m'avait donc contacté par téléphone à Montevideo pour me demander de me prêter au jeu. Je n'en avais aucune envie, et j'ai par conséquent décliné sa proposition. Mais Juan n'était manifestement pas disposé à accepter un refus ; il me rappelait sans arrêt, me suppliant d'y réfléchir. Il a fini par faire le voyage jusqu'à Montevideo pour me parler de vive voix. Impressionné par son obstination et son enthousiasme, j'ai finalement cédé à ses arguments et accepté de donner ce discours.

Au cours des mois suivants, j'y ai travaillé. Cintron m'avait demandé de présenter mon expérience selon les aspects qui retiendraient l'attention des jeunes entrepreneurs ambitieux en quête d'idées qui les aideraient à réussir – des questions relatives au leadership, à l'innovation, au travail en équipe et à la résolution de problèmes. Il m'avait encouragé à m'en tenir strictement au sujet. Il s'agissait de gens occupés et impatients, m'avait-il dit. Si tu vas trop lentement, tu perds leur attention. En écrivant ce discours, essayant de tirer du malheur et du chagrin des *trucs* qui permettraient à des étrangers d'accroître leur chiffre d'affaires, je regrettai amèrement d'avoir accepté la proposition, mais il était trop tard pour reculer. Finalement, le jour J est arrivé et je me suis retrouvé sur une estrade à Mexico, sous les projecteurs, mes notes posées devant moi. On m'avait présenté à l'assemblée, les applaudissements convenus s'étaient arrêtés et il était temps de commencer. Je voulais parler – impossible, les mots restaient coincés dans ma gorge. Mon cœur battait la chamade, j'avais des sueurs froides, mes mains tremblaient. Je regardais fixement mes notes, sans parvenir à leur donner du sens. Je me suis mis à fouiller dans mes papiers. Les gens commençaient à remuer sur leurs sièges. Le silence embarrassé se faisait tellement lourd qu'on aurait cru que c'était le tonnerre, et juste au moment où la panique menaçait de m'anéantir, je me suis entendu parler.

« Je ne devrais pas me trouver ici, ai-je dit sans savoir où j'avais été chercher ça. J'aurais dû mourir sur un glacier dans les Andes. »

Puis, comme si un barrage s'était effondré, j'ai déversé toute mon histoire, sans retenir la moindre émotion. Je m'exprimais du fond du cœur. Je leur ai raconté tous les moments importants de l'épreuve, pour qu'ils la vivent exactement comme moi. La violence de mon chagrin à la mort de Susy, notre terreur quand nous avons appris que les recherches avaient été abandonnées, l'horreur de mâcher la chair de nos amis morts. Je les ai entraînés à l'intérieur du fuselage la nuit de l'avalanche et les jours suivants. Je les ai conduits jusqu'au sommet de la montagne et leur ai montré le paysage désolé qui s'étendait à perte de vue, je les ai amenés avec Roberto et moi pendant la longue marche qui, nous en étions persuadés, nous conduirait à la mort. Je n'ai pas dit un mot au sujet de la créativité ou du travail en équipe, ou encore de la résolution de problèmes. Pas une fois je n'ai prononcé le mot « succès ». Au lieu de cela, j'ai partagé avec eux la vraie leçon de cette épreuve : ce n'était ni l'intelligence, ni le courage, ni la compétence ou le savoir-faire qui nous avait sauvés, mais l'amour, l'amour que nous avions les uns pour les autres, pour nos familles, pour la vie à laquelle nous nous raccrochions si ardemment. Nos souffrances dans les Andes avaient annihilé toutes les choses triviales et futiles. Chacun de nous prenait conscience avec une clarté et une lucidité indicibles que la seule chose fondamentale dans la vie, c'est d'aimer et d'être aimé. Nos familles, notre avenir, voilà tout ce dont nous avions besoin. Les seize d'entre nous qui ont eu la chance de revenir ne l'oublieront jamais. Et personne ne devrait jamais l'oublier.

Ce jour-là, j'ai parlé pendant plus de quatre-vingt-dix minutes, qui m'ont fait l'effet de cinq, et quand je me suis tu, l'amphithéâtre était parfaitement silencieux. Pendant plusieurs secondes, personne n'a bougé, puis les gens se sont mis à applaudir, tout le public s'est levé. Des inconnus, les yeux pleins de larmes, se sont ensuite approchés de moi pour m'embrasser. Certains m'ont pris à part pour me parler des difficultés qu'ils avaient rencontrées dans leur vie, des combats contre la maladie, des deuils, des divorces, des addictions. Je me sentais très lié à eux ; ils ne se contentaient pas de comprendre mon histoire, ils se l'appropriaient. J'en ai tiré un sentiment de plénitude et de paix, et même si, à ce moment-là, je n'analysais pas bien ce que je ressentais, je savais que j'avais envie de retrouver cette sensation.

Après le succès de mon intervention à Mexico, on m'a demandé de faire des discours dans le monde entier ; mes filles étant encore petites et mes obligations professionnelles importantes, je n'ai pu accepter que quelques rares invitations. Les années ont passé, j'ai eu plus de temps et mes interventions se sont multipliées. Aujourd'hui, je donne des conférences dans le monde entier, même si mes engagements m'obligent encore à faire une sélection. Chaque fois que je m'exprime en public, je fais comme la première fois : je raconte mon histoire et je partage avec mon public la sagesse élémentaire que j'en ai tirée. Et le résultat est toujours le même : un flot de chaleur et de gratitude, le sentiment puissant d'être lié aux gens. Un jour, après l'une de mes interventions, une jeune femme a demandé à me parler. « Il y a quelques années, j'ai fait marche arrière dans l'allée devant ma maison. Je ne savais pas que ma fille de deux ans se trouvait derrière la voiture. J'ai reculé, je l'ai écrasée et elle est morte. Ma vie s'est arrêtée à ce moment-là. Depuis, je ne peux ni manger ni dormir, je suis incapable de penser à autre chose. Je me suis torturée de questions. Pourquoi était-elle là ? Pourquoi est-ce que je ne l'ai pas vue ? Pourquoi n'ai-je pas fait attention ? Et surtout, pourquoi est-ce arrivé ? Depuis cet instant, je suis paralysée par le chagrin et la culpabilité, et le reste de ma famille en souffre. Votre histoire vient de me démontrer que j'ai eu tort. On peut vivre, même si on souffre. Je sais que je dois continuer. Je dois vivre pour mon mari et pour mes autres enfants. Malgré ma douleur, je dois trouver la force de continuer. Grâce à votre histoire, je peux croire que c'est possible. »

Sans voix, je l'ai prise dans mes bras. A ce moment-là, une pensée que je ne m'étais pas formulée mais qui me trottait dans la tête depuis un certain temps s'est brusquement précisée. J'ai compris que mon histoire était *son* histoire, que c'est l'histoire de tous ceux qui l'entendent. Cette jeune femme n'avait jamais senti sur son visage une rafale de vent glacial. Elle n'avait jamais avancé en titubant sous un blizzard d'altitude, n'avait pas vu avec horreur son corps dépérir de famine. Mais pouvait-on douter du fait qu'elle avait souffert tout autant que moi ? J'avais toujours considéré que notre histoire était unique, si extrême et violente que seuls ceux qui y étaient pouvaient comprendre ce que nous avions vécu. En fait, c'est l'histoire la plus familière qui soit. Un jour ou l'autre, nous devons tous affronter le désespoir et le sentiment de détresse. Nous faisons tous l'expérience du chagrin, de l'abandon, d'une perte cruelle. Et tous, tôt ou tard, nous devrons affronter la proximité inexorable de la mort. Tandis que je tenais cette femme dans mes bras, une phrase a pris forme sur mes lèvres. « Nous avons tous notre expérience personnelle des Andes », lui ai-je dit.

A présent, après plus de dix ans d'interventions publiques, je sais que mon histoire entre en résonance avec celles de milliers de personnes à travers le monde, et je comprends que ce lien avec mon public est ancré dans quelque chose de plus profond que leur simple admiration pour l'histoire de ma survie. Ils y voient leurs propres combats, leurs propres peurs représentées dans un cadre surréaliste, à une échelle épique. Mon récit leur donne des frissons, mais les encourage aussi, parce qu'ils se rendent compte que même dans les plus abjectes des souffrances, et contre toute attente, une personne ordinaire est capable de survivre. J'éprouve une immense satisfaction à voir qu'autant de gens puisent de la force et du réconfort dans mes paroles, mais ces gens m'ont également apporté beaucoup. Ils m'ont démontré que mon histoire n'est pas simplement une tragédie absurde. En se servant de mes souffrances comme d'une source d'inspiration et de réconfort, ils m'ont aidé à guérir de mes blessures. J'ai compris que ma mère, ma sœur et les autres n'étaient pas morts en vain, que nos souffrances ont permis d'aboutir à quelque chose d'important, à une sagesse qui peut toucher le cœur des hommes à travers le monde.

Les gens qui m'écoutent me touchent. Je retire tellement d'amour et de plénitude du lien que je tisse avec eux, comme si nous nous rejoignions dans une même complicité humaine, comme si chaque personne que touche mon histoire venait enrichir et élargir ma vie. Je n'aimais pas parler des Andes, et je m'en étonne, car aujourd'hui je suis passionné par l'idée de partager mon histoire avec le plus grand nombre de gens. D'où ma volonté d'écrire ce livre. Dans mon cœur, j'ai commencé à l'écrire il y a plusieurs années déjà, et finalement, le temps est venu de le raconter pour de bon. Cela a été pour moi une expérience remarquable – douloureuse, heureuse, étonnante, une leçon d'humilité, en tout cas une expérience gratifiante. Je me suis efforcé d'être aussi honnête que possible en écrivant ce récit, et maintenant j'en fais le présent :

A mon père, pour qu'il voie, dans le moindre détail, ce que j'ai vécu et qu'il sache que mon amour pour lui a été la seule véritable force qui m'a sauvé.

A mes compagnons survivants, pour qu'ils sachent l'amour et le respect que je leur porterai toujours.

A ma femme et à mes filles, pour qu'elles soient à mes côtés dans les montagnes, au quotidien, et qu'elles comprennent que même si elles n'étaient alors qu'une partie de mon avenir lointain, chacun de mes pas était un pas vers elles.

Et enfin, à ceux à qui je suis lié par les souffrances, les joies et les déceptions de la vie, autrement dit à tous ceux qui liront mon récit.

Chaque jour me montre que je connais peu de la vie et que je peux me tromper. Pourtant, je suis certain de certaines choses. Je sais que je mourrai. Et je sais que la seule réponse valable à cette terrible certitude est l'amour. Avant de mourir, Arturo Nogueira, le plus courageux d'entre nous, m'a répété à plusieurs reprises : « Même ici, même dans la souffrance, la vie vaut d'être vécue. » Ce qu'il voulait dire, c'était qu'alors même que nous n'avions plus rien, nous pouvions encore penser à ceux que nous aimions, les garder dans notre cœur et les chérir comme le trésor de notre vie. Comme nous tous, Arturo avait découvert que l'amour était la seule chose qui importait. J'espère que vous qui lisez ce livre n'attendrez pas aussi longtemps pour prendre soin des trésors que vous possédez. Dans les Andes, nous vivions un battement de cœur après l'autre. Chaque seconde de vie était un miracle, pleine de sens et d'intention. Je me suis efforcé de vivre ainsi depuis, et ma vie s'en est trouvée comblée. Je vous engage à faire de même. Comme nous disions dans les montagnes : « Respire. Respire encore. A chaque fois que tu respires, tu es vivant. » Après toutes ces années, c'est encore le meilleur conseil que je puisse vous donner. Profitez de votre existence. Vivez pleinement chaque instant. Ne gâchez pas la moindre respiration.

UN MOT AU SUJET DES PHOTOS

Dans l'épave du Fairchild, nous avons trouvé un petit appareil photo avec une pellicule à l'intérieur. Certaines des photos qui sont reproduites ici ont été prises avec cet appareil. On nous voit dans les Andes, alors que la mort resserrait son étau autour de nous, que nos espoirs d'être sauvés s'évanouissaient à chaque heure qui passait. Lorsque je regarde ces photos aujourd'hui, je suis sidéré de voir que sur nos visages, il n'y a pas la moindre trace de la terreur et de la dépression contre lesquelles nous nous battions tous. Non, je vois des jeunes hommes allongés dans la neige comme des étudiants à la plage, ou en train de prendre le soleil sur le glacier, installés dans les fauteuils que nous avions pris dans l'avion, comme un groupe d'amis à une terrasse de café. L'une des photos représente trois jeunes hommes souriants, debout, côte à côte, les versants enneigés des Andes s'élevant dans le fond. On pourrait presque les prendre pour des touristes mal habillés sur une piste de ski des Alpes ou des Rocheuses. Seule leur effroyable maigreur laisse penser qu'il y a un problème.

J'ai moi-même pris certaines de ces photos, en général de manière impulsive, sans trop réfléchir à ce que je faisais, mais chaque fois que j'appuyais sur le bouton, je savais que les images que je prenais risquaient de nous survivre. L'idée que nous puissions tous disparaître sous la neige, et que personne ne saurait jamais rien de notre histoire était terrible, et cela me rassurait de savoir qu'il y aurait à l'intérieur de la petite boîte en plastique une trace du temps que nous avions passé dans les montagnes. Même si personne ne la trouvait avant plusieurs dizaines d'années, il y avait quand même une chance pour que quelqu'un la trouve un jour. Ainsi, nous ne disparaîtrions pas complètement. Le monde saurait que nous avions vécu quelque temps, que nous nous étions battus pour survivre, et qu'en dépit du désespoir et de la peur, nous avions encore le courage de sourire devant la caméra.

REMERCIEMENTS

Je voudrais exprimer ma reconnaissance à ceux de mes amis et collègues sans qui ce livre n'aurait pu voir le jour.

A mes agents, Stephanie Kip Rostan, Elisabeth Fisher, Daniel Greenberg et Jim Levine, pour leurs sages conseils.

A mon éditrice, Annik LaFarge, pour son enthousiasme et ses compétences, pour la passion et l'attention qu'elle a manifestées en faisant advenir le présent ouvrage.

A Vince Rause, dont l'humour et le talent en ont fait un collaborateur précieux et plaisant, que je considère désormais comme un ami.

A Gail et Kelly Davis, qui m'ont dès le début encouragé à écrire ce livre, pour leur amitié que j'ai toujours appréciée.

A feu Mark McCormack, un grand homme et un grand ami, qui m'a toujours incité à raconter ma propre histoire dans un livre. J'ai fini par suivre son conseil.

A Jackie Stewart, sa femme Helen, ses fils Paul et Mark, qui m'ont toujours traité comme un membre de leur famille. Mon amitié avec Jackie a toujours été une bénédiction, et je lui suis reconnaissant pour ce qu'il m'a appris sur les courses, les affaires, et sur la vie.

A Bernie Ecclestone, qui m'a ouvert tellement de portes quand j'étais jeune et qui, comme Jackie, m'a appris un grand nombre de choses qui font que je suis celui que je suis aujourd'hui. Je suis fier de l'avoir comme ami.

A mon très bon ami Piers Paul Read, dont le magnifique ouvrage, *Les Survivants*, fut le premier à dévoiler au monde l'histoire de la catastrophe dans les Andes, avec honnêteté, sensibilité et puissance.

A tous mes amis et coéquipiers qui sont morts dans l'accident. Je ne les ai jamais oubliés, et me suis toujours efforcé de vivre ma vie en leur honneur.

A mes quinze compagnons survivants, mes frères pour la vie, les seuls qui puissent véritablement comprendre ce que nous avons traversé. Sans la loyauté et la solidarité dont nous avons su faire preuve les uns à l'égard des autres, aucun d'entre nous ne serait sorti vivant des Andes.

Au Club de Rugby des Old Christians, à l'esprit des Old Christians, un esprit d'unité et de sacrifice, qui nous a liés les uns aux autres, nous a donné la force et la volonté commune de survivre.

A ma sœur Graciela, qui m'a été d'un grand réconfort après notre épreuve, et de qui je me suis rapproché au fil des ans.

A ma femme, Veronique, et mes filles, Veronica et Cecilia, pour la constance de leur amour et de leur soutien, pour la patience avec laquelle elles ont supporté les longues heures passées à écrire ce livre. Elles sont pour moi ce que j'ai de plus beau et de plus précieux.

A ma sœur, Susy, qui me manque toujours autant que dans les premiers moments qui ont suivi sa disparition.

A ma mère, Xenia, dont la chaleur, l'amour et la sagesse m'ont donné la force dont j'avais besoin pour supporter l'insupportable...

Et à mon père, Seler, qui m'a inspiré quand j'étais enfant et qui continue de m'inspirer à présent. C'était mon amour pour lui, et rien d'autre, qui m'a permis de sortir des montagnes, et tous les moments que j'ai passés avec lui depuis ont été des instants de grâce.

Nando Parrado

*

Travailler avec Nando Parrado a été l'une des expériences les plus enrichissantes et les plus gratifiantes de ma vie, et je tiens en premier lieu à lui exprimer ici ma gratitude. Je tiens à le remercier pour son courage, sa générosité, sa vision et sa bonne humeur, ainsi que pour le magnifique cadeau qu'est pour moi son amitié. Mais surtout, je voudrais le remercier d'avoir mis son histoire entre mes mains. C'est la plus belle histoire vraie qu'il m'ait été donné d'entendre, et d'avoir la chance de l'aider à la raconter reste pour moi un privilège inoubliable.

J'ai également la chance d'être associé à toutes les personnalités exceptionnelles de l'agence Levine/Greenberg, y compris Jim Levine, Dan Greenberg, Arielle Eckstut, Elizabeth Fisher et tout particulièrement Stephanie Kip Rostan, qui a su faire démarrer le projet en travaillant dur, et qui, grâce à sa douce persévérance, a réussi à le garder sur les rails.

Notre éditrice Annick LaFarge a consacré au projet son intelligence et son cœur, et sans elle, le livre n'aurait sans doute pas vu le jour. Elle a commencé en étant notre soutien le plus important, elle est devenue une conseillère de confiance, et a terminé en amie. Je tiens à la remercier pour ses conseils et son enthousiasme. Je voudrais également remercier Steve Ross, Amy Boorstein, Mary Choteborsky, Genoveva Llosa, Luke Dempsey, ainsi que l'ensemble de l'équipe de chez Crown pour les compétences et la joie qu'ils ont manifestées pour ce livre; Ernesto et Roselle Trello qui m'ont offert leur soutien et un bureau dans les moments de crise; Gail Davis pour tous les efforts qu'elle a déployés pour que ce livre paraisse; Roy Harley, Coche Inciarte, Alvaro Mangino et Gustavo Zerbino pour avoir accepté de partager leurs souvenirs avec moi, et Ed West, pour ses bons conseils et son esprit irrévérencieux, pour son amitié qui date de plus de quarante ans.

En dernier lieu, je voudrais remercier ma femme, Chris, qui constitue, avec sa force paisible et sa patience infinie, le point d'ancrage de notre famille, et ma fille, Carmela, ni calme ni patiente, tant s'en faut, mais qui vit avec une exubérance douce et gracieuse, de sorte que mes journées sont pleines de sourires. Toutes deux ont fait de nombreux sacrifices pendant que je travaillais sur ce livre, et à présent, je leur dédie mon travail, avec amour.

Vince Rause

À PROPOS DES AUTEURS

Nando Parrado est malgré lui devenu célèbre dans le monde entier en tant que l'un des héros de la catastrophe dans les Andes de 1972. Aujourd'hui, il est PDG de plusieurs entreprises basées en Uruguay, y compris une chaîne nationale de magasins d'outillage, de sociétés de publicité et de marketing et d'une société de production télévisuelle, pour laquelle il produit et réalise des émissions sur les voyages, la mode, l'actualité et le sport automobile. Depuis 1991, il est l'un des intervenants les plus demandés pour donner des conférences dans le monde entier. Ancien pilote de voitures de course et vainqueur de la Coupe d'Europe en équipe de voitures de tourisme, il aime toujours piloter les voitures, les motos et les hors-bord. Il vit à Montevideo, en Uruguay, avec sa femme Veronique et leurs deux filles, Veronica et Cecilia.

Vince Rause est écrivain et journaliste; ses nouvelles ont été publiées dans le *New York Times Magazine*, le *Los Angeles Times Magazine*, le *Reader's Digest*, *Sport Illustrated* ainsi que dans d'autres publications nationales ou régionales. Il vit à Pittsburgh avec sa femme Christine et leur fille, Carmela.

TABLE

Cet ouvrage a été imprimé par

FIRMIN DIDOT

GROUPE CPI

Mesnil-sur-l'Estrée

pour le compte des Éditions Grasset
en avril 2007

Imprimé en France
Première édition, dépôt légal : février 2007
Nouveau tirage, dépôt légal : avril 2007
N° d'édition : 14875 - N° d'impression : 84944